十一宵

[上]

纯白 著

北京联合出版公司
Beijing United Publishing Co.,Ltd.

图书在版编目（CIP）数据

十一倦：全两册 / 纯白著 . —北京：北京联合出版公司，2017.2

ISBN 978-7-5502-9781-4

Ⅰ.①十… Ⅱ.①纯… Ⅲ.①短篇小说—小说集—中国—当代 Ⅳ.①I247.7

中国版本图书馆CIP数据核字（2017）第023933号

十一倦

作　　者：纯　白
责任编辑：夏应鹏
封面设计：留白文化

北京联合出版公司出版

（北京市西城区德外大街83号楼9层　100088）

北京市通州运河印刷厂　全国新华书店经销

字数：375千字　145毫米×210毫米　1/32　印张：13.5

2017年3月第1版　2017年3月第1次印刷

ISBN 978-7-5502-9781-4

定价：48.00元

序

　　"浮生只合尊前老，雪满长安道。"十几岁读过的句子，到今天仍好好地放在心上。总想写这样的故事，于是从2012年深秋到2016年盛夏，断断续续写了这些，时感力所不逮，不妨视为"大理段二醉后狂涂"好了，姑且一阅，权作一笑。

　　平生湖海，向来辛辣。看故事吧。

纯白　于2016年7月

十一卷

一·风停

我来世一遭,唯愿风平浪静,海晏河清。

那几年发生了很多事,但当事人和知情者都已死去。

史书的记载只寥寥几行字,七十余年后,才有人从诸多稗官野史中,拼凑出一部《镜花深处》,号称再现本朝之初三代帝王的后宫艳事,一时,街头巷尾议论纷纷。

广大酒肆饭馆也趁机更换了菜牌,一盏乳鸽汤,撒上鲜红枸杞粒,被命名为"初承帝爱",辣子鸡丁别名"册封大典","玉体横陈"则是脆皮烧鹅……厨子们牵强附会,连椒盐猪手和豉汁凤爪都能拼成一盘端上桌,谓之"燕瘦环肥,大打出手",好一出后妃争宠记。

说起来,这是世安年间的事了,当皇帝的是太宗路正宽。据说当时民间私下流传一个说法:"要说惨,谁惨得过龙椅上那位?"

太祖只当了四年皇帝就驾鹤西去,路正宽继位时,可谓是天下初定,根基尚浅,局势很不妙——太祖能揭竿起义夺了天下,足以证明"王侯将相,宁有种乎",路正宽的兄弟、叔伯、子侄、外甥女婿,及潜伏于朝野的前朝余孽,一大帮男人都盯着皇位,明里暗里搞事使坏。

怪只怪太祖人到中年才混上了皇帝,家族大、妻妾多,同辈、小辈齐刷刷彪形大汉,又都自认有能耐,路正宽在太子时期就过得惊险万分，当皇帝之后更是战战兢兢。然而，除了硬着头皮把皇帝当到百年归世，路正宽别无他途。他执政的世安年间，大宁子民怨言很少，因为"要说惨，谁惨得过龙椅上那位？"这句话熨帖有效，到世安六年，才在小范围内，被另一句取代："要说衰，谁衰得过孔唯？"

孔唯，女，十五岁，两个月被退婚七回，遭四家尼姑庵婉拒。这般繁忙，还抽空寻了三次死：一次被长河拿菜刀割断了上吊的绳子，一次被长河掀翻药碗，一次被长河拽住了她站在井沿的脚。

嫁不掉还死不成，孔唯很烦："怎么总是你？"

"那你希望是谁？索命的小鬼？你是我的。他来，我拆他骨架。"

世安六年，仁寿堂的小伙计长河说出热烈的情话。但孔唯不买账，理由很简单，长河说，我已经十二岁，孔唯说，你才十二岁。长河瞪着眼道："你没龙椅上那位惨吧，别人都希望他死，可我和你娘都希望你活着。"

孔唯问："活得像个笑话吗？"

"总有一天，你会活得像个神话。"

孔唯默默坐了一会儿，问："你真相信我能制出神丹妙药？"

长河扯下挂在脖子上的小哨子递给她，说起不相干的事。傍晚时，他给信王府送药归来，在老詹的面摊吃东西，看到一个当街痛哭的中年汉子。汉子一大早就往城墙边一缩，脚下平铺着写了字的红纸，用小石子压住，说要卖房子。要价不离谱，但无人问津。

夕阳仍是那个夕阳，红彤彤，沉甸甸，既不如血，也不像诗，跟往常没有两样。人来人往的脚步中，汉子盯着夕阳失神，然后，他把脸埋进臂弯里，哭了。泪水落到青石板上，汇成一小摊水迹，在夜幕中，墨水般黢黑。长河吃光了一碗小馄饨，问他："你削的木头哨子卖吗？"

汉子的手很巧，哨子被削成猴子形状，里头有颗滴溜溜的核，使劲一吹，响声清越。他说是做给孩子玩的，走夜路不会害怕。长河用三个铜钱买了它，汉子花了一个铜钱吃了碗阳春面，剩下两个搁在贴身的布褛子里。汉子的老母亲生了重病,诊金太高,药费也贵,他筹不齐,唯一的办法是卖房子,可年景不好,太难脱手了。

卖面的老詹也摇头不语,这年头儿,皇帝的位置都坐得不稳,战事也许说打就打,一打,老百姓就得逃命,谁家有点钱都攒着,哪舍得变成房子?碍手碍脚,像累赘。

汉子吃完面,向长河和老詹道谢。他搓了搓脸,问:"还看得出来吗?"

他是在问他的眼睛,刚哭过,还很红肿。长河点点头,姓郑的汉子于是扛着红纸,很慢很慢地走回家。

平凡的人,平凡的心愿,渺小到不值一提,却逼出了孔唯的眼泪。她懂汉子的感受,在举目无一相识的闹市,他旁若无人地哭;在四顾皆是至亲的家中,他若无其事地笑。她吸着鼻子说:"我不介意被退婚,只是怕给我娘丢脸。"

"你死了,你娘会丢了魂。"长河抱抱她,小声道,"孔唯,我说过,你别心急,再给我三年时间,就三年。"

孔唯挣开他的怀抱:"你从来不喊我姐姐。"

"我从来不希望你是我姐姐。"搁在平时,长河不会说出口,或许是夜色让他不知胆怯,真心话说得这样直接。

他的表情太诚恳,孔唯僵了一下,飞快地向里屋走去,边走边说:"再碰着那汉子,告诉我一声,我去给他母亲看看病,就当练练手。"

长河厚着脸皮说:"好的,孔唯。"

孔唯父母曾经是定期给仁寿堂供货的药农,孔父死于肺痨,掌柜怜惜孤女寡母,将孔唯和她母亲接到仁寿堂来住。没多久,孔母在山上采药时,拾起了弃婴长河,遂当起药师,抚养一子一女,再未嫁人。

襁褓中附了长河的生辰八字和姓名,他从懂事起就知道身世。孔母只让长河管自己叫姨,他乖乖叫,但喊孔唯一向连名带姓,孔母笑骂他多次,他也不改口。

我迟早要娶她，怎能喊她姐姐。长河笑着想，我又不是那七户没眼光的退婚人家。

流言很难听，退婚的人不约而同地说，一和孔唯定亲，家里就会触霉头。算命先生面貌各有不同，但有两点建议惊人地一致：首先，退婚吧，那姑娘命极贵，但带七杀，小门小户招架不住；其次，退了婚会有小偏财，不如到赌坊碰碰运气，但切记不可恋战。

果不其然，退婚后，他们纷纷发了一笔小财，在沅京引为奇谈。

本来先后只有两户人家提亲，事一传开，有人不信邪，也找上门了，结果不出七日也退了婚。孔唯为此对母亲有意见——母亲对媒婆来者不拒，导致动静越闹越大。长河私下也劝过孔母，孔母却说自己老了，身体走了下坡路，陪不了女儿几年了，早点给她挑个好人家，心里踏实些。

捅破窗户纸后，孔唯见长河时略有不自然，但长河落落大方，她也就乐得太平，提上药箱，去给郑姓汉子的母亲看病。孔母好静，既不坐堂也不出诊，孔唯却长于灸法，以行医为念，奈何见的病例不太多，正需要积累。

汉子把长河和孔唯带回家，婆娘先是一喜，接着一愁，嗫嚅着说请不起医师，长河把孔唯推过去："女菩萨下凡请你的客，分文不取！"

郑姓汉子一家人都厚道，孔唯不会受欺负，长河放了心，折回仁寿堂，陪掌柜去给定南王妃治病。仁寿堂是掌柜家的祖业，历经几个朝代而不衰，每代皆由医道精深的名医坐镇，在京城享有盛誉，皇宫好几名御医都和掌柜私交甚笃，经常互通有无。

定南王是皇帝的堂兄，照说他的王妃生了病，请御医进府也正常，但他更信赖掌柜的医术，连随从长河都被奉为座上宾，准允在王府自由出入。

掌柜为王妃诊断时，闲杂人等是要回避的，长河转到花园透透气。正值深秋，一院的桂花香得很甜，廊外花影摇曳，有琴声忽来。循声而行，回廊尽头，一位白袍少年在廊下弹五弦琴，红衣的美人正凭栏静听。

那一幕非常动人，长河蹑足走近，原来少年已不是少年，他年近三十，但素袍玉簪，眉梢暗含笑意。美人凝视着他，不见得是为了琴声，怕是被那张脸迷住了吧！长河暗笑，就地而坐，把一曲《胡笳十八拍》听完。

这样便和朱鹮相识，旋律一停，他望过来，微一拱手："小哥儿也爱听？"

何其闲适淡雅的公子哥儿，长河猜不出他的身份，笑笑："我头一回听到有人能把《胡笳十八拍》弹得既摇头晃脑，又撕心裂肺。"

美人笑声似银铃般动听，长河认得她，沅京勾栏出了名的清倌儿，色艺双绝，定南王上个月才把她娶进王府，很是宠爱。朱鹮不看她，只和长河说着话："你在笑我吹唢呐呢。"

美人瞅着长河："你的见识竟是好的，不像药铺里的伙计。"她上上下下地看他，又说，"气度也不凡，真难得……还挺眼熟呢，我们见过吗？"

长河粲然一笑："没见过。"

美人怔然，朱鹮的琴声又起，是长河很喜爱的《渔舟唱晚》，让他想起黄昏时金色的大海，起伏的波浪像黄金屑。

美人在琴声中款步离去，微风吹动她的裙裾。那晚长河回家，梦见自己纵舟酣睡在十里荷花中，有月光如银。

老郑母亲的病很重，孔唯救人心切，勤于向几位师父讨教，制药之余，经常埋首在医书中查到后半夜。长河又心疼又欣慰，疼惜她太累，但她总算不寻死了，可喜可贺。

孔唯很忙，长河也不轻松，他有一大堆书要看，一大堆事要做，一大堆草药要送。尤其是定南王府的草药，每一味药材都昂贵珍稀，由仁寿堂的老师傅亲手熬制成汁，托他端去，一日三次，不可延误。

对长河而言，绕到回廊下，听朱鹮弹琴是他珍贵的闲暇时光。朱鹮是定南王为小儿子路迢迢请来的琴师，但九岁的小王爷坐不住，定南王公事繁重，王妃又在病中，对小王爷疏于管教，反倒是新纳的宠妾美人会来听一听。可她要避嫌，多数时候，是长河独享朱鹃的琴声。

朱鹃二十有七，十年前就离开了家，江湖飘零。他少时住在祖辈传下来的旧宅子里，门前对着荒野，秋天有白鹭飞过，他总在窗下练琴，父亲最爱听的是《胡笳十八拍》，可他嫌悲凉，弹得极少。

父亲亡故后的许多秋日，朱鹃常常弹起它，太多情绪涌上心头，惋惜、苦涩，却满怀温情。没想到，会被十二岁的少年识破。

一日，长河和他分享着饼，淡淡道："我父亲也说这支曲子好。"

这原本是私隐，但朱鹃让长河感觉亲切，不吝于讲实话。朱鹃很震惊："他们说，你是弃婴。"

六岁以前，长河也这般以为。有男子找到他，在一架乌黑马车上，对他说了很多话，末了问他："你明白吗？"

幼年的长河话很少，从那个午后起，他决意成为父亲期待的人。他点了头，镇静地说："告辞。"

他回到仁寿堂，面色如常，孔母在忙碌着，他接过她肩上的药篓，唤道："姨。"

朱鹃说："所以，你选了养母。"

长河笑："我舍不得孔唯。"

朱鹃眼神一黯，活到二十七，他仍未成婚，只因心中也有舍不得的姑娘，但又能如何呢？

舍不得，放不下，见不着。我还想着你呢，但如果你忘了我，我又能如何呢？

长河听得不好受，沉着脸回去。孔唯见了很诧异："怎么啦？"

心仪的姑娘一头黑得发蓝的长头发，圆脸大眼，咧开嘴笑时，像咬一口大白梨子，水汪汪，甜丝丝。长河瞧着孔唯，没头没脑说："我永远是你的带刀侍卫，我自封的，你不要反对。就算你把我忘了，也不要反对。"

孔唯筛着药笑："行，先表演一个胸口碎大石，给我开开眼吧。"

长河冲动起来，扳过孔唯的肩，问："孔唯，你想嫁怎样的人？"

孔唯愣住了，想了一会儿，说："我喜欢心怀万里的英雄。"

长河松了一口气："太好了，我也是这样要求自己的。"

孔唯失笑："这问题真奇怪，上至太祖，下到平民，都会问。"

昔年，本朝太祖北征时，看上逃难人群中的虞家小女阿绣。那少女是真美，迁徙途中，谁不灰头土脸？她却难掩艳光，太祖被她摄住心神，对她志在必得。

为保全族人的性命，虞绣入了宫，被封为贵妃。民间传说她神秘、瑰丽、冷若冰霜，但帝王的耐心有限，问她："你终日不乐，何故？"

虞贵妃坦率相告："因为陛下不是我想嫁的人。"

太祖怒极反笑，又问："那么，你想嫁怎样的人？"

"有趣的人。"虞贵妃说。

据宫人说，太祖铁青着脸离开，次日就把虞贵妃打入冷宫。几年后，服侍过虞贵妃的宫女出宫嫁人，说起当年事，称皇帝下诏后，贵妃出奇冷静，几乎是脚步轻快地去了冷宫，让人疑心她激怒皇帝，是想索要到这一归宿，从而不被厌恶的男人碰。

而死……没必要，也懒得死了。

虞贵妃被打入冷宫的第三年，太祖在寿宴上观看杂耍艺人的演出，笑得前俯后仰，给了重赏。艺人谢恩时，太祖自语道："原来，你想嫁的是会钻火圈的。"

太子路正宽侧过脸，艰难忍笑。次年末，太祖崩于西域敬献的艳妃香榻，按他早已立下的嘱托，后宫嫔妃一律殉葬。他生是快活王，死也要当风流鬼。新帝路正宽打开司礼监太监呈上的奏章，扫了一眼："冷宫的那几位就罢了吧，先帝活着就不喜，何必再送去？"

大太监"喏喏"着告退，只当新帝也贪图虞贵妃的美貌。岂料，路正宽从此竟忘了这档事，太祖从前的三位枕边人仍枯守冷宫，被含糊地称为太妃，跟他无下文。

路正宽微服私访时，将风言风语听入耳中，笑笑道："虞太妃艳色无双，帝国不做第二人想，但孤留她一命，只因惜才，又美貌又有趣的女子，不多见。"

冷宫凄清，但虞绣待在一隅，照样有诗情和欢愉。宫女说，另外两位太妃神志不清了，虞太妃却神采奕奕，用筷子在沙地绘画，背诗，还在暴雨天救了一只受伤的鹩哥，几经训练，鹩哥已会说零碎的句子了，不时给她叼些花草种子，远远望去姹紫嫣红。

虞太妃把日子安排得颇有条理，路正宽开玩笑说，有朝一日，太妃修成长生不老之术，足踏祥云飞升，也在意料之中。

南巡途中，长夜酒浓，帝王将一生一世绝无仅有的真情吐露。侍从们服侍路正宽睡下，都打定主意忘却他的言语，且让隐秘的，变作绝密。

史官对路正宽此行仅用两行文字歌功颂德，风月情怀，自不在其列。而文人揣测的宫掖秘辛里，为他编排的是另外的女子，任谁也不会料到，帝王和他的毕生至爱，连像样的对白都未有过。

他遇见的那个人，是他父亲的女人。他不愿自己被她看成是父亲那样的人，便不碰她，但也不想她另嫁别人，就搁在冷宫里吧。搁在他随时找得着，却又不便去找的地方，是最妥善的。

在偶然的冷雨夜，太宗路正宽批完奏章，走到那高墙下。灯火闪烁，他听到虞绣隐隐的歌声，或是她在教鹩哥念诗，零零星星的小句子，被她吟得欢喜。

他被她陪伴，秘而不宣。

世人关心的是虞太妃的容颜。孔唯很向往："好想见见她啊。"

长河挠头，定南王纳的美人已是绝色了，但朱鹏教小王爷路逦迤练琴时，小王爷撇嘴不服，他爹爹喝醉时说过，情愿折寿十年，回到旧年的羊肠小道，在太祖没发现虞绣之前，拿下她。

只有真正的美人，人们在谈论她时，会本能地说："啊，那是美人！"而不是："她气质好，有才气，很可爱。"第一念头必定是她的容貌。虞家阿绣，是真正的美人，太祖在尘土飞扬中见着她，明珠蒙尘，也比石头闪亮。

长河说："太美了，会不祥，他们都得不到她，越得不到，就越会夸张吧？"

孔唯笑问："我的命太贵了，也不祥啰？"

长河又想抱她了，在她耳畔说，别怕，有我呢，你别怕。

不，还不到时候，再忍忍吧。口说无凭，他要把前路铺结实点，让孔唯走的每一步，都脚踏实地。

再等等我，尽管你的母亲忧心忡忡，女孩子没着没落的，不体面。她只盼着你早些嫁了，别无他求。我说不出话来，但是，姨，看我的吧，真的。

经孔唯的医治，郑母病情好转。老郑打制了一只精美的药箱送给孔唯，答谢长河的则是一套茶具。朱鹮见了，出主意道："这等精巧的手艺，发家致富容易！他善治木，我善制琴，筹够本钱，就开间乐器行。"

长河胸有成竹："盘个小门面，我出得起钱。"

十二岁的少年早早就懂得规划，攒了点钱就拿去与人合做买卖，名下有两间包子铺、一家补鞋店，每到年底都能分到红利。他说祖上是经商起家，虽已和他们走散，骨血里似有传承，攒下来的钱不太多，但为朱鹮和老郑投资是够用了。

朱鹮在王府有正职，暂且请辞不得，乐器行的前期事宜就都托付给老郑了。老郑很上心，和朱鹮沟通得也好，从选材到上漆都亲力亲为，连熬数个通宵仍干劲十足。

孔唯磨着药，看长河忙进忙出，问："你和老郑萍水相逢，为什么这么帮他？"

长河想了一下，说："我享受当好人，也渴望当……英雄，心怀万里，立足脚下。"

孔唯知道他在说什么，却没有走开，慢条斯理择着药材，拿起来嗅嗅，搁下了，又拈起另一枝，用手指捻成末儿。就在长河以为她会回避时，她说："我是看着你长大的，长河。"

长河凝望着孔唯，她眉眼清淡，衣裳有隐隐的药香，她在择药，只是择药。不同于太祖对虞绣的掠夺，不同于朱鹮对梦中人的相思，长河对孔唯的情感，是与生俱来的牵绊。他习惯了和孔唯朝夕相处，不习惯她将嫁作他人妇，抱着孩儿，对他进退有度地微笑。

长河蹲下来，扶住孔唯的肩膀，柔弱的，薄薄的，他说："你说你是看着我长大的，可我也是看着你长大的，孔唯。"

我识得你太久太久了，久到根本看不惯别的女子的长相了啊。

你说你要嫁心怀万里的大英雄，大英雄十步杀一人，杀得万里无人，心里只住你一个。

入冬时，第一张琴制作完毕。朱鹮用《胡笳十八拍》试音，老郑听完，恍恍惚惚的："你一弹这支曲子，我就很想哭。"

朱鹮笑容绽开："你也逃过难吧？"

十余年前，朱鹮是地道的皇族，大云朝的末代皇帝是他的表兄，他们有同一个外公。亡国时，皇帝携太子阖宫自焚谢天下，朱鹮的家族受到株连，被本朝太祖发配北边修避暑行宫。

从皇亲国戚沦为匠人，也只在弹指刹那间。朱鹮在北边一待九年，烧瓦砌墙样样来得，还学到了木器活的门道。抚琴是风雅事，会制琴更让他志得意满。行宫建成后，朱鹮务农为生，乡邻盖房子，他是很抢手的工匠。

九年来，族人散的散，死的死。前年，皇帝路正宽为染疾的长公主祈福，大赦天下，朱鹮孑然一身，一路走回了沅京。可想而知那是很苦的经历，老郑唔叹，长河也很感慨："若想不开，早活不成了，难怪你的《胡笳十八拍》弹出了苦中作乐的味道。"

朱鹮云淡风轻地拨着弦，笑："比之焦尾何如？"

焦尾是四大古琴之一，相传，蔡邕途经乡间，有老者生火烧水，他听出炉膛里一根桐木燃烧时爆出不凡之响，急忙取出，上弦成琴，因其尾被烧毁，故命名为焦尾。长河心一动："父亲制成的琴，女儿用它作成千古名曲《胡笳十八拍》，确是美谈。"

老郑听不懂，朱鹮讲给他听。大汉朝末年，蔡邕的女儿蔡文姬在逃难中被匈奴所掳，在塞外度过数年后，才被曹操用重金赎回，写下这支《胡笳十八拍》。而她父亲所制的焦尾琴失落于兵乱时，不知所终。老郑拍着腿直叹可惜，长河说："从图卷来看，我们这张琴，酷似蔡公之琴。"

朱鹮挑起眉："稀世之宝重见天日，江湖和庙堂都喜闻乐见哪！"

他们二人心有灵犀，想将这张琴烧焦，做旧，假托源自蔡邕之手。老郑很慌张："这，这，造假不好吧？"

长河道："人民群众对故事和传说是有需求的，我们最多是成人之美啊。"

做生意嘛，要想红红火火，要点滑头在所难免。长河自幼混迹于俗世，和三教九流打得火热，有极狡黠的一面，否则，年仅十二岁，怎能挣下几份小产业？

朱鹮一笑，拍拍长河的肩。长河和他投缘，万事都不瞒他，坦陈孔唯屡屡被退婚，也是自己在背后捣鬼。流言漫天，孔唯不好嫁了，他将顺理成章地接手。而那几户人家的家禽牲畜是遭了点殃，但他在赌场上都做了补偿。

雇几个游商扮算命先生，就得偿所愿，可比孔唯嫁了再去抢亲来得简便。朱鹮大笑："你小子是我见过最有趣的人……之一。"

长河很谦逊："彼此彼此，我也只爱和妙人儿结交。"便都想起了那冷宫中的大美人，长河很神往："不知你我可入得了虞太妃法眼？"

朱鹮摸了一块点心吃了，喝一大口茶："你神通广大，寻条门路，约她见个面？"

长河抓抓头："好说好说，从今夜起挖地道，三十年后，直达冷宫地下。"

长河以商人自居，事实上，商人和政客很像，三寸之舌，胜过百万
雄师，可撩万众心弦，可诱守财奴倾家荡产，可驱懦夫慷慨赴死。本朝
太祖路得胜治国虽昏庸，但在民间拥有大量热血拥趸，这跟他绝佳的口
才是分不开的。

苍南山的枫树红如火，被太祖说成是庆贺自己登基，以示君权神
授，连年号都定为"天策"，足见用心——既然牵强附会是皇帝都热衷
的把戏，小民依葫芦画瓢，不为过吧？

三天后，沅京好几家酒楼里，先后传出精妙绝伦的《胡笳十八
拍》。目击者称，那神秘阔客抱琴来，豪掷千金，指名让定南王府的琴
师朱鹂演奏。

阔客流连酒肆，声色犬马，风采和气势都直追《风尘三侠》的虬髯
客，却只在沅京逗留三日，即掷杯仗剑，狂歌远行。见过他的众掌柜都
称，阔客是塞外异人，临行前，将上古名琴赠予知音人朱鹂。朱鹂深感
贵重，不胜惶恐，放在乐器行里寄售，好音律者纷沓而至，郑姓掌柜却
说它是镇店之宝，概不出售。

尤物扮作端庄，勾人端详，乐器行在极短时日就闻名于沅京。长
河数着订金，舒坦极了。老郑挣着钱了，请朱鹂和长河下馆子，笼着手
憨笑："缩手缩脚，穷困潦倒，果然，要赚钱就得豁得出去。我虚长你
三十，却真该拜你为师。"

长河夹一筷子辣子鸡丁，忽有一瞬出神："我想过，我没别的路
可走，只能把人生当成买卖来经营。我能干些，会赚钱，能自保，也能
保护孔唯，还能全身而退，才会让她母亲对我有信心，相信我小孔唯三
岁，也照样是她的依靠。"

情爱里有太多的崎岖和缄默，借了醉意，朱鹂也忆起多年前那惊鸿
一瞥的倾心相遇。

太祖夺了天下，高抬贵手，只将前朝遗老遗少们逐去修行宫或皇

陵，没要他们的性命。在文人的渲染下，他俨然仁慈圣主，愚民们高呼万岁。然而，对下野者来说，上位者将之流放，比斩杀之更有屈辱感。朱鹮的亲眷侥幸捡回命，但缺乏维持的心念了，混迹于贩夫走卒中，潦潦草草地活，疾病一来，如释重负。

沅京往北，漫漫九百里，身戴重枷，风餐露宿，不断有人被疟疾和风寒夺去性命，而所有企图逃跑的人都被当场格杀，抛于荒野。

不想死，就得想出一条尽可能好的活路。朱鹮不停找人攀谈，对所有的未知都有好奇心——跟官差探讨蒸馒头的诀窍，找染坊大娘请教套色手法，向西北少年学唱民歌花儿，手头没有乐器，就摘了树叶子练习吹出曲调。

那晚落了雪，队伍经过一处结了冰的河，官差也累了，众人遂就地歇脚。有年轻人凿冰取水，运气好，逮了几尾大鱼。枯树下有一支马队在小憩，为首的中年人差人生火烤肉，香得囚徒们坐立不安，催年轻人去借个火，争取能吃上烤鱼。

年轻人借到火和盐，回来说马队里有美人，囚徒们不信，待马队的人围坐在火堆前就餐时，所有人都呆住了。火光闪耀下，衣衫朴素的少女有一张极美的面孔，微笑时如明月破云而出。

囚徒们交头接耳，疑心已来到了地府，却见着了白衣的菩萨。

她美如错觉。

朱鹮在吹小曲，少女闻声向他张望，他的旋律陡然一顿。她凝神听了一阵，找人要了鹿刀，割了一大块熟羊肉，用细铁丝穿过，拎在手里，大步走过来，往他枷锁上一系，声音很清脆："这段《杨家将》我喜欢。家母是西北人，也唱过它。"

朱鹮迎望少女，明明是温婉的容颜，举手投足却有江湖自在的架势。她细看他枷锁上歪七扭八的花纹，问："你在画什么？"

那不是画，每过一天，他就用尖利的小石块刻一个记号。但横条竖杠太单调，他就故意刻得和前一天不同，左右算个乐子。染坊大娘嗤笑，说今天和昨日一样，明日又和今天一样，记了，也只会徒增伤心，不如糊涂些好。朱鹮望望枷锁上的羊肉，问大娘："给你一块生肉，是不是想弄熟吃？"

大娘"啊"了一声，朱鹮又道："红烧着吃，烤着吃，煎着吃，油吱吱响，光是闻一闻就高兴吧？这些记号，是我在烹调那块生肉。"

少女笑了，那个瞬间，她嘴角的笑容很可爱，如她十五岁的年纪。大娘不服气："想也没用，你还不是什么都吃不上？"

二叔家的堂兄也来帮腔："就是嘛，把馋瘾都勾起来，但吃不着，这叫求不得，人生至苦哪。"

"求，说明我上进。"朱鹮笑了笑，不说话了。

少女在夜幕里骑枣红马远去，朱鹮把刚才的曲调再吹一遍："穆桂英大雨里招亲哩，活拿个杨宗保哩，你死是陪你死哩，不死是陪你老哩。"

再没吃过那么香的肉。沿路走，沿路撕成一条条，爱惜地吃，至今仍念念难忘。老郑叹："也有十年了，她早该嫁人了吧？"

"是嫁了，嫁得不如意。"朱鹮在北边修行宫时，得知她嫁了。她父亲原是江南的盐商，战事频繁，便带着亲眷想往西北小城避一避。最终没能避开，半途中，他们和太祖不期而遇。

长河惊讶："啊！一定是虞太妃！"

虞绣是父亲的独生女儿，她母亲早逝，父亲没有再娶，对她娇宠备至，宁可一死也不想交出她。虞绣一一扫过族人的面庞，笑问："爹爹，嫁给强者不好吗？"

太祖那时已称帝，建立大宁政权，定都沅京，推翻云王朝是指间之事。嫁给他就意味着将是妃嫔中的一个，顶多过几年得宠日子，就得忍受漫无尽期的寂寞苦闷，这和父亲对女儿的期许大相径庭。

父亲老泪纵横，他希望女儿是某人堂堂正正的妻，幸福平安，美满一生。虞绣为了宽父亲的心，违心道："爹爹，女儿宁为将军妾，不当庸人妻，何况他必将是天下的王者。"

虞绣嫁了，但内疚的父亲两年后郁郁而终，以国丈的身份下葬，享尽哀荣。贴身宫女心疼虞绣，哭着说她太苦了，她揽镜自照，淡声说："苦不苦，想想四郎探母。"

这句话传到朱鹮耳中时，他已是手艺娴熟的泥瓦匠了。为赶工期，工匠们披星戴月地干活，累极了就趁监工打盹时，躺倒在壕沟里，睡一小会儿。夜里冷，朱鹮总是捧些泥土盖在胸前，如一床锦被。同伴劝他说这太不吉利，他置若罔闻，一睡如死。

朱鹮总在后半夜冷醒，周遭散发着土腥气，伸手摸到霜冻，头顶是巨大的月、巨大的星。想到千里之外，那美好的女子所见的也是这相同的月光和星辰，他心里便有了些稀薄的安慰。

但她却在冷宫了啊。虞绣的父亲一过世，她就无所顾忌了，对太祖出言不逊，被贬为弃妃。关于她的传说，朱鹮都会听到，可是再无重逢的机会。他从北边回京，和她在同一座城，但无能为力。酒烫得很香，朱鹮一杯接一杯地喝，倒头醉去。

五十年后，朱鹮很老了，跟老伴在湖边闲话，忆及二十七岁时，三个男人那一顿痛快的酒，喃喃道："等我们都离世了，我们的后代会写个故事，故事里有你，有我，有长河和孔唯，有太祖和太宗。"

满头银丝的老伴笑他："你的木匠孙子写得了好文章？"

"不想当文学家的木匠不是好厨子，长河说的。"朱鹮的儿孙都不热衷于艺术，合伙开了酒楼，连桌椅都亲力打制，南北菜式应有尽有，赚得盆满钵满。大老板暮年时穷极无聊，趴在书桌一待三个月，写就一部《镜花深处》。从表面看是帝王情爱录，实为名下的酒店饭庄博噱头，每抛出一个猛料，必然提到一种独创的菜肴，引得好事之徒口水连连，不吃到嘴里决不罢休。

这招是化用长河的手法，既然卖琴是卖故事，卖酒席也不妨搭些传说，而且越是帝王尊享，越不愁卖。老板们夜半数着银子，不忘歌颂爷爷奶奶见多识广，张口就能来一长段皇族逸事，让后辈受益无穷。

所有能找得着的典籍里，都对朱鹮的样貌用词俭省。但他二十七岁时，在少年长河看来，美得太过分，一双眼眸风雨不惊，弹琴时却春意无限，一喝酒便一副任君采撷的轻佻模样，可一开腔，你又会深信他掏出来的是最真挚的情意。长河愣愣地看他，恨不能将一张面皮据为己有。

可是，就连路正宽和虞家阿绣，空有倾天之权和绝世之貌，竟也不能心想事成。

老郑力气大，把朱鹃背到酒馆对面的旅店，长河给他披被子，自言自语："你们都爱她，我却还没见过。"

老郑很赞同："要说朱公子和虞太妃确实是良配，造化弄人啊。他若喜欢了别家的姑娘，我们还能帮着想想办法，但虞太妃……唉，唉唉，谁都不容易，贵人们也都逃不掉，连皇上也有烦心事。"

长河笑了："对政客就没必要体谅了，他们再不容易，得到的好处也是你三生三世享不着的。"

两人在仁寿堂门口道了别，老郑走了几步又折回来，瞪着长河道："你看问题不像只有十二岁，你身体里有没有住着一个比我年纪还大的妖怪？"

"好啊，今晚就飞到你家屋檐，你不要怕。"长河笑道。

三年一晃而过，众人的生活都有了变化，皇帝路正宽接连斩除了几个叛臣，皇位牢固了些；朱鹃年已三十，仍单身，但收养了一个右脚残疾的小男孩；长河的孔唯十八岁了，是沅京小有声望的医师。

退婚阴霾散去后，孔唯活得淡然专注，孔母担忧不减，但不唠叨了，想来是私下慎重谈过。一场筵席过后，长河酒气扑面地来找孔唯，孔唯皱皱眉，想挣开他的手，一挣挣不开，二挣挣不开，就任由他拉着上了苍南山。

苍南山上，红枫树下，那座八角亭竣工了，枫叶还未转红，树冠恰到好处地盖上了亭顶。长河带孔唯走进亭子，摸出火石，为孔唯放飞桌上的三盏孔明灯。

孔明灯闪着逐渐变得遥远的光亮，向云层钻去，长河和孔唯并肩站在山巅观看。在明朗的思绪里，孔唯酩酊般听到长河说："孔唯，在一起吧。"

就在一起吧，孔唯，别逃了。

别装傻了，孔唯，你别躲了。

长河知道孔唯每次到苍南山采药，都会到这棵枫树下坐一坐，就倾尽积蓄为她盖了一座亭子，落雨下雪都不妨碍她看山景。孔唯不是第一次见到这间亭子，但这竟然是长河送给她的，她怔住了。

长河揽孔唯入怀，把她的手从衣襟上掰开，放在自己腰间，脸颊贴住她额头："孔唯，就是我吧？"

就是你吧。孔唯说："别忘了找老郑一家喝谢媒酒。"

老郑和婆娘是在庙会上相识的，婆娘当时已许了人家，老郑仍然止不住惦着她，转年春耕，看到农田的紫云英开得灿烂，没忍住，采了一大捧，走了十多里山路想送给她。临到眼前了，他却丢了勇气，在小院落徘徊，终是把紫云英和墙上的玉米和红辣椒挂在一起，落荒而逃。

老郑又累又窘，连后背都被汗浸湿了，婆娘透过小窗子瞧见了，和表姐互相看看，咯咯笑："姐，让他来提亲吧，他一提我就嫁。"

也不是老郑有多好，婆娘只是不想嫁另一个人。对方是本村的屠户，杀猪宰羊，是殷实人家。但她无法想象和白天杀生的人行男女之事，在洗不去的血腥里生孩子。婆娘信佛，害怕那会是讨债鬼。

婆娘嫁老郑是权衡了的，不算发自肺腑。孔唯问老郑是否难过，他说："我求仁得仁，哪会难过？大家都是讲良心的好人，你对我好，我也对你好，不就够了？"

婆娘笑哈哈："别听他的，女人一开始漫不经心，越往后越用心，不信你试试看。"

孔唯听进去了。

长河和孔唯互许终身，孔母不同意，她被孔唯逼急了，也只一句话："怕是不能够的。"

乌黑马车又停在仁寿堂拐角处了，父子默然共对，良久，当父亲的说："你明知我对你另有打算。"

长河沉声道："你的打算，不是我的心愿。"

男人无言，长河又说："爹爹，你一生都盼望能离群索居，但你不能够，我也不能够。你的担子，我会接下来，前提是，我要娶她。"

男人问："那小女子有何不同？"

"她和别人没有两样，但有她在，我就安心，愿意且自信能处理好所有事。"长河向生父行一礼，下了马车，"爹爹，她是符，镇得住我心头的妖魔鬼怪。"

你不能揭掉她，即使是风，也掀不走，所以我把那座亭子命名为"风停"，而不是枫亭。

我来世一遭，唯愿风平浪静，海晏河清。

长河和孔唯在秋天完婚。十五岁的他褪去了小少年的青涩，更有主见。老郑受他恩泽太多，知道他建"风停"花光了钱，想送一幢小院子给他，他摆摆手："我爹说，施恩不图报。"

老郑针锋相对："我娘说，久负大恩必成仇。"

长河笑："那你帮我当官去吧。"

两年前，老郑听长河的建议，把房屋租了两间出去，给进京赶考的书生住，书生吃饭时讲起科考存在徇私舞弊现象，有京官向富家子弟透露，若交纳一千两白银打点打点，中个举人不成问题。老郑和长河说到这事，长河托人报了官，到了年底，涉案官员就都落了马，其中还包括两个三品官。

办案的清官得到了擢升，邀请长河为幕僚，还称他很有眼缘，长河谢绝，但清官三顾茅庐，他拗不过，想把老郑推出去。

老郑正直本分，讲原则，又懂人情世故，还对民间疾苦心知肚明，是合适的人选。清官很满意，老郑半推半就，走马上任，郑母笑得合不拢嘴，称祖坟冒了青烟，遇着了大恩人长河。老郑的婆娘问："你又是教我家老郑发财，又是送他当官，自己却甘当包子铺老板，莫不是财神下凡？"

长河背着双手，踌躇满志："是啊，你们管孔唯叫女菩萨，我也要做点善事，好配得上她啊。"

隔几天，朱鹮带儿子来蹭饭吃，透露了一个惊天的消息，定南王约莫是要反了，他的宠妾美人不想掺和，求朱鹮救她一命。

朱鹮仍教小王爷弹琴，但早不住王府了，每月去几次即可。他始终和美人保持着淡如水的情谊，可他不过是琴师，如何帮得了她？

长河让朱鹮捎信给美人，先稳住心神，再伺机探听，越详细越好，争取立功。定南王野心勃勃，太宗路正宽不会不防，美人若能提供更具体的细节，路正宽扫清障碍会更顺手些。

清官是二品大员，老郑颇得他重用，美人传递的讯息均由老郑呈报给清官，清官再直接面圣密谈，里应外合，部署严密。元宵节的盛宴上，路正宽拿出定南王谋逆铁证，定南王一党被精悍禁军围住，傻了眼，束手就擒。

顷刻间，欢宴变成审判场，赴宴的要员们惊魂未定，看了一场好戏。更令人吃惊的是，路正宽将陌生的长河拉到身畔入座，轻描淡写，让众人当个见证，这眉目和他如出一辙的少年，是他真正属意的太子。

长河一改平时朴实小伙计的装扮，月白锦袍，玉冠束发，平生头一次出席真正的家宴，但从容不迫，一望即知路正宽对他有过悉心栽培。群臣面面相觑，叹服于路正宽心机深沉，从长河的年龄推算，他是路正宽"刚出娘胎就夭折"的幼子。而当时，太祖在打仗，刚在辽东称王，离问鼎江山尚有数年。

襁褓中的婴孩如何被太宗看出是可造之才，七十年后横空出世的《镜花深处》一书里，给出了神叨叨的解释，说长河出生前夕，他母亲梦见金色的小飞龙在屋檐盘旋。路正宽引为吉兆，路氏必将开创新皇朝，而自己则是理所当然的储君，但也可能，等不到那一天，就死于一支浸了毒液的暗箭。因此他将长河托付于死士傅红英，平素只单线联络，连孔唯都不知母亲竟肩负了重大托付。

孔母急于将女儿许配于人，是担心自身不得善终，而长河岂是能高攀的？可皇帝竟准许了这桩儿女婚事，孔母更慌了。长河跪在她脚边发誓："姨，你放心，见孔唯第一面我就想，这个女孩子，我要对她很好很好，我人是笨，但，但是我会学的。"

孔母再忧虑，对长河是疼爱的，笑了："见孔唯第一面你才出生五天，都还是小孩子呢。"

长河嘿笑："姨，这叫前世有缘。"

叛贼被一网打尽，臣子们暗暗重新审视路正宽，他看似温厚，实则未雨绸缪得近乎诡诈呢。将幼子藏匿于暗处，是进可攻退可守的一招，若他身遭不测，长河是有钱又安全的庶民，替父亲接应家眷，给予最稳妥的余生；若路正宽坐稳了皇位，必会迎回这最可靠也最得力的儿子。

路正宽给了长河最大的信任和支持，长河不负所望，为他发掘异士能人，布下密不透风的情报网，敛下巨额财富，沅京和帝国十三州府最负盛名的产业都由路氏的人马把持，每个月都能拿到可观的红利。

金钱和人才，都被长河不动声色地大隐于市，而他才十五岁，已显出极强的才干，路正宽改立他为储君，谁都心服口服。

太子南衍本就对皇位意兴阑珊，对从天而降的长河没有异议，离席向弟弟敬酒。若非长河，他铁定死于非命。他深信长河当了皇帝也不会加害自己，否则，长河大可借定南王之手，除去登顶的障碍。

朱鹮和美人在事件中各有功劳，美人携钱财返回原籍，半真半假地约朱鹮归隐。朱鹮直言心动，但他记住的，是少年时偶遇的虞绣。

在长河的要求下，路正宽命太监诏告天下，虞太妃病逝。长河眼毒心静，看出父亲不情愿，但窥不到他幽微的情愫，问："爹爹是顾忌爷爷泉下有知，会不痛快吗？可美人空老，龙泉夜吟，都是人间惨剧，不妨成全她吧。"

路正宽无可奈何："你忤逆我两次，一次为孔唯，一次为虞绣。"

"爹爹是圣善明君，会同意的。"长河拍了一记马屁，路正宽龙心大悦："我不同意也不行，等你当了皇帝就会随心所欲，我拦不住。"

天意人心，都拦不住长河帮兄弟圆梦，以及，娶心上人。

长河原先跟着孔唯母亲姓傅，改回国姓"路"，偕妻子孔唯搬去了东宫。民间劝人时遂多了句金玉良言："孔唯当太子妃之前，不也被退了七次婚？"孔唯也听到了，捶长河的胸膛，恨道："都是你在暗中捣的鬼！不让我嫁别人，就坏我名声，一辈子都洗刷不掉了。"

长河笑："千百年后，人们读到这段历史，会认定孔姑娘才貌双全，光彩照人。"

孔唯犹豫："你值得找更好的人，我还没能够，还没能够……"

她给了他情，但还没给他心，长河有数的，孔唯也不瞒他。长河笑了一声，把她抱得更紧些："我不在乎。"

同样的话，虞绣也说过。她以疾病之名辞世，嫁与朱鹨为妻。长河亲往冷宫接她，残阳中，虞绣着素白的布袍子，在墙边看书，比传说中更风致。

她和朱鹨是太相似的人，朱鹨流落到王府当琴师，仍一身清贵，更像养尊处优的贵族，终日沉迷音律诗画，最大的焦虑是音调得还不够准。生计于他，像可有可无，跟这冷宫里自得其乐的女子多像。

庭中落木萧萧，长河立于一隅悄然看虞绣，不禁喉头发干，她当真美丽如传奇，他连咳两声才镇定下来，说明来意。

太祖问虞绣想嫁怎样的人，她回答说"有趣之人"，因此被打入冷宫。而朱鹨……她记得他。她认定的有趣包含乐观旷达，而他用一片叶子吹出伤感的情歌，把苦日子说成是焦香的肉，在枷锁上刻下野趣横生的花纹，她记得他。

长河说："你们虽都不介意独自过完这一生，可是我想，你俩搭个伴，会玩得更尽兴。"

虞绣看向停在葡萄架上的鹨哥："你说呢？"

鹑哥用西北话呱呱道："试试看吧。"

虞绣笑，像春风拂过长河心头，他心惊肉跳地想，若没有遇上孔唯，他也会爱上这雪肤花貌的女子，他确定。长河带虞绣去看朱鹦，朱鹦说："你要独行，长河也会放行的，倒用不着和我绑在一块儿。"

"我不在乎。"虞绣说。少年朱鹦不幸逢着乱世，饱受磨难，却仍有趣迷人，乏味的太祖是不会懂的。虞绣不爱谁，但乐意给朱鹦机会。

长河明了朱鹦的性子，但仍很想他入仕帮自己。朱鹦笑言文人干政比宦官专权好不到哪儿去，建造一个好的时代，最需要的是大量的钱财和能人，可他只会风花雪月，帮不上什么忙。长河说："据我所知，坏时代才会有好诗歌。"

虞绣问："殿下看来，赞美生活不如抨击政权高尚？"

长河一愕，脱口说出令人费解的话："在我的时代，似乎是。"

"你的时代？它还未到来。"

知心的兄弟和可心的爱人围坐，长河有话直说："若我说，我来自另一个时代，你们会怕吗？"

老郑问："真是神灵下凡？"

长河大笑，给他们讲了个小故事。在他的时代，他是小会计，即账房先生，养了一条名叫奔奔的狗，没有女朋友，下班回家看小说，玩游戏。有一个晚上，他昏天黑地地长睡，醒来却来到了别的朝代，自己是九岁的长河，奄奄一息躺在床上，映入眼帘的是孔唯哭肿的双眼，孔母喜极而泣："我就说吧，这孩子死不了。"

长河九岁时出天花，差点儿没命，名医一拨拨来，一拨拨走。在孔唯的记忆中，母亲前所未有地惶恐，搂着她眼泪断线似的落。

她问："你附身在九岁的长河身上，随他长大？"

长河挠头："算是吧。"

朱鹦兴致勃勃："你们后世人如何看待我们？"

长河别开脸，有点不忍心："我读过的史书中，你们不存在，我猜是平行空间的朝代吧，所以不被我们知晓。"

"啊？！"老郑和孔唯齐齐惊呼，但虞绣只笑笑，"哦，史书中没有我们的踪迹，但红尘里我们来过。我们自己知道就行了。"

许久后，孔唯问："你会回去吗？"

长河给了她答案："在那个人世，我郁郁不得志，我肯回去吗？"

"在这儿，你将是皇帝。"朱鹮眉开眼笑，"太好了，先头还嘀咕你多智近乎妖呢，成年人钻进了孩童的躯体，就说得通啦！"

有机会在新世界书写命运，去实现在旧时空想了千百回的抱负，长河很珍惜，也很好奇会做到哪个地步，他问："你们梦想的好时代是怎样的？"

孔唯气鼓鼓："好时代的姑娘被退婚也不会满城风雨，太子妃行医是美德，不是离经叛道。"

严谨的医师在亲朋身边另有一面，亲昵，爱笑，常撒娇。长河揉孔唯的头发。最初降临此间，他总睡不好，很警惕再度醒来又回到原地，要看到孔唯，心才安定。她是他笃定存于这时代的象征，像最深的梦境，他留在梦中，将大展宏图，建功立业，把身为草民时的治国构想——落实。

在那一世，当腻了卑微小民，而在这神赐的一生，要当盖世英雄。这泼天大运，长河梦寐以求，除了孔唯，他不为任何事分心。

世安十五年，太宗路正宽驾崩，太子路长河继位。次年改年号为北辰，立孔唯为后。

北辰二年，路长河南巡，有草民询问这位成长于民间的皇帝治天下的目标，皇帝答："富人玩好，穷人吃饱。"

草民追问："若穷人想吃好，或玩好呢？"

皇帝笑："给他挣钱的机会。"

十六岁的草民不依不饶："若没能挣着钱呢？"

皇帝看他一眼："那就安分守己地苟活。"

围观群众大哗，普遍感觉是冷血寡恩的说法，但纵观长河统治期间，社会安定，国家富强，子民康乐，连下笔客观的史官都对他充满溢美之词，夸他完美体现了"交二三子，爱天下人，取一瓢饮"。

神宗路长河爱民如子，只因他从民间来，纵然当了一辈子的皇帝，他也牢记初衷，从未遗忘。而女子们更津津乐道的，是皇帝对皇后的深情，他的后宫仅孔唯一人，一夫一妻，直到生命终结。

孔唯殁于北辰十九年冬，《镜花深处》对她临终的情景描绘得详细，像亲临其境，钻在床底下偷听——

皇帝挥退了饮泣的宫女们，蹲在床头，为皇后擦拭额上沁出的冷汗。皇后挣扎着寻找他的手，贴在自己脸上，断断续续道："跟了你，我名声真坏啊，是大宁最知名的妒妇吧？"叹口气，又道，"今后再喜欢谁了，别到我坟前说。"

若是平日，皇帝会打趣说："若再喜欢谁了，哪会记得去给你上坟。"但诀别在即，他急痛攻心，"孔唯，我来到这里，一睁眼就只看到那么好看的女孩子为我哭，我不认得别人。"

跌跌撞撞的穿越生涯里，孔唯是长河触手可及的安定。他对这世间的认知，都由她教会。她为他烧水喝，记挂他的冷暖，诚心诚意地对待他，他不能不爱她。

皇后孔唯已在弥留状态，神思涣散，她用尽最后的力量，再看一看皇帝，嘴边溢出浅笑："我嫁了心怀万里的英雄，很知足。长河，来世见。"

孔唯被写入史书，占据一页薄纸。她逝后，皇帝后宫空悬，六年后皇帝崩于御书房，继任的裕宗是他们的长子，遵遗诏将父母合葬一陵。在朱鹨夫妇的追忆里，孔唯离世后，皇帝更加呕心沥血地扑在政务上，逢年过节时，才会到窑村观看他们烧制瓷器，笨拙地往葫芦窑中加松柴，被呛得直咳嗽，狼狈落下泪来。

《镜花深处》里讲到，这是皇帝在思念他的皇后了。每当此时，朱鹨和虞绣都不去打扰他，也决不戳破。一代雄主，重任在身，不常有恣意伤怀的机会，由他去吧。

书中对长河和孔唯的描述可谓浓墨重彩，但再细致入微的想象和推论，也无法还原全部事实。总有一些往事，只属于帝后两人，将永不为人知。

那座名为"风停"的八角亭，不会被记入史册，皇帝也只在夜阑人静的时辰，或心浮气躁的午后，一个人去坐坐。在已逝去的年月里，他偶尔陪孔唯采药，在亭子里吃清爽的小菜，随意谈着天，不觉圆月升起，喝至酒酣耳热，朝孔唯丢一个心照不宣的眼色。

旷野无人，天色幽蓝，心上人衣衫褪尽，胴体闪着白玉似的光，这会是永久的秘密。长河把书翻过了另一页，真想再和她痛快一回啊，可她不在了。

但不要紧，他就快去陪她了，就快了。

二〇一二年十二月

那夜，陈七宿于渔舟，独酌至中宵，一男一女同骑雪白大马而来。马上那男子，生得龙眉凤目，陈七为其风采所惊，举酒邀约，男子从马背取了熟羊肉，慨与同酌，女郎亦大方。

酒过三巡，叙说些闲话，女郎道："我们想去看大海，传说世外有飞仙，我自小就好奇。"

陈七问："往北否？"

男子却说："不，此去岭南。在我的时代，岭南已是很好的地方，有美泉佳果，四季不冻，我想看看这时的它。"

饮得尽兴，不觉红日既升。男子从柳树上解下马，笑道："换你的船，如何？"

陈七谢过两人，男子携女郎坐于扁舟上，随波竟去。陈七拿一盏酒，擎在手里，遥遥相送，眼见得渐如钱币细小，返身牵马回家。

到得家中，往那马鞍一摸，硌手，掀开一瞧，竟是一锭金子，另附薄笺一张，浓墨小楷："平生无所好，就爱当财神，马和金银是你的福报，不必不安。"

想看得细致些，纸张却在手中燃着，陈七慌忙掷于地上，瞬间就化为灰烬。又过了两三日，他将黄金兑了，买了十亩地，种玉米高粱，常有过路人掰些走了。有人相劝，陈七摆摆手："财神送的礼，与众人花吧。"又道，"财神是有娘娘的，你们不晓得吧？我真见过他们。"

——《全宁文补逸·列异集·镜花深处》

二·空灯

手中有酒，身边是你，这样的生活，我很满意。

皇叔这就赶来抢夺传国玉玺了。

宫人们惊慌失措，跪了一院子，皇后把宋小满喊进里屋："你把玉玺和航儿带走。"

两岁的皇子路远航被皇后喂了半颗安神丸，睡得正熟，他的生母岑贵妃搂着他垂泪不止。皇后眼中有一瞬黯然，她的儿子路顺祺是太子，已被囚禁，她是救不了他了。

密道就在荷花池下，皇后刚搬进北宸宫那年，就密令匠人挖建，奈何势比人强。宋小满哭着求皇后一起走，他水性好，拼死也会护她周全。皇后笑笑："你见过流落民间的皇后吗？身在禁宫，要有横死的自觉。更何况——"

明诚皇帝已经遇刺身亡了，皇后透过窗棂看院落外的宫人："我逃了，所有跟我有关的人都会死得更惨。"

宋小满抱着路远航，倔强地不肯走，皇后笑着拍拍他的头，突然眉一皱：宋小满的穿戴会被人轻易看出他是宦官，可他没出过宫，一件常服都没有，仓促间，皇后翻出她唯一一身不那么华丽的衣裳——前年在孔太后冥寿上穿过的孝服，亲手为宋小满穿好。

换上女装的宋小满像神话里的童子，雪白纤幼，雌雄莫辨。皇后飞快打了一个小包袱塞进他怀里，掀开青石板，把宋小满和路远航推入水中："我知道你一直想走出这里，去吧。"

水声入耳，将岑贵妃的哭声吞没，宋小满将婴孩抱得再稳当些，竭力推开水流，向前划去。包袱里有首饰、良药和……传国玉玺，皇后的语气轻描淡写，只说自己既然是皇帝心腹相托之人，皇帝不想给出的，她就不能让人轻易拿到。她让宋小满带路远航走，也出于同一目的："我舍己为人？算了吧。我和岑贵妃又不熟。皇叔当皇帝没悬念了，但我偏要叫他如鲠在喉。"

玉玺在皇后眼里，不过是随时可丢弃之物。她说："小满，能保住就保住，一旦成了你的麻烦，就不要强留，明白吗？"

宋小满钻出密道时，浑身都湿透。他摘下斗笠，把襁褓中的路远航遮一遮，然后从包袱里捡了一只简洁的蝴蝶钗衔在口中，剩下的统统埋在树下，用力夯实。皇后的珠宝首饰太贵重，他随身携带多有不便，必须暂时埋存。

不远处轰然响起巨大的爆炸声，北宸宫火光冲天。宋小满眼含热泪跪倒在地，拜了三拜。随后，他将湿润的发丝捋顺，结成两根发辫，插上发钗，起身整了整衣领的花边，怀抱婴儿消失在夜色中。

这美少年已决意以女子的身份在世间存活。

明诚九年秋，皇叔路恒昀在逼宫之夜和皇后有过密谈，内容不为人知，但在外等候的所有人都听见了那惊天的一声异响。羽林卫疾速闯入，路恒昀捂住流血的手腕，铁青着脸怒视皇后，皇后温言道："皇叔，请回吧。"

路恒昀愿意解除对太子的监禁，放他们母子团聚，并承诺双方相安无事，他确信表达了足够的诚意，皇后却说："你夺位，是不想仰人鼻息，我和祺儿也不想。"

路恒昀咬着牙问："你情愿搭上你和顺祺的命，也要和我赌气吗？

他才十五岁！你忍心吗？"

皇后笑而不答，打了声呼哨，火苗登时从屋顶各个角落蹿起。在宫人混乱的惊叫中，皇后轻松引爆了脚底踩着的机关，路恒昀被护卫保护着，仓促逃至门外。巨响过后，皇后的身躯飞起来，四散溅落，被惊惧的人群踩踏——她料到了，她不在乎。

她不想仰人鼻息，她不苟活。新君路恒昀撤到外围，被浓烟呛得直咳嗽，右手已由御医包扎了，仍不断有血渗出。他是如此恐慌于传国玉玺被炸得粉碎，不会的，她不会的，她一定命人带走了它，等到某个盛大的时刻再公之于众，甩他一记凶残的耳光。

皇后甚至是来得及逃的，但她不。火炮声密集，路恒昀由近卫军搀扶着奔回东宫。半路上，宫人来报，太子路顺祺已服毒身亡。

太子被搜身，被绑缚，被人寸步不离地紧盯，竟也能和他的母亲一样，从容赴死？烈火四起，新皇帝路恒昀体会到羞耻的挫败，弯下腰去。

"记住，以后改头换面。"这是皇后对宋小满说的最后一句话。即使是诀别，她也没说感谢的话，这让宋小满很感激。自始至终，皇后都待他亲和，不当他是外人。

一个嗓音柔婉、举止细腻的少年，在禁宫之外的场合会显得怪异，皇后的叮咛，是为保护宋小满。从此他是年轻的小寡妇叶小曼，身世来历信手拈来，回忆到动情处眼圈发红，张二婶也陪着掉了几滴眼泪。

宋小满在张二柱家的柴垛上睡了一晚，天亮时，路远航的哭声吵醒了这户农人。张二婶一边听他哭诉苦命遭遇，一边给路远航熬米浆，张二柱瞅瞅路远航，又瞅瞅宋小满，呵呵笑："这孩子生得俊，一看就随你。儿子像娘，金砖砌墙，富贵命啊！"

张二婶没好气，揪她男人的耳朵，说："你也像你娘，大富大贵了吗？"

张二柱夫妇人已中年，女儿大前年嫁了个小生意人，跟男人北上打货了，这两年都没回；儿子是游方郎中，下个月底也该往回走了，他沿路换些野味，到家就能过个像样的年了。寡妇叶小曼羡慕张家过得有盼头，触景生情，叹息连连：她被大房打怕了，逃得慌不择路，连发钗都只剩了半截，但好歹是金货，等风声过了，二婶再拿去变卖，权当她和孩子的一点谢意。

"嘻，小孩子吃的能算口粮吗？不就多添你一双筷子嘛。"张二婶咬了咬半截钗，揣进围裙兜，搂着宋小满的肩，"妹子，瞧你这小身板，奶水不多吧？"

"啊？……嗯。"

"啧啧，月子没坐好吧？你这年纪该是头胎吧，谅你也不懂。"张二婶麻利地剁猪草，瞥了张二柱一眼，"唉，也难怪，做小难免命不好，作孽哦！"

寡妇叶小曼低眉耷眼，搂着儿子坐着：她本是卢员外的小妾，进门后很受宠，被大房嫉恨。卢员外一死，大房欲将她转手卖入勾栏，她不堪受辱，趁葬礼之日，怀抱幼子逃离家门，若不是好心人张二柱夫妇收留，她已无路可走。过几天她就出去给人当帮工，再落魄也要养活孩子。

张二婶把男人赶到外屋，唤宋小满和自己同睡，有一句没一句地闲话。宋小满把零零星星的传闻拼凑起来，跟预料的差不多：明诚帝突发恶疾驾崩，遗诏传位于皇叔路恒昀；皇后当即殉节，众妃嫔为明诚帝殉葬；太子路顺祺自请为父母守陵三年，为国祈福。

三年？呵呵。一个失势的前太子，谁会关心他的死活？小满轻轻抓过路远航的小手，内心平静。路远航和玉玺都被处理掉，才会让他更安全，可他做不到。小皇子睁着一双黑亮亮的大眼睛，奶声奶气地喊他"公公、公公"，他就心软得入口即化。

"哦，我病了很久，他跟奶娘亲，见我只喊姑姑。"小满遗憾状，"教了好多遍，到现在还改不了口。"

张二婶上上下下打量他，笑眯眯："喊姑姑就对了，你再嫁也方便。单看你这细模细样，谁不当你是未出阁的大姑娘啊？"

小满只当张二婶说笑，转天她竟领了王媒婆进屋，张口就道喜。一问，张二婶赶集碰到了王媒婆，说起远房表妹生得美，性子也好，想为她找户好人家。王媒婆问了小满的生辰八字，掐指一算，哟，配给柏家老爷正合适！

柏老爷五十有三，喘病缠身，眼见一日不如一日，柏家人急待为他娶一房小妾冲冲喜，重振雄威，争取再活二十年。小满拉下了脸，张二婶苦口婆心，劝了半宿，他闷声应了："好吧，确实也算条活路。"

王媒婆里外一撮合，柏家的管家来看了人，很满意，彩礼直接交到张表姐手上。张二婶有点心虚，跟小满商量，这彩礼是按大姑娘的标准给的，她帮小满做点手脚，糊弄糊弄柏老爷，反正他病恹恹的，老眼昏花估计也瞧不出破绽。

"妹子，你拖个孩子不好嫁，我和你哥先帮你养着航儿，你在柏家先站稳脚跟，手头有了钱，等老爷归了天，我们再把航儿过继给你，就说是养子。"

小满明白张二婶的想法，无论是冲着钱财，还是要打消自家男人时不时偷看的那点小心思，她都必须把这个长了一双水汪汪桃花眼的人弄走。

小满自己也不敢久留。这些天，新皇帝路恒昀派出的密探满天下搜寻路远航和传国玉玺，光是这座村落就来了三趟。虽然公公婆婆、儿媳孙子的四口之家看上去也合情合理，但只要哪个村人随口多句嘴……

是该换地方了，前提是要搞到一笔钱。皇后所赠的首饰一脱手，就可能被人查出，连样式最简单的蝴蝶钗，也是砸断钗头才送给张二婶的，不让人看出来历。但留在外人手上，总归不踏实，小满说："表姐的好意我懂，但万一柏老爷识破了，把我往死里打不说，还会连累你和大哥……"

张二婶不以为然："你哭一哭，哄一哄，病老头舍得扒了你的皮？"她凑近些，低声道，"他一病好几年，早没女人近身了，你把他伺候舒服了，别说命保住了，做点首饰戴戴，还不就是他发句话？"

小满顺着话，把半截发钗要了回来，它分量足，打成一支修长的花钗不成问题，算张二婶送的嫁妆。小满攀高枝了，指不定能沾光，再加上有路远航在手，张二婶还得很爽快。

传国玉玺象征着授命于天的皇权，被藏在一户农人的鸡窝底下，臭不可闻。小满抱着路远航，在渐渐涌起的晚风里，笑了笑。

竟要嫁人了呢，他摸了摸平坦的胸脯。

六岁时，宋小满家乡遭遇旱灾，逃荒途中，父母饿毙；七岁时，他被两个芝麻烧饼骗走，几经转手，被卖进禁宫，受了那屈辱一刀；十六岁时，他从普通内侍升为八品太监；十七岁时，他拐了先帝遗孤，怀揣传国玉玺；同年初冬，他披大红嫁衣，扮成女子和重病的阔老头圆房。

命运荒谬，常常不值得一说。

小满对着镜子把眉毛拔得再细些，暗暗再把对策顺一遍。糟老头子人都快死了，色心却不死，那可别怪他不客气了，趁圆房时一拳击晕他，携了财物逃回张二柱家，连夜带路远航远走高飞。

蘸了唇脂，细致地抹，镜中一张陌生的女人脸。小满换好嫁衣，听张二婶哄睡着路远航，跟张二柱感叹："我先前老想，长得漂亮就会嫁得好点，但到头来还不是一样命不由人。"

吹吹打打上了柏家的花轿，下轿时，小满咽下一粒药丸。皇后赠予的大内良药他都认得，也懂点药理，知道含有葛根和枳椇子，就能解酒。童年时，小满的父亲带他出席邻人的婚宴，新郎官被灌得闹出笑话，他还记忆犹新。

久远的回忆里，有谁剥开糖果喂他吃，嘴巴贴在他耳根说，等我到了十八岁，就跟你成亲。附近的大人们都听见了，哄堂大笑，笑完了小叶笑小宋，再把老宋和老叶也笑一通："哎，宋家小子要是女娃，怕会抓进宫里当妃子！"

"哎哟喂，皇天在上，是选！选！"

"是，是，选进宫里当个贵妃娘娘，我们一村老小都沾光！"村人摸摸叶海冲的头，"害虫，到时候你就当不成新郎官喽！"

叶海冲人小志气大，拳头朝桌上一砸，恶声恶气："那我就上山当土匪！反了狗皇帝！"

童言无忌，别来无恙？饥馑荒年让他们失散，若叶海冲还活着，也早懂了，男人和男人是不能成婚的。小满在拜堂时分了心，多少年了，耳根处濡湿酥麻的感觉仿佛还在，宋家小子却终究和男人成了亲。看来，命这回事嘛，你不认它，它也会认你。

红盖头太厚，挡住视线，小满一走神，险些跌倒。柏家大少爷在身边扶住他，他低声道了谢。柏老爷一步三喘，下床都困难，婚姻大事，全凭儿女做主，柏家大少爷遂全权代劳，牵他挨桌敬酒，一碗一口干，还体贴地把酒碗送到盖头下，小满喝了，获得满堂彩。

柏家看重老爷，婚宴办得风光，光是二十年桂花陈就备了半间厢房，小满记不清喝了多少，被大少爷和喜娘金妈扶回柏老爷的房间时，脚步很踉跄，头很晕。

趁大少爷为柏老爷喂药茶，小满掀开盖头偷偷看他，很清俊的背影，像读书人。小满寻思，若失了手，对方会不会用严厉的家法惩治他。但他连皇法都不屑，早不怕死了，死了倒也干净，路远航的出身将是永久的秘密。张二婶是真心疼爱路远航，小皇子会安全地活下去；而传国玉玺被发现，怕要靠大机缘了……

小满想通了，心也定了。金妈给他倒了茶，很和气地说："五奶奶，喝杯茶醒醒酒，老爷估摸着就快醒了，您等会儿服侍他用了药，好好歇歇。"

长烛高照，透过大红盖头看人间，人间朦胧，花月春风。小满观察着这间房，随手端起茶一饮而尽。柏老爷缓缓睁眼，用尽全身之力，将小满带进怀里，手哆哆嗦嗦，抚上他的胸膛。

小满倏然躲开。

红烛蚀魂，一室隐约的淫语浪声传来。

老者沉重浑浊的喘息声，床榻咿呀的晃动声……窗边偷听的人用眼神交流着，散去了。

柏老爷额上的汗大颗大颗滚落，把小满搂得紧，热气喘到他耳朵里，虚弱而急切的语声："他们在茶水里给我们下了药，我说，你听，照办。"

小满惊得连后背都沁出绵密的汗。柏老爷贴紧他，小声指点说："五斗柜最下面的抽屉背后的墙洞里藏了几锭金子，后门守夜的老张头最爱喝两口，这顿喜酒少不了他的，肯定已醉倒在地，钥匙就在茶叶罐子里，开了门就逃，别回头。"

老人瘦弱的身体烫得惊人，语音未落，呼吸声已紊乱得厉害，低吟声自牙缝间溢出，头一歪，悄无声息。

月光如细蛇，从窗棂钻入。小满有片刻的怔忪，试着站起身，发觉双腿已酸软无力，寸步难行。他想了想，拂去脸颊汗成一缕缕的湿发，把脸贴上冷而硬的玉枕，沉沉合上眼帘。

冷让人清醒。恶意，这昭然若揭的恶意。他们号称冲喜，却是在逼老父亲一命呜呼，再将过失都推给新妇，说她需索无度，说她狐媚惑人，生生吸干了垂死老人的元气。

禁宫多凶险，民间亦是同等狡诈。所幸老人宁可咬破舌头，迫使自己疼晕过去，也不欺辱小满，还主动指点他拿些钱财逃出生天，朴素的言语断断续续，说得艰难："要不……是……无路……可……可走了，哪……哪有大……大姑娘……娘家……舍……舍得……得糟……糟……践自己？"

小满借了月光看柏老爷，紧锁的眉头，绿豆大小的老年斑，令他想起禁宫的王公公。王公公很疼小满，在他的教导下，小满把月钱都攒着，托王公公在禁宫外买了一栋很小的房子。王公公说有个安身立命的地盘，心里踏实，等将来年纪大了，出宫领养一两个孩子，权当给自己养老。在禁宫伺候了一辈子人，混到老了，总得被伺候伺候吧。

若能从老家过继一个就更好了，宗祠在，总不至于养出个白眼狼吧。小满为柏老爷擦去眼角滴出的泪，吸了吸鼻子。王公公亦是自小进宫，识得主子的眉高眼低，但很难洞察得了世相人心。自己人就不会是白眼狼？这昏睡的老人，曾经挣来偌大的家业，待到年老体衰，却被妻儿合谋算计家产。

柏老爷病体沉重，但他心里全明白。最折磨人的，就是这份明白吧。小满咬住牙，你们都想让老父亲死吗？我不走了，你们等着瞧。他拔下发钗，狠命划过大腿，挤出几滴血，洒落在床单上。柏家人喜闻乐见吗？

第二天一早，小满盘起发髻，将发钗插得妖娆。门被敲响，柏夫人携一家人来给老爷请安，新妇叶小曼扶着老爷笑盈盈地看向众人。

黑压压的人，千山鸟飞绝的沉寂。小满的领口开得低，肌肤如雪，他很清楚他们心里在说什么。

骚货！老头经不起你两下折腾，看你还能抖几天！

这药真灵，连老不死的都生龙活虎了，我得弄点回来，琢磨琢磨配方，依葫芦画瓢也赚一票。

就说嘛，最强劲的剂量，还放不倒一老一少？先前还心疼银子呢，但这"老汉夜御七娇娘"的功效委实厉害啊，值！我要给老王也买点。

小满弹弹指甲，把落在他胸口的眼珠子弹开，不期然和柏家大少爷的视线相撞。

大少爷的容貌跟小满的想象如出一辙，清朗眉目，站在梅树前，风中衣袂飘然。前人的词句蓦然浮上小满心头——"斜风细雨不须归"，他想不出还有哪句能比这七个字更配大少爷。

疏朗的梅树还未开花，大少爷不言不语，凝视宋小满，浓眉拧起，眼中含义难明，说不上是疑虑、诧然，但竟像是……痛苦。

小满心一窒，大少爷莫不是看出了他是男儿身？是在发愁如何遮人耳目，将柏家丑闻捂住吗？正当他万念纷沓，大少爷上前作了一辑，笑如春风，打破了对峙般的僵局："家父身染沉疴，恐怕要劳烦五姨多费心了。"

　　大少爷像教导太子路顺祺的那几位先生，面孔周正，言行端方，透着被诗文歌赋养出来的文气。小满放下心来，也还了一礼："已是一家人了，大少爷别见外。"说罢一一扫过柏家的夫人姨娘，少爷小姐，嫡出的，庶出的，慢慢地将一缕碎发掖到耳后，浅浅笑，"嫁夫从夫，老爷是奴家的天，自然要分担二三，谈不上费心，分内事。"

　　听者有心，他摆明了在宣示，好处嘛，是要捞的，十之二三是少不了的。柏夫人气得牙痒，偏奈何不了，老头狠着呢，最少还藏了几处大产业，本打定主意，先吊着他的命，他痛得熬不住就逼他说，看他能犟到几时？没料想，老骨头很硬，一天天的竟也扛下来了。

　　死又死不了，还折磨活人，连下人们都不情愿服侍他，算了，给他纳一房小妾吧，花不了几个钱，就当买个大丫鬟。管家柏平登门看了，回来说张家表妹颇有姿色，但没啥风情，看着挺本分，也不多话——这就更妙了，本分的人好对付，日后打发掉也简单，只盼她能惹得老东西兴头一高，两腿一蹬，也算他的造化。死到临头还享了艳福，到那边可别找我们麻烦，阿弥陀佛。

　　哪知柏平看走眼了，这贱货能耐大着呢！老头子若被她连灌几碗迷魂汤，把小金库都交代了，岂不是便宜了她？哼！休想！

　　柏夫人和左边的二姨娘默契地交换了眼神，前所未有地达成了一致。饭桌上的精彩自不用提，小满很乐意挑衅这帮人。六少爷最小，公然问他："你是我家花了五两三钱银子买来的？"

　　小满笑答："对，英雄不问出处，你爹爹十几岁时兜里就三个铜板，不也发了家？"

　　六少爷的母亲四姨娘气白了脸，小满很受用。两天下来，柏家上下十八口人，他只剩大小姐和二少爷没见上。前者远嫁鲁南已四年，后者是柏家耻辱，一个眠花宿柳的浪荡子，长年不归家。

　　大户人家似乎都有个英俊无能的子弟，有大少爷的相貌摆着，二少爷也该不难看吧？估计没大少爷难对付吧？大少爷待小满客气有礼，对柏老爷更是晨昏定省，风雨不误，只是，当小满用余光瞟他时，总能发觉大少爷也在注意他，这让小满很不自在。

大少爷在犹豫该不该揭穿新妇是男儿身吗？小满连喝几大杯热茶，压下胸腔的燥气。暴露就暴露，自他把路远航和传国玉玺都从张二柱家弄了回来，已百无禁忌。

那日趁回门时，小满在半路上弄坏了马车，打发车夫去修车，独自回了张家。他谎称处子之身被柏老爷识破，差点儿性命不保，冒死逃来给张家报信，让他们先去亲戚家躲一阵，为不连累恩人，带路远航从后门走。

张家夫妇被糊弄住，逃了。小满从鸡窝底下摸出传国玉玺，背着一兜价值万金的良药，像个寻常的父亲，让路远航骑在他脖子上，去了自己的小院子。

小院子是小满还在禁宫的时候就托王公公置下的，很破，但住三四口人不成问题。他雇了两个孤老太太代为照顾路远航，他给她们养老送终，孤寡老太感动得泪水涟涟，口风比谁都紧。

小满在回柏家的路上，想好了接下来看望路远航的借口：识得药客，给老爷求些奇药，就当尽人事了。五姨娘比大少爷还小两岁，但也顶了长辈的名头，大少爷应得爽快，亲手把银两交给他。

药客生性孤僻，还有着世外高人的怪脾气，喜静，不好客。五姨娘让车夫在门外等，车夫照办。剩下的事就好办了，走后院，抄近道，多来几趟，五姨娘要做的事，都在暗中做成了。

刚进冬月就落了雪，比过去几年都冷得早。

小满一早就生起了火炉，还在旁边煨了一圈橘子，满屋子香。

柏老爷刚起，大少爷就来请安了，小满递一个橘子给他，自己也拿了一个，吃一瓣，给柏老爷也喂一瓣。这还是叶海冲的父亲老叶教的吃法，老叶是赤脚医生，小满小时候身体很差，一变天就生病，但吃上三两日烤橘子，他就不咳嗽了。

小满想，叶海冲若还活着，还会帮他剥橘子吧，胖胖的一整个，捧在手心给他。橘皮被叶海冲拿回去晒在窗台，过个小半年，老叶把橘皮制成陈皮，宋家和叶家小的当零食吃，老的泡水喝，能从夏天吃到深秋。

早些年还梦见两家人围在一桌吃野味，这三四年就再没梦到过了，该是去了下一世吧。叶海冲却时时入梦的，小满前天又梦了一回。失散时，宋小满六岁，叶海冲九岁，所以在梦中，仍然都是小孩子，常常在逃荒，叶海冲把他摁在石板上坐好："现在就剩我最大了，我去！"

刨来刨去的，就几棵干巴巴的野菜，鼻青脸肿地回了，不用问也晓得是跟人抢，受了欺负。宋小满抖抖叶子上的泥土就要下肚，被叶海冲抢去，在衣摆上使劲擦了擦再还给他。"喂，你那破衣烂衫不比野菜干净，好吗？"宋小满想笑，但看到叶海冲的包子脸，一下子哭出声来。叶海冲慌了，连声问："怎么啦，怎么啦？"

宋小满说："太涩了，死也吃不下。"叶海冲接过，胡乱往嘴里一塞，三下两下吞进肚，宋小满为他揉脸，揉了又揉。

叶海冲不高兴了："我要去少林！去武当！去嵩山！谁厉害就拜谁为师，学好武功，看谁再敢让我磕头喊他爹！"

还能梦着他，他还活着吧，一转眼，他整二十了，娶亲了吗？做了谁的新郎官？

柏老爷口渴，碰碰小满，小满为他添了茶，却察觉大少爷好像在看他。大少爷笑了笑："五娘是细致人，比陈妈她们还有样子。"

从五姨到五娘，自己竟像一步步为大少爷所接纳呢。小满也笑："奴家做人凭良心，老爷待奴家好，奴家也要待他好。"

柏老爷病得重，请遍良医也没治好，新婚夜过后，小满和他再没多少交流，但结盟这回事呢，境遇相仿更有力。他来柏家快十天了，对柏老爷服侍得尽心，外加大内奇珍不同凡响，才服下两颗药丸，柏老爷就比往常精神了些许，能从床上坐起来了。柏家的贤妻、美妾、孝子、乖女遂来得颇勤了，柏老爷不动如山，小满冷眼旁观。

大家围着柏老爷说些吉利话，对小满也套两句，各自走了。背地里嘛，鄙夷者有之，窃喜者亦有之，小满有数的——那贱货以为自己是功臣吧？让她美去！枯木逢春？回光返照还差不多！

大少爷和小满合力把柏老爷扶到躺椅上坐着，略站了一会儿，出去了。柏老爷闭目养神，小满帮他捏肩，不经意一望，大少爷走到门边又回转头看他们，神色颇复杂，流露出欲言又止的克制和……沉郁。但只停了这么一小下，就掉头而去了。

小满疑心大少爷有话跟他说，晚饭后，他服侍柏老爷睡下了，特地到庭院里赏起了雪，还沏了一壶茶慢悠悠喝着。大少爷匆匆而来，听小满说柏老爷用了药已入睡，就隔着窗站了站，对他说了句五娘早些休息就告辞了。

大少爷年已十九，未婚妻是柏老爷世交之女，两家已定了日子，明年开春就为他们完婚。下人都说，柏家长子不如老爷威严，在生意上也不太强悍，但他英俊、能干、谦和，还长于丹青，更让人心折。

夜来风凉，蜡梅很香，小满将杯中茶喝尽。大少爷跟他的母亲柏夫人一样，也是居心叵测的人吗？洞房夜下媚药是他亲力而为吗？或者，是他授意的？还是知情默认？他和他"拜过堂"呢，初次望见彼此容颜时，他眼中何以会有痛苦？小满对大少爷满怀疑问，暗里探究不已，却一无所获。

柏家书房挂了大少爷的画，小满去看过，大少爷似乎偏爱画鹤，丹顶鹤、白鹤、蓑羽鹤……全是高洁而伶仃的仙禽。小满画技平平，但在禁宫也见得多了，大少爷的水准不输于翰林书画院的文人雅士们。

雪落得急了，小满起身回屋。冷风中，墙边传来动静，他一边走，一边扭脸看向那边。一道人影在院墙上单手一撑，旋身落地，拍了拍手掌的碎雪，抬眼望见小满，淡淡道："哦，是你。"

小满短促一愣，反应过来，柏家二少爷，哦，你是这样的。他略略欠身，算是见过了，回身向房间走去。柏纨绔跟在身后进来，身上酒气扑鼻，步伐却不见乱。

柏老爷已入睡了，二少爷的脚步放得很轻，坐下来俯身看他。小满给他奉茶，二少爷接了，却顺势站起，把茶杯搁在桌上，朝小满微一点头，走了。

小满跟到门边送客，二少爷扬起唇角看他，双目如星。两两相望，小满又想起那些闲言碎语：柏家二少爷，好赌，沉迷于醇酒妇人，声名狼藉，是家族中最不成材的子弟，但众多良家女儿和勾栏姑娘都为之倾倒。

二少爷和大少爷五官很相似，身形亦清瘦，但他是酒色之徒惯有的瘦法，很有一点懒漫和落寞的样子。小满想，腿真长，腰也细，真像个长蜂，成天趴花上，喝喝蜜，唱唱曲，无聊就飞着玩一玩，惹毛了就刺人一剑。

童年时小满和叶海冲被长蜂追得漫山遍野乱窜，真狼狈啊！小满扶着门槛，怅惘地笑了一笑。

二少爷眼睛一眯，蓦地凑到近前，轻佻地在他胸上揉一把，刚碰到，小满立刻躲开了，攥紧了拳头。

二少爷蹙眉，颇意外地看着小满，忽地笑了："果然是六两银子买回的白璧。"他趁了酒意仍想戏弄小满，小满跳起来，大力踢了他一脚："是五两三钱。"

这一脚力道很猛，堪称小满毕生武学精华，二少爷"哎"了一声。小满颇自豪，双手抱胸，走到一边，镇定迎向二少爷的眼神。

在禁宫时，小满一心想学功夫保护皇后，跟禁卫军头子学了两年，学得将军大人请他喝了几十次酒，最后是王公公看不下去了："小满啊，别难为人家了，你就……唉，这么说吧，你就……就没生那根根骨啊！"

小满五雷轰顶。每次酒罢，将军都拉着他的手唉声叹气："宋小公公，我真想掏心窝子跟你说话啊，唉……"小满拍着将军的手，压低声安慰："我明白，我明白，禁宫耳目太多了，哪天我和大人约出宫门，寻一间清净的馆子说个痛快！"

将军大人的叹息更沉重了，小满目送他踉跄的背影，生出万分同情，武功过人，身居要职，却连说话都得小心翼翼，禁宫凶险啊！他回了北宸宫，见着皇后，油然对她更亲，跟前跟后嘿嘿傻笑，皇后道："小满，你总算赢了一回啊？"

"咳，我好久没去赌钱了！"小满说，"小的是越发明白，在娘娘的北宸宫，小的口无遮拦，娘娘也不怪罪，是天大的福分！"

北宸宫是神宗皇帝在年号"北辰"上略加改动，为自己和皇后所建的会客厅，他们二人都在民间度过少年时光，喜好市井人情。到了皇后入住此地，仍保留了尽可能的宽松环境。小满忘形地想，像梦想中的家呢，每天干活少，不累，衣裳好几套，吃得也好，还常被打赏。等再过些年，品阶再升两级，就能出入禁宫了。到时，就把玉器绸缎之类的赏赐换成金银，想方设法查找叶海冲，是死是活，死在何方，活得怎样，都要查清楚。

若叶海冲还活着，那他宋家小子可算找着了人世间的骨血至亲，人生就没遗憾了，十全十美！

可人生不如意十有八九才是实情吧，恶人当了道，好人送了命，宋小满没能保护皇后，查访叶海冲也得挪后若干年。更要命的是，眼下在过难关——二少爷直把小满逼到墙角，身贴身，脸对脸，酒气喷得呛人："想也是，只有白璧才这么不识逗。但我劝你一句——"

二少爷朝柏老爷的方向努努嘴："那就一棵歪脖树，你讨好他，不如跟了我。"

"我是你五姨娘。"话一出口，小满就心知这没用。

二少爷赶忙表态，以示体贴："你放心，我不介意，我这人是很开明的。"

小满气笑了："我介意！"

二少爷奇道："那你冲我笑什么？你勾引我在先，别不认账。"

小满哭笑不得，二少爷恍然大悟："我懂了！哎，你们良家妇女脑袋里都绷了根弦，迈不开最关键那步，没事，我们慢慢来。"

二少爷说着，手在小满肩背处停了停，附耳轻言："我下次带点酒来。"

因酒之名，放纵沉沦，醒后装傻充愣，死活不认。二少爷拢一拢黑衣轻裘，转身走入纷纷扬扬的大雪中。完了，小满心灰意冷地想，此乃劲敌，我在柏府虚张声势，糊弄得了别人，对他好像不行。

小满和柏老爷朝夕相处，但各想各的，彼此没话说。柏老爷多数时候都躺在床上有一阵无一阵地睡，醒了就冷眼瞧着柏家陆陆续续来请安的人，众人照例讲讲废话，忙不迭地一一散去。

里子破成这样了，面子顾给谁看？外人？小满恨不得大笑三声，柏家人不把他当自己人看，却也不把他当外人看。若说敌人呢，也没见着对他有像样的攻击，他觉得马步摆了半天，可对方还在屋里头挑兵器，倒显得自己很滑稽。

柏老爷畏光，房间常年阴黑，小满没法看书消磨时间，待柏老爷睡了，他就暗自想些有的没的。若那天豁出去打晕皇后，带她从密道走，以她的睿智，有路远航和传国玉玺在手，东山再起大有希望。她是皇后没错，但小满心里是偷偷把她当亲人看待的啊。亲人大祸临头，又是女人，他宋小满再孱弱，也有能力护着她的啊。

恩宠难回，痛彻心扉。小满呆呆地掉眼泪，凭什么，凭什么好人冤死，不得伸张，坏人做了皇帝，作威作福？！

柏老爷的病比意料的严重，服了小满的药，着实旺健了些，但痊愈的可能不大。小满想好了，尽心到底，给柏老爷送了终就走，带路远航回家乡，隐姓埋名过一生。叶海冲若活着，早晚会回去探亲吧，不就见着了？

晚饭后，柏家人又来了，小满从他们七嘴八舌的议论中，得知皇宫出了大事，路恒昀在登基大典上遇刺，虽有惊无险，但大快人心。

皇叔路恒昀承国不正，天下皆知，老百姓不敢直言，关起门谁不骂上几句？莫说皇位了，柏老爷藏着掖着的几处产业，都该归长子大少爷的，若二少爷跳出来抢……

抢得到是本事，但骂名是必定的。二少爷的生母三姨娘走得早，他又生就了浪荡性子，十五岁就去外头混，如今柏老爷病入膏肓，他倒回了，还命下人把他从前的厢房收拾了，一副长住的架势，敢说不是为了家产？

小满把话头绕回新皇帝路恒昀遇刺，六少爷得意扬扬地说开了。话说那皇帝前簇后拥好不威风，斜刺里猛然杀出丁老将军，率领十二条好汉，不，十一条，二话不说拔箭就射。羽林卫也不是吃素的，大喊着保护皇上，跟丁老将军斗上了。

好个丁老将军，临危不惧，嗖嗖嗖连发几箭，若不是他那十二条好汉里，突有一人在关键时刻反水，用身体将他的箭撞飞，新皇帝就做了箭下鬼了。

丁老将军看错一人，功亏一篑，他被羽林卫拿住，和路恒昀对峙。路恒昀很困惑："将军七年前卸甲归田，不问世事，朕继位后并未为难将军……"

丁老将军白发飘动，直视着路恒昀："天下多有趋利避害者，老夫不屑与他们为伍。"眼朝那背叛者一瞪，"告诉他们，老夫陪护国公下棋去了。"随即利索地以掌劲劈断了脖子。

丁老将军口中的护国公是路远航的外祖父岑百川，两人的友情绵延数十年，堪称佳话。路恒昀夺位后，岑家交不出路远航，岑百川被逼得以死明志，岑家男眷被流放，女眷贬入贱籍，名门望族就此没落，丁老将军岂会袖手旁观？

丁老将军戎马一生，在民间威望甚高，悲壮赴死更添厚重一笔，说书先生把这一节讲得有鼻子有眼。茶楼里坐满了人，六少爷从早听到晚，光是山楂汁就喝了三壶，点心吃了八碟，学给小满听，顺嘴感叹："大丈夫，真英雄！"

六少爷的娘亲四姨娘一巴掌甩来："别乱说话！被皇帝的人听去了，一家子都活不成！"

六少爷犟嘴："我说一句话，他就杀我全家，这皇帝不该杀吗？丁老将军杀得对啊！"

四姨娘被噎住，小满拿了毛巾给六少爷敷脸，四姨娘拖过六少爷就走。大少爷进门时撞见这一幕，冲小满莞尔一笑，颇为嘉许。小满接过他拎来的几盒糕点放到桌上，转而给他和柏老爷沏茶，自己也捧了一杯，缩在火炉边烤火。

大少爷照常对柏老爷汇报商铺的收支情况，柏老爷照常不出声，闭着眼似听非听，但这不妨碍大少爷有条不紊地讲完。小满想，这对父子的关系挺……特别的，不晓得那位二少爷会和他父亲说些什么呢，他一整天没出现了。

大少爷为父亲掖好被子，起身欲走，小满看过去，大少爷立在灯影里望他，很快转过脸，着意看了桌上糕饼盒一眼，出去了。

小满拆开来看，椰子酥、荔枝干、桂圆肉……全是岭南的小吃。柏老爷忌甜食，小满明白大少爷是捎给他的。他是张二婶的表妹，张二婶祖籍是岭南，所以他在柏家说的是一口夹杂岭南口音的官话。这难不着小满，王公公是岭南人，小满在禁宫最爱学他说话，宫女碧螺说他像画眉鸟叫。

小满剥一颗椰子酥含在嘴里，说不清心里是何种滋味。无论如何，今天是痛快的一天，他在灯下等了片刻，柏老爷的鼻鼾响起，他便换了一身短的，打个小包袱，从后门溜出了柏府。

丁老将军弑君虽不成，仍让小满有痛哭的喜悦。茫茫人海，竟有人和他一样，对龙椅上的人恨之入骨。他急于找人分享这饱含辛酸的欣慰，一刻都坐不住。可是，找谁呢？唯有路远航。

小院子离柏府很近，拐几条街就到。路远航一见换回少年装束的小满，分外亲切，一头扎进他怀里喊"公公、公公"。小满亲亲路远航，鲁老太瞧了瞧他，对邓老太说："像不像个俊俏的后生哥？"

是后生哥啊，小满说："走夜路，男装方便。"

鲁老太说，官兵又在挨家挨户查人了，她抱路远航去开门，又被追问："孩子多大？家里还有谁？"

月初官兵查过三四次，中间有半个月没来了，鲁老太照例眼皮都不抬："隔壁夫妻的孩子，上个月进三岁了，他们看摊子，让老太婆帮着带孩子。"

再问到肉摊去，袁家婶子说："老爷，我们起早贪黑做生意，实在是顾不上孩子啊！"

鲁老太有地方住了，干活的热情高，拿着小满给的铜板，托袁家婶子买了些高粱秆，编成扫帚让夫妻俩扔在肉摊搭着卖，收入对半分。夫妻俩把大头给鲁老太，鲁老太推了："你们年轻，今后用钱的地方多，我黄土埋到脖子了，还能花几个钱？"

夫妻俩过意不去，袁屠夫收了摊，有时送点下水或大骨头来，熬一锅汤，很补人。两户人家一来二往，又是街坊邻居的，处得很亲，官兵来查，夫妻俩必然是护着两个孤老太的。

袁家婶子回了，鲁老太跟她道谢："我和邓老太婆见这孩子被人丢在马路边了，忍不下心，就抱回了，要被官老爷抓走，他哪还有活路……"

袁家婶子逗弄着路远航："鲁妈放心，我们心里有数，这么俊的孩子，疼他都来不及！"

第一次刚被查的时候，鲁老太跟小满说："官老爷可不管那么多，他们想冤枉谁就冤枉谁，孩子被抓走，铁定是有去无回，抓错了也不会跟我们赔不是，我老太婆人老了，还没老糊涂呢！"

小满感动，悄悄给孤老太一人订了一口棺材，让她们再无后顾之忧。柏老爷的棺材也早打好了，有一晚他被噩梦魇着了，醒后特意让小满扶他到偏房里，手摸到棺材才安心。小满小时候，常见村里的老鳏夫宋五拄着拐杖在自己的墓地边转悠，弯下腰拔拔杂草，抚着黄土坐一阵，晒晒太阳。小满觉得瘆人，问父亲："五老伯不怕吗？"

父亲回答说："死无葬身之地才可怕。"

后来，饥荒就来了，再后来，宋小满和叶海冲合力在树下刨了坑，几抔黄土掩埋了饿死的亲人。人小，力气也小，坑那么浅，之后的一个暴雨天，叶海冲睡梦中大哭不止，说梦到雨水把泥土冲刷得一道道的，死去的父亲抱住胳膊，坐起来说好冷。

一个人知道自己将埋骨何处，心里踏实，小满想，但我不介意曝尸于野。

邓老太说，官兵和前几次一样，还是在查出逃的宫女、侍卫或宦官，以及一个小孩子。小满抱着路远航沉思，看起来，路恒昀误会丁老将军和路远航有关联，但也没放弃在民间查找。小满把路远航抱到另一间屋，为老将军烧了纸，上了三炷香，两人一起磕三个头，路远航舔着他带来的荔枝干问："公公，是谁？"

小满倒酒喝，满满一碗下去："航儿，你要记住丁至南这个名字，他是大英雄，卒于明诚九年冬月初九。"

路远航不懂，但有一天他会懂。小满哄他睡下，在房间里坐了好久。天地虽大，能说说话的，竟只剩怀中牙牙学语的稚童。皇叔路恒昀的狼子野心，摧毁了宋小满最为珍惜的一切……近乎是一切。

若叶海冲早不在了，那便是一切了。

又落起了雪，极冷，小满换回女装，奔跑着回柏府。路恒昀遇刺，他们愈加迫切地想要揪出漏网之鱼，风声只会更紧，柏府为他树了最好的屏障，唔，小隐隐于野，大隐隐于姜。

"官兵来查线索，问起有没有可疑人员。"六少爷说，"柏夫人私底下跟我娘亲四姨娘抱怨，真想把叶小曼推出去交差，眼不见为净。"

小满哈哈笑："她们不会心软了吧？"

"占不着便宜啊。"六少爷故作老成，叹口气，"你真有问题，柏家就完蛋了；你没问题，却被送走了，张二婶闹到官府去，柏家就犯了欺君之罪，也完蛋了。"

小满愉快得很，回屋睡觉时，他先去看柏老爷，却听到里头有人在争吵。他疾步进去，二少爷倏地站起，一口饮尽杯中酒，取了大氅往外走，带得一阵风起，烛火暗了一暗。小满连忙去看柏老爷，柏老爷怒容满面，把头侧向一旁。

二少爷怒气冲冲，摔门而出，小满似乎听到他咕哝了一句："各扫门前雪。"他来不及多想，追了上去。

二少爷走得极快，扬手将细长的玛瑙杯砸向墙壁，清晰的脆响。小满在他身后说："你父亲纵然千错万错，又能活几天呢，你不能让让他吗？顺着他的话敷衍敷衍，就那么难？"

二少爷拢起氅袍披了，回向小满，整个人都散发着余怒未消的气息："还有呢？"

小满絮絮叨叨又说了些劝解的话，二少爷不置可否，皱眉听完，斜眼看他，声音一低："自作聪明。"

小满讨了个没趣，回屋在柏老爷床边坐下，想象那锦衣少年和老父亲独处的时候，只怕想了些童年欢笑吧，但老父亲一醒，便只剩针锋相对。小满知道柏老爷没睡着，悄声说："他发完火就后悔了。"

柏老爷不说话，如死亡般沉寂。小满也不说话了，回外屋和衣睡了。

隔天一大早，六少爷奉他娘亲四姨娘之命，把小满扯到角落问："二哥和我爹吵起来啦？"

"你娘认为呢？"

小满教的雪球战术很管用，六少爷大杀四方，心里对他亲近了不少，实话实说："我娘猜，二哥是让父亲把剩下的产业交出来，父亲不允。二哥也不容易，父亲一病，大哥当了家，但二哥什么都没有。"

小满颇意外："你不讨厌你二哥。"

"二哥的新鲜花样多，我经常去找他比试，弹珠子、小弓箭、八哥……都赢到手了。"

八岁的六少爷虚怀若谷，面目诚恳："二哥虽然是我手下败将，但我们要尊重对手，不能当成敌人来讨厌，对吧？"

小满忍笑："做得好！"

大少爷来了，素衣飘扬，望向小满说："父亲这几日状况颇差，要劳烦五娘了。"

柏老爷大限将至，小满也有预感，点了点头。大少爷对着柏老爷古井无波的脸说了句："父亲，我晚上再来。"他携了六少爷的手就走，小满坐到柏老爷床畔，帮着舒活筋骨。

屋内没动静了，小满向窗外望去，清冷的庭院里，大少爷回望着他，面容像被窗棂一格格地割裂，眼角眉梢俱是痛苦。他秘而不宣的痛苦，究竟所为何事？小满揣测着，稍稍分神，柏老爷冷不防睁眼，诡异一笑："你们这些人，在打什么主意，我都知道。"

小满一愕，柏老爷混浊的眼睛像穿透了他，落在某处不可名状的地方，未等小满回答，柏老爷已合上眼，再度陷入昏沉沉。小满握着柏老爷的手顿住，这老人心里一定是有恨的，恨这不能自主的肉身，恨这惺惺作态的所有人，他们都盼着他死，但他偏要忍痛死撑，不叫他们那么快就如愿以偿。

大宅门人心晦暗，超过了小满在禁宫十年所见，让他更加明白，进宫后，被皇后挑了去，是生命中的大幸。

才七岁，不懂事，对净身没概念，也体会不到残缺啊，悲凉啊什么的，小满只晓得很痛，但很快被禁宫的亭台水榭吸引住了，一双眼睛骨碌碌看个没够。皇后驾到，众人都趴着，大气不敢出。小满眼角那么一瞟啊，就望见皇后的鞋头，墨绿色的荷叶，好看；再朝上，是深绿的裙摆，用银丝线绣了小朵的山茶花。

吃了好多苦，才熬到快有口饱饭吃的时候了，一定要把宫里的事都记在心里，将来好说给叶海冲听。宋小满想，他比我结实，我都活着，他也饿不死的。

那一天，宋小满饿得连哭的力气都没了，叶海冲去找吃的，千叮万嘱让他猫在背风的山坡，哪儿都别去。宋小满都听进去了，但来了一个人说："半里地外，有钱的老爷在施粥，你怎么还不去？小孩子能额外领到两个烧饼呢。"

两个烧饼！和叶海冲一人一个，又能活几天了！

宋小满说："你快去，我要等我哥，他也是小孩子，我们就有四个烧饼了，分你一个。"

那个人抱起他就跑，急得不得了："去晚了就没了！能抢两个是两个！"

撒了芝麻的！香！宋小满没吃上。从这家卖到那家，从小半袋高粱米到两吊钱，他被转了几趟手，进了皇宫。芝麻烧饼还是没吃上，但西葫芦饺子管饱，小满喜出望外。

皇后连鞋子都穿得阔气，她每顿都吃些什么呢？小满把眼睛一点一点往上抬，抬啊抬，抬啊抬，冷不防听到皇后柔和的声音："那小孩儿，过来。"

小孩儿宋小满穿宫里分配的小短褂，白白的脸，尖下巴，眼珠子黑溜溜的，用宫女碧螺的话："就没见过那么漂亮的小娃娃，跟寿星图里的仙童一模一样，一笑一开花。"想想又说，"就是太瘦了，是仙鹤变来的吧？"

多年后，小满翻看大少爷画的仙鹤时，碧螺的话又回响在耳边。他管碧螺叫姑姑。碧螺姑姑，兴许真是你说的，白胡子老头折梅为妻，化鹤为子，深山就不那么寂寞了吧。

书房里墨迹未干的画作，是大少爷的梅妻鹤子吗？这深宅大院，也令他感觉寂寞吧。

皇后挑了小满和另外两个小内侍，让碧螺给他们安排住处。碧螺很喜爱小满，总是单独塞些点心给他："这孩子，瘦得让人心疼。"

小满说："姑姑真好，那些人说，我瘦得让人嫌弃。"他被两个烧饼骗走，卖给一对无儿无女的老人，二老的儿子溺水身亡，女儿嫁到邻村，生第三胎时死于难产，他们急需收养一儿半女养老。小满太瘦，瞧着像养不活的，二老很犹豫，一通讨价还价，小半袋高粱米成了交。

小满饿了好几天，虚不受补，一碗清粥喝完，就闹起肚子，上吐下泻，好容易止住了，又打起了摆子。几个郎中来看，都说能治，但得花点钱。二老一合计，治吧，不合算，治病钱能买两个活蹦乱跳的男孩子呢；不给他治吧，死了还得办葬礼，又费事又费钱，就趁天黑把小满扔到后山了。

也该小满命大，奄奄一息时被过路人捡走，两吊钱卖给了县丞家。县丞的女儿出天花死了，县丞婆娘把小满寻来，给女儿结了一门阴亲，黄泉路上不孤苦。小满还剩一口气，被搁在县丞女儿的灵堂，那边已做起了法事，他迷迷糊糊，又饿又渴，闻到瓜果香，摸到一只香梨，两口吃完，又摸了个橘子吃着，县丞老婆以为是老鼠，跑来一瞧，吓得两眼发直。

皇后问："然后呢？"

小满笑嘻嘻："他们连法事都做了，就差把我送去了，我是活的也得弄死，我就跳脚开跑，没跑多远就被另外的人捉住了，又倒了两次手，进了宫。"

皇后没说话，一个人在花园里坐了许久，到了晚间，她让碧螺赏个小物件给小满，碧螺问："你会讲故事，娘娘很满意，想要什么？"

"笔和纸行吗？"小满又笑，他和叶海冲分开这一路，瞧了很多热闹，都想讲给他听。用纸笔写下来最稳妥，哪怕三十年后才见着面，翻一翻记事簿就能想起，不会忘。

碧螺吃惊："你识字？"

"会啊。"小满说，"我爹爹考过秀才，村里的孩子们都找他学写字。"

不光是写字，谁家生了儿女，都抱来求名赐字。叶海冲的名字就是小满父亲取的，叶母临盆前梦见自己走在黑漆漆的海域，如履平地，天边一道白光闪过，一片柳叶从天而降，飞速坠向大海，像箭，像钉子，像飞刀，扎在了海中央。叶母只觉海面抖了几抖，失足掉下海，骇然醒转。

依叶父叶母看，梦颇不祥，宋父却说："这孩子将来能干出惊天动地的伟业，这样吧……"他沉吟着，给孩子取名为叶海冲，柳叶冲入深海之意，还搭配了同音的小名，"名字太大了，喊个贱名好养活，就叫害虫吧。"

害虫古时就有，未来亦不会灭绝，贻害万年。小满想，害虫怎么会死呢，他肯定还活着。分开那天，叶海冲弄到吃的了吗？他回来看不见小满，会急得直哭吗？叶海冲一向不爱哭呢。

小满爱讲笑话，自叶海冲处学来。在北宸宫，他为皇后磨墨，顺口讲些道听途说，加以发挥，活灵活现，皇后感慨："小满七岁走天下，我不如他。"

娘娘，禁宫深如海，我代您去看天下。

柏老爷的状况更糟糕了，小满守到后半夜才去睡。但睡得不安生，干脆披衣起来守着，借了蒙蒙天光，他看到床前坐了一个人。

二少爷双手合拢，把父亲的手攥在手心，一言不发地枯坐。小满挨着他坐了，一同注视着柏老爷的睡容，并无交谈。过了很久，天大亮了，柏老爷睁开眼，小满和他互相凝视着，心里明白，柏老爷将走向死亡。

"爹爹，爹爹。"在二少爷如孩童般的轻唤中，柏老爷撒手西去，未留遗言。

两天前，柏老爷看定小满，阴冷地笑："你失望了吗？"此后他再无任何言语，至死都未说出另外几处家产的秘密。

二少爷点亮了一排蜡烛，照在柏老爷脸上。他白天瞧出柏老爷面色不对，母亲临终时也是那个样子的，他心知父亲的大限到了。小满将灯芯拨得更亮，二少爷使他意外，他不无情，至少，陪伴柏老爷度过最后时光的人是他，而不是那些礼数做足的妻妾子女。

烛火映照，犹如幻梦，二少爷拿起火石，一次次击出轻响，望向小满："那边是黑的，他会怕。"

这走马章台的风流客，是在伤心了。小满说不出话，握住了二少爷的手，二少爷眼里泪光闪烁，笑了一下："麻烦来了。"

不到片刻，小满就搞懂了二少爷在说什么。柏家人来请安，看到柏老爷已归天，狐疑的眼光齐刷刷落在他和二少爷身上。他俩是柏老爷生前最后接触的人，极可能获知了那几处家产。柏夫人逼问二少爷："他什么也没说？"

二少爷将她一军："您说呢？"

柏夫人气结，问小满："五妹也不知情吗？"

大少爷皱起眉，制止了母亲："娘亲，别问了。"

小满忽觉难过："老爷什么都没说。"

大少爷深深看小满，眼神瞬息千回百转，终是垂下眼帘，一语未发。你不信我是吗？小满更难过了，掉头走开，六少爷追上来说："我娘说，早料定你们一个字都不会吐的。"

二少爷冷笑着，对幼弟喝道："去跟你娘说，早料定了还问什么问，就这么爱自取其辱吗？"

"你——"六少爷怒吼，"你欺负人！"

"是啊。"二少爷往躺椅一靠，舒舒服服地伸着长腿，"快去搬救兵。"

六少爷被气跑了，小满蹲下来，问："说不清了吗？"

二少爷闭目，浓黑长睫在颧弓上覆下阴影，小满闻见他衣衫上的酒香，仿若听到他心里在哭泣，轻轻地说："别太伤心了。"

二少爷揉揉眼，眨一眨，睁开，对上小满的眼睛："你睡着的时候，他把那几处家产都告诉我了。"

少年衣白如雪，黑眼睛流淌着哀伤，小满摇头："不，他恨每一个人，决不肯成全谁。"

二少爷笑了："你都看得清，他们却死不了心。"

"是不甘心吧。"四目交投，二少爷双肘撑在扶手，借力搂小满入怀，小满心下惊窒，耳根一烫，使劲挣脱。二少爷却将他抱得更紧，僵持中，小满余光望见大少爷骤然出现在庭院，又骤然离开的身影。

那人广袖轻衫，容颜沉静，似雾气般走远。小满顷刻间明了二少爷的用意："你在诱导他，让他误会我是你的同谋。"

"五娘用词真雅致，一改'妍头'带给人的恶感。"二少爷双眸闪亮，把小满往胸膛搂了搂，"你很上道，合作愉快。"

小满猛力挣开，怒极反笑："你在利用我……但你明明一无所获，为什么要误导他？"

"他是柏家的少东家，如今的当家人，我嫉妒他不是一天两天了，现在想让他也嫉妒嫉妒我，你理解了吗？"二少爷斜丢一个"这都不懂"的眼神给小满，精神抖擞地走了，一扫父亲逝世时的颓唐。小满不由想，或许，浪子无心，他高估了二少爷。

小满有去找大少爷的冲动，又一想，千言万语都很枉然。柏老爷一死，他宋小满还了人情，已是仁至义尽，只等葬礼结束，就不告而别，雇一辆马车，带路远航回家乡，自自在在当男儿。他误入柏家门庭，过客罢了。

对了，要教路远航喊他爹爹。此时还能以孩子太小，口齿不清糊弄人，再大一点，明白人从"公公"两字就能猜个大概，把他们告到官府拿赏钱。

小满把前路想得透彻，连守灵都镇静自若。除了柏夫人头痛没来，二少爷神龙见首不见尾，柏家人都到了，六少爷嚷嚷害怕，直往他娘亲身后躲。

三更是最犯困也是阴气最盛的时辰，柏家人都在打盹，小满也迷迷糊糊的，大少爷在黑暗中沉默地寻找到他的手，示意他别怕。其实，小满是不怕的，他自问不亏欠柏老爷，用不着怕。

大少爷的手很凉，像玉一样。小满的手和他的手在衣袍下隐秘相握，背靠背打着盹，撑到了天明。家丁们准时到齐了，抬着棺材上了山，柏家人沿路撒着纸钱，哭声响了一路，路人见着了，众口同声感叹着柏氏后代孝心可嘉。

病恹恹的柏夫人大放悲声，大少爷扶着她，眼圈发红，但情绪很克制。小满数次望他，他皆不和小满对视，只关注柏夫人别被石头硌着绊着，如一湖凝冰的水，无波无澜。

小满落了单，二少爷人前做了场戏，让他和柏家人交了恶，连六少爷都被警告不许和他接近。那孩子愁眉苦脸，目光不时向小满瞥来。小满很难受，在他走后，六少爷会长成一个怎样的少年呢，他看不到了。

柏老爷的墓地是他自己早看好的，在向阳的山坡，荒草萋萋。他下葬时，柏家人哭声震天，保住了贤孝的好名声，和气生财。

一锹锹黄土撒上棺木，缺席的二少爷飓风般赶来，小满还不及跪下给柏老爷磕头，二少爷已快步掠到他近旁，拽过他的手，转身就走。

小满愣住了，柏家人也都愣住了。二少爷手腕用了点力，小满想甩脱他，拉扯间，大少爷越过人群，三两步奔来，语声低抑，但有怒意：
"二弟！"

二少爷抬眸，闲闲地笑，双手突一发力，小满跌到他胸口。他微低了头，在众目睽睽之下，潦草地亲了亲小满的脸，贴着他耳边说："我知道你是男人，不想被他们知道，就跟我走。"

柏家二少爷，臭名昭著的逆子，在父亲的葬礼上，罔顾伦理纲常，拐跑了五姨娘。

小满被二少爷拉着，很懊恼："你几时发现的？"

二少爷笑意漾开："第一次见到你的时候啊。我若连你是男是女都分不出，岂不有愧摘花圣手之名。"

初相见时，小满将二少爷送到门口，二少爷看出蹊跷，佯作调戏，一试即知。小满的脸孔再秀美，四肢再纤长，身段也不及女儿娴娜，亦不似女儿情态，他甚至……青涩。二少爷在脂粉堆里混，见多识广，小满焉能瞒过他？

二少爷离家两年，只在母亲祭日时回来，闭门为她做场祭事，不料正碰上来历不明的小满。他以为小满是柏夫人的人，想搞清楚他们的目的，遂在府上多住了几日。

二少爷探望柏老爷的时候，柏老爷盯着他钟爱一生却痛恨一生的儿子，一脸的专横："若你能搞垮大房，我就修书一封，把你母亲编进族谱。"

二少爷怒极，和柏老爷不欢而散，被不明就里的小满劝慰。二少爷抢白了小满，但隐约意识到，自己误解了他，因为一个心性赤诚的人很难被柏夫人差遣。

小满一愣："我听六少爷说，你娘亲对不住你父亲，但你父亲怎么对大房也不满？"

六少爷为了多吃两包荔枝干，把见不得光的家事抖落给小满知晓。他娘亲四姨娘说，二少爷继承了生母三姨娘的聪慧，三岁即会背诵《逍遥游》，柏老爷重金请来先生教导他。二少爷五岁时，三姨娘收拾了金银细软，抱上熟睡的他，和先生私奔。在二少爷的哭声中，他们东窗事发。

教书先生向柏老爷求饶，柏老爷扔掉防家贼用的铁杵，冷淡地问三姨娘："你还走吗？"

为保全情人和儿子的命，三姨娘留在了柏府。没人知道教书先生去了何地，柏老爷当年纳了四姨娘，即六少爷的母亲，此后再不去三姨娘和二少爷的厢房。三姨娘独力把二少爷拉扯大，度过了她人生的最后十年，临终前说："将来能帮娘去看看他吗？"

二少爷发出孤狼般的痛号声，四姨娘远远望着，跟年幼的六少爷说："别惹你二哥。"

二少爷合上母亲的泪眼，痛心地领悟到，五岁时他那不合时宜的哭声，葬送了母亲的幸福。他恨自己，已无法弥补；他想靠近父亲，已无法修补。他安葬了母亲，远离家门，流连花丛，逐渐不被柏府提及。

柏府的秘辛让小满久久无言，他想过的，凡事皆事出有因，柏老爷晚景凄凉，得不到妻妾子女的真心，必定是狠狠撕裂过他们的心。二少爷讥诮地笑："大房伤了我父亲的心，我父亲逼疯了大房。"

柏老爷年轻时是穷小子，庙会上对吴乡绅家的大小姐一见倾心，发狠挣钱，吃尽了苦头，坐拥三间铺面。他托媒人向吴小姐提亲时，却听闻吴家正在为大小姐和陈员外的儿子筹备婚宴。

柏老爷正心灰意冷，媒人告知喜讯，吴小姐感念"柏郎情深义重"，力排众议，悔了和陈家的婚约，毅然嫁他为妻。

柏老爷对吴小姐百依百顺，第二年，他们的儿子出生，夫唱妇随，堪称佳话。两年后，柏老爷携妻儿回吴家拜年，酒桌上多喝了几杯，被扶去歇息，半醉半醒时，从下人的闲言碎语里得知，吴小姐当年嫌他三间铺面也洗不脱一身穷酸气，但老爷看准他脑子活，将来能成大器。

"小姐别别扭扭地嫁姑爷，风风光光地回娘家，我看啊，功劳一大半要记在老爷头上，看人准，不服不行！"

过完年，柏老爷娶进第二房，吴家小姐和他闹，他指着门说："两条路，要么你带儿子改嫁，要么你继续当柏夫人，吃喝不愁。"

吴小姐无奈，眼睁睁看着柏老爷先后纳了两房妾，子女生了好几个。不要紧的，再怎样，我是柏夫人，儿子是大少爷，将来是要当家的，吴小姐用父亲的话来安慰自己。但随着二少爷一天天长大，形势不妙了。

二少爷甚得柏老爷欢心，柏老爷对二少爷的喜爱远胜于对长子。柏夫人慌了神，她父亲已过世，兄长想了个主意。

"教书先生是他们的人吧？他引诱三姨娘带着儿子离开柏家……是这样吗？"小满问。

二少爷点头，他的母亲血肉之躯，抵挡不了别有用心的勾引，上了钩。一切皆在柏夫人的控制中，唯一不受控制的是，私奔当夜，二少爷放声啼哭，惊动了柏府上下。

三姨娘和二少爷没走成，但柏夫人依然达到了目的。三姨娘的不贞使柏老爷震怒，二少爷被迁怒，母子俩被发配到偏房，备受冷落。

二少爷十五岁时，母亲三姨娘过世。他为母亲烧纸钱时，惊遇教书先生也来上坟，一别十年，教书先生内疚地将前尘往事细说分明。

　　柏老爷的阴狠和他的刻薄寡恩同样出名，教书先生自问没把握顺利带着妇孺逃之夭夭，于是在最关键的当口，他怯了，用绣花针扎醒了熟睡的二少爷，葬送了三姨娘对未来的希冀。

　　"我骗了她，没脸再说情情爱爱，但在我这一生中，唯有她待我真心。"按大宁朝的习俗，人死之后，灵牌要进入宗祠，被后代奉香上供，否则将沦为游魂，入不了轮回，教书先生说，"我愿以发妻之礼，带她入我故土。"

　　二少爷答应了。当柏老爷以三姨娘孤魂在外威胁他，二少爷倨傲走人："爹爹，您大可算计您的儿女，但我不想算计我的兄弟。"

　　二少爷不想算计兄弟，亦不觊觎家产，他从给人打零工做起，用了两年时间，在薄刀山南麓拥有了几亩地的玫瑰园，沅京勾栏不少姑娘都在用他提供的胭脂水粉和花茶。

　　二少爷带小满去看被深雪覆盖的花田，笑问："五娘，要不要帮我？"

　　小满横眼扫来："我已被你掳来，想当五娘也当不成了。"

　　"我以为守灵的时候你就跑了，哪知还跟上了山，害得我牺牲名节，冒死救你。"

　　小满挑起眉端："你有名节可言？"

　　二少爷问："比你何如？"

　　小满笑："你劫走我，是存心的，你就是想让他们丢脸，当我不知道？"

　　二少爷居然面有惭色："这事的确是我理亏，一辈子都管你饭吃，怎么样？"

　　小满斜他："一辈子？"

　　"我的一辈子。"二少爷嬉皮笑脸说，"我要死得早，你就得自力更生了。我做人就是这么诚恳的，不拿花言巧语哄你。"

小满笑了起来："我运气不坏哎，一开始我可没料到，你竟然是个好人。"

二少爷要管一辈子饭了，煞是惆怅："一开始我也没料到。"

葬礼上一场闹剧，二少爷顺理成章跟那个家庭再无瓜葛，流言也随之飞遍了茶馆酒肆，都传闻柏氏一门两代三个男人，为一个水性杨花的女子反目。有戏班子打算以此为蓝本，排一出《出阁记》，是祸水女子出阁，更是人伦道德出格。

按普遍看法，柏老爷是被气死的。柏家人没能保住苦心营造的好家风，更没拿到柏老爷的那几处家产。柏老爷恨他们每一个人，情愿死后家产落入不相干的人之手，也要让他们希望落空。

小满明白，二少爷也恨他们，为此不惜拿他做戏，增强可疑程度，让他们一想到二少爷凭借那几处家产富贵逍遥，就会心生挫败，不得安生。

夜阑人静，小满和二少爷并排躺在床上，两个人都沉闷无语。二少爷手枕在脑后，良久才冒出一句："你可能不相信，我是真的敬重过父亲。"

雨水落在青瓦上，一声，又是一声。小满说："我信。"

那时候，午后阳光如黄金般迷人，柏老爷喝着好茶，注视着他心爱的二儿子背诵《桃花源记》。空气中弥漫着书香、墨香和三姨娘的发香，朱红色的亭台外，落英缤纷。

多年后，人们所熟知的柏家次子是一个丧尽天良的孽子，一个彻头彻尾的孤儿。

二少爷在薄刀山脚下建了一栋木屋，小满把路远航接来，三人在一起住了三年四个月。

二少爷帮小满弄了几副败嗓子的药，戏子们背地里会拿它害同门，很灵验。小满分三次服了，从此一开口，低沉沙哑，像老谋深算的奸臣在说话，这和他少年人的容貌不符，因此寡言少语，却分外让人信赖。

二少爷奔走街头巷尾，经营花草买卖，小满则在花田劳作，把路远航抱到腿上，一碗白粥你一口我一口地吃完。入夜，小满和二少爷总是一人抱一坛酒，跃上矮矮的屋顶，微风送来花香，二少爷喝得极快，一坛见底，去抢小满的喝，小满松开手，酒坛坠地，又响又香。二少爷说："孩子在睡觉，别吵他。"

二少爷让路远航也管他叫爹爹，宋小满很反对："你以后是要成家的，可不比我。"

"以后？"二少爷笑笑看他，"以后的事以后再说。"

柏老爷下葬后，柏家人上天入地寻找二少爷和小满，问到张二婶头上，张二婶倒打一耙："你们把我表妹撺走了？活要见人，死要见尸，我怎么跟她父母交代？他们年纪大了，你们管养老吗？"

小满初进柏家门，柏夫人被他气病了都没敢明着整他，亦是顾忌他的泼妇表姐会闹得家宅不宁。张二婶这一闹，柏家于是相信小满是跟二少爷走了，把沅京的勾栏翻了个遍，堵住了二少爷。二少爷撂下话："她水性杨花，我看得住她？"

柏家人问不出那几处去向成谜的家产，都很失落。柏夫人日思夜想，苦忍了大半年，郁郁而终。小满说："典型的占便宜没够，吃亏难受，她本可以过得很好的，心太窄了。"

二少爷问："她坑了我娘亲，我坑了她，太不择手段了是吧？"

小满摇摇头："若我有办法手刃路恒昀，决不放过。"

他们便都想起了丁老将军，若非那可耻的叛徒，他怎会功败垂成？恨，真恨。二少爷无以为对，小满猛喝了几口酒："今天在集市和你大哥迎头碰到了，他没认出我，看了两眼，走过去了。"

二少爷久久怅然，忽道："也许认出来了，但相认又能怎样？"

小满单手抚着下巴，有些微出神："每次见了，他看我的神情总显得很痛苦，我一直没搞明白他想说什么。"

二少爷闻声，眉间含着忧色，凝神瞧小满，却不言不语。小满被他瞧得一凛，敲他的胸膛："喂！"

二少爷忽倦极一笑："五娘……"

这声"五娘"十足是大少爷的口吻，小满扑哧笑了："好啊，你在学你大哥。"二少爷眨了眨眼，问："他是不是这样看你？"

"对。"

"那就是了，他也这么看我。他想不出怎么对付你我，肯定会忧心忡忡，十分烦恼。看在你眼里了，就当成痛苦了。话说回来，力敌很悬，智取不易，他当然痛苦。"

小满不信："瞎说！我不相信那样高洁的画作，出自小人之手。"

二少爷大笑："你是说仙鹤图吗？"

小满忽地喝道："乱笑什么？"

"是不是还搭配着松树？"二少爷端详着小满，笑眉一展，"鹤好卖钱，松鹤延年嘛。你问问柏夫人，她儿子八岁至今画的松鹤图上哪儿去了？平时的消遣，也要全部换成钱，这可是吴家小姐柏夫人的家训。再加上我大哥自幼就被当成柏家的少主人培养，早就不知不觉活成商人了。"

大少爷对柏老爷晨昏定省，是出于真心，或是想用温情打动父亲，从而套出那无迹可寻的家产，已无从得知。二少爷幸灾乐祸："我无法确定大哥是在拉拢你，还是情不自禁，但他已和钱小姐完婚了，再情非得已，苦衷一箩筐，你也没想头了。就算你肯从五娘变成他的二姨太，他说不定还惊讶你是男人。要知道，不是人人都像我这么海纳百川的，他循规蹈矩惯了，不会为你离经叛道。"

小满紧抿着唇，不吭声。他还记着，守灵的夜晚，天光最阴晦时分，大少爷在众人的眼皮下，不动声色地握住他的手。然而，温情时刻，一去不返，他们终成陌路。

片刻静默后，二少爷叹："我对我大哥是不是挖苦得太过分了？我大概是不希望你喜欢他……因为他不会为你改变，我对你挺善良吧？"

"你对五娘是挺孝顺的。"小满正色，屈起一指，在二少爷眉心点了一点，"叶海冲这里有颗小痣，你大哥也有。我明知他不是叶海冲，但总忍不住看他。"

二少爷郑重其事地点头："记得绿罗裙，处处怜芳草嘛，同为浪子，我很懂你。"

小满笑着："他们年岁相仿，我总想，叶海冲和你大哥一般高了吧，但一定没你大哥文气吧……"

叶海冲还像小时候那样虎头虎脑，遇事就瞪圆眼睛吗？小满不胜感慨，二少爷下意识地用指腹画过眉毛纹路，停在被小满点过的地方："我会留意的。"

长沟流月，岁月无声，宋小满依旧没找着叶海冲，日子照常过着。二少爷的生意做大了些，小满也帮着送送货，一来二去的，宗人府丞家的四小姐看上他了，羞答答作诗相赠，小满歉意奉还："小可自亡妻去世，心如死灰，愧对小姐错爱。"

千金不信，小满抱出路远航，千金泪流满面，坚称不介意当续弦，路远航说："姨姨没我爹好看，字也没我娘写得好。"

路远航的生母岑贵妃写一笔秀丽小楷，小满在禁宫时，就照着她抄写的诗歌临摹，学得有六七分相似，颇能唬人。路远航随他姓了宋，小满在纸上写出他的名字，特地说："航儿记好了，你娘亲是这么写字的。"

千金以为这话是小满教的，痛哭离去。小满罚路远航在丁老将军的灵位前反省，路远航苦着脸，勾住二少爷的脖子讨饶，二少爷说："要像丁老将军那样，懂得尊重女人，即使她老得足有七十岁。"

丁老将军在老家听闻路恒昀篡了位，怒发冲冠，他两个儿子都战死沙场，膝下无人，遂问老妻："我去得，去不得？"

老妻反问："不去，你忍得，忍不得？"

丁老将军心中早有主张，他将个人生死置之度外，但他不忍连累老妻，见老妻也和自己一样，做好了有去无回的打算，杂念就都抛开了。老妻说："活到六十三，还是六十五，有区别吗？去吧，地下见。"

不贪生，不怕死。丁老将军舍生取义，老妻以一把短刀殉了节。路远航说："老将军没想过能活着回去，但没有那个叛徒就好了，他弑君功成，更会是英雄吧？"

小满说："不，不以成败论英雄。"

路远航似懂非懂，小满隐瞒了他的身世。他手无寸铁，举目无亲，路远航想为父皇母妃复仇，实属无稽之谈，不如让他永不知情。世道再乱，也容得了一对平平凡凡的父子吧。

每一年丁老将军和林皇后的祭日，路远航都记着恭恭敬敬地上香，小满叮嘱他："他们是很重要的人。"

路远航五岁的时候，宋小满成为他第三个上香之人。每到这天，二少爷都闭门谢客，长久地坐在黑暗里，路远航无声恸哭。在那个飘雪的冬日，路远航被小满抱上膝头，喝到了人生第一口酒，他以为好日子在前头。

小满怕冷，秋风渐凉时，他就不大出门，整日在窗下饮酒，教路远航念半阕词，为二少爷烫一壶酒，烧两道菜，他们一贯吃得简单。路远航很乖，不到亥时就睡下了，那晚却在一个个噩梦里打滚，吓醒后趿着鞋子找小满，一头扎进他胸前。

小满和二少爷都没睡，在灯下浅斟慢饮。小满一手揽着路远航，一手端起酒杯，极慢极慢地喝着酒，偶尔平静地朝二少爷举一举杯。

二少爷骂："骗子，"喝一口酒，又骂，"骗子。"

小满罕见地不回嘴，任他骂。路远航为养父打抱不平，骂义父："你骂人！"

小满制止他："让他骂，骂人最大的乐趣是指着鼻子骂，他往后没这机会了。"

路远航问："爹爹，你骗义父什么了？"

小满喝着酒，低咳起来，二少爷说："我跟你爹爹说，只要我活着，就不会让你俩饿着，你爹爹同意了，说他要对我好点，让我活得久点。骗子！"

路远航听不懂，他认为养父对义父很好，三餐饭、四季衣都细心准备，还操心他的生意，送货收账样样都来，义父分明在无理取闹吧？义父一定是喝醉了，一定是，他对养父说话向来是带着笑的。

屋里生了火盆，小满咳着咳着，对二少爷笑笑："真冷啊……我以为毒酒是最快的，但还是觉得冷……可见是怕死吧？"

路远航一听"死"字，似有所感，急了："爹爹，你怎么了？

二少爷弯腰再加几块炭火，好让盆火烧得更旺些。他没以前爱开玩笑，对小满规规矩矩的，时常在家待着，懒懒散散地靠在躺椅里，看看路远航，又看看宋小满，脸上常见莫可名状的笑容。路远航问他："义父，你在想什么？"

二少爷仍看着宋小满："在想……把生活弄得好一些，自己也要更好一些。"

宋小满凝眸看他，目光很迟滞，只将路远航抱一抱，说话声音很沙，尾音是南方人柔软的调子："好到天上去那样吧？已经是了。"

这晚他说："如今我倒唯愿你跟以前一样，醇酒妇人，花前月下的。"他用筷子头蘸了二少爷的酒，让路远航舔一舔，"好喝吗？"

酒真难喝，但养父那么若有所待，路远航咂咂嘴："好喝！"

小满抓着路远航的手拿过二少爷的酒，声音喑哑："来一杯看看？以后就该是你陪你义父喝酒了呢。"

路远航被辣得直抹眼泪，小满混混沌沌地哄："航儿听话，难喝就不喝了，不喝了。"

路远航逞能，去拿小满的杯子，小满将二少爷的酒推过去："咦，真能喝？"

二少爷直起身一望，突然说："哎，别动。"

男子气息直扑到脸上，小满恍恍惚惚，几乎要闭上眼睛。二少爷半倾身体，扶正他的肩，眯着眼看他，静了一静："像，真像。"

路远航问二少爷："像什么？"

小满穿着三年前逃出禁宫的那身孝服，盘腿陷在椅子里，路远航被他揽在臂弯，二少爷说："送子观音啊。"

　　小满又是一杯酒入喉，意识飘忽得几近睁不开眼，居然还懂得笑："没错，其实我叫宋小蛮。"

　　宋小蛮入宫，报名字时，皇后听岔了，巧笑嫣然："是生于初夏吗？小小的满足就好了，好名儿。"

　　宋小蛮出生后，村人都啧啧称奇，男生女相呢！这种面相命格要么极贵，要么极贱，老宋冥思苦想了半年，给儿子取名为宋小蛮，宋词里最美的词牌名之一——菩萨蛮。端庄的、骄蛮的、男生女相的观音菩萨，有他护佑，宋家小子的路会走得顺畅点儿吧。

　　若名字蕴含天机，为何太子路顺祺的路途不顺？皇子路远航历经生死，也只从禁宫到了京郊，不曾扬帆远航，但他的人生还长，有无限的可能。宋小蛮忽敛了眉，左手抓住桌沿，用力之下指节发白，显然是疼痛非常。

　　二少爷抓紧宋小蛮的右手，好冷，像冰凌。宋小蛮侧着头看他，眼色温存，渐渐散开："往后，你……"顿一顿，才勉强压住喘息，二少爷仍将他的手攥着，默然移开目光，转向灯火，像看见一群白衣服的小人儿在月光下跳着舞，亦真似幻的，都像初识的宋小蛮，白净的娇憨面孔，松松发髻，神态里满不在乎的劲儿。

　　那时并不知道会有怎样一个往后，现在知道了，往后也知道了。

　　宋小蛮低咳了几声，左手抵在心窝，忽抬手掩到唇边，一口黑血猝然渗出指间。路远航惊叫失声，慌忙去扶，宋小蛮双目升起水雾，身子晃了两晃，从木椅跌落，杯盏撞落一地。

　　宋小蛮十六岁的时候住在禁宫，对死亡有着过于美妙的想象，渴望有朝一日，猝死在阳光下的鲜花庭院。几年后，他死于自己高价搞到的毒酒。事与愿违，这让他失望。好在毒性发作得极快，没什么时间失望。

　　大雪纷飞。

路远航在薄刀山下住了大半辈子，某年深秋，他在月下合目而逝。在他六次修葺木屋期间，都依稀望见养父宋小蛮魂兮归来，倚窗静坐的身影。

宋小蛮把逃出禁宫那天视为他和路远航共同的生辰，每年都慎重对待，下馆子，放孔明灯，为路远航囤十石粮食，来年有饥荒也不用怕。饥荒没来，就送去寺院做布施用，年年如此。

路远航五岁的生辰，宋小蛮驮他去赶集。路远航在零食铺子拆了一包荔枝干，往宋小蛮嘴里一塞，宋小蛮所有的回忆便一齐涌来：柏老爷死去的第一夜，风雪扑头盖脸，迷住他的视线，大少爷为他拂开乱发，旧梦霎时逆回，像走在相依为命的逃荒路上，宋小蛮脱口而出："害虫……"

大少爷靠门站着，镇静地迎视宋小蛮的目光，宋小蛮陡然回神，讪讪笑："荔枝干很好吃。"

大少爷长身玉立，鹤般风度，淡静一笑："我也喜欢。"

分别后，宋小蛮只见过大少爷一次，隔着飞扬的雨雾，大少爷向他看来，他的脸宁静忧伤。宋小蛮张了张嘴，还来不及喊他，他已走进茫茫人海，撑一把黑伞，背影挺秀。

桂树如盖，过路女子鬓边的小花散发着清香，宋小蛮拉过路远航的手："走吧，你义父在等我们呢。"

树荫下，有个短衣夹袄的男人等没什么人了快步朝这边走来。夜风里，宋小蛮抬眼看他，他低唤："小蛮。"

小蛮，再过三十年，叶海冲都还会叫他小蛮。

小时候，叶海冲拿树枝在沙地上画下"蛮"字："亦虫，合为蛮，也是虫！"

宋小蛮没好气："千年一条虫，御风化为龙，你我可不同！"

害虫，呵，笑话。叶海冲想，我要当国之栋梁。但既然宋家小子也是虫……对，害虫才有杀伤力，那就由他喊我害虫吧。

路远航对高大黝黑的陌生男人很好奇，因为他从未见过宋小蛮绞着手指呆若木鸡，元神像去到千里万里。

叶海冲单手一捞，把路远航扛上了肩膀，大步流星走开，路远航下不来，急得哇哇叫，宋小蛮跟上他们，低哑唤道："哎，害虫！"

叶海冲稳稳当当地托着路远航，掉头看宋小蛮，咧嘴笑开花，明显松了口气："我真怕你认不得我。"

沅京最好的酒楼里，叶海冲和宋小蛮争先恐后、颠三倒四地把这十几年说给对方听。叶海冲上了嵩山，跟人学了武功，如今给大户人家当护院，他始终在找宋小蛮，还一趟趟往家乡跑，但宋小蛮从未出现过。宋小蛮遂诉说了别后遭遇，他隐姓埋名，在柏家叫叶小曼，现在叫叶小满，路远航倒随了他本姓宋。

近两年来，路恒昀像放弃了对宋小蛮和路远航的搜捕，父子俩外出不用再草木皆兵。宋小蛮对目前的生活很满意，找回了叶海冲，他就只剩一桩心病了——路恒昀还活着。

世人皆说，善有善报，恶有恶报，为什么事隔三年，路恒昀竟然还狞笑着活着？为什么有人无耻到卖主求荣，害得丁老将军壮志难酬？为什么他宋小蛮身无长物，不能当个刺客，痛饮仇人血？宋小蛮拽住叶海冲的衣袖哭哭笑笑，倒头醉过去，二少爷叹气："他和航儿的睡眠都很差，总在梦里拳打脚踢，醒时惊悸难安。三年了，还这样。"

杯中残酒闪着零星的光，掠过路远航惊异的脸，二少爷拉着他走出屋去，在外面如水的月色下，站了很久很久。

叶海冲呆呆地看宋小蛮，他醉得很深，但睡得浅，容色苍白，眉宇间有一种强烈的惊惶。叶海冲试着为宋小蛮抚平眉心，没一会儿就又皱起来，齿缝迸出嘶嘶的叹息声。

这少年已是身世畸零人，今生今世，他身心残缺，再难拥有贤妇温酒、娇儿背诗的美满生活。叶海冲只觉得愧疚，多年前，若他有力气背着宋小蛮去找食物，若宋小蛮没被卖去皇宫……这一生，命运又会是怎样？

往事如一头凶猛的野兽，咻咻地跟了一路。口口声声说放下，但不找到宋小蛮，叶海冲怎肯善罢甘休。而皇帝路恒昀，是站在另一端的猛兽，冲宋小蛮张开血盆大口，怎能不除之后快。叶海冲低头看宋小蛮，宋小蛮从小身体就差，十几年了都没养好一点，瘦骨支棱，触目惊心，当时他看了又看，才敢上前和他相认。

宋小蛮睡到次日清晨才醒，叶海冲守了他一夜，想出了对付路恒昀的办法。他想拿着传国玉玺去见卫王，卫王是先帝的胞弟，十四岁就离京就藩，王妃是路恒昀的外甥女儿，因此侥幸逃过一劫。

数年来，卫王偏安皖南不问世事，但叶海冲深信，当传国玉玺摆在眼皮下，卫王免不了会动心。路恒昀不得人心，朝野多有腹诽，而卫王路飞是大宁民众公认的圣主神宗路长河的嫡子……形势大好，显而易见。

宋小蛮制止叶海冲："玉玺扔了可惜，本想它能证实航儿是皇室正统，留着无妨。可我们平头百姓，光有玉玺造不了反，复不了辟，把航儿一瞒到底，倒还好些。"他想了想，又说，"我是恨路恒昀，但不能让你去送死……人生不如意十有八九，不多这一件。能再见到你，我已然觉得此生不枉了。"

叶海冲低叹："你做了噩梦，喊着'老将军，快逃'……我听不得。"

叶海冲不愿宋小蛮有心病，宋小蛮也不愿自己的心病梗在叶海冲心上，两人扯了二少爷商量了对策，推敲到晌午，才胡乱吃了点东西。叶海冲在嵩山学武时的小师弟在卫王府当差，托小师弟引荐，先探出卫王的口风，呈上玉玺再动之以情，不愁举事不成。

宋小蛮很谨慎："若卫王假意答允，却将你绑了，向皇帝邀功，表明心迹呢？"

叶海冲成竹在胸："皇帝猜忌心重，卫王邀功反倒会引火上身，百害无一利。况且，就算卫王要杀我灭口，也将是事成之后，但我会把条件谈在前头。"

宋小蛮不舍叶海冲涉险，仍劝他断了念想，但叶海冲去意已决，他给丁老将军上了香，正色拥住宋小蛮的肩，令他看向自己："放心吧，饿都饿不死的人，出外谈个事会死？"

"会不会太冒险了啊，害虫？"

叶海冲扭头再看一眼丁老将军的灵位，再低下头看了看自己的手，不疾不徐道："我做不到那么伟大，不会硬来的，我会跟卫王府的门客攀些交情，让他们指条全身而退的路。"

叶海冲一过冬至就动身去皖南了，宋小蛮牵着路远航，和二少爷将他送到路口。许多年以后，路远航亦难忘这一日——叶海冲骑一匹黑马，猩红的斗篷飒然掠过黄昏，威风无比，也肃杀无比，像非凡的英雄。

叶海冲扬鞭远行，二少爷默不作声，伸手给宋小蛮系好披风结，掌着一盏灯，带他和路远航穿过庭院。光影跳动间，宋小蛮说："我们认识那天也下了雪。"

大概是风太大了，二少爷没有回答。

十日后，叶海冲抵达皖南，托小师弟递进名帖。

名帖下方绘了一只螭虎——玉玺上雕刻的图案。卫王路飞身为皇族，一看便知。

卫王到了第二天才约见了叶海冲。对方越冷静说明越上心，叶海冲由此掌握了主动权，他单刀赴会，和卫王在僻静的小院手谈，落子间已在言语上过了几招。卫王问："那东西在叶将军手上？"

"叶某不才，有负丁老将军所托，足足花了三年才找到它。"叶海冲告诉卫王，三年前，老将军自知凭自己和十二死士之力，亦很难得手，故和他相商，以叛主之名，潜伏在路恒昀身边，一方面寻找玉玺，一方面寻找明主，"纵然弑君功成，天下必定大乱，国不可一日无君，老将军为您父亲和您兄长的江山效忠了一辈子，自然要为路家江山和天下苍生着想。"

卫王的目光沉凝不定，迟迟才落下一子："本王真没料到，叶将军和丁老将军竟苦心经营至此！比起丁老将军，本王看，叶兄弟更为难得，忍辱负重，受尽天下骂名，竟只为给予龙椅上的那个人最致命的一击！"

卫王从称谓上拉近了距离，叶海冲顺杆爬："见星深受丁老将军知遇之恩，他以性命为见星护航，见星岂可辜负他的遗愿？"

卫王拊掌："义烈师徒，甘于洒血输命舍名节，有荆轲之风啊！"话头一转，"本王有玉玺在手，又能如何呢？朝野这三年来，都被换成今上一手栽培之人……"

叶海冲在三年前改名为叶见星，是皇帝路恒昀的御前带刀侍卫。他对宋小蛮说，在给大户人家当护院，倒算不得是欺骗，不能直言相告，只因他正是宋小蛮口中那个叛主的败类，害得丁老将军含恨九泉之人。

别人责怪他背信弃义，叶海冲丝毫不羞愧，但他不能被宋小蛮瞧不起。他换下朝服，以寻常装束和宋小蛮相认，当宋小蛮醉里梦里痛恨叛徒害得丁老将军惨死时，他无法形容那一刻自己的心情。

雪后的风刮得凶，叶海冲向卫王吐露路恒昀的秘密：三年前，北宸宫的那场大火中，昭睿皇后的炸药炸伤了路恒昀的右手，由最高明的御医接续的，乍看无异，但伤及筋络，连一支笔都拿不稳。御医被灭口后，仅有极少数的近身侍卫知道此事。

卫王眼睛一亮："他右手残了？"

一个靠篡位登基，却连奏章——官民的呼声都批示不了的皇帝……卫王路飞打着神宗皇帝嫡子的名头，手握传国玉玺登高一呼，民心向背，一目了然。叶海冲说："家里有人在等我，我想活着。"他一掀袍角，向卫王下跪，"只求王爷能护见星全身而退！"

卫王思忖着，忽而抬头："本王办得到，但本王需要叶兄弟里应外合。"

半个月后，京郊行宫，鸿和皇帝路恒昀来此泡温泉驱寒，叶海冲等人护卫。城墙上，路恒昀信步而行，赏着雪景，随口吟哦诗章，大学士跟上记录，叶海冲等近卫军紧跟其后。不远处，卫王已埋伏了三百弓箭手，只等叶海冲将路恒昀引至他们的击杀范围内。

冬雪茫茫，银装素裹，叶海冲回想起这一生所有的往事，最快乐的好像都和宋小蛮相关。极年幼时，他在沙地上写着老宋为他的姓名所作的诗句："飞叶横刀劈四海，驱龙腾云冲九霄。"

宋小蛮警觉地用鞋底擦去："我爹爹说，你娘做的梦太大了，会惹祸事。"

叶海冲盯住路恒昀的背影，他一步步地向前走，一步步地接近生命中的深渊。而驱龙……是了，他在驱逐一条恶龙，老宋的诗得到了应验，叶海冲没能摆脱命运的拘捕。但平步青云就罢了，他只想活着回去见宋小蛮，带他和路远航回家乡。

雪落苍茫，叶海冲目视路恒昀走到了一个随时被索命的风口，惘然地记起了一些恩怨旧事。三年前，他是丁老将军的十二死士之一，抱定必死信念，但就在丁老将军发出暗器之时，叶海冲认出了路恒昀是自己的恩人。

叶海冲和宋小蛮失散后，东奔西走耗尽气力，连草根都挖不到，缩在路边，饿得濒死，一辆马车呼啸而过，又折回来，乌木大车里有个人丢了一包羊肉到他脚边，绝尘而去。

靠着那包羊肉，叶海冲活了下来，后在嵩山学武四年，下山时遇上征兵，进了丁老将军的军营。丁老将军于他有知遇之恩，但路恒昀于他是救命之恩，他死死记着，那包羊肉的主人拇指上戴了一枚玉扳指，马车的标记依稀是盘蛇。

鸿和皇帝路恒昀的玉扳指刺痛叶海冲的双眼，情势逼人，他依从本心做了选择，用胳膊肘干扰了丁老将军的举动。

丁老将军死不瞑目，叶海冲抬掌劈向自己后颈，被羽林卫拦下。他以死谢罪而不得，被五花大绑地丢到路恒昀脚边，路恒昀问："为什么？"

叶海冲一径问："您是王爷时，马车上有标记吗？"

他问得无礼且无理，路恒昀很诧异："朕有一辆马车绘了异蛇……

是静王小时候的涂画。"

静王是路恒昀的第三子，叶海冲放下心来："是黑背白腹吧？皇上是罪民的救命恩人。"

不等路恒昀回答，叶海冲又抬掌劈向后颈，仍被制住了。路恒昀看着他："如果你有未竟的心愿，就活下去。没有，朕不拦着你。但你既已辜负了丁至南，以命为偿更像无可奈何之举，人们只会认定朕杀了你。你是想让你的救命恩人被误解吗？"

叶海冲无言以对。路恒昀留了他的命，让他协助揪出在登基大典上为丁老将军开道之人，从而查出路远航的相关线索。丁老将军如入无人之境，确有内线，但大多是昔日的同袍兄弟，叶海冲进退维谷，仍想去死，却在翻阅卷宗时，得知宫变当日，有一个名叫宋小满的宦官葬身于北宸宫的大火中，他祖籍东洲，年龄也对得上。

宋小蛮已死？叶海冲拒绝接受，他思前思后，决定不死了，最终花了三年时间，如愿找回了宋小蛮。可是，重逢竟如此残酷，叶海冲再一次要做出选择，路恒昀和宋小蛮，救命恩人和至亲好友。

宋小蛮那句"老将军，快逃"的呓语，逼得叶海冲在丁老将军的灵位前热泪长流。一边是救命恩人路恒昀，一边是至亲好友宋小蛮和亏欠终生的师父丁至南，叶海冲握紧拳，做了抉择。

风声。

淬毒的箭凌空袭来，叶海冲心下一寒，朦胧间涌上最深的惧意，我活不了了。

路恒昀亦有奇异的直感，惊心动魄的一刹那，竟用左手两指夹住了箭杆。对面的箭镞发不可收，在同僚"护驾"的喊声中，叶海冲心间一静，随之是极大的悲恸，不行，我不能让小蛮憾恨难消。他来不及多想，竭力飞扑向前，将路恒昀的左手狠命一掰。

关节错位的咔嚓声响起，路恒昀残废的右手护套里飞出柳叶刀，他直视着叶海冲："你是谁的人？"

宋小蛮祭拜的灵位一闪而过，叶海冲猛地拔出插在心口的刀，捅进路恒昀胸膛，恶毒且愉快地笑："昭睿皇后。"

江山如画，怒雪飞扬，路恒昀身中寒刀，眼神穿过叶海冲，漏进无边无际的追忆。

那一年春天和她初见，她和太子穿过人群向他敬酒，他惊动于新妇好颜色，像冶游少年般，向偶遇的少女询问芳名："你叫林……林……"

"林飞雪。"

一袭红裳，月光般皎洁的美女子。她死后三年，余威犹在，对她念念难忘的少年为她复了仇。

箭如流星而来，众人蜂拥而来，死亡呼啸而来，叶海冲遥遥望见两个勾肩搭背的少年，他红袍夸官，马蹄轻疾，他白衣黑发，美如菩萨。

我要带你回的家乡远在千里之外，但要了我命的飞刀正中心口。怎么办，小蛮要难过了。我该怎么办呢小蛮？

时值隆冬，史书记载，鸿和三年冬月十七的这场大雪百年不遇，到了第三日午后，积雪五尺深，路有冻死骨。谁人在窗前据案饮酒，坦然望望对坐的人："我一句话，让他赔了前程送了命，那就把这条命赔给他吧。"

白雪漫天，叶海冲心口鲜血喷涌，魂灵向贴着红窗花的家飞奔。暮春的傍晚，点着昏黄的灯火，母亲在灶边烙槐花饼，他咬着手指等待，不搁葱花的那张一烙好就端去给宋小蛮。

原来，一辈子是这么过来的。御前带刀侍卫叶见星面带微笑，在槐花香气里跌下城头。

二〇一三年八月

　　林皇后讳霏，字飞雪，不知所出。霏少孤，萍迹四海，慷
　慨犹胜须眉。

　　初，上居东宫时，偶自私服外入，得见霏于闹市舞剑器，

豪荡流丽，为之神摇意夺，沽酒相赠。霏欣然同酌，言谈甚欢，由此往来昵甚，上欲言而止者再，乃明告身份，欲迎为妃。霏初闻甚惊，上曰："愿终生待汝如新妇，决不相负。"

霏终允，是年，上继位，册立为皇后。后宽仁容众，生子顺祺，立为太子。上无所别宠，同起居，有如民间伉俪者。

如是五载，上接见使节，既饮，舞娘云姬得幸。云姬妖且丽，上纳为妃，大聚乐戏于行宫，疏于朝政，后数谏不听。上愈荒淫，先后纳岑、刘、姚等众妃，饮食乐而忘人。

明诚九年秋，上崩逝，宫中鼎沸。太子顺祺大恸，亲往渭山为父守陵，诏禅位于皇叔恒昀，继统万机。是夜，后闻变举火自裁于北宸宫，不屈其节，年三十余。鸿和二年上尊号，谥昭睿。

——《旧宁书·列传·后妃·裕宗昭睿林皇后》

三·浮槎

有生之年，我都陪着你。

深秋的时候，她从山里砍回一棵香樟，用来给人打制嫁妆箱。雨下得有些大，她坐在门廊喝茶，樟树突然开口，赞美她砍刀用得好，狠准稳，让他少吃了很多苦头。她眯起眼，猜想起这截木头可能是他的颈间，不免歉然。

樟树找她讨了一杯茶，开始细说平生。前朝建安年间，他是金旗将军，奉皇命攻下宁城，屠城三日以震慑人心。上苍恼他杀戮太多，罚他受九世砍头之苦，如今罪行已矣，他将去往天庭，荣升为南天门的门槛，从此不理人间事。

她心念一动，托他打听太子的下落。都说皇帝是天子，太子是不是也已回了天庭？樟树却反问，你不知道他尚在人世吗？

她大惊，从梦里醒来。窗外细雨绵绵，这是她失去太子的第三年。无人知道，这个帮张木匠打下手、在嫁妆箱底绘制春宫图的女人，是流落民间的太子妃。

也不算是流落民间吧。她本就来自民间，出身于小门小户。十四岁时，父亲给她定了亲。对方姓秦，在边塞有个牧场，算得上殷实人家，她要嫁的是秦家二少爷秦岭。

秦岭和表妹有过婚约，可惜表妹体弱多病，刚过门就去世了。他大受打击，本来已考中进士，要到某县上任，索性推了。既然大哥已在朝中为官，他不如继承祖业，经商为生，以免一损俱损。家里一想也对，于是那年暮春，秦岭远走边关，经营自家牧场。

也该秦家发财，赶上明诚皇帝宠幸胡姬，对胡人大施仁政，边塞的贸易很兴盛，往来商人多半从秦家马场选购，秦岭便也收了一支商队，生意越做越大，一跃成为京城新贵。

她父亲司清德长于丹青，有人向他求了一幅字画送给秦老爷子，秦老爷子见是翰林书画院待诏手笔，起了结交之心，专程派人请他到秦府鉴赏藏品。结果两人一见如故，结为儿女亲家。

司清德对此很满意，司夫人倒哭了好几回，疼惜女儿要给人当续弦。她被母亲的眼泪弄得心烦，续弦不续弦的，她不在意，但听闻秦二少对表妹情深义重，每年都回京给她上坟，心里自然有点计较。

秦岭祖母的寿辰快到了，司清德早早就备下贺礼，乐呵呵跟女儿说，秦岭也会回来，到时他一定帮她好好瞧瞧。她笑笑，转头让丫鬟停月留意秦岭的行踪，她想亲自看看他。若他模样性情都好，她愿意花心思，使他心里有她；若是见之不喜，趁早暗自另觅良人，赶在婚期之前悔婚。

京城西郊有一座古刹，香火很盛。丫鬟停月说，初一当天，秦岭将偕母还愿。她点了头："去！"

临行前，她喊来一名小厮，从头到脚打量了一番，转身闭了门，头发盘成髻，玉簪耳饰都取下，对着镜子一横心，把胸绑了个结实。丫鬟停月愣住了："小姐，你这是……"

她颇自得："让他认不出我。"

总得留条后路吧，她计划和秦岭攀谈一二，若被旁人认出她是司家三小姐，不太妥。停月也被她改造了一番，摸着平平的胸直抽气："小姐，你不疼吗？"

"没你的大，能忍。"

古刹门口人很多，她也买了一炷香，边走边看热闹。停月心神不宁："小姐，可是我们都不认得他……"

连父亲这种朝廷命官都想攀附的人家，当然会有眼尖之人冲过去寒暄，她觉得能认出秦岭母子，然而直到寺中响起晚钟，她和停月都没能发现他们。停月气馁："小姐，他们临时决定不来了？"

她走到一个香烛摊前，问摊主："刚才那边很热闹，是秦家的人吗？"

摊主说："你把我这对金烛买了，我就说。"

旁边是个书画摊，她踱过去，随手拿起一册书，翻了翻："多少钱？"

小贩递上另一册："看这本！《幽窗记》最新一卷！"

那是一册布面精装书，她接过来，略略翻了几页，皱皱眉："没头没尾，怎么看？"

小贩忙不迭从纸箱底翻出两册粗糙的手抄本："都怪前两卷卖空了，您凑合看这个！"

她摸出碎银子，小贩殷勤地将三册书包好："二位公子，你们来晚了！这佛门亦是势利人呀，老和尚与他们方便，大清早就让他们进去烧了头道香！"

香烛摊主揶揄："给秦家送礼送不进去，跑到这儿来碰运气吧？"

她追问："秦二少长什么样？"

小贩挠头："有钱人排场大，前呼后拥的，我们可挤不过去，跳起来看了两眼，看不清楚，哦，个头好像挺高。"

停月要过两册手抄本，哇哇叫："是艳情小说啊！"

"不然谁买它？"正经的书不用买，父亲的书房里应有尽有。虽然没见着秦岭，她不怎么惋惜。

停月咂嘴："小姐，真搞不懂你，人没见着，还弄回几本歪书！"

"没见着颜如玉，总要捧回个黄金屋吧，这叫……"她用方才从

《幽窗记》里瞥到的句子回答停月，"贼不走空路。"

停月嬉笑："颜如玉，小姐对姑爷的评价还真高。"

"他最好是颜如玉，否则我休定了。"一个满心惦记着亡妻，又懂得利用钱财搞特权的人，听起来，可取之处不多啊。

《幽窗记》实则是一部探案故事，写书的人自称唐简，原在官衙当差，因为平日爱喝两口，没少挨训，上司教育他："你得有点自制力啊，毕竟喝酒难保不会做出些失态的事……"

唐简答道："那你以为老子喝酒是为了什么啊？"

为了喝得痛快，唐简撂挑子不干了，但街坊们遇事都爱找他讨主意，大到谁家的儿媳上吊了，小到家养的老母猪肚子那么沉，却只生了三只崽，会不会是邻人趁夜色偷了几只。《幽窗记》便是唐简经手的离奇命案的记录，案情扑朔，引人入胜，更难得的是用词虽露骨，但时有妙趣。

书里的唐简贪杯好色，应邀去某地查案，遇见此中的女主人，暗赞她身段颇佳，背影曼妙，有个值得为之声名扫地的屁股，他想"既然上苍安排我生性好色，何不顺应天命，有所作为"，所以他就伸手一摸，就此摸出了一夜良宵，一条线索。

她连夜看完三卷《幽窗记》。停月一觉醒来，瞪大眼："这么好看？"

"好看。"她合上书，在窗边失了神。在她的想象中，写书的人住在一个几进几出的深宅大院，在草色掩映的窗前喝茶，石阶上种了一盆滴水的红花，平日不来人世摸爬滚打。要是能认识他就好了，带些好酒和茶去看他，听他讲讲故事，说说笑话，该多好。

隔天，她和停月又去了古刹，直奔书摊："《幽窗记》第四卷几时出？"

小贩咧着嘴："我就说好看吧？不瞒你说，我也在等！"

她问："唐简还写过哪些书？"

"早几年有个什么手札，官场秘闻录之类的，我找找。"小贩慢吞吞地说，"小老头的牢骚哪有看头？探案才刺激！"

"小老头？"她没来由地沮丧，小贩已把《随行录》奉上："看吧看吧！第一句就是余四十一岁那年，算到今天，可不小老头了？"

她不仅看到了"四十一岁那年"，还看到小老头说"等我胡子拖鸡屎，官场风气估计还这样"，这比喻生动又形象，她笑出声。小贩还在叨叨，说这小老头嗜色如命，一有钱即携野妇浪游，挥霍一空再回来，找个破院子写下一卷换钱。

她若出得起大价钱，就能设法堵他了。不过希望也不大，《幽窗记》的读者遍布天下，不少人都试过找小老头，美人好酒、重金大宅，统统都堆在面前，只求能率先看到后续。

她笑："但是没人见过他？"

小贩气愤难平："这绝对是他卖书的手段！心痒痒又弄不到手，才想得更厉害，对吧？"

她摸出碎银子："订金，第四卷到了给我留一本。"

小贩捧着银子笑得欢畅："秦家那位少爷最近在勾栏找了个相好的，被人瞧见了几次。你这几天去，肯定能和他攀上交情。同是天涯风流人嘛，公子你说是吧？"

她脸上一黑，掉头就走，停月跟在身后吞吞吐吐："小姐，勾栏那种地方我还没去过，我……"

她咬了咬牙，哼道："去勾栏？是连哭带闹还是连抓带挠？"

婚期在十一月，她最迟要在夏末秋初之际，找到意中人。如果运气不好，没找着，那就得逃跑，隐姓埋名几年再回家，到时候秦二少早就另娶他人，父亲再生她的气，也只能算了。

那么，从现在开始，她得设法攒点钱。金银细软她没几件，何况想要脱手都得贱卖，换不了几个钱，搞不好会被贼人盯上，连命都丢了。《幽窗记》里，一根银钗就让二八少女横死，这样的事情，任何朝代都会发生。

究竟怎样才能迅速地搞到一笔钱，或者爱上一个人？她陷入深思。

暮春时节，她心浮气躁。一晃月余，她既没挣到钱，也没遇上哪位品貌皆不凡的男子。她尝试过挣钱，认真绘了几卷画作，拿去小贩处寄卖，假意说是表妹所作，女孩子家家的，不便抛头露面支个摊。

小贩盛赞了"表妹"才情过人，却劝她收回画作。有钱人要买名人字画，不会来他的小摊，老百姓呢，就爱瞧个热闹，顶多花上三五文，拿回家挂一挂。但问题是，令表妹缺这三五文吗？

小贩说："女孩子琴棋书画有一样精通，就算是体面的嫁妆了。就冲公子你的谈吐气度，也知出身不俗，令表妹也会嫁个好人家，绝不会沦落到当街卖艺的地步。"她只得坚持说，表妹不为钱财，只求知音，小贩哈哈笑："真要觅知音啊，往这儿一搁，夸它的人少说几十个。"

她卷起画作，不死心地问："除了几句客套话，就没有别的办法证明表妹作品的价值吗？"

"有啊，比如像朝廷的司清德司大人那样。"小贩说出她父亲的名字，艳羡道，"经常有人来问他的画，但他只给皇上和达官贵人作画，我这小摊子可收不起。"

愿意为之花钱，是最好的恭维之一，或是说，赞美。她犹豫着问："司大人的赝品，你收吗？"

她自幼跟随父亲习画，他的好几幅画作她都能模仿得惟妙惟肖，连母亲都分辨不出。小贩笑道："司大人在朝中为官，买他的画，多半是投石问路罢了，不借个东风，草船哪能借到箭？"

她颓了："就没有因为纯粹喜爱欣赏而掏钱吗？"

"有！《幽窗记》嘛！人们爱看，都肯花钱，好东西就是好东西。令表妹要是画些大家都爱看的，也好卖！"小贩摸出《闺艳秘图》，"每天都能卖几十本！公子也早就看过吧？"

她含糊道："看，看过！"

"可惜这活儿令表妹干不了，未出阁的小姐见都没见过，只能由胡子拉碴的大男人来画。"

她丢下钱，胡乱抄起一册《绣榻春》："这本还没看过。"

一进家门，她就把停月打发去做别的事，关起门看《绣榻春》，可是没翻几页就罢了手。那些陌生的画面令她不适，不像《幽窗记》，香艳场景也不少，但唐简写得撩人，只会让她看得脸红心跳，生出无边遐想。

未经人事，只能画点闺情春思，哪能拳拳到肉？看来，这条生财之路又断了。她冥思苦想了一下午，寄望于迎夏节。

迎夏节是本朝最重要的节日之一，太祖路得胜当年举事，正是立夏当日攻破富庶的大城康远，此后势如破竹，连取数十座城池，最终问鼎天下。

每年立夏，本朝皇帝都会大赦天下，亲率文武百官到郊外迎夏，举行盛大的仪式，开放禁宫西侧的皇家园林——品园，与民同乐。

民间的文人墨客自发涌进品园举办品茗会，既是踏青会友，在某种程度上，更是一种自我展示。神宗年间，就有落魄的士子凭借一阕《临江仙》得到工部尚书之女的青睐，一举改变命运，至今为人津津乐道。

往年迎夏节，她总和停月到京郊的薄刀山游玩，山腰有一大片粉白蔷薇，跟她一样不爱凑热闹，等到梅花梨花杏花都开尽，它才半睡半醒似的，慢悠悠地开着。父亲品阶低，她家院子很小，只零星种了几丛兰花，她向来把这片蔷薇当成自家的后花园。但今年不同了，她的当务之急，是争取从迎夏节上给自己抓回一个好男人。

她在那一年的迎夏节上，遇见了太子路顺祺。

起先也平常，士子们围聚在桐花树下行酒令，输家赋诗或作画。她赏完园中百花，走累了，随手拎了一只空杯，随意地观看。

偌大品园，清俊男子瞧见几名，但好像提不起一棒子敲昏谁、拖去拜天地的兴致，还是琢磨如何挣到盘缠吧。

有人抽到一句"偷得半日闲"，寥寥数笔，画了一地桂花，乍看好似米粒，画起来极快捷，旁人敲着酒杯斥他耍赖："既是'偷'，怎能没有人？"

绘画的少年摸摸头，笑道："赏花是正经事啊。"

若有半日清闲时光，不介意浪掷给廊下落花，但若这闲暇难得，想来更多人会做些更快意的事，这芳香落花终被忽略，沦为背景。唐简说过，喝酒才是活着的目的，别的事，不过是在无关紧要地混日子。

她猜少年也看过《幽窗记》，不禁仰起脸看他，会心而笑。

少年身姿颀长，年岁很轻，黑发用缎带束起，站在风里，像是一株草本植物成了精，说不出的灵秀。他从桌上端起一杯酒，快步向她走来，有点腼腆地问："唐简？"

她心领神会，站起来，冲他晃了晃杯子，笑了："我很喜欢那个酒鬼。"

"谁会不喜欢他呢？"他浅淡一笑，让她暗暗喝一声彩，好个温雅的美少年，他的母亲定生得极美吧。

见他说话声音很温和，尾音是南方人的柔软调子，她问："你不是京城人氏？"

"家母是扬州人。"他急切问，"第三卷出了吗？"

小贩说过，《幽窗记》第三卷已面市多日，消息稍微灵通点的读者都已看过，她笑："普通本早就一抢而空了，你问问精装本，兴许还有。"

少年迟疑："他们说唐简因病暂时封笔了，这书不写了，竟不是真的？"

瞧他的模样，想必非富即贵，凡事只知摊开手，等着他人奉上。他若往街里走一走，就会知道他家的下人在骗他，她简直要心生鄙夷，转念却道："我朋友有第三卷，但他说花了不少钱……"她刻意为难着，"只叹为兄我囊中羞涩，若你不急，等他看完，我想办法再借出来……"

他眼睛一亮："我急！"转过头，冲几步之外一个垂手静立的中年男子道，"阿楼，取二十两银子给这位兄台。"

二十两！她惊得头发要竖起，少年又问："二十两够吗？上次他们帮我买了一卷《寒江图》花了五两。"

这么轻易就筹到离家出走的丰厚盘缠了吗？她把手藏在身后，以免被他看出她激动得发抖。这少年必是高门大族，浑不知这笔钱已足够在京郊置一处像样的房产。见她不语，少年紧张了："兄台的朋友是否愿意借出数日，容我阅后归还？"

中年男子面目冷峻，但对少年很恭谨："公子请借一步说话。"

少年和中年男子走到一边交谈了几句，少年一脸无奈，回来跟她说："钱我能用，但要说明用途。"

若他家中知道他花了一幢房子的钱，从她手上买了一册不上台面的歪书……恐怕不等到家，整件事就会让父亲司清德知晓。父亲在官场上一向谨慎，她不能给他惹麻烦。她颓然，撑起一丝笑："算了，我讲给你听吧……"

他立即制止："唐简的书，细读慢品为佳。"

她也有同感，跟他分头从桌上取了些小食，走到石榴树下，说些闲话。少年说要听故事，她搜肠刮肚，讲了些从前看过的志怪传奇。他听得入迷，倾慕不已："兄台何不也学唐简著书立说？"

她心想这少年真是好糊弄，任谁和他相识，都想敲点竹杠吧，他家人定然也早有防备，否则那中年男子怎会须臾不离？她拈了一只蜜渍青梅，命令他："张嘴。"

少年一呆："啊？"

青梅入口，好清新的酸甜滋味。她自己也含着一颗："可能我每天吃上满满一盏蜜钱，才能哄自己写下数百字，不出一月，就变得肥头大耳，换了你，你肯吗？"

少年被她逗笑："是啊，为文作画都是辛苦营生。"

她忆起他画的桂花："旁人瞧不出，我倒看得明白，教你习画的先生定是名家。"

少年的眼睛又亮了："兄台好眼力！确是高人，我练得吃力。"

父亲对她也严格，但不过如小贩所说，一件体面的嫁妆而已。她对少年粲然一笑："我懂不懂绘画，其实只有教我的人在乎。"

她是司清德的女儿，所以她理应掌握这项技能，不然父亲会认为脸上无光。少年听懂了，朝那中年男子看了看，悄声道："我也是。"顿一顿，又道，"你和别的人不同，我喜欢听你说话。"

中年男子上前，对少年一揖："公子，时候不早了。"

少年起身，微微把住她的臂，往一旁去："兄台可否给我一个住址？过几日，我让人和你同去借书。"他凑近些，像只是随手帮她拂去肩头那片落叶，小声说，"我自己也有些钱，不叫他们知道。"

少年的气息温热，扑在她耳畔，似雨后的青草香，她没来由地心下一窒："我家住在栖霞路十九号。"

栖霞路十九号，住着她幼年时的乳母。那妇人后来又给别的人当过乳母，但逢年过节，她都会去看望。她打定主意，不收少年的钱，只因她不想给家人带来祸事，即使只是可能，她也要杜绝。至于盘缠嘛，再想门路挣吧。

少年和中年男子离去，夕阳如金，他的发带闪过水波般的光泽。走了几步，他忽回过头，冲她眼睛一眨，像是订下小小的盟约。她坐回桐花树下的木椅，观看士子们新一轮的行酒令，不远处有谁大笑道："三弟，这可就是你的不对了，快给秦二少赔个不是！"

她望过去，那群人正向园外走去，穿蓝衣的人背影挺拔，旁人闹哄哄，他却沉默如山，一言不发。

她伸出手中空杯，刚好接住一朵从树上掉落的桐花。不看也罢，她在心里说，我并没有想过要和他在一起。

晚饭后，她包起《幽窗记》刚要出门，父亲匆匆而来，劈头问："下午带你到品园，怎么一眨眼就不见人了？"

"我和您说过，到旁边看看，但您在和郑侍郎说话，可能没在意。我看了一会儿，没见着您，就自己回来了。"

她父亲松口气，又说："早说让你带上停月的，两个人也有个照应。"

"她说不爱诗啊词的，不如在家绣枕巾。"

她父亲一恍神，明显没听进去，她看出父亲像在为某事斟酌措辞，主动道："秦二少好像也去了，但我没和他打照面。"

她父亲下定决心："你下午和什么人说话了吗？"

她和好几个士子都有过交谈，但顷刻就领悟到，父亲问的是青衫少年，一愣："他是谁？"

能让父亲如此忧虑，少年的家人必是朝中大员了。但没想到，父亲吁口气，坐了下来，还拍拍椅背，示意她也落座，一副长谈的架势。

傍晚时分，司清德得知太子路顺祺微服到品园一游。据闻，太子殿下很亲民，不但和士子们打成一片，还和一个小书生谈了颇久。那小书生样貌气度都颇清雅，约莫也有些来历，好事者就在猜了，谁家儿郎这般机灵？攀上太子殿下，平步青云还不是一句话的事？

司清德本没太听进去，直到那人说小书生最多十四五岁，清秀如好女，便问了一句："装束如何？"

那人回忆道："月白色。"

她对父亲说太子托她寻一卷诗书，但父亲何等敏锐，点破她的谎话："寻常的诗书，他用不着找你。"

既想看，又怕被宫人知道是何书，料想是不入流的市井读物。大概是宫中宦官私藏，被太子偶然看到，一看便入迷，但让太子接触到秽乱读物是大罪，宫人不敢担责，便推说新章遍寻不获，然太子不信，故来问你，是不是？

她彻底认输，推过《幽窗记》："喏，就是它。"

她赧然，怕父亲责备她竟然阅读这种"诲淫之物"，但父亲只瞥了一眼："哦，这书很出名。"

"我买回来才知道写的是什么。"她见父亲面色缓和，大着胆子问，"爹爹，这唐简是何许人？"

司清德沉吟道："他早几年有一卷《随行录》，老辣至极，朝中无人不晓。我们都推断，此人恐是同僚。"

她吃一惊："可他每有收入即隐于市，若在朝中为官，很难做到吧？"

司清德一哂："文人谁不爱在文字里玩些虚虚实实的把戏？古往今来，几多闺怨诗都是男人所作。"说罢将《幽窗记》收入袖中，叮嘱她切不可贸然行事，太子从未出过禁宫，他若要借书，会安排亲信代劳，但人心叵测，稍有不慎，就会牵连诸多无辜之人，后果凶险。

父亲言之有理，但她忆及那少年清亮的眼睛，忽然很不想让他失望："可我答应过他了。"

司清德点点头："等到殿下再来书画院习画，为父见机行事。"

她料定父亲是在宽她的心，他是不会将这册书交出去的。一个寒门子弟，跻身翰林院殊为不易，怎肯为小儿女的约定涉险？

她决心到乳母家小住几日，若太子的亲信来访，至少可以托他向太子说句抱歉。

乳母一家在城东赁住，房子破败了些，但有个还算敞亮的后院，她很喜爱，每次过来，都帮着做些家事。

乳母家的蚕豆长势喜人，她摘了半篮子，一阵风来，空气里隐有桂花香，乳母说邻居家新近种了一棵四季桂，春天也有花看。她蓦然想到《幽窗记》里，唐简夸过一种桂花做成的小食，乳母笑："好像不难，我们试试看。"

当天中午，邻居喝上了鲜嫩的蚕豆蛋花汤，她则学会了做桂花状元糕，蒸了一笼屉又一笼屉，想把手艺练得好些，回去做给父母吃。

柴火灶边，杂院的小孩子趴了一排，她给蒸笼边再上一道水，一个带着笑意的声音响起："什么这么香？"

她扭头看，是个白白胖胖、慈眉善目的老头儿，一边拿着罗盘，在院子里四处测量，一边向她乳母问起这栋房子的情况。乳母说杂院住的都是租赁户，房主在外行商，每季度她们只管将房钱交到城东一家烟纸店，店主是房主的堂叔，帮他代收。老头儿问清烟纸店的地址，像不经意才看到她："这位小公子好生面善，如何称呼？"

她拱拱手："在下姓司，行三。"

老头儿一笑，踱着方步慢条斯理出去了。乳母笑着看她："别说，还真像个俊俏书生。"

她住过来的时候就说过，近来不大太平，所以出门都作男儿装扮。乳母心有余悸："是要防着点。大前天晚上，巷子口就有女孩子被歹人欺负了……"

两人正说着话，邻居吴大娘来了："你这边怎么样？他从巷头问过来，不晓得看中哪家。"

乳母宽慰吴大娘，说那老头儿穿得不显山不露水的，但举止气派，谈吐也文雅，不是一般人，这一带都是几十年的老宅子，他估摸着是看不上的，最多是问问行情。吴大娘这才松口气："不让我们连夜搬走就好了！"

不是一般人？她一呆，装好两盒桂花状元糕，追出门去。那老头儿正要上马车，她扬声喊："老丈！"

老头儿笑吟吟："司三公子，何事？"

她送上点心："今日做了许多，老丈和家里人也尝尝吧。"

老头儿接过："三公子有礼了。"

老头儿走后，她仍在原地站了一会儿，她在乳母家住了三日，除了走街串户的货郎，就只有这么一位生人来过，会不会是太子的人？但是为何只字不问《幽窗记》？乳母在她身后问："你认得他？"

"不认得，但想起爹爹一个熟人要变卖房子回故里，问他要不要去看看。"

她回家临完了好几页字帖，亥时才等到父亲回来。司清德料定老头儿是太子派来的人，按她的形容，十有八九是宫中的老宦官。老宦官做事颇周密，出禁宫的由头很站得住脚：年纪大了，再过几年就能出宫了，用月假出来看看收养的孩子，顺便再物色物色将来养老的院子——任谁调查，都殊无破绽。

她百思不得其解："但他没问过《幽窗记》，连暗示都不曾。"

父亲敲敲桌子，问她："你觉得太子殿下以前没派人出来购书吗？"

她恍然大悟，不是买不着，而是没人肯给他买。太子将来是一国之君，只合习读圣贤之书，之外皆为糟粕。哪个人敢担这么大的责任？纵然会辜负太子的期待，最多只落个办事不力的小罪，但若顺了他的意，被别有用意的人告发，很可能会掉脑袋。所有奉命而来的人，谁不是走个过场，给他一句交代就算了？

她默然无语，一口接一口喝茶，那少年贵为太子殿下，本该享用漫天荣华，可是连想看一本书的愿望，都没人满足他。

司清德像看穿她的心思："人生在世，哪能事事称心如意？圣上宠幸胡姬满朝皆知，姚妃和岑妃所诞皇子也都颇得宠爱，太子殿下的储君之位尚不稳妥，怎可叫人拿住把柄？即使他年岁太轻，吃不透个中利害，他身边的人可都不傻。"

她没再说什么，入睡前却想到那两盒点心。唐简爱吃的桂花状元糕，太子会明白吧？他会明白的。再一想，又觉难过，禁宫御厨众多，说不定他早就吃过了，个个都比她这三脚猫的手艺好；又或者，老宦官只会将点心随手丢弃在路边，根本不带回宫。

……还是想想如何挣点快钱吧。

端午节前夕，沅京满城都在盛传，太子路顺祺将在品园举办荷花节，广邀天下儒生淑媛前往。

丫鬟停月说："小姐，你可别再像上回，穿得像个呆书生！"

她笑了起来，停月瞪她："这次是太子自己搞的节日，有限制，不是人人都去得了的。"

太子要求参与者年纪在弱冠以下，入园者须提交一份与荷花有关的诗文字画，经审核通过方可入园。停月说："能进去的人在才学方面多少会有两下子吧，又不得超过二十岁，很可能尚未婚配，小姐，我劝你女儿装比较合算。"

她哭笑不得，停月风一样跑了，要去给她张罗一身最美的衣裳，使她那天艳压群芳，如愿寻到意中人，第二天就大摇大摆到秦家退婚。

端午节当天，她照样书生装扮，一袭白衫出了门。停月赌气不陪她，她慢悠悠地走路去品园，沿途瞧些热闹。快到品园时，路边摊刚蒸好的粽子太诱人，遂买了两个，寻思到品园找个避人的地方吃，牡丹园就挺好，此时花期已过，不会有太多人。

品园太大了，放眼望去人头攒动，很难再和太子偶遇吧，她便不急了，缓缓游园。士子们互相猜疑对方是微服的太子，空前彬彬有礼，一路都有人冲她友好颔首，她暗自发笑，拐到牡丹园。

如她所料，牡丹园人很少，除了大内侍卫巡查而过，只有不远处的两名园丁各自忙碌，其中一人要将一丛牡丹嫁接到一根手指粗的树干上，笔直地长上去，到顶端才展开饱满的花冠，凉亭一样。她很感兴趣，过去讨教一二。

身后忽传来一声笑："你在这里。"

少年向光而立，一身雪青色长袍："想着你一定会来，我一直在找你。"他说着话，想去执她的手，"还没看过今年的荷花吧，走，一起去。"

她一慌，摸到腕间挽着的布兜，往他面前一送，以免被他牵住："吃粽子。"

话音刚落，她就反应过来，太子哪会随便吃市井食物？忙不迭要收回手，太子却很高兴，拿了一个解开，还赞叹粽叶清香，她就不慌了，让他坐到石凳上慢慢吃，她想看完园丁的劳作。等她把这招学到手了，就能把山谷那片粉白蔷薇请一根枝条回去，花上一两年的时间养成花树，尽量往上长，往院墙外面长，不占院落太多地方。

太子见她观看得细致，问她："很喜欢这些？"

"是啊。"她羡慕不已，"能在这里当园丁真幸福！三四月间，下点儿小雨，雾蒙蒙的，看梨花，看海棠，看芍药，哪儿都不想去了吧。"

太子瞧着她，温柔说道："那就来当园丁吧，这儿平时很清净，适合你备考。"

"备考？备什么考？"她霎时就明白了，太子是把她当成博取功名的读书人了。

她语塞，太子又说："我找人收集近几年来的试题，你想要借阅哪些书，随时说，文渊阁都有。"

她忽然就说不出话。太子吃完粽子，从怀中掏出一方手帕擦拭手，看她的目光很柔和："我托王公公转达的话，他都告诉你了吧？"

她不能连累那白白胖胖的老头儿，装傻："哪句？"

太子说："不论你有没有从你朋友那儿帮我借到书，我都会想办法再和你见面。"

并肩走在花香浮动的小径上，太子不无惋惜："其实荷花还未到最佳观赏期，但我想见你。"

这是一生当中，听到的第一句情话吧。她的心莫名剧烈地跳起来，情不自禁看太子，太子也在看她，露出一个非常非常害羞的笑容："一直没想出办法，直到那天在书画院习荷花图，司待诏说起他平生所见，以品园的荷塘为最美，我一下子就豁然开朗了。"

太子在说她的父亲，她心情复杂，攥紧衣袖，生怕言多必失。太子没有再问起《幽窗记》，想来王公公早用一套说辞对付了他，他只说吃到桂花状元糕时，在想，王公公向她透露他真实身份之前，她就为来访者准备了他一看便知的点心，且拒收王公公带去的银两，她，也是真心愿意和他相交吧？

她默然，这少年常年生活在各种谎言中——即便是善意的——才会把萍水相逢的人的一点点好意看得珍贵。她竟有鼻酸的感觉，忍不住问："你以前没吃过吗？"

"以前听都没听过。从《幽窗记》里看到就想吃，但可能很费事，就算了，以后再说。"

"做法很简单，不费事。"

太子苦笑，御厨只按照御医们开出的养生食方准备膳食，不会给他开小灶，万一吃坏了，他们会很惨。大前年，岑贵妃诞下皇子路远航，月子期间想念家乡的银鱼羹，皇子的乳母拗不过，做了一小盅，不想岑贵妃用过不到半个时辰，腹痛如绞，乳母差点儿被以投毒治罪。所幸查出是一场虚惊，但乳母仍受了二十杖刑，丢了大半条命。

太子怅惘："母后告诫过我，不要因为你的临时起意，就让别人大费周章。"

他铭记在心，但为她破了戒。荷叶田田，人潮攘攘，布局盛大，只为成全他和一人相见，她为此动容。太子说，不知为何，刚跟她分开，就恨不得立刻再相见，栖霞路十九号，他默念了一遍又一遍，在他的幻想中，无数次去过她家门前，夏天的午后，绿树生烟，他的脚步轻快。

"你亲手做的桂花状元糕，他们挨个为我试毒，才让我吃了两块。"太子咂嘴，"但我一块都舍不得给别人吃。"

她扑哧笑了，只有在这时，太子才流露出符合他年龄的稚气来，她一算，自己比他还大半岁呢，鬼使神差道："你想吃的话，我下次带给你。"

"你来当园丁吧，我让人给你安排点活计，我来看你也容易些。"

可是，她并非那寒窗苦读的书生司家三郎，而是即将嫁进秦府成为人妇的司家小姐。她把脸侧到一边，含混着说："我在朋友开的私塾教书，等他找到替代我的人再走。"

满池荷叶寂寂，暮色降临，太子说："真想跟你到市井里走一走，吃红糖冰粉，烤肉串，粽子要蘸白糖，还要到茶楼听说书，看手艺人捏泥人……书里讲到的所有。"

她再次鼻酸，将来，他是要当皇帝的人，江山如画，称孤道寡，她下意识道："好，我带你去。"

司清德对她和太子这次会面问得详细，她也不瞒他，连太子邀她入品园当园丁都说了："他好心让我有个舒适的读书环境，还能有收入呢。"

至于他那句想时时见着她，却是决计说不出口的，太子把她当男儿，话才讲得亲近，但父亲难免多想。她自己何尝不是？回味起来，浑身都乏力得很。

司清德叹："你的确比你两个哥哥都擅长念书，他们若有你一半聪颖，断不是如今这样。"

她大哥连考三年，勉强中了个举子，靠父亲多方打点，才得以在千里之外的县衙谋了个文书一职；她二哥从小贪玩，十几岁时背上行囊，说要自力更生，到海边做生意，没两年捎回一封家书，他和当地一位姑娘情投意合，当了上门女婿，小两口盘了个店面，卖些海产，日子还能过。

去年年末，二哥带着妻儿回来过年，父亲早想好了要教训他，但一看到三个粉团子般的孙儿孙女，气就消了，让二哥在祖父祖母的灵牌前跪了一宿了事。不管怎么说，她两位兄长的前途是父亲的心病，秦家子孙已经入仕，父亲让她嫁过去，自是打了算盘的，两家相互借力，方可路面顺畅。她在暗中掐住了手心，生怕父亲要她下次再见着太子时，为她大哥说句话。

司清德却只提醒她要慎言："热乎的东西谁不爱？你烤个糕饼，都一堆人眼巴巴地望着，何况太子殿下身居高位。"

她这回深有体会，整个荷花节上，品园侍卫云集，她和太子相处，总有几个人不远不近地跟着。太子自嘲："我这个储君当得谨慎，想出禁宫都得劳师动众，干脆就不出去了。"

在司清德的印象中，太子被刺杀过三次，所幸都化险为夷。最惊险的一次是代皇帝祭天时，大内高手为保护他，死伤大半，血流成河。这都是明面上的，据传在东宫，也搜出过断魂草和针扎小人之类的蛊咒。她忆起太子吃粽子时，那几个人冲过来制止，顿觉口干舌燥，可他当时毫不迟疑就接过，低头剥粽子，她望见他的脖颈，雪白洁净，似冬日的树枝，一场雪就能摧折它，清脆一响，应声而断。

……刺客们在袭击他的时候，也会有这样残忍而快意的想象吗？司清德离开后，她独自坐了很久，抬起手，像能闻见指间青翠的汁液。《幽窗记》里她看过很多命案，但太子路顺祺，才真切地让她感到，生命是如斯脆弱。他为她好，想让她住到安适的地方，又替她的前程做出安排……她想了又想，能回报的唯有一册《幽窗记》吧。

帮太子删减一切血腥暴力和秽乱的字句，手抄一份洁本，会不会能让他避免麻烦？就算被人发觉，告到皇帝处，皇帝一翻，并无不雅之处，处罚也会轻些吧。

唉，原本，她是要讹太子的银两的，竟变成想为他做点什么。她去拿新出的《幽窗记》第四卷，小贩说："你倒启发我了！你的洁本我要收五本卖卖看！没准大姑娘小媳妇就想买这种！"

她乐了："我也就给表妹弄一本。拿给你卖，唐简把我告到官衙，我得赔多少钱？"

"新章没交出来，他决不敢露面。"小贩啧啧道，"依我看，他写得最入味的，还是怎么杀人怎么查，但话说回来，没成家的毛头小伙最爱看别的，嘿嘿，别的。"

她端坐桌前，摘录着《幽窗记》，停月缝着布袜，埋怨她："大好机会又被你错过了！我挑布头时听人说，荷花节起码撮合了四对！个个欢天喜地的，说要请太子殿下当主婚人呢！"

"太子是不会去的，但他听了会很高兴吧。"她将一沓书稿塞给停月，"这布头拼起来不好看，你帮我誊抄五份，我送你新的。"

停月嘀咕："说好了要挣钱呢？又瞎花钱。"

"钱，马上就有。"为了改写出一册清清爽爽的洁本，她把前几卷拿出来重温，越看越清晰地发现，疑点、漏洞和伏笔不少，若再对第五卷做些猜想，编撰成册，会有人看吧？

书名她都想好了，就叫《与唐简商榷》。他若告官，她就拎两坛好酒登门赔罪。往好里说，若写书的人和书中的唐简性格相仿，绝对懒得告官，那她卖书的钱就成了盘缠，逃婚去也，过几年再设法还他的人情。救急不救穷，他胡子都快拖鸡屎了，人老境界高，一定会理解的。

小贩对她的《与唐简商榷》大加赞赏，连拍大腿："哎哟！分析得好！早该有人写了！公子，你不如帮他把第五卷写了吧？我们发一笔小财！"

在小贩的提议下，她给《与唐简商榷》加了个正标题《幽窗疑云》，署名为城春草木生。两人谈好分账条件，这五册手抄本放在小贩的摊位寄卖，卖多少钱都归她。若卖得好，小贩会找熟人自行付印一百本，再和她四六分，每十天结算一次。

她又是期待又是忐忑地回了家，一进门就被停月喊住了："老爷在书房等你半天了。"

父亲和一个须发花白的老者对坐饮茶，她对老者客气一礼，老者捋着胡须夸她："女公子果然一表人才。"

她入座，细听父亲为她介绍——家中老仆阿成在集市买粮，老者也在问价，阿成从他的口音中听出是同乡，一问，竟是邻县人，两家只隔了十几里路，老者甚至还记得，司清德早年在他的家乡当过县令。

阿成和老者熟稔之后，走动得颇密切，父亲得知老者在品园当园丁，便请来相商："小女年内就要嫁了，夫婿常年客居边关，她也要跟了去，往后啊，这沅京的景致是难得一见了。小女自幼钟情于园艺，王大哥可否行个方便，让她到品园住上数日，绘制一册《百花图》，以后也好有个念想。"

昔日的父母官称自己为兄长，礼数有加，老者诚惶诚恐："司大人，品园位于禁宫一隅，戒备森严，在下虽在品园多年，但人微言轻……请给在下一些时日。"

父亲步步为营至此，真像《幽窗记》里冷静缜密的凶犯，每一步，都在谋划之中。老者告辞后，她径直问父亲："阿成和他结识绝非偶然吧？还有，太子举办荷花节，也在您的意料中？"

司清德叫冤："荷花节一事，为父也只有口无心一提……但入品园是得疏通关系。"

她问："若您想让我在殿下面前，对您或大哥美言几句，只需等他下一次举办节日即可，为何想送我入品园？稍有差池，司家就有危险。"

司清德喝口茶："节日嘛，一次是佳话，多了就不合适了，太子殿下何必落下骄奢的口实？为父不图别的，只盼将来太子亲政，乃至登基后，还能记着和司家小女有过一段情谊。"

太子的确视她为友，但她一开始就不诚恳，她不得不内疚。但另一方面，她理解父亲。区区六品文官，在朝中根基浅，攀不上权臣，一样施展不得。正为前路费尽思量，却发觉女儿竟误打误撞和太子结交，惊惶之后，想维系关系也在情理当中。

司氏一门的前途竟系于她一身。她穿过木廊，回了闺房。停月已入睡了，她俯身帮停月盖好毯子，满心只想《幽窗疑云》能卖得好些。

不愿嫁一个满心惦记着亡妻的人，也不愿跟他去大风沙的边关，还是得逃婚啊。

盛夏到来之际，她入住品园。

事情比计划中顺利，她以老者义女的身份，被带去见陈友生，整个品园的园丁都听命于他。哪知一抬眼，她就看到一张似曾相识的脸庞，在荷花节上，她向他请教过牡丹嫁接之法。陈友生也认出她，那日她和太子走开后，他才得知，方才那个被众侍卫亦步亦趋跟随的，是太子殿下。

既是和太子相熟，岂有阻拦之理？陈友生笑道："入夏了，园中蚊蝇多，女公子作画时可要注意了。"

她也笑："那就多画些驱蚊植物吧，据闻品园有上百种？"

陈友生很懊丧："一度是有的，但有些珍稀品种不适应沅京气候，花了大力气，才存活了数十种，还需再寻些方法。"

她和陈友生谈得投机，几成忘年交，每天跟着他劳作。陈友生起初还会劝她走走看看就行了，但见她是真心喜欢，就顺着她了。女子装束多有不便，在品园，她仍作男儿打扮，疏枝、除虫、施肥，全然不在话下。

《幽窗疑云》果真卖得不错，她和小贩分了几回账，神清气爽。她绘画时盘算着，只待攒够盘缠就走，寻一座小城客居，到大户人家当个花匠，也该够吃饭穿衣了。等到待腻了，就换一座城。世间这么大，总能遇上良人吧。

七夕节，太子来了。她蹲在牵牛花丛里，想搜集些种子拿回家，忽听见他的声音："不用跟得太近，我想自己走走。"

她等太子的脚步近了，才直起身，嘴唇噘出一个呼哨，笑望着他。这招是跟义父学的，他说草丛里常有蚱蜢青蛙，先惊走它们，免得被它们吓一跳。品园虽大，但对蛇类早做了措施，她行走其间，从不害怕。

太子绽开笑颜："你来了！"

她心头一热，他是真心欢喜看到她呢。两人站在花丛中说着话，太子说那日回宫，就找到品园的侍卫长，让他留意一个姓司的少年，但半个月过去，侍卫长却说并无司姓少年来问讯。他又等了数日，终按捺不住，过来走走。

她解释说只由义父带进来看看，一到黄昏就回家住，并未记在品园的名册内。太子犹豫了一下，问："今晚是不是能例外？"怕她拒绝似的，急急补充，"宫里有夜宴，但父皇大概要去云妃那边，我不想去。"

自从西域来的云妃得宠后，太子的生母林皇后所在的北宸宫无限冷清，连她都有所耳闻，她颇歉意："可我酒水小食都未准备。"

太子在木椅上坐了："能听你说些市井见闻，我都觉得好。"

她瞥一眼十来步开外的侍卫们，咽下为他改写《幽窗记》的消息，讲起民间传说，讲了几则，摸到腰间的水壶，喝了几口，发觉太子的目光停在她脸上，非常专注，她心一跳，挪开眼光去瞧牵牛花，想找点话来说："陈老伯说，这个品种来自东瀛，名字很雅，叫故都的秋。"

太子浑然不觉她不自在，嘴角噙笑，依旧瞧着她。她扯了扯领口，一股莫名的躁热感在四肢百骸里冲撞，胀鼓鼓的，难受得很。太子这才回转神，面上一红："你相信牛郎和织女的故事吗？他们总在今晚相见。"

"不信。"她说，"盈盈一水间，脉脉不得语。多惨啊，我不希望它是真的。"

太子刚要说话，侍卫已走来："殿下，夜宴早去为好。"

夕阳西斜，她低下头，望到自己的影子和太子的影子交叠，像亲密的拥抱，她脸孔发烫，刹那间，心惊肉跳地明白，她为太子心动，她渴望时时见到他。

侍卫又道："至少要去一趟娘娘那边，若您不去……"

她怕太子为难："殿下，明日小的再为您辨别牵牛花的品种。"说罢不敢再看他，利落地收起工具箱，背起来走了。

走出老远，回头一望，太子的身影已消失在路的尽头。她在晚风里只觉惘然，良人在此，却远如星辰。

她想，我得走，在我尚能迈开脚步时，日行千里，夜奔八百，赶紧走。

终究没走成。

太子身边一刻不离人，她若将《幽窗记》洁本呈上，只会害了他。她去找小贩，让他给洁本做个封套，里头再塞些花卉图页："表妹看的时候，不会现出破绽。"

小贩哈哈大笑："《植物详解》？亏你想得出来！不过，公子你画花花草草的水平厉害！"

"我画几册卖卖看？"

小贩仍笑："不收！太冷门了，卖不动！"又道，"有好几个人买了《幽窗疑云》，对你赞不绝口，非要我说出作者是谁！"

她惊道："没说吧？"

"那哪能说！"小贩很得意，"在这点上，我就佩服唐简，侠探嘛，神秘点好，老拆坏人台，谁不记恨？一旦把身份亮得太白了，下一个就被杀！"

"那可不行，他要活到胡子拖鸡屎的年纪，还给我们讲故事。"

小贩循循诱劝，让她假唐简之名，写出第五卷，等不及的人肯定想买。若她怕被唐简追究，封皮印上细小的"伪作"二字就行，价钱不会太高，但预计也能卖不少册，能赚点小钱。

她谢绝了："我写《幽窗疑云》已是迫不得已，等日后缓过来了，要向唐简致歉，冒他之名是万万不可的。"

小贩嗤笑她迂腐，她笑而远去，回品园劳作了几个时辰，可是直到太阳落山，仍未见太子人影。她闲不下来，便在两棵杏树之间搭了一只简单的秋千，来年春天，一旁木香的枝条垂下来，就正好盘绕在绳索上，游客们会喜欢吧。

她荡了一会儿秋千，躲到栀子花丛吃红豆糕，是从南市的老字号买的，本想着要和太子分享，他不来，她就独享了，再从水井里取出一坛梨花白，细斟慢饮。这梨花白是陈友生去年酿的，品园的园丁都用它解暑。她喜爱它的滋味，每日都会喝上一小杯。

也许是和太子分别在即，她心绪不宁，索性在草坪上躺倒，天空繁星密布，像长桌上浮满酒杯，而她只管取来一杯又一杯，痛饮不休。

梨花白入口清甜，但后劲足，小半坛下肚，她就晕眩不已，努力想坐起，试了几遍，终力不从心，跌落花中。

朦胧中，很动听的女声由远及近，隐隐约约："不必太担心我，这日子过一天，且享用一天。"

隔了半晌，太子道："母后这样说，孩儿更难过。"

皇后轻笑："娘以前也不太懂，入宫后才看得分明，你祖父那人，太过天真了些，娘不得不早做打算。"

她张口结舌地意识到，皇后说的是神宗路长河。作为大宁朝第三代帝王，路长河在民间享有极高威望，连史官都称他为旷古明君，他执政的北辰年间史称"黄金盛世"——这是她从书中了解到的，但皇后似乎不这么认为。太子显然也始料不及："父皇说，本朝立国以来，以神宗最圣明。"

太祖路得胜只当了几年皇帝就驾崩，太宗路正宽继位时，时局尚不稳，为防万一，他将幼子路长河匿于民间，交由死士抚养，路长河在民间长到十几岁才被接回禁宫，立为太子，继而为皇帝。

神宗路长河自小目睹民间疾苦，登基后广施仁政，是万民爱戴的君父。于皇后，他是君，亦是父，对他提出质疑，是大不敬，也是大不孝，但皇后说来散漫："我敬重神宗皇帝，但很难说他是个可亲的人。"她点出前朝若干大员的名字，"爱民如子，难免会伤及官僚阶级的利益，树敌甚多。强权必会导致反弹，王公大臣表面为他收服，隐忍不发，但他驾崩后呢？"

神宗的执政理念是"富人玩好，穷人吃饱"，但照皇后的说法来看，神宗实则并未好好落实它，政策仍向平民倾斜得厉害。太子沉默了许久，真是有些久，久到她的酒意彻底散去，他才出声："所以母后未雨绸缪，将发带送与孩儿。"

皇后歉然："母后本不愿如此，但近几年，你父皇……"

皇后没能说下去，但她和太子都已会意，当今圣上明诚帝疏于朝政已不是一两天的事了，若有人谋于暗处，将不堪设想，皇后必须有所设防。

太子喟然："孩儿明白了。"

接着她听到有侍卫走过来，要护送两人回寝宫，太子说："孩儿想一个人静一静。"

人声远去，夜来了。她悄然向外张望，太子站在秋千上，微仰着头看天上的圆月，衣袂随风飘拂。她情不自禁起身，想要走近他。侍卫们以为有刺客，从数步之外飞奔而来。太子已听出是她，但没有回头，只对侍卫道："退下吧。"

品园的灯笼都点亮着，太子大半面孔隐在阴影里，看不分明。她一步一步走过去，太子依然没有回头，语气竟含有恳求："三郎，别过来。"

她陡然明白，太子哭了。

多年后，她想起这一幕，所谓萧索，是红衣的太子两手各抓一根绳索，站在秋千上，仰面望天，摇摇欲坠的身影。

他在无人注目的夜里悄声痛哭。

灯火跳动，映着太子的侧脸，发带垂在肩头，那一瞬，她突然想抱他。

那就从身后抱他吧，不言不语，抱住了他。

太子束住黑发的发带，藏着一个决不苟活的秘密吧。她的眼泪簌簌而落，浸湿太子的锦袍，太子艰难回过身，从秋千上跌下，还未站稳就把她抱紧："三郎，可能我自身难保，但不知为何，仍想护你周全。"

大千世间，她要遇见的人，在这里。

明诚八年秋，当朝林皇后一道懿旨，宣她入宫觐见。

丫鬟停月说，她父母有过激烈的争吵，司夫人哭骂夫婿处心积虑，自得知她偶遇太子，便步步为营，将女儿推向火坑。她父亲却颇欣慰："早就料到我的女儿会成功，她生得多美。"

坊间传闻里，这是个一步登天的故事。六品小官司清德家的小女慧美无双，太子对她一见倾心，不顾她已有婚约，执意牵她的手，向皇后请求赐婚。然而无人得知，其实她和太子之间误会丛生，直到那晚秋千架下，他们才真正彼此明了。

路顺祺是帝后的嫡长子，一出生就被立为储君。他五岁时，皇帝纳胡姬为妃，转年再立岑妃、姚妃等人，从此耽于逸乐，林皇后数次谏言，反遭冷落。路顺祺自六岁起，他束发所用的发带都是林皇后特别备下的，咬破外层的缎带，抽出夹层暗藏的金丝，嚼两下就能瞬时毒发身亡。

皇后和路顺祺约定，发带是属于母子二人的隐秘，连皇帝爹爹也不能说。路顺祺似懂非懂。七岁时，他学到一个词，叫命悬一线，于是坐在斜阳里，悄悄哭了。

再次掉眼泪，是十四岁这年，母后问起："你最近常去品园，是和一位读书人投缘？"

"是，他如今在品园当园丁，赚些生活费，好安心备考。"太子路顺祺很想跟母后直言，"他一定会考上的，将来入朝为官，永远伴我左右。"

这情愫萌生，润物无声，但宣之于口，恐会引起轩然大波。太子夜夜忧虑，想为两人的未来寻一条万全之策，却在那天被母后提醒，就连他自己，都是没有未来的人。

他说："三郎，别过来。"

三郎不理，坚定走向他。他不想被三郎看到他哭，但三郎也哭了，两人的眼泪落到一处，三郎说："殿下，我是司家小女。"

平生从未尝过的甘美，如轰天的雷炸开。太子抱着她，语无伦次："你是男孩子，我也这么喜欢你，我也是要和你在一起的。但你是女孩子，我们就不再有任何麻烦。"他叹息着，"你是女孩子……真是顺利得不可思议。我很高兴。"

当那一天，太子试探地问出唐简，而她心领神会，他背上仿佛长出十八只手，跟她一一击掌相和；而在这一晚，他们在月光下拥抱，除了赞美神灵，已无话可说。

司清德在绸缎庄买下华美裙裾，店主亲自送上门为她试穿，腰身稍稍宽松了些，又尽心尽责拿回店里返工，她说不必太费心。司清德眼一瞪，让雇来的两个巧娘为她梳妆打扮。她盯着镜中人，不得不说，父亲这几笔重金花得值当，妆容端庄雅致，一看就出身于书香之家。

丫鬟停月对她夸了又夸，夸完了却像司夫人一样，哭了起来："小姐，太子以后是要当皇帝的，伴君如伴虎，你要是说错一句话，会不会很惨？"想一想，继续哭，"皇上和皇后以前也是佳话，皇后那么美，却也失宠了……你这么笨，如果失宠了，可不就成守活寡了？"

她换好衣裳，开了个玩笑："就算没失宠，我这么笨，搞不好被哪个妃子算计毒死，对不对？"

停月一激灵，打个冷战："小姐，我要去求太子殿下，准我陪嫁入宫，我要守着你。"

她心坎一甜："傻，当宫女也跟守活寡差不多，我哪里舍得你去。"

旁人都艳羡她攀上了高枝，只有最亲近的人在发愁，母亲哭了又哭："总想你嫁得好，但嫁得这么好，又很不安，说不清是好还是不好。"说着说着怨起她父亲，完全是在卖女求荣，丧心病狂。

她和太子的交往，是在父亲算计中的，她对父亲是很不满，不想和他说话。但她跟太子的情感，并不受旁人掌控，自然而然产生，前路吉凶难料，她都领命。

太子是第一次见着穿女装的她，拉着她的手看个没完："真好看，和母后年轻时颇有几分相似呢。"

她摇头，太子又在说笑了，皇后也从民间来，在她看过的话本里，皇后的美貌，就跟身世一样让人惊叹。从前，皇后是艳烈的侠女，皇帝当时还只是太子，微服外出，为闹市舞剑器的她惊艳，迎入东宫，还许下一心一意的誓言，皇后的姿色由此可见一斑。

她本以为，色衰而爱驰，所以皇帝的盟誓转眼成空。但她错了，皇后穿寻常的深蓝色衣裳，闲闲而坐，依旧美如神明。

她被赐座，马上就有秀美的内侍上前奉茶，皇后笑吟吟："名唤雨雪？却又难得姓了个司，真是妙不可言。"

司，有掌管的含义，确实有人劝过，名字取得太大了，命压不住，但她父亲视为得意之作，接到皇后的懿旨那天，他说："我说得没错吧，我女儿早晚会是天上人。"

皇后留她用下午茶，她起先有些紧张，但皇后只谈些家常，她放松下来，一句句答得从容，皇后吩咐那秀美的内侍："小满，帮殿下给司小姐选几样首饰。"

皇后是有意支开太子了，太子面露忧切，她朝他轻笑，示意他宽心。太子随小满去了，皇后招呼她用茶，忽然很慢很慢地问："你家里给你许了人家，但你颇不情愿？"

"他惦着亡妻，但民女想嫁心里只有我的人，我心里也只有他。"

皇后又问："将来，是不会后悔的了？"

皇后在提醒她，或许自己的今天，会是她的来日，她摇一摇头："若不和殿下在一起，现在就后悔。将来……将来怎样，我都认。"

赐婚的圣旨下来，朝野哗然。

有人说，想不到司清德一个微末文官，野心倒不小，居然有能耐把女儿送到太子眼皮下；也有人说，另外几位皇子也颇得圣上欢心，太子的储君之位未必踏实，跟朝中重臣之女联姻是明智之选，不料竟如此意气用事，可悲可叹。司清德都听进耳里，却只顾忙着接受各路贺礼，长远的事不好说，也说不着，但趁眼下炙手可热，活动活动，把大儿子从外地调回沅京，倒不是难事。

家里把她和秦岭的婚约退掉了，秦老爷子仍乐呵呵的，跟司清德来往着。失去了一个六品官的亲家，却和未来国丈搭上了关系，孰轻孰重，秦家是商人，当然分得清。

整件事各方得利，唯独秦岭被普遍同情。想想看，这人真够倒霉的，第一任妻子没等过门就死了，第二任妻子没等过门就被抢了——若对手是一般人，还能抢回来，哪知是太子殿下，只得干瞪眼，连敲竹杠都不敢。

她去找小贩拿回包装成《植物详解》的《幽窗记》，小贩热情洋溢，推荐《孤星传》："写秦二少和太子妃未尽情缘的，要不要来一本？"

她啼笑皆非："什么《孤星传》？"

"秦二少孤星入命啊！"

她嗤笑："你不是说他在勾栏有相好？"

"嗐，勾栏的女人哪能娶回家？"

她和太子的婚期定在次年春天，在此期间，她将由专人教导宫中礼仪，熟悉后宫大小事务。完婚之前，太子和她要避嫌，见面反而比她在品园时少，好在皇后体恤两人的心思，不时请她到北宸宫小聚。每次去，太子都在，但宫女宦官也在场，两人相处颇拘束，但能相见已不易，也该知足。

她和皇后身边的宫人都熟识了。那个叫小满的内侍向她请教："听殿下说，您熟知各种植物，小的绘的这几株，不知可有谬误？"

小满的画工颇不俗，他说是自学的，他在民间待到六七岁，对风土人情尚有记忆，要赶紧画下来，以免年月深远，再也想不起。她帮小满改了改灯笼草的叶片形状，笑道："小公公对草本植物很有了解，比我认识的多。"

小满羞赧地笑，说他幼年时遭遇饥荒，吃过几十种野草，有次吃到了毒草问荆，站都站不起来，趴在地上缓了几个时辰。她看着这美貌的少年，替他难过，若不是饥荒，他该有怎样的人生？但斯时斯地，他没得选。

她也没得选，哪怕皇后的境况像一面镜子，明晃晃地警示着她。老宫人说，皇后当年亦是以太子妃的身份初嫁，太子为她写下近百首诗行。但她已无法想象，传说中明艳不可方物的太子妃，和她认识的皇后，是不是同一个人。她放下武功，敛去豪情，也有过诗一样的好日子，但到头来，伶仃地坐此庭院，嘴边总带着一丝微妙的戏谑，像对万事万物都很无谓。

她从小满绘的植物图卷里，翻出太子写给她的诗，许多首，年轻的，真挚的，炽热的，金色夕阳一般的。她把滚烫的诗句放在心口上，一遍遍地想，我决不允许他死，若真发生不测，我要冒死带他逃离禁宫。

那一晚秋千架下，太子哑声道："你若要走，还来得及。"

来不及了。纵然她如原计划那样远走他乡，心里也是放不下他了。是心陷囚笼，或者身入困境，她只想选和他在一起的那一边。她抱住太子，单薄，纤瘦，她说："让我来掌管你。"

从前的事，不管，往后的事，不理。我们的未来是好是歹，是风是雨，我都陪着你。

她到小贩的摊子找寻武学之书，小贩懒懒扔给她几本，劝她别费力气："你细皮嫩肉公子哥儿，学了几招拳脚功夫又能怎样？一个又高又壮的彪形大汉不等你出招，就能把你抓起来扔得老远，半天动弹不得。"

她不信："他胜在力气，我胜在灵活，再说了，练好了气和力，焉能不以柔克刚？"

"那你最好找个武师学学，你照着书胡乱练得走火入魔，出了人命，我可赔不起。"

她当真去打听武师，几经辗转，一个街头卖艺的拳师试了试她的筋骨，叹她错过了习武的最佳时机，但练到飞檐走壁的地步，问题不大。但他教她习武，就会赔了卖艺的时间，所以拜师费是少不了的，而且他是山门拳的嫡传弟子，收徒须正式，要有正正经经的拜师宴。

她都应承下来，在得月楼备下酒席，行了磕头大礼。拳师这才满意，捞过酒坛给她满上："明日我就教你心诀。"

她端起酒欲饮，却闻到若有若无的香味，霎时福至心灵，想起唐简在《幽窗记》里写过的迷药，遂留了心眼，略饮两口，推说去门外喊小二快些上菜，溜之大吉。

她把酒都吐在袖子上，一出酒楼，就雇了马车去药店。半路上，药性发作，勉力撑到药店，灌下解毒茶，平躺了半下午才好转。她分析拳师是在试她筋骨时，探出她是女儿身，只怪自己太大意，差一点被污了清白。

唉，唐简。如果有缘认识你，要请你喝酒，一顿谢媒酒，一顿谢你今日救命之恩，至少两顿。她心有余悸，不再寻访武师，照着一部卖价最高的武学书偷偷练了起来。

明诚九年早春，她和太子路顺祺完婚。新婚夜，她将心事坦陈，太子却笑："真有事，你也杀不出这禁宫。"

她抱着他："那么，我尽力了。"

太子看向窗外，良久道："阿雪，我猜你出生那天，也是这样的天气。"

雨雪霏霏的夜晚，她靠在太子的肩头，沉入梦乡。

她在鸿和二年深秋的一天夜里醒来。

雨水拍窗，长烛替她落了一夜的泪。樟树入梦指引，细思无稽，但她很想信一回。

关于明诚九年初秋的那场政变，史书记载说，明诚帝暴毙，皇后自戕殉节，太子路顺祺悲恸过甚，禅位于皇叔路恒昀，入渭山为父守陵。至于新婚的太子妃，则不被提起。民间因而衍生诸多版本，有说太子偕太子妃同赴渭山，也有说太子早已设防，连太子妃身怀有孕都被瞒了下来，政变之前，就已秘密将太子妃送出禁宫。

第二种说法得到民众普遍认可，最有力的佐证是皇叔路恒昀即位后，拿不出传国玉玺。众人都翘首以盼，再过几年，太子妃将带着小皇子和玉玺，向世人宣告，谁才是这天下真正的主人。

不过，还有另一种说法被传得很广：太子为路恒昀所迫，自尽于东宫，太子妃则被威胁交出私藏的玉玺，否则贬入教坊司。最终，太子妃遭凌辱而死，而玉玺下落依旧成谜。

民间的力量不可小觑，他们的推论几乎是真相——无比接近真相。除了，她还活着。

又也许，太子也还活着？

清晨时分，鸟叫啾啾，风中桂花香弥漫。院子里传来笃笃声，是张木匠在劈柴。每天他都起得极早，赤膊走到井边，打起一桶凉得沁人的井水冲浴，像一只野兽似的，抖落着皮毛上的水滴，再走到堆积如山的木柴边干活。

张木匠的手艺不太好，但基本的桌椅柜子板凳都会，因为卖价低，做些街坊邻居的生意，尚能糊口。去年春上，他说："三姐，今年是无春年，嫁娶的人家少，来年就多了，我们得囤些嫁妆箱。"他看着她，直接说，"我忙不过来。"

她被张木匠救下，终日神思恍惚，张木匠也不多说，只忙着推敲如何对付一截木柴。很快，他从一个锯木头都不齐整的将军，蜕变成新手木匠，能接些简单的活计了。

顾客上门挑选家什，看到恍惚如疯妇的她，好奇得很，张木匠解释："我表妹，命不好，嫁的男人当年就死了，遗腹子出生第二年，被贼人掳走了，没找着，人就疯了。"

大娘大婶揩眼泪："真是苦命人啊！"

她男人确实当年就死了，她也跟着死了一大半。若真怀了个遗腹子就好了，她一定寸步不离，不让人抢走，要像传说中那样，几年后带着小皇子杀回禁宫，找新皇帝复仇。

可她一无所凭，两手空空。但张木匠不让她死，理由很充足："我费尽心机保下你，决不想被你辜负。况且……"

他看进她眼睛深处："况且我被你坑成这样，你若死了，岂非显得我是个傻瓜？那我定要上天入地揪出你二哥，杀光他全家泄愤。"

她成为太子妃，司家获得了很像样的封赏，父亲的品阶得到提升，大哥也调回了京城，但远在浙东小城的二哥回绝了父亲。他这个上门女婿当得挺快活，对当地的饮食气候赞不绝口，这辈子不打算挪窝了。父亲气得食不下咽，把家书撕得粉碎。

皇叔路恒昀登基三天内，先帝亲手提拔的朝臣都被剐于市，路恒昀以狠辣残暴到极点的手段，迫使人臣服，高呼万岁。此后，再没人敢指责他承国不正了。

坊间也噤若寒蝉，数月后，才有不平者敢于议论。议论的人太多，鸿和皇帝路恒昀料想杀之不绝，也不多问。坐稳帝位后，他自觉自己的目标是当一位慈眉善目的仁君，如他的父亲——太宗路正宽。

她的父亲和大哥，皆在被剐于市的官员之列，母亲则选择了撞墙而亡。大嫂未有所出，被扔进了教坊司，供人狎乐，当夜咬舌自尽。

唯生性闲散的二哥逃过一劫，消息传到浙东小城时，他已带着一家老小隐姓埋名，安全地活下去了。路恒昀派去的暗探找了她二哥整整一年，无功而返，遂不了了之。

宫变之时，太子安排暗卫，拼死护送她逃离，她拒绝："我入宫嫁你，是为了有朝一日能带你出去。既然不能，就让我们死在一起。"

太子抱住她，笑道："放心吧，我已作安排，随后就去找你。"

她被暗卫一拳击中后脑，昏厥过去，当她苏醒时，已身在某处民居。但路恒昀不愿放过她，命人一寸寸翻遍京城，禁宫功夫最好的十二暗卫为保护她，流尽最后一滴血。路恒昀未能在禁宫找到玉玺，疑心在她手上："交出来，就让你和顺祺团聚，否则……"

她难以置信："他还活着？"

路恒昀一笑："还活着，只要你交出来，我保证不为难你们俩，逐去守陵便是。"

她说："让我亲眼看到殿下，我一定交。"

路恒昀和她僵持："交出来，就让你们团聚。"

她手里哪有什么玉玺呢，不过是还想再见太子一面，见着了，一起去死罢了。在一日日地拉锯中，路恒昀失去了耐心，威胁要送她去教坊司，待她见识到女子们被凌辱的景象，怕是扛不住的。

在被押去教坊司途中，她被张木匠一行救下。张木匠那时还不是木匠，他原本也有着好前程，武将出身，数年来镇守边关，打了不少胜仗，从兵士一路升到将军，但是他运气不好，班师回朝时，碰见了她。

路恒昀初登大位，不便在明面上对皇族做得太狠绝，押送她的人马均是常服，被将军当成了强抢民女，一番厮杀，将她救走。

她身中数箭，醒转后，让将军通知家人逃离。将军揪着头发：

"我路见不平，居然惹了个大麻烦。"她对将军抱歉万分，只想以命为酬，将军很生气，"我被你坑成这样，你若不活了，我下辈子也饶不了你。"

她死念难灭，但恩人在上，她辜负不起。将军和她大隐于市，在街巷深处的小院安顿下来，以表兄妹相称，外头风声很紧，他们日渐坐吃山空，有一天，将军成为木匠，摸索着伐木制箱，用来养活两人。

她整夜难眠，很快瘦成一把骨头。将军坐困愁城，懒得多言，潦草的饭菜往她手边一搁，不向她提任何要求。如此一年余，路恒昀的皇帝之位坐得牢靠了些，不似一开始那样紧迫地寻找玉玺了，将军跟她说："我忙不过来。"

她念着将军的好，昼伏夜出，拎一把斧子，到山上伐木。山路险，夜色亦幽深，但将军丝毫不担心她，她是死过一回的人了，那样的血雨腥风都熬过来了，别的都算不得什么。

她第一次上山，就拖回了上好的木材，将军很惊讶。她席地而坐，喝几口辣喉的烧刀子，不以为意："我会用刀。"

遥想从前，她红妆初嫁，太子对她百依百顺，他们常常一同听戏，坐在庭院，讲很多很久的闲话。禁宫的月季开得盛，细看叶子上都有虫子噬咬的痕迹，但依然一朵朵开着花。美和衰亡，只是几日之事。她侧过头，跟太子探讨，舍弃储君之位，远离禁宫的可能。太子笑："废太子历来都难有好收场。"

要么被软禁，终生由人看管，永不能离开；要么顷刻被暗杀，走不了多远。试问几个新君会留下心腹大患？当然，是可冒险一试，或有例外，但这例外，将以众人的性命来赌。对太子而言，东宫之人和他情同亲人，他能逃去哪里？她默然，许久后，她笑说："我想学点功夫，反正时光还很长。"

太子为她请来禁军教头，她练武时，他就在春风里笑微微地看，给她备好茶。有回她练得投入，收招时才发现皇后来了，她给皇后请安，皇后摆摆手，让太子去取些蜜饯，随后朝她笑笑，亲手为她沏了一盏茶。

皇后是明白她的，即使只是徒劳。禁宫波云诡谲，或终究难逃一死，但她想成为太子身前最后一道屏障。

如果不能杀出一条血路，至少，她要死在太子前头。她说："母后，我不能看着他死。"

皇后微一颔首，盈盈远去。那次会面第五个月，皇叔路恒昀篡位逼宫，皇帝遇刺，皇后纵火殉情——皇后出身江湖，比常人都警觉些，一早就在北宸宫布下机关，全身而退不在话下，但她没有。自杀，比被追杀，向来体面些，所以皇后不逃，安然接受死在禁宫的命运。

身如不系之舟，太子也同样如此。但司雨雪——一个闯入者，是不明白的，她刻苦练武，看在皇后和太子眼里，不过是螳臂当车吧。

她的出现，是太子生命中的意外，他那样狂喜而悲哀地爱着她，但他从来不相信自己能够善终，所以从来也没有相信过同生共死的誓言——她在鸿和二年的雨夜才悟到这一点，她为此恨意满腔。

她是太子的内子，却只是外人。上穷碧落下黄泉，他根本没想过要带上她，自作主张地让她苟活于世这么久，这么久。

"三哥，我做了个梦。"樟树托梦，说太子还活着，而她很想信一回。

按鸿和皇帝路恒昀所言，太子自请为父守陵。张木匠在檐下喝酒，提议去皇陵找太子，让他们团圆，或者，是让她死心。

但这要准备足够的钱财，上下打点。张木匠出去晃了一圈，找来一套骨画给她做参考，指了一条生财之道，让她绘制春宫版画。本朝女子十几岁即出阁，对情事尚懵懂，家人担忧她入了帷帐闹笑话，会请人在嫁妆箱内壁刻上几幅画，隐晦称之为"压箱底"。

她仔细一想，一张脸绯红，但这种营生来钱快。那年购书，小贩确实说过，艳情画本销量大。尽管她已是妇人，仍觉羞臊，把自己关在房间好几天，才绘出一幅，匆匆放在张木匠手边，跑开去烧水。

张木匠没有看，仍在劈柴。他照例赤裸着上身，露出一身好肌肉。她默默坐回来，在廊下把两人衣裳上的扣子钉紧，不期然想起他身披盔甲，把她救走的那一幕。

当得知她的真实身份，将军傻眼了："啊？怪不得外头闹哄哄的。你来头太大，我不能抛头露面卖艺挣钱，可我也不会别的技能啊。"

他提防她再度寻死，在她床边守了一宿，有了主意："嘿，我看过别人劈柴！"

就这样，世间再无太子妃司雨雪，人们对她的称呼变成了木匠他三妹。接连几个嫁妆箱都顺利售出，她掂着碎银子颇困惑："这么好卖？"

"好卖。"张木匠仰脖灌酒，有了新主意，"每年出嫁的女子毕竟有限，我看不如直接改成绘本，谁都能买。"

她想见太子心切，笔不停歇，绘出数幅交给张木匠。张木匠拿出去找人印制，回来跟她提意见："别人都夸含而不露，优美动人，能当艺术品把玩。但是要多挣点，就得往俗里画了，改改。"

她困惑："怎么改？"

张木匠指了指画中人："好说！男人改丑点，让人有代入感。"见她仍不太明白，遂坦率告知，这种画本呢，多半是被男人买走，但是有几个男人生得眉目如画，风流倜傥？多半也就是村里的二保，其貌不扬，嘴很甜，大姑娘小媳妇被他撩得春情满面，那就够了。

她"哦"了一声："我这两年只见过你，已经想不起平常的男子长什么样了。"

张木匠似乎很开心，凑近她："听你的意思，我尚有几分姿色？"

她瞅他一眼，不想理他。张木匠一张面孔称不上多精致，但剑眉星目，英气十足，颇具男儿气概，远比村里的二保讨女人喜欢。为了遮人耳目，他把她的身世说得惨，克夫又克子，命又苦又硬，没人肯来提亲，但他自己就不同了，两年来，求亲的人络绎不绝，哪怕他如今只是个木匠。但他总笑笑地看看她，对媒婆说："要嫁我也行，但得跟我一起照顾我家表妹一辈子。"

媒婆不乐意了："虽说你表妹浑浑噩噩的，但嫁个鳏夫、老光棍也不是难事，你这又是何必？"

张木匠不高兴了，把人往外推："我不想让我表妹再吃苦。"

她劝过他："我怕是好不起来了，就这样了，你别陪着我熬。"

张木匠瞪眼："你以为我愿意？但沾上你了，一辈子都是麻烦，到时候必然会坑了我婆娘我儿子。"

所以他干脆不要有什么婆娘儿子。她很愧疚，若非被她牵连，将军何至于沦为罪臣，平日外出还得乔装改扮。其实，将军救走她的时候，是戴了头盔的，被人认出来的可能性不大，但他仍万分当心，一旦有万一，就会置两人于死地，马虎不得。

生存已不易，更妄论娶妻生子，美满一生。她心难安，破天荒下厨，为张木匠烧了几道小菜。她厨艺不佳，简单的炖肉还弄咸了，张木匠递双筷子给她："没事，只要有酒，这种猪食我能吃一大盘。"

酒是上苍的恩赐，唐简说过："喝酒才是活着的真正目的。"张木匠看她一眼，"你的话比过去两年都多。"

她斟了一杯酒，小口喝完。两年了，唐简的《幽窗记》完结了吗？张木匠和她碰杯，问她："想到了什么？"

她摇摇头："想起前生很多事情。"

仿佛已是前生了。她想悄悄去看看未婚夫秦岭，却偶遇唐简的小说，继而结识了太子路顺祺，从此一生颠覆，这真像唐简笔下的一场……闹剧。

张木匠喝着酒，谈着大好前景。一晃，路恒昀登基已两年有余，局势稳定，一直胆战心惊的达官贵人遂放松了些，开始穷凶极恶地享受，玩得荒唐大胆，颇肯花钱，所以他打算跟仁寿堂谈买卖，研制各种闺房秘药。她也能出点力，在画本里提几句丹丸，广而告之，刺激销量。

一个好端端的将军，竟被逼成了奸商，她惭愧："如果没有惹上我这摊子破事，你……"

张木匠打断她："哪有那么多如果，命数就是命数。你以为路恒昀能放过先帝的军队？不救你，我现在过成什么样，也很难说。"

她不说话，仗着酒意，躺倒在庭院的青石板上，仰头望向星空。已是初冬了，地上沁凉刺骨，张木匠学她的样子，也躺下来，跟她讲起以前在边关也经常枕戈待旦，一抬头看到天空，星子清明，像一盏盏酒杯欲坠未坠，只想伸手去取。

她心震动，这样的感受，她也有过。在那年七月，她醉卧芳草丛，和太子交付了真心，太子说："三郎，我想护你周全。"他确实做到了，可是，这让她恨他。

你应该让我陪你去死的。

她眯起眼，寻找着牛郎星和织女星，张木匠指给她看："今晚只见牛郎星。"他坐起喝了几口酒，给她讲了"浮槎"的故事，说是天上银河和地面大海相连，有个人突发奇想，立下大志，要去探访银河。他做足准备，乘小筏子而去，起先不辨晨昏，迷迷茫茫，渐渐地星星越来越大，终于到达一处宫殿，宫中多人在纺织，又见一名男子牵着牛，在岛边让它边走边饮。此人归来，到蜀郡拜访高人，高人告之，某年某月某日，有客星犯牵牛宿，他核对时间，发现正是自己抵达银河的时候。

听完故事，她静默良久，张木匠以为她睡着了，回屋给她拿来一床被子。她不作声，泪水悄然滑落，不可断绝，在地上形成一小滩水迹。

在某个刹那，她在想，她和太子的相识，也许正是如此。偶然间相逢，是她生命中的神迹，但在旁人眼中，如一闪而过的星光，无法多停留一刻。

仁寿堂制药的医师各有分工，有人以鼓捣延年益寿的丹药为主，另有医师精于研制催情丸，连药丸的名字都取得微言大义：貂蝉入帐来、白头翁喜乐膏，玉股清凉液……同性异性，包罗万象，还体贴地附上药性功能解说，既直白，又引人遐想：十八年来堕世间，吹花嚼蕊弄冰弦；轻拢慢捻抹复挑，从此君王不早朝……不胜枚举。

到了鸿和三年，张木匠和仁寿堂合作的生意越发红火，他早出晚归，忙碌异常。她怕他被路恒昀的暗探发现，提醒了几次，他笑笑："他的大位坐稳当了，对我们没那么盯防了，你改扮改扮，也能出来透气。"

她保持警惕，决不出门，托张木匠寻来种子，种了一丛牵牛，攀附于院里的银杏蜿蜒而上，朝开暮死。她总爱在花前劳作，陪张木匠喝点小酒。若有天彻底安全了，要换个向阳的院落，种上满园蔷薇——有天她发觉自己居然在设想"将来"时，倏然呆住。

终于不再一味求死，竟然，对这人间苦海，有了些许眷念？她在案前枯坐，天黑透了仍未掌灯，把张木匠吓了一跳，飞扑进门，一迭声喊她："三姐！三姐！"

火折子映照下，她和张木匠四目相望，她忍不住问："三哥想过以后吗？"

张木匠松口气，笑着去盛饭："跟现在一样吧。"

她去热小菜，张木匠拿起一片空白的画纸看了看，以为她是画不出来心头发急，到厨房找她说："我带你出去转一转。"

"可以吗？"她肯为太子拼命，但是，她想为张木匠惜命，这条命是他给的。

张木匠笑："有头有脸的人都忙着准备皇帝的寿宴，戒备最森严的是禁宫，集市应当无妨，再说已是鸿和三年了。"

她和太子分开，已经三年了。她细致装扮了一番，镜子里是个眉目平静的小厮，粗眉大眼，皮肤暗沉，跟着张木匠出了门。

久违的集市熙攘如故，她颇觉新奇，东张西望，不觉间逛到了一处书画摊，她脱口问小贩："最新的《幽窗记》有吗？"

小贩愣了："您还记得唐简呢？他收了人家定金就跑了，搁笔好几年了！"

一个看书的书生搭腔："有人说这人已经死了！"

她心里一空："什么？"

当年他写书说"余四十一岁那年"，到今天已然年过半百了……她喉头哽住，竟活不到他说的"胡子拖鸡屎"的年岁吗？张木匠看出她低落："这个唐简是你什么人？"

唐简不是她什么人，但是在她的人生中，他很重要。她闷闷地说起少女时代，痴迷于唐简写的故事，还幻想过和他谈笑对饮，甚至在得知他是个小老头时，很是沮丧了一阵，好像他年方二八，她就能嫁他似的。

张木匠笑："写书人的花招，你也信？毛头小子写官场实录，谁要看？几朝元老，处事圆融，一肚子内廷秘辛，才好卖啊。"

她怔住，张木匠压低声音说："你绘制的画本，我给署了个名字叫玉娘，怎么样？"

"不怎么样。"她笑了起来，"一听就像络腮大胡子男人装的。"

"嘿，好些男人猜是官宦人家的小妇人，圆脸白嫩那种。"张木匠颇得意，"男人们在这方面是很有想象力的，所以你要画他们当主人公，巧妇常伴拙夫眠嘛，你看，就是那种——"

她看过去，是个西瓜摊子，一群人围拢着买。收钱的女人长得颇美，鹅蛋脸孔，双眸晶莹生光，穿得寒微，也还是个过目难忘的美人。张木匠饶有兴味，看看女人，又看看她："你们两个有六七分相似，我上次见着了，就想带你来看。"

她走上前，跟西瓜西施打了个照面，女人热情地招呼张木匠："来啦？"

卖瓜汉子弯腰挑瓜，他个头不高，黝黑壮实，剖瓜刀很锋利，一尺多长，麻利地在瓜顶戳了个三角长条，递给她："不甜不要钱！"

递钱找钱之间，又有几个男人来买瓜，但无一不是冲着女人来的，言语调戏两句，递铜板时有意无意蹭蹭她的手，或是脚下故意一歪，被她娇嗔着扶住，汉子也不恼，杀瓜称重，和气生财。

张木匠捧着瓜，"哗"地一拳头下去，红瓤如鲜血飞溅，他掰了一块递给她："在边塞，我们都喜欢这么吃瓜，快活。"

她和张木匠蹲在墙角吃瓜，当她还是司家小女时，也热爱市井吃食，嫁给太子就再未吃过了。丫鬟停月从外面给她捎过几次书信和食物，但食物要被几人试吃，她没了胃口。

停月在她的张罗下，嫁了当年的一个进士，夫婿到岭南就任，停月跟了过去，想来是躲过之后的惊天巨变了。想到停月，她轻轻一笑，掏出帕子让张木匠擦擦嘴，他问："在想谁？"

"停月和我二哥，你说我还能见到他们吗？"

张木匠低声说："皇帝死了我就带你去找他们。"

她点头又摇头："那还要等上好些年了吧。"

张木匠看了她一会儿："笑起来和她不一样。"

他说着，回头去看西瓜西施。她也看那女人，那女子巧笑嫣然，眼波如水，确实别有系人心处。张木匠自言自语："原来你笑起来是这样的。"

三年了，她一点一点地好转，张木匠拍她的肩："回去好好画，我再带你来。"

往事似已杳远，初相识时她是何等狼狈，而他白马银枪，从天而降。她往回走："是要好好画，想挣点钱，送你大氅。"

张木匠问："为什么？"

不为什么啊，就是在想，你身量高，穿成那样一定很好看。她磨着墨，在纸上画卖瓜汉子，一不留神，让他穿了阔大氅衣，实在滑稽，干脆让他里头不着寸缕，张木匠凑来看，夸道："咦，能将女子裹得严实，倒是方便至极，多画几个场景吧。"

葡萄架下竹榻上，麦浪翻滚的田间，书房黄花梨木的太师椅里，波浪隐隐的小舟中，菖蒲盛开的水边……她一页页绘着画作，想星河历历井然有序，人世却多变数，若嫁了秦岭为妻，此时她兴许身在塞外，和他放马牧羊，漫步于星空下，他心里有谁，她未必在意。张木匠捕捉她眼里的笑意，又问："在想谁？"

她淡淡说给他知晓，嫁给太子之前，她有过未婚夫，对方放不下亡妻，让她心有不甘，不想嫁。如今回想，人家没什么大错，长情不见得是美德，但是当真伤天害理吗？

张木匠摇头："那也不是，要我说，不算伤天害理，但伤人害己，最好是抱着亡妻灵位过一辈子。"

她被逗笑："你倒挺纯情的。"

张木匠老老实实："以前在边关，整天跟男人混，这几年你也看到了，整天跟木头混。"

"你是说，我也是木头。"她笑，"所以没少去看人家西瓜西施。"

张木匠不否认："嘿嘿，看看，也就看看。"

她对卖瓜汉子和他女人的面部做了处理，但此等艳色，哪会埋没于市井？画本面世，有人认出他们，按图索骥，摸到摊位处，吃瓜，调笑，也有人醉醺醺地摸上一把。汉子亮出刀，挡在女人身前，女人娇笑着拍他一下，继续跟人周旋。她见着几次，险些按捺不住，想想不能被人注意到，死死忍住。

好在女人活络，次次都以笑语化解。她便多买两只瓜，照顾他们的生意。女人怕她拎不动，劝她等"你家公子"在场再买，汉子插嘴让她上点心，你家公子近来没少去勾栏，但勾栏是销金窟，挣再多钱也能丢进去，得悠着点。

她脸一黑，女人拧汉子的胳膊，让他住嘴，赔笑说："嗐，我看也不是大事，你家当家的左拥右抱的，跟好几个都熟，那就不算有事，要是只和一个人相好，才要防着点。"

女人眼毒，早看出她是女儿身，她勉强笑。这阵子张木匠总说要帮着仁寿堂到处送货，动辄几日不归家，竟在外头搞这些名堂。女人拉起她的手劝："妹子别急，他挺爱找我们两口子说话，我也帮你说说他！"

她顺着女人的话，客气道了谢，汉子见她们投缘，说认个姐妹算了，美人常有几分像，她俩也不例外。女人喜滋滋地说好，她摆手婉拒了。不为别的，她不是常人，头顶悬着一柄利剑，不知哪天就被皇帝路恒昀找着，她不想再坑了别人。

这几天张木匠外出，算日子也该回来了，她买了酒菜，想为他接风洗尘，便从拎兜里分出大半斤兔肉，送给夫妻俩："认亲难免拘束，我们常来常往就行了。"

她向女人讨了几招，在院里烤着肉，小心地刷蜂蜜和油，门外，张木匠下马，大步走进："烤煳了？又糟蹋好东西。"

远归的人风尘仆仆，拎一坛酒，披大氅而来，如她料想般好看。她顺势把叉子往他手上一塞，接过酒，给他和自己一人倒了一碗，自嘲道："没想着能成功，我还买了几道熟食，饿不着你。"

张木匠哈哈一笑，娴熟地烤肉，拿大剪子剪去焦煳的地方，着意观察她的表情，她试酒时皱起眉："这酒烈，少说十年吧？"

"是少说了，二十年状元红。"张木匠端起碗，一饮而尽，她又给他斟上，他却不喝了，一径看她，她被他看得局促，"怎么了？"

张木匠割下一小块肉，试了试味道，目光转向火堆："我见着卖瓜两口子了，他们让我负荆请罪。"

她烤些蔬菜，假装满不在乎："嘻，你们男人嘛。"

张木匠笑着点头："是啊，我们男人嘛。"两人都不再说话，烤着各自的东西，张木匠把兔肉翻了一面，刷了点油，"嗳，说是有一只兔子，误踩陷阱，奄奄一息时，旅人把它救出，一同做伴前行，后来不慎迷途，兔子见旅人饥饿，遂投身火中，以身相报。对旅人而言，要不要把兔子救出来，是个道德困境，换了你，怎么选？"

她若无其事叉起烤好的馒头片，递到他嘴边："就在旅人左右为难时，旅伴闻起来已经很香了，那么何不顺应天命，有所作为。"

后半句话，是唐简的口头禅。张木匠就着她的手，咬一口馒头片，将烤得吱吱冒油的兔腿掰给她："那就吃吧？"

"吃。"

两人喝酒吃肉，二十年状元红劲儿大，她醉得极快，起身想抓个蜜桃吃，脚下一踉跄，几欲栽倒，张木匠将她一扶，放在石凳上坐着。她后背顶着石桌，身体本能往前一倾，一下子跌到他胸前。令人迷乱的男子气息扑来，她伸过手，抚上他的脸，看了又看，痴痴笑着："你竟是这样的好，原来你是这样好……"

翻来覆去的，就这一句话。她醉笑着从椅子上跌落，张木匠将她抱住了，脸蹭着她的发丝，她安静下来："对不起，我要这么久这么久才认出你来，唐简。"

原来你是这样好，比思量过千百回的更好。其实，唐简是小老头，她一样会觉得好，但眼前人无疑是多少女子的春闺梦里人。

她彻底醉过去，留唐简坐在原地，将她抱得再紧些。头顶一弯新月，温柔地和他对视着，他笑了笑，低头跟怀中人说："还好，没那么笨。"

她特地摸回古刹那一带，想找当年的小贩打探唐简的书，小贩还在，并且还记得她，笑脸相迎："我们有年头没见了吧？"

她说是来买书，小贩吃了一惊："咦，唐简没找你麻烦？"

她这几年没露面，小贩以为是被洁本害了，大姑娘小媳妇都买洁本，摆明了挡了唐简财路，他找人教训得她销声匿迹。她惊问："他知道我？"

小贩说，她编撰的洁本和《幽窗疑云》问世，引起不少关注，有几人打听过作者城春草木生是谁，他一概推说不知，其中一人很执着，问了好几次，还说她不比唐简差，有能力写自己的新故事，想找她切磋切磋。每回见面，那人都给小贩塞银子，小贩套他的话，确认他对她没有恶意，她最后来结账那天，前脚刚走，那人后脚就来了，小贩遥指她的背影，他拔腿就追上去。

她茫然，回想了半天，没人找她，要和她切磋。那时她已是准太子妃，要学习各种礼仪，抽不开身再去书画摊了。小贩却很内疚，以为那人是唐简的人，对她出言警告，让她不敢再来。她想了一下："那人长什么样？"

小贩笑："倒是个响当当的美男子，他女人绝对少不了。"正因为对方是讨女人喜欢的类型，小贩至今还记忆犹新，描述出他的样子，她站了片刻，在风里缓步走回家，走了很久很久，久到她疑心去往银河，也不过这般远。

原谅我沉湎旧事太久，竟迟迟没发觉你就在身旁。后半夜，她头痛欲裂地醒来，手一摸，是在床上了。桌上搁了一杯水，她喝了几口，还是温热的，心知唐简刚走不久，便挣扎着起床，但怯于去找他，一个人在院子里坐着。

夜风很凉，像回到了禁宫。睡不着的时候，她就悄然起身，在月光下跑步，跑得筋疲力尽，再重新躺回太子身畔。

那些深夜，她总以为太子睡着了，但两人其实都醒着。太子终按捺不住，去找了皇帝，请求废黜他。皇帝却雷霆震怒，要治东宫上下的罪，太傅更是首当其冲，落了个渎职之罪，受了重罚——正如太子所说，他的事，从不是他一个人的事。

她后来才晓得，连皇后都被牵连了。宠妃们向皇帝进言，太子如此惺惺作态，定是皇后授意，想为自己讨回些关注。

皇帝听不顺耳，但还是去北宸宫找了皇后。那天她刚巧也在，皇帝的目光在她脸上停留了一下，笑道："阿雪，每次看到她，都像回到那年刚认识你的时候。"

皇后闺名唤作林霏，字飞雪，而太子亦喊她阿雪，他说过，雪在他看来是最动人的字眼，象征着辽远的美和宁静。她静静看着帝后对弈，饮茶，说一说新近看的闲书、北方水果的收成，一如民间平常的夫妇。皇帝并没有兴师问罪，用了晚膳才走，他来去自如，皇后亦落落大方，叫人看不出两人已疏远多时。

太子私底下说，父皇和母后是少年夫妻，情分总还是有的，但有什么用呢，到底盟约总轻负。那夜回东宫的路上，梨花漫漫，他们携手而行，太子歉疚，说他深思熟虑做出的决定，在父皇那里成了要挟，是在撒娇，是无理取闹，所以此事还得再加谋划。

你的真心实意，被人指责为别有用心。太子苦笑："阿雪，你看，就是这样，永远这样，你是在退让，他们却笃定你是以退为进。"

不是你不肯，是他们不肯信。怕你反悔，怕你卷土重来，怕你报复……就算你去死，可你的余党呢？打着为你报仇的旗号，趁机谋取私利的人呢？

怕，是最狠绝的力量之一，它引发的恶意，有时能超乎你的想象。她牵住太子的手，温和地说："殿下，有生之年，我都陪着你。"

太子展颜，亲了亲她的脸。三年后，她还记着那一晚禁宫的花香，跟他们初相时识没有两样。但她那时不知道，所谓有生之年，是太子的，不是她的。

那次事件之后，太子灰心了很久，再不提逃出禁宫隐姓埋名当个庶民了。这不可能。他们两人的身后，都站着很多人，都将付出最惨烈的代价，就连他们自己，也会被千万里地追杀，永无宁日。

有一个午后，她和太子到北宸宫陪皇后听胡琴，她不甚喜爱那声音，就拉着内侍小满下棋，下了几个回合，小满笑看着她："您气色好了些，最近睡得好吗？"

她"嗯"了一声，小满又说："您别怪小的多嘴……一个人有一个人的命，命来了，就接着；还没来，就放着，您说是不是？"

且把烦心事放在一旁，如同门廊装饰用的雕花立柱。它日日存在，但你熟视无睹，若有天它倒下砸死人，那也不过是瞬间之事。如果死亡是件很迅疾的事，那就……还好吧，不怎么可怕吧。

她把小满的话学给太子听："我知道你怕我担上心事，才去找陛下。但是殿下，我已经不怕了，你也不要怕。"

若说我唯一的心事，只是几年后的你，爱上了别的人，疲倦地对我说：阿雪，她为人单纯善良，你想多了……

太子拥她入怀："阿雪，有生之年，我都陪着你。"

她坐到天亮，唐简照例赤着膊，边活动筋骨边往外走，看到她在，咧咧嘴："快去熬粥，昨天吃太油腻了。"

她坐着没动，抬眼看他："为什么不早点告诉我？"

唐简慢条斯理，拉伸筋骨："让你一层层抽丝剥茧，最终查出真凶是我，不是更有成就感吗？"

她反击："扮将军让你有成就感吗？"

唐简挑眉笑："我更喜欢扮木匠。"鼓起肌肉块让她欣赏，"你以为真是怕热，我才整天光着膀子在你眼皮下晃的？"

她一愣："那是为什么？"

唐简道："证明我孔武有力，血气方刚，不是小老头啊。"他走过来，拿起搪瓷缸子喝水，含糊不清道，"没想到会认识我，对吧？"

她再一次想起太子，最初的时候，太子对她充满愧疚，让她快走，可她动了心，走不了。有些人是注定会相遇的，她盯住唐简漂亮的腰线，低语："哎，真想再看你扮一回将军。"

"行，再过几天，我们去皇陵找你的太子殿下，你就能看到了。"唐简舒舒服服地伸长了腿，指指肩膀，"来，帮我捏一捏。"

她依言上前，学着捏肩，唐简又说："给你一个把玩我的机会。"

她拍了他一巴掌，问："那时候，为什么没有找我算账？"

"那时候啊……"唐简眼看要追上她了，迎面来了个老妇人，亲亲热热地拉她的手，喊她太子妃。他得承认，她那卷《幽窗疑云》灵气四溢，既缜密又时有妙趣，帮他补了漏，还提供了下一个案件的新角度，堪称知音，若能与之闲饮东窗，说彼平生，想来甚有滋味。但哪知小贩口中的小哥儿来头这么大，他悻然走开了，"你哪是我一个野路子惹得起的？算了，我喝酒的朋友多得是。"

她不信："就为这个？唐简哪会是谨小慎微之辈。"

唐简夸张地叹气："就因为生活里谨小慎微，才想到要用文字发发梦，痛快自在啊。"

她掐他："可我晚了这么久才认识你。"

唐简不在意："只要还喝得了酒，嚼得动肉，晚一点有什么打紧。"

就为了那点惺惺相惜，唐简雇了数十名死士，扮成军人，冒险救下了她。她承了这份情义，忍不住说："好吧，虽然你去了勾栏，我也只好原谅你。"

唐简好笑起来："我去我的勾栏，为什么要你原谅？"

她一时语塞，羞恼地又掐他："喂！"

唐简笑，笑完了悠然地问："你就没想过，魂断勾栏那个连环案，我还没写完吗？"

她眼睛亮了："你还在写？"

"在写啊，但躲躲藏藏的，哪有心思写。"唐简说，"今年起，皇帝对你的追查松了，我才好四下走动，捡起来再试试。"

她很感兴趣："那个案子是真的吗？我还没去过勾栏呢，你也带我去查查吧。"

唐简故意的："谁说我去勾栏是为了查案啊？你也知道我，孔武有力，血气方刚，还不是小老头……"

她怒了，抓过搪瓷缸子，砸他的头。他一躲，她脚下一绊，倒在他怀里，刹那间，风停云驻，世间万物都静止了般，他也静了下来，目光凝定，落在她脸上。她本能地闭上眼，紧张得攥紧拳，唐简却没有亲上来，在迷醉般的眩晕中，她听到他咕哝道："长得还挺好看。"

随后他丢开她，赶她去熬粥："守在灶边，没事多搅搅，别又熬糊了。"

"知道了。"她出了个糗，急忙逃开了。

她总算熬了一次像样的粥，唐简一口气喝了两碗。她给他剥咸蛋，他把蛋黄夹到她碗里，说仁寿堂来了个大生意，他得押货去外地，来回约莫一个来月。这趟回来，钱就攒够了，之前铺好的人脉关系再巩固巩固，就能带她到皇陵找太子了。

她手一顿，放下筷子："三哥，这件事，不用再继续了。"

《幽窗记》里，跟唐简最要好的小哥叫作三哥，从一开始，她就

124

这么喊他，他也不多问，顺嘴就喊她三姐，她习惯这么喊他，懒得再改口。他夹了腐乳吃，问她："在怕什么？"

是在怕，怕此去自投罗网，葬送了两人的未来。这三年来，在唐简的陪伴下，她缓慢地好了起来——她原以为，经历过那样的哀痛，这一生都不会再快乐了，但是快乐这回事呢，无论有没有经历过生离死别，在人的一生中，本就不会时时发生。快乐偶尔，平静有时，大多时候，是习惯成自然，她想要的，就是这些。

她说："我放弃找他了。"

樟树所言，不过是她的执念，她又怎会不明白，太子是不会苟且偷生的。他的祖父神宗路长河执政谨严，深得民众爱戴，但皇后另有看法："他致力于爱民如子，但爱平民，免不了损害高位者的利益，单说人人平等这一点，就有违人性，起码在现阶段很虚妄。"

她犹记得太子问皇后："母后是说，我们还不够高尚吗？"

皇后嗤笑一声："高尚者寥若晨星，是用来仰望的。世间几人不逐利？匮乏者追求丰足，丰足者追求富庶，富庶者追求特权……而平等意味着高位者向低层者俯就，高位者如何肯？"

冷寂的后宫中，皇后冷眼看世情，对时局有着精准的洞悉。神宗路长河驾崩后的第十年，他的皇弟路恒昀就窃走了他继任者的皇位，而且进行得异常顺利，兵不血刃，禁宫内外里应外合，大行方便。

区区十年，众多被誉为清流的重臣，都被路恒昀收为己用，很难说他们心里对神宗没有积怨，况且神宗的嫡长子明诚帝远远算不上是昏君，尽管他即位五年后，嬉乐后宫，疏于朝政，但上苍厚他，国库充盈，百姓安乐，边关亦稳定，没出什么乱子。皇后却从这平稳的顺境中，看出暗礁和壁垒，对太子和自己做出了宁为玉碎的规划。

宫变之后，宫里传出皇叔路恒昀和皇后有过一场交谈，她猜测极可能是真的，玉玺遍寻不获，皇叔路恒昀以太子路顺祺的性命威胁皇后："你就不为顺祺想想吗？他还那么年轻！"

皇后轻松道："他还那么年轻，所以我不想让他被软禁一生，他自

125

己也不想。"

皇叔路恒昀试图劝她，脱口喊她的闺名："霏儿，听我说，顺祺不会死，你也不会死，我……我不会让你死……"

皇后打断皇叔路恒昀的话："可我不想看着顺祺长成您这种眼露凶光的老头子，明白吗，皇叔？"

然后她启动了开关，那场火腾地烧起，蔓延四散，皇后在烈火中大去。而那时，十二暗卫正护送着司雨雪远离禁宫。

鸿和三年，司雨雪告诉唐简："玉玺一定在皇后的人手上，你信吗？"

"当然。"唐简简短地说，"你让我活不了，我让你睡不好，日夜磨心，害怕亡者归来，手持玉玺，索还皇位。"

对皇后和太子来说，死亡未必不是恩赐。她和太子的情缘，今生今世已经尽兴用完。从今往后，她要珍惜的人是唐简。在他冲凉时，井水从他后背飞溅而下，溅到她小臂上，而她心悸难言的时候；在西瓜西施熟络地和他寒暄，若有若无飞个媚眼，而她竟然很介意的时候；在听到他去勾栏，她满脑子在想"我刀呢"的时候。

她轻轻把手覆上唐简手背："我等你办完事回来，还有，我不找他了。"

唐简笑道："我外出的时间也许会比预计的久，你还能再想想。"

他没问她，倘若太子还活着呢，这让她很感激。他尊重了太子的人格，也尊重了她对自己和太子感情的信任。

在一起的时候，太子对她极尽温存，分开时，也兑现了誓言："我想护你周全。"她迟迟不接受太子已死的事实，是无法相信自己的余生还会有别的可能，还能好起来，还有机会坐在蔷薇满园的庭院，享受宁静和欢欣。是她死心不息，但唐简耐心地改变了她，天高云淡，宛若新生。

她为唐简打点行装，他当着她的面换了身劲装，他腰间有个小小的黑痣，她以为是一粒细尘，随手一拂，被唐简迅速捉住了手，在肌肤上游走，触感滚烫，粗糙。她的心燎烧起来，手被他带到了小腹处，触到几丝毛发，她喉头不禁发干，脸红透了，扭向一边。唐简顿了一下，笑着问："我想在这里文个图案，你推荐推荐？啊，你脸红什么啊，又不是第一次看我——"

哦，我的将军大人，你从不知道自己是个很诱人的男人吗？唐简仍在笑，捏着她的下巴，迫使她和他对视："我想文只老鹰，会不会太俗啊？快，给点意见！"

她被唐简吓坏了，不晓得他是在逗她。她极力挣脱他，把包袱砸到地上："你外出的时间也许会比预计的久，你还能再想想。"

她躲去厨房择菜，烦躁得要命，心头有个可怕的猜想，如果唐简对她并无男女之情……

这是很有可能的。唐简游戏花丛，笔下女子众多，且都是风情女子，身段玲珑有致，一嗔一笑，眉目含情，远比她引人入胜。诚然，他难得夸过她好看，但她几次都称得上是投怀送抱，他却从未如自己所言"既然上苍安排我生性好色，何不顺应天命，有所作为"，那就是不想作为吧。

她心情低落，在炉火的烟尘中呛出了眼泪，唐简站在门口说："别烧水了，我不渴，来，送我一下。"

她擦擦眼角，起身接过他的包袱，很轻，他连换洗衣物都不带，她发作了："你一套衣裳穿一个多月吗？"

"我又不是去乡下，到处都能买成衣啊，轻装上阵不好吗？"他无辜地看她，"你哭了？我这次是会走得久一点，让你抱抱吧。"

他做好被她推开的准备，她不吭声，抱住了他。他束手束脚地被她抱着，她心一横，脸贴上他的胸膛，听见他的心跳得猛烈，她喃喃问："那时候，我要不是太子妃，你会喊住我吗？"

"岂止是喊你，肯定会拉着你去喝酒啊。"

"还有呢？"

唐简笑："喝痛快了就去赌钱，我跟几个赌坊的老板娘都很熟。"

她烦了："你这么有女人缘，应该能看出我是女人吧。"

唐简连连点头："是啊，知道你是女人，多半没赌过钱，那就更好了，新手手气特别好，更要带你去。"

她气得松开他："就这些？"

"啊，你不会是想让我带你去喝花酒吧？想去也行，我认识几个倌儿，都挺俊俏，又会哄人，我是男人都觉着赏心悦目，哎……"

她大怒，又想扔包袱，被唐简抢过："好，好，我错了，你那时还是未出阁的大姑娘，不爱玩这个，我还有别的花样……"

"滚吧！"她扭头走，飞起一脚把门踢上。

如她所愿，唐简"滚"了，并且胆敢音讯全无。她把活计都拿到院里做，生怕错过他捎回来的信，但是没有，什么都没有。

她枯守了十日，再一次梦见樟树了，梦中他有了人的形体，是个憨实汉子，黑得发红的脸庞，神情萎靡，找她讨酒喝，郁郁半天才说："我被贬下凡界了，当不成南天门的门槛了。"

"发生什么了？"

樟树垂着脑袋，说东边那几位结伴来赴蟠桃会，为首的醉鬼被他绊了一跤，跌破了进献给王母娘娘的酒。玉帝盛怒，罚他回凡间，给一个吃斋念佛的老太太当儿子，从此永世都将在人间轮回，入不了仙籍。她替樟树急了："你在凡间待了那么久，怎么还没学会遇贵人先自动矮上三分？"

樟树佝偻着背，快要哭出声。她不忍心再多说，烧了一壶茶，让他缓缓。樟树捧着粗陶杯，忽想起一桩事："对了，我以为太子还活着，其实只是元神在凡间逗留，恋恋不去。"

顷刻间，她整个人如坠冰窟，樟树沉思着："我尚存最后一息法力，带你见见他吧。"

鸿和三年夏，她和太子路顺祺重逢于梦境。他依然旧时容颜旧时衣，跟她对坐在草地上，握着手说着话——过去所有的日子里，他们总是这般如胶似漆，一刻也不想分开。

太子的脸贴上她的，无限依恋，无限低回，他喊她的名字："阿雪，阿雪……"

她用力抱着太子。太子在她耳边说："阿雪，我一直放不下你，我舍不得你。时间并没有用，我一天比一天更舍不得你，可是……"

可是他的时间到了，若再不离去，将魂飞魄散，永不能再踏入轮回。他说："有人对你好，你愿意对他好，我该放心了。但是下一次我回到人世，你一定要一眼认出我，知道吗？"

她泪不可抑，太子亲亲她的脸，含泪微笑，在黑暗中隐去。她惊醒坐起，一室暗灯，迷迷离离，这场梦前所未有的真实，她的心痛到抽搐，眼泪大颗大颗落下。

一生之中，那样狂热爱恋的夏天永远过去了，再也不会重来。不论她是多么不愿面对，也已清晰地知道，这一世的余生里，太子和她再也不会有任何瓜葛。

十七年的生命里，所有的大雨都纷纷倾落到了此时此地。她眼前蒙蒙，异常想念唐简，想跟他诉说这个梦，想告诉他，生命是绝处逢生的奇迹，她喜欢上了他。

她熬到清晨，到仁寿堂问讯，掌柜却说，张木匠说家里有点事，有日子不能来了。她走在人群里，失魂落魄，唐简骗了她，他的离开并不是因为生意，而是一个要瞒着她的缘由……会是什么？

她心乱如麻，想找人说说话，踱到西瓜摊，却只见汉子一人，她蹲下来敲瓜，问："铃姐呢？"

汉子不语。她奇怪了，汉子的目光躲了一下，垂下眼："是我没用，对不住她。"

几天前，有个华服中年人来找汉子，说他婆娘被人看上了，想跟他商量，放她去过锦衣玉食的日子。汉子恼火，要对那人动手，那人狞笑着说："你也不问问，那家人是什么来头，随便捏造个名头，就能把你丢进大牢，关个十年八年。"

汉子做好鱼死网破的准备，女人伸手，按下他的刀，娇笑道："你们出得了多少钱？"

对方给出一个巨大的数目，再卖三十年西瓜，他们也挣不着的数目。女人点了头，被连拖带拽上了马车，汉子窝囊地抱着银票，哭得伤心。怎么办呢，四面八方都是他们的人，疾草一样，利器一样，齐刷刷黑压压扑上来，他不是对手。

她义愤填膺："强霸民女，无法无天！是哪家人？"

汉子扯住她："别去，别去，你单枪匹马，去了是送死。"这口恶气，他没打算咽下，他和女人承包了几亩瓜地，今年大丰收，还能再卖上个把月，等钱都踏实落袋了，再加上对方给的，请上二十个好手，趁女人出来烧香拜佛，伺机抢回来，连夜就逃。

女人待她友善，她担忧女人受辱，就像她大嫂当年被扔进教坊司是她难消的痛："快说，是哪家人？"

汉子嗫嚅着："是秦家。"

她心急如焚："哪个秦家？"

"就是做盐买卖发家的那个秦家，他家有钱不说，大少爷去年还升了官，势力很大。"汉子很慌，"你讲义气，我们心领了，但这样的人家我们都惹不起，千万别想着上门讨公道，搞不好还没见着人，连命都丢了！"

汉子口口声声"从长计议"，她听不下去，袖子一挽，径直杀去秦家。若是别人倒也罢了，但这个强抢人妻的恶霸少爷不是别人，是跟她有过婚约的秦二少秦岭。

她在路上就想好了对策，到了秦家大门，以真名实姓递进名帖，成功将了秦老爷子一军。

秦家人似如临大敌，她足足等了半个时辰，才被管家毕恭毕敬请进门，秦老爷子在厅堂备茶相候。

这是她第一次见到秦老爷子，他相貌英挺，两鬓微白，连声叹着："真的还活着，不容易，不容易……"

她听出秦老爷子语气里饱含欣慰，顿觉迷惑，自己是打上门来，他却以礼相待？秦老爷子给她倒茶，端详着她："跟你父亲长得很像。"

若那时她屈从婚约，已改口喊他为"爹爹"吧。她没喝茶，开门见山说明来意，让秦家放了那女人。秦老爷子的手指在案上轻击着，像在权衡，她很笃定，不怕他不答应。这明摆着的，她的名帖是战书，就凭两家差点儿成为儿女亲家的渊源，秦家收不收，都脱不了干系。她的逃脱，使皇帝路恒昀如鲠在喉，若知道她还活着，岂能不找来？

一找来，秦家就要遭殃了。她既能说三年来藏匿秦府，亦能说秦府不愿收留她，但提出暗中送她走——换句话说，她单是作为人证，就能成为钉死秦家的罪证。皇帝路恒昀手段残暴，决计不会放过秦家。

她强硬地栽赃，逼他们只能合作。她喝着茶，玩味地看着秦老爷子。秦老爷子表情如常，欠身问："常常想起父母兄嫂，是不是？"

这话问得家常，却要逼出她的眼泪。她何尝不知道，纵使时光重来，以父亲的性格，仍会铤而走险，可是她的母亲何辜？还有大哥。她七八岁的时候，大哥就去外地小城就职了，但一直很疼她，逢年过节都会捎回当地土产，总记着小妹爱吃甜食，一买就是一箱子。她被封为太子妃，大哥调回沅京，和父亲大吵了好几回，父亲问："你是想看到你妹妹给人填房，还是嫁给情投意合的人？"

父亲拂袖而去，大哥颓坐在椅子里，她跟他说："哥，不要为我难过，我是很喜欢他。很喜欢，很喜欢。"

大哥痛苦地看她："你不明白，你根本不明白，是爹爹一步步推波助澜，逼得你泥足深陷……"

后宫清冷险恶，将来失宠了，你要怎么办呢，小妹。大哥从不认为太子是她的良人，而变故来得比他预料的更快。她哆嗦着手，握不住一只茶杯，秦老爷子虚扶了她一把，温和道："随我来。"

她来到秦老爷子的书房。书房不大，书也不多。秦家本就是商户，笔墨纸砚多为装饰之物，可是，她父亲的画庄重地挂在墙上，刺痛了她的眼睛。

秦家和司家结交，源起这幅画。秦老爷子自言喜爱备至，托人宴请司清德，两人相谈甚欢，往来频繁，为她和秦岭定下婚约。她凝视着父亲的画作，久久无话。秦老爷子说："你父母、兄嫂和家人，我们都想办法找人收殓了，葬在青阳山。"

她一震，秦老爷子拧着眉："当时风声紧，等到能够上下活动时，尸骸已经……"

她眼泪涌出来，际遇如深渊，葬送了她的慈母长兄……尸骸已经不成样子了……

秦老爷子把椅子推到她面前，她坐了，秦老爷子坐她对面，低咳了一声："你可能不相信，我是真心和你父亲相交。"

她寻衅叫嚣的气焰，在父亲的画作前崩塌，溃不成军："可是一码归一码，那女人毕竟是别人的妻子……"

秦老爷子笑了："你为他们出头，计划很不错，但是有一点，为了一对唯利是图的夫妇，舍得一身剐，值吗？"

她惊怔，睁大眼睛看他。秦老爷子一五一十地和她推心置腹——秦岭在婚姻大事上不顺遂，意兴阑珊，连边塞牧场都交给亲信代管，自己骑了一匹骏马，说去云游四方，哪知几年也不露面。他母亲和祖母牵挂他，派人满天下查访，却都无功而返。小半年前，听说他现身于沅京集市，秦家去找，一找，果然找着了。他搬个小板凳，跟卖西瓜的女人谈笑，你来我往，郎情妾意。

那女人长得美，据说坊间还流行一部以她为主角的艳情画本，很多人赶去看她，秦岭正是其中之一。秦母素来不喜儿子和风尘气女子厮混，但秦岭年岁已不小了，还孤身一人，秦母烦心，试着问："娶回来当妾，如何？"

秦岭笑，不承认自己钟情于对方，但是第二天又往西瓜摊跑。那女人忙碌着，他就乖乖地坐在旁边，专心看她。自从他表妹过世，他很难像这样，发自肺腑露出欢容了。秦母远远望着儿子这副鬼样子，心里一疼，知道他是为对方着了迷，遂私下找人和西瓜夫妇谈，是否愿意改嫁。两口子倒也爽快，嘀咕了一阵，开出了价钱。

西瓜汉子有艳福，以往也有人跟他商议，让他出让美妻，但价钱都谈不拢。两人嗤笑别人不是真心实意，依然搭伙过着日子，待价而沽。秦岭是被祖母带大的，跟她很亲，入夏以来，祖母身染沉疴，已至卧床不起，没几日活头了。秦岭寸步不离守在床畔，秦母思前想后，同意了两口子的条件。

秦岭祖母最记挂在心的，就是孙儿的终身大事，西瓜西施入了秦家，端茶倒水，乖巧柔顺，老人家很喜欢，敦敦叮嘱秦岭要好好珍惜人家，尽快完婚。秦岭和西瓜西施甜蜜相望，满口答应。秦母看着两人，自得于办了件好事。

秦老爷子告诉她："那女人没说不愿意，这事你就别再操心了。"

她不信，那西瓜汉子明明是那样激愤，那样不甘心……

秦老爷子爽朗地笑："雨雪，你有没有想过，有的人很擅长得了便宜还卖乖吗？"

男人嘛，总归是想讲点面子的，怎肯承认卖妻求荣？她很难受，绞着手指，不晓得如何收场，秦老爷子拿她当女儿般劝："看不过眼就要替人出头，还拿自己的性命跟我们叫板，我们断然拒绝，你也无计可施，对不对？我们怕死，你就不怕？就没有留恋的人和事吗？"

既然活下来了，就要活下去，她想到了唐简，瞬间没了斗志。时光流逝，她已和那个万念俱灰的太子妃不同了，唐简让她再世为人，生有可恋，她诚恳地跟秦老爷子道了歉："是我鲁莽，对不起。"

她深深对他鞠躬，转身离开。秦老爷子让管家送送她，管家不悦，拉长着脸："你家当初悔婚，害得我们二少爷在沅京丢人，还被人写了一部《孤星传》，笑他孤星入命，他好几年没缓过来，现在总算快娶亲了，你却跳出来坏事！真要伸张正义，何不学佛祖割肉饲鹰？自己嫁进来，才能弥补二少爷受的气！"

管家吹胡子瞪眼，恶声恶气，秦老爷子赞同道："这倒也是个解决之道。"他望着她，"雨雪，过去的事都过去了，司家没人了，你飘零在外，不是长久之计。"

唯坦诚才有望获得体谅，她站定："我有喜欢的人了。"

秦老爷子是真心关切她："哦？哪家儿郎？品貌如何？几时成亲？"

她没什么把握："还不知道，我得先问问他肯不肯娶。"

秦老爷子很意外："对自己这么没信心？"

她坦然承认："确实没底气，怕这怕那的。"怕他以为我还只记挂亡夫，怕他喜欢的不是我这一类型，怕他喜欢的不是我这个人，怕自己不够好，辱没了他……

秦老爷子边听边笑，和管家互相看一眼："越是在意就越患得患失，你们两个还真是一样的呆。"冲门后喊道，"小子出来！没出息，这点事还要我和你张叔帮着套话，早点承认会死啊？"

门开，秦家二少爷慢慢走了出来。她抬头一望，惊住："是你？"

那人笑得很愉快，说："是我。"

二〇一六年七月初

　　她的裙裾闪过，消失在门后。唐简几乎是愤怒了，我意志力一向薄弱，你却动不动就考验我。那双手抚过他的腰肉，是挑逗，是撩拨，是邀约，他费了好大的劲，才改了口，其实多想说："你想用的话，就好好用用，好用……"

　　难以言说的暧昧，惊心动魄的诱惑，他靠在门上，平复着喘息。他以为毕生都将忠于早逝的表妹，孑然一身倒也不难熬，可她凌厉而温情地闯入了他的余生。最初相遇的时候，他没想过会这样。

　　早些时候，我是别人的；晚些时候，你是别人的。恰恰在此时相遇，你才是我的，我才是你的。

——《全宁文·幽窗记·卷五·故园》

四·有狐

人生，也就是人生地不熟吧。

七月十五，百鬼夜哭，有人在赶路。

天刚亮，顾长安就出了门，替邻居秀婶报丧。秀叔做得一手好菜，十里八村的红白喜事，总请他帮厨。头天下午秀叔刚走不久，他爹出门拾柴火，摔了一跤，人当时就不行了。

顾长安赶到楠竹湾，秀叔听后哭红了眼，借了驴车往家赶。章家留顾长安吃寿宴，顾长安挤到寿星章老太太面前说了一堆吉利话，章老太太很高兴，送了一坛酒，让他拿回家孝敬他的酒鬼父亲。

按照顾长安的脚力，到家刚好能吃上晚饭。然而，狂风大作，电闪雷鸣，他叹口气，往池塘里倒了些酒，恳请老龙王暂且收了神通，好歹让他先找个避雨的地方。

没走几步，雨落了下来。顾长安飞跑着，突然被什么东西绊了一下，他弯腰拾起，是一双小孩子穿的虎头鞋，鞋头缝了好几只银铃铛。他的心一沉，蹲下来扒开草丛，果然，湿泞的泥土里，隐约有几个模糊的爪印。

风声呼啸，顾长安把鞋子揣进怀里，眼泪夺眶而出。去年秋天，秀婶家的二喜不见了，全村人举着火把找，最后在山腰发现了二喜穿的布鞋,往前走了走,是几片残缺的脚趾,秀婶哭昏过去。

村人都说,老虎其实不喜与人为难,吃活物时,往往吃到鞋子才意识到是人,就不再吃了。那天晚上,山谷久久回荡着呼啸声,老人们说,是老虎在悔恨地哭。

顾长安也哭了。二喜出事当天,他在门前刨木板,二喜一阵风似的跑来,笑问:"清晨我上马,反着怎么说?"顾长安不假思索地答了,二喜"哎"了一声,"来,上马!"然后继续把竹子当马骑,大笑着跑走。

"清晨我上马,马上我成亲。"本地方言向来含混,造就了这样的小把戏,顾长安一笑。他爹娘去世得早,五六岁时,从邻村过继给顾添福当儿子。村童欺生,嘲笑他没爹没娘,只有二喜跟他玩,说自己是爹娘从垃圾堆里捡回来的,撸起袖子嘎嘎笑:"你看我这么黑!"

顾长安在十五岁那年的一个大雨夜,沉进一口池塘。雨太大,荷花被砸得稀烂,香气分外浓郁,他在池岸掏了一个小洞,把头枕进去,身子缩在荷叶下,酒坛搁在岸边,昏沉沉闭上眼睛,却睡得不安生。他觉得若在池塘底下放一把火,他和满池鱼虾莲藕就可炖成一锅好汤,有口福的人坐下来,要用一柄七尺长的勺子,方能喝得尽兴。

这场面太滑稽,顾长安笑起来,笑得气泡咕咚咕咚直冒,便不怕了,撒手睡去。

醒来已是第二天,雨还没停,但身上莫名盖着一把撑开的油纸伞,再一看,岸边的酒坛没了。顾长安撑伞,湿答答往家走。他想,这过路的好心人倒是识货,章老太太酿的酒是出了名的好,父亲真没口福。

秀叔的爹活到七十八岁,称得上喜丧。秀叔秀婶还算平静,他们的小儿子旺生才四岁,哭个不停。老人们看了,都说孩子不对劲,昨夜阴气太盛,附近几个村子都有孩子魇着了,听说还有走丢的,爹娘都急疯了。

顾长安拿出虎头鞋,跳起来往外跑,挨家挨户打听。有老伯让他到护林村问问:"好像有两个孩子没回来。"

顾长安跑到护林村，村人却说走失的孩子在草垛睡着了，被大人揪着耳朵拎回家，虚惊一场。顾长安松口气，村东头的王大娘冲他招招手："来得正好，桶坏了！"

　　桶已经很旧了，顾长安在王家院子好一通忙活。这还是他跟父亲顾添福学箍桶的第一件成品，没做好，水漏得厉害，当废品随手送给了王大娘。二喜为此笑话顾长安，顾长安辩驳说："装不了水，至少还能装点米，也算有点用。"

　　祸从口出，从此二喜常喊他饭桶，顾长安听了心烦。但如今只觉得，只要二喜还能活着，喊他什么都可以。

　　想到二喜，顾长安很难过，把木桶还给王大娘："收好了，再试试。"

　　箍，是一种管束。万物有灵，木桶听了会不好受，所以无论是漏水，或是快散架，箍桶匠都把"箍"说成"收"。让这些爱闹小脾气的魂灵们明白，你是重要物件，我们会将你置放妥当。顾长安初学手艺时，顾添福就告诫过他，祖师爷定的规矩不能忘。

　　王大娘检查着桶，顾长安的目光落在桶柄上，那只麻雀还在。他经手的木桶都会雕有麻雀，姿态各异，绝无雷同，当成他专属的徽记。对一只桶而言，实在没必要，也少有人注意。他不由想，我画画真不怎么样，若能拜个师就好了。

　　王大娘踟蹰了片刻，看着顾长安："你爹近来还好吗？"

　　顾长安摇摇头。去年冬天，他祖母过世，父亲料理完后事，就不再给人箍桶了，收拾了几样简单的家什，带他上了山。半山腰的木屋是几年前就盖好的，父亲开荒垦地，种了上百棵枣树，忙完了就抱着酒喝。不到一年光景，手抖得连锯子都拿不利索。

　　顾家祖祖辈辈都是箍桶匠，顾长安手艺还没学好，父亲就成这样了，往后的日子他想都不敢想。秀叔秀婶出了个主意，让顾长安学着打棺材，没那么难不说，还能发挥特长，雕些龙凤八仙，刻个寿字。

　　活人用的东西要细致，死人住的地方就图个气派。父亲大刀阔斧，把大体样子做好，剩下的都交给顾长安完成。可是顾长安总觉自己刻的凤凰不像，很发愁。父亲无动于衷，安静地再喝一坛酒，不跟他说什么话。

顾长安日渐嫌闷，总往山下跑，干脆在秀婶家搭伙，有活计了才回到山上。可惜，通常是没有活计的。他偶尔专门回去看父亲，两人照例沉默相对，无话可说。

顾长安暗暗希望秀叔才是他的父亲，二喜调皮，秀叔烦了，甩手就是几个大巴掌；但村里来戏班子了，秀叔会把二喜驮在脖子上，让他看得清楚些，而顾长安的父亲，孤僻寡言。大前年，刘媒婆找上门，她远房的侄女新寡，家有三间大瓦房，公婆都过世了，女儿嫁得不错，儿子进城当跑堂伙计，东家给的工钱也足，刘媒婆遂铆足劲儿劝顾添福："我家桂枝啊，家里家外一把好手，又没负担，她找你也就图个知冷知热。"

顾添福低头喝酒，不接话，顾长安打圆场："哎，刘婶，你也看到了，知冷知热，我爹不会，他对我都不冷不热。"

刘媒婆气笑了："当爹的不说话，做儿子的乱说话，这门亲我家攀不起。"

顾长安说给秀婶听，秀婶叹息："今后你要对你爹爹好些。"

顾长安点头："知道的，他养我，是为了让我以后养他。"

秀婶便又叹气，却不再说什么了。

顾长安离开顾家庄那天，是七月二十六。

乡下人把外出务工说成讨活路，但依众人看，拜师习画，没什么用处。秀叔秀婶劝了半宿，顾长安听完说："还得走。"翻来覆去的，就这一句话。

秀婶问："学画能卖钱吗？"

顾长安说："学会了，就能给七爷爷画像了，你们想他了，就拿出来看看。"

秀叔的爹在村里排第七。秀叔眼眶一红："早点回。"

顾长安没敢说起二喜，怕他们会哭，但用不着说，这桩事始终放在他心底。他把虎头鞋装进包袱里，这几天，他把附近几个村子都跑了个遍，也没问到是谁丢的，遂对秀叔秀婶嘱托再三，以后知道是谁家的孩子出了事，一定要告诉一声，好把鞋子还回去，让他家人有个念想。

秀婶说："家家户户都没事，别瞎想。"

顾长安"嗯"了一声，好些话，都没法说。包括今年春上，秀婶有意撮合他和她娘家外甥女芳儿，他也只能说："收桶手艺我没学成，想转行学雕画，但万一学不出名堂，岂不耽误了她？"

清秀伶俐的女孩子，水盈盈地望着他，真像未嫁时的姑姑。顾长安想，姑姑要是见了芳儿，会喜欢她吧。

秀婶把顾长安当自家儿子看待，气得直骂他。顾长安说："芳儿跟了我，连我都要替她叫亏，我要有这么个妹妹，我舍不得。"

秀婶愣了，顿了顿说："你出去几年也好，你爹爹没人指望了，说不定就把手艺捡起来了。"

简单点的活计，顾长安自己做，复杂些的，就推说没把握，拿给顾添福。这是秀婶教他的，眼见这几年顾添福的性子越发冷淡了，得找个理由让他还跟人打打交道，顾长安这一走，倒不见得是坏事。

临行前，顾长安在枣树下跟父亲喝了一晚上酒。快天亮了，顾添福才开口跟他说，回不回来都没关系，不用太记挂他。他眼神不好使，但身体没大毛病，少说还能活个七八上十年，老天哪天想收了去，也就一蹬腿的事，顾长安不必千里迢迢奔丧。

别人送了十万里，最后还得独自赴黄泉。顾长安默默喝酒，顾添福笑了笑："我从前在天牢里，就把这辈子都想尽了。"

顾长安心一动："爹，你这辈子最大的心愿是什么？"

顾添福沉默了很久才开口："我在天牢发过愿，这辈子要亲眼见一见玉玺。但后来就算了，以后怎样过，都行。"

顾长安很想跟父亲说，我找来给你瞧瞧。但这承诺太大，他只得忍住泪说："爹，我明年就回。"

顾添福摆摆手，把肩上的包袱卸下，挂到顾长安肩头，转过身，上山去了。

父亲又瘦了些，衣袍显得格外宽大，走动的时候，身体像陷在灯笼里的一截蜡烛，黑寂寂的，一丝光亮都没有。顾长安看着父亲的背影，没能忍住眼泪。那个下午，他帮王大娘箍好木桶，王大娘欲言又止了半天，告知他姑姑出了事。

七年前，姑姑远嫁禾城，每隔几个月，家里就会收到她捎回的特产和家书，只说跟夫婿做点小买卖，日子过得安稳。直到去年，顾长安的祖母快不行了，姑姑才回了一次娘家，但一办完丧事就和夫婿匆忙走了，说孩子托付给人照看，心头记挂。

王大娘的儿子是茶商，在外收茶时路过禾城，听闻一把火吞噬了顾长安的姑父，次日傍晚，路人在护城河里发现姑姑和孩子的尸首。仵作验尸，声称姑姑纵火杀夫，畏罪携子投水自尽。

这桩案子在禾城很轰动，王大娘的儿子上月回家时，跟母亲商量了，决定对顾添福瞒下此事。这次王大娘见着顾长安，一番试探，认为他已经到了能帮大人扛事的年纪："你奶奶刚走，你爹这几年也见老了，我们不忍心跟他说……但这么大的事，你们顾家总得有人去帮你姑姑出头。"

顾长安感激："大娘，我知道就行，你先别跟我爹说。"

王大娘唏嘘不已："添福命不好啊，那年刚进德王府，不晓得多风光，谁不想跟着他沾光？哪想到德王爷转头就倒……"

顾添福早年给巡抚家打过家具，颇受好评，德王要给新娶进门的王妃建别院，巡抚推荐了他。顾添福去试工，德王很满意，重金聘请。消息传回来，顾家门庭若市，八百年不来往的亲戚都觍着脸来了。不想，第二年，德王谋逆事发，顾添福受到牵连，锒铛入狱，这帮人立刻撇得比谁都清。

当时的皇帝路恒昀是篡位出身，对王公贵族盯得很紧，他的暗探在德王府搜出一件铁证——密室里，有一只香椿木制成的木桶，里面装有老姜和淮山，寓意昭然若揭：一统江山。

这只木桶正出自顾添福之手。刑部称，德王以建别院为名，将顾添福收为己用，表面是在建别院，实则在打制机关暗器。

德王一党被皇帝连根拔除，死的死，流放的流放，入狱的入狱。顾添福在天牢里待了六年，新君顺宁皇帝册立太子，大赦天下，他才重获自由身，回了顾家庄。

牢狱昏暗，顾添福的眼神不济了，老一辈念旧，还认他的手艺，但更多的人都另请高明。顾添福要养活母亲和妹妹，过得颇为艰难，他刚回村的时候，村人不太来串门，生怕哪天他被翻旧账。过了几年，才有媒婆上门说亲，顾添福却都拒绝了："说不定没两年就瞎了，那不是坑了人家？"

新寡的妇人说："我不计较！"

顾添福笑笑："说不计较，也难免会唠叨，算了。"

顾长安过继给顾添福之后，他就彻底把媒婆拒之门外了："养老送终的人都有了，不用再娶妻生子了。"

顾添福待顾长安周到，身上衣，口中食，样样不缺，但不亲近，除了教手艺活，他不大和顾长安说话，也从不训斥他。

姑姑的家书来了，父亲的话才会多一些，因为要逐字逐句读给瞎眼老娘听。虽然顾长安觉得，每一封的内容都差不多，唯一称得上大事的，是姑姑生了儿子，取名叫海平。

那么，究竟发生了什么，会让姑姑选择了玉石俱焚？

禾城和顾家庄离得颇远，顾长安花了两个多月才抵达。他摸去衙门问情况，话没说完就被撵出来，好在他有姑姑的住址，是偷偷翻家书记下的。问到第二个人，就被准确地引到了地方。在禾城，顾姓妇人杀夫案广为人知。

姑父是走南闯北的货郎，他和顾长安的姑姑成亲后，带她回老家赁了一间房子栖身。顾长安找到巷子深处的老房子，已人去屋空，大门上被官府贴了封条。从门缝往里看，墙壁被烧得乌黑，邻居说房主把房子赁给了好几户人家，自己住最大的那间，但出了事，众人都嫌晦气，又怕还有麻烦，忙不迭搬走了。

顾长安付了五天的房钱，邻居让他住下了。邻居说他姑姑性子静，帮人浆洗缝补衣裳挣点小钱，安分守己的模样，谁也没想到，她会做出那样激烈的事来。顾长安央求邻居帮着问问认识姑姑的人，邻居说："找找海平的先生吧。"

顾长安道了谢，往私塾跑。已是深秋，天色苍黄，转眼就落起小雨。院墙内，孩童们的读书声琅琅，他循声而行，到了近前，朗诵声渐消，先生开始讲课了。

学堂里光线暗，才申时就点起了灯。顾长安有些冷，整个人都陷在大黑伞里，靠着墙听。

"君家何处住，妾住在横塘。停船暂借问，或恐是同乡。"先生的声音很年轻，他说，我们都只是在人间客居，如果有缘相见，要怀有同乡人的善意。顾长安脑海里陡然回荡起姑姑的笑声，死死忍住眼泪。

先生走出门外，顾长安扬起伞，和一双温和的眼睛对视。雨滴在伞上碎开，先生问："你是……"

周陵川二十上下，木簪束发，长身玉立，一看就是家学渊博的读书人。顾长安想起无数个黄昏，父亲坐在门槛上喝酒，他闻着酒香，看着月亮慢慢升起来。

此时此地，旧时气味像雨雾，淡淡缭绕。顾长安问起表弟海平，周陵川脸上浮现忧色："海平是班里最小的学生，刚送来念书不到半年。他母亲一刻都不敢离开他，我讲课时，她陪在他旁边听……"

顾长安的祖母过世时，姑姑和姑父奔丧，没有带海平一起回来。姑姑说一来一回舟车劳顿，海平还小，带上不方便，就把他留在禾城了，请了个孤寡老太代为照料，这的确是实情，但姑姑隐瞒了一个事实：海平是残障儿。他长到五岁，仍需要她照顾，穿衣，喂饭，擦拭口涎，洗刷屎尿裤，抱出抱进晒太阳。

姑父走街串巷叫卖所得，多半都花在了赌坊，输多赢少，动辄拿姑姑撒气。起先，左邻右舍听到拳脚声，都去劝几句，次数多了，就当成家务事，不再多问。

海平来念书，姑姑也跟着习字，还笑说能省下请人写家书的钱。周陵川对她的家事也有所耳闻，有次见着她手腕的伤痕，劝她若舍不得孩子，抱回娘家便是，也好过跟着暴躁的男人。姑姑却苦笑说，爹爹去得早，兄长在外挣钱，有几年音讯全无，娘哭瞎了双眼，如今兄长既要赡养老母，膝下还有个年幼的儿子，她分不了忧，已经很愧疚了，哪能再成为他的负担？

话说到这份儿上，周陵川也无可奈何，免去了海平的学费，平素给她送点米面茶油，她总会回送几双布鞋棉袜。

嫁鸡随鸡，天下之大，姑姑竟无处可去。这些事，她都只字不提，平淡地写着家书：他挑担卖点货，我给街坊做点针线活，有时也帮着浆洗衣裳，日子能过……下个月是娘的生辰，他托人弄了几两参，是进价，娘别舍不得吃……哥眼力不好，别太辛苦赶工了，长安过两年就能帮上你了，不过，他还在长身体，别让他干重活……

字字句句，顾长安都看过。但姑姑说的，只是她认为能说的。日子能过……或许是能熬罢了，但有一天，她不想再熬。

雨后的乔木看起来像云，在头顶翻滚。顾长安被逼到真相面前，下意识地抓住了包袱里的虎头鞋。他没找到它的主人，但它给了他前所未有的安慰。他跟周陵川道了谢，赶去城西。

姑姑的案子颇有时日了，官府张榜也没寻到这户人家的亲眷，遂把尸首葬在了城西的乱坟岗，顾长安要找到姑姑和海平，带回故乡。

在禾城人心中，乱坟岗全是孤魂野鬼。禾城的乞丐孤老自觉命不久矣，都会自发到乱坟岗寻块空地，刨个坑躺下。活着的时候没有片瓦遮身，死了倒能占块地盘，死亡仿佛也没那么可怕。

火折子即将燃尽，顾长安终于找到了姑姑的墓。确切地说，是个潦草的土包，顶上压了一块大石头。

火苗晃了几下，熄灭了，顾长安用指腹摸出石上刻的字——陈顾氏及子，正是姑姑和她的儿子海平。

顾长安把脸贴在石头上，泥土散发着潮湿腐败的气息，风很冷，他衣衫湿透，却一动也不想动。那么好的姑姑，长眠在冰冷的泥土下了，她甚至只有姓氏，没几个人知道她出生在早春二月，河边看杨柳的时节，名唤顾细柳。

父亲教姑姑写名字时说过，柳和留同音，所以总被放进离别诗里，好就好在姓了个顾，有人留，有人回头看，恐怕是走不了的。顾长安抱一捆柴火进门，高兴得很："姑姑，那你嫁不远，对吧？"

哪知姑姑终有一日远嫁千里，并且生死相隔呢？顾长安忆起姑姑伏案写字又羞又笑的样子，心如刀割。

渐渐的有火光闪动，由远及近。顾长安疑心是自己吵醒了四周的亡灵，但并不害怕。死后伶仃鬼，多是生前伤心人，有未了之事，有记挂在心的人，他待他们，如同对待二喜就是了。

一把伞伸来，顾长安本能接过。灯火跳动，他看清来人的面容，是海平的先生周陵川。他借助周陵川手中长伞的力量，站起来，问："先生怎么来了？"

周陵川看他："我怕你有事。"

那少年拼命忍住眼泪，跌跌撞撞地跑开，让周陵川一下子想起了海平的母亲，清瘦苍白，少言少语的一个人，若那时多和她说说话，会不会让她心里好过一点？

雨大了，顾长安蹲下来，双手刨了些泥土，堆到坟上，一下一下地夯实，一副要守下去的架势。周陵川撑着伞，俯身说："我有个学生的父亲在衙门里当差。"

顾长安抬起头看着周陵川，周陵川的衣袍在风中飘荡，像个俯瞰人间的仙人："我明日托他问问情况。"

周陵川带顾长安回了住处，他住在城南的一户小院里，窗边种了青青翠竹，石阶一侧爬满青苔。门口的破瓦盆里蓄满了雨水，顾长安洗净了手，在窗前呆坐。周陵川将一只油纸包塞给他，他不动，死死攥着虎头鞋，不肯撒手。姑姑一定和鞋子的小主人一样，在黑暗里逃命，风雨弥漫，呼天不应，是不是这样？

周陵川用了点力气，夺过虎头鞋，鞋头的银铃铛清脆地响动，顾长安如梦初醒般，仰头望他。

周陵川把虎头鞋放到旁边，又将油纸包递过来，里面是两张葱油饼。顾长安大口咬着，眼泪到这时才痛痛快快流下来，他急忙用手背去擦，却越擦越狼狈。周陵川将一方手帕递上，他没接，泪水瞬时爬满了脸。周陵川站了一站，走到一旁烧茶，不期然想起，其实顾长安的姑姑也这样哭过。

是初春时的事了，顾细柳送海平来上课，海平拉她的衣袖时，周陵川瞥见她手腕青紫色的伤痕，应该是新伤，海平不小心抓了一下，伤处立刻迸裂，沁出血珠子。顾细柳连忙避开人，从怀中掏出布条缠绕。周陵川不忍，把一瓶跌打药粉放在海平的桌上，顾细柳处理了伤口，犹豫着问："先生，你相信有来生吗？"

周陵川摇头，顾细柳眼中迸出亮光，追问道："真的没有吗？"

她过得太苦，不希望有轮回吧。周陵川笑了笑："如果你不记得前世，那就无所谓来生。"

顾细柳长出一口气，自言自语："人生，也就是人生地不熟吧，心里慌。"

"不碍。"周陵川把海平抱到座位上，安慰着她，"人生地不熟，但是时辰到了就能走。"

顾细柳咂摸着他的话，拧起眉出神，忽然一笑，泪水却飞快地涌出来。周陵川不想使她难堪，装作没看见，给孩子们讲起古老的传说。孩子们听得入迷，他用余光看向窗外，顾细柳在院落里无声哭泣，终至弯下腰。

顾细柳当时是到了撑不下去的时刻吧。她出事之后，周陵川在学堂里坐了一下午，若他回答说，此生受苦，是在修一个光明富足的来生，她是不是就不会那么决绝，一了百了？

热水烧开了，周陵川取出杯盏，捻了一点茶叶冲泡好，推到顾长安手边："这茶叶是你姑姑送的，说是叫云雾茶。"

眼前人一袭简单蓝衫，眼睛黑而亮。顾长安平静下来，捧着茶水喝。周陵川拿起虎头鞋把玩，问："你小时候的？很精美。"

确实精美，一针一线都是金丝线缝成，鞋头坠着沉甸甸的虎头形状的银铃铛，数一数有十二个之多，鞋子的主人必然备受宠爱。但越是如此，越让人惋惜。顾长安瞧着虎头鞋，跟周陵川说起二喜。

那年初到顾家庄，村童们欺负顾长安是外乡人，合伙捉弄他，他反击，但寡不敌众，连着被打了几次。顾长安心灰意冷，满脑子要拌一包老鼠药，跟他们同归于尽。二喜来找他："等你学会福叔的手艺了，给我做个弓箭！"

顾添福是否会把祖传的箍桶手艺教给过继子，顾长安没底，但连忙点头："好，我找最好的木头！"

二喜说："多做点箭，起码要一百根！别人来要，一律不给！"

顾长安拍胸脯："后山的树，都砍了，要多少有多少。"

二喜满意："说好了啊，不准反悔！"

顾长安警惕了："你不会拿我做的弓箭打我吧？"

二喜哈哈笑："弓箭是你做的，我打你，你再做个更厉害的，把我打回去啊！"

顾长安对自己空中楼阁般的手艺很心虚，不敢表态。二喜笑得更大声了："哎，只要你不叫我黑皮，我就不打你。"

他是够黑的，顾长安心想，但郑重其事地承诺了："不叫。"

后来，二喜喊他饭桶，顾长安也回击过，叫他小黑皮，二喜嘿嘿笑，既没生气，更没打他。二喜死后，顾长安不止一次想，如果我勤快些，给他做一千根箭，他随时能摸出一根，是不是就能虎口脱险？

八年了，二喜若再临人世，会在哪户人家？顾长安问："你相信有来生吗？"

周陵川长眉微敛，给了他一个肯定的回答："我信。"

顾长安放心了，年轻的先生笑容浅淡，清风明月般，有那么一瞬，他疑心一切只是梦境，仙人踏雨而来，指点他的迷途。

周陵川托的人很可靠，带他和顾长安进了衙门，然而卷宗所记载的信息，不比街坊邻居所知的更详细。

夫婿暴戾，幼儿愚痴，生命沉重得让人厌恶，无法不心生恨意。但姑姑已忍耐了多年，假若她愿意，仍能若无其事往下过。顾长安想，被逼到绝境，需要强大的推动力，他要搞清楚姑姑绝望赴死的原因。

顾氏杀夫案轰动小城，房主和租客为避祸都一走了之，周陵川帮顾长安几经打探，问到房主举家回了原籍齐安郡。齐安郡在北边，距离禾城千里之遥。顾长安盘缠无多，想挣点钱再动身，但他箍桶技艺不到家，别的却也不会，遂找了个馆子，干些劈柴烧火的粗活，偶尔也能碰到质地不错的木头，就收集起来，睡不着觉的夜晚，细细刨净打磨，他心头泛起喜悦，好歹能够送个稍微像样点的东西给周陵川呢。

顾长安永远都记得，那天光线暗淡，周陵川就那么走来，青衫黑发，温文一笑，令他感觉好像是寒夜里悄然落了一场雪，他一觉醒来，推开窗，世间一下子就亮堂堂。

顾长安有时也去学堂旁听，他识字不多，但他喜欢听周陵川讲课。小时候，父亲干活时，经常讲故事给大家听，姑姑和祖母手上也在忙着各自的事情，不时感叹一二。逸事传奇也好，诗文歌赋也罢，父亲都讲得精彩，祖母夸他毕竟是在王府待过的人，学问比私塾的教书先生只怕还好些。话一出口，姑姑就急了，跺脚喊一声："娘！"

德王妄图谋朝篡位，是千古逆贼，连累顾添福也受了牢狱之灾，祖母意识到失言，讪笑着转了话题。顾长安抬眼看父亲，父亲神色却很是平静。

在顾长安的记忆里，父亲从不提起王府，只有一回，他喝得太多了，说他那些故事都是在天牢里听来的。日子苦闷难挨，囚犯们互相把毕生所闻都讲了个遍。姑姑搂着顾长安哭了，父亲侧脸说："都过去了。"

那是七年前，顾长安才八岁，尚不知道有些事其实并不会过去。第二年，姑姑遇到姑父，离开故乡，来了禾城。父亲在树下干着活，朝顾长安招招手："你该学手艺了。"

从此没故事听了，父亲成了严师，对他以教导为主，其余时候闷头酿酒，在地窖里酿了几百坛，每次一喝就是半斤以上，醉醺醺地倒头就睡。祖母劝不住，唉声叹气，叮嘱顾长安尽快学会手艺："你爹戒不了，家里将来得靠你了。"

顾长安过继给顾添福，是给他养老送终的，但他到现在都没学到管用的手艺，没帮上父亲的忙。他摩挲着被打磨平整的木块想，查清楚姑姑为何赴死，好好拜师学画，以后让自己和父亲的日子过得好点。

傍晚又下了雨，顾长安到学堂找周陵川。风很香，混着松针的气息，周陵川和学生家长寒暄着，顾长安等人都走了，才掏出木牌："别的我不会，又不懂你们赶考适合的寓意……"

他想来想去，刻了喜鹊登枝的图案。有喜鹊，总归是出不了错的，可是再谨慎，尾羽还是刻歪了一点。见周陵川把木牌托在掌心细看，他心虚地补充："我刻麻雀会好些，但别人都说，哪有给人刻麻雀的？"

周陵川却很爱惜，将木牌当成玉佩挂在腰间，笑着问："为什么喜欢麻雀？"

"因为我没见过凤凰。"顾长安笑着说，"我们乡下最多的是麻雀，我对它们很熟。喜鹊也多，但不如麻雀亲近人。"

学堂里，周陵川掌灯烧茶，顾长安在纸上画着麻雀。他自小就爱观察它们：只喜跳跃而行，平常偷点谷子米粒吃吃，但要被捉去养成家雀，宁可绝食而亡。周陵川含笑道："每一只都活灵活现，各有不同，我很喜欢。"

顾长安很吃惊，他在数不清的木桶上绘过麻雀，也给人刻过寿字，雕过鸟兽，但没人跟他说一句喜欢。周陵川是第一个称赞他的人，还把他的画作卷起来收好："家父有位故交早年在翰林书艺局，现在京郊闲居，你若想学绘画，我引荐你拜师。"

在宫里待过的人，许是见过玉玺吧？再加上长于丹青，可能能够绘下它？顾添福毕生所念，是想见见玉玺，若能实现，他会高兴的。顾长安兴奋："真的？"想一想，有些为难，"你快要启程去京城了吧？可我得先去齐安郡。"

周陵川把茶端给他，沉吟着："齐安郡和沅京只两三百里路，我陪你去吧。"

也许是顾姓妇人一案太惨烈，让他震撼，想为她的家人做点事；也许是感念腰间木牌承载的心意……顾长安劈柴为生，辛苦自不用说，可他惦记着周陵川的应试，细心备下礼物，帮他讨个好彩头。周陵川看向被顾长安攥得紧紧的虎头鞋，微微一笑，补充道："春试在来年二月，怎样都是来得及的。"

顾长安只晓得点头，他在想，总有一天，我会告诉他这双鞋的来历。那夜他瞧得分明，草丛的脚印只会是某种兽类，他没法骗自己。

那一晚到底是谁，惨死于虎口？就像二喜，他永远活在了七岁那年，骑着一根竹马，意气风发成亲去。

细雨飘零的黄昏，顾长安和周陵川前往齐安郡。顾长安擅长很多小玩意儿，时而摘一片狭长的柳叶，吹出锐利的鸟鸣声，时而捧来野果，跟周陵川席地而食，一路时有意趣，倒不觉苦寒。

路过猎户临时歇脚的茅屋，顾长安发现了灶间梁上的腊肉，喜不自禁地用清水煮熟了："晚上吃烟笋炒腊肉！"周陵川看他，他看肉片，满心怜爱，鼓盆而歌，从兜里摸出铜板，压在灶边，算是对猎户的答谢。

再行些时日，就入冬了。几场雪下来，他们被困在山洞，背靠背各自读一卷书。顾长安等到雪停了，出去抓了一只兔子回来，升起篝火，娴熟地烤来吃。

这样走走停停，烤些野味，喝些雪水，离齐安郡近了。有一次很惊险，烤肉时引来了饥饿的狼，顾长安起先还能应付，拿起砍刀挡在周陵川前面，狼却越来越多，惊惶中，他来不及多想，扑过来抱住周陵川，在雪地里就势一滚，双双跌下山坡。

大树震颤，枝干的积雪兜头砸下，两人立刻须发皆白，顾不得拍打，齐齐朝坡上看，狼群嗥叫，悻悻离去。顾长安放下心来，往雪地一躺，长手长脚摊开，呼哧呼哧喘气，陡然翻身坐起，摸摸怀中的虎头鞋还在，这才重又躺倒。周陵川不禁又问："是你母亲为你手制的？"

顾长安不说话，掏出鞋子看了一会儿，闷闷答："你给我讲几个故事，我再告诉你它的来历，怎么样？"

周陵川怔了一下，笑了："好。"

顾长安偏好志怪传奇，周陵川以往看得不多，搜肠刮肚地讲一讲，常常要胡乱编造，但顾长安一概听得津津有味，说很像他父亲顾添福讲过的。

周陵川知道了顾家的事，不禁说："你爹爹这一生，真是悲苦难言。"

顾长安低声说："我要是他亲生的，兴许会好些。"

父亲说，你回不回都没关系。顾长安为这句话痛心疾首，父亲是他的亲人，但他却，不像是父亲的亲人啊。他还记得过继到顾家那天，给顾添福磕头喊爹爹，顾添福拢着手，盯住外面的雨看了一阵，转头说："进了顾家的门，不好再叫作张四娃了，就叫长安吧。"

顾长安把自己的新名字念了几遍，努力冲顾添福一笑。当时他尚年幼，不懂得长安是很好的祝福。如今跟周陵川说起，周陵川把手放在他肩上，略略一停："不要认为你爹爹不在意你，我和我父亲也经常相顾无言。"

顾长安怔然："那……你爹爹是怎样的人？"

周陵川笑道："别人都说他是个待人严苛的老古板，但我觉得，他只是爱惜名节，他对自己也同样严苛。"

　　顾长安大笑："怪不得你会出来游历，是想透口气吧？"

　　"是啊，我父亲不同意，但我不死心，努力说服了他。"两人且谈且行，在一个午后抵达齐安郡。顾长安急着要去找姑姑生前的房主，焦灼不安，周陵川给他烧了一壶茶，摁着他坐下："你睡一会儿，我出去一下。"

　　顾长安要跟周陵川同去，周陵川却说找人办事，须得打点一二，等他都准备妥当了，两人再一同前去也不迟。顾长安遂看着他离开，和衣睡去了。后来他才意识到，周陵川一早就想过，房主揭晓的必然是惨烈的真相，他必将一整晚一整晚睡不着。

　　顾长安醒来的时候，周陵川已在他床畔坐了良久。房主在外厅喝着茶，不安地搓着手，顾长安走上前，老妇人慌张地看了周陵川一眼，周陵川鼓励地微微颔首，走过去握住顾长安的手，两人一起坐下来。

　　老妇人说，事情发生了再回过头想，顾细柳杀夫是早有征兆的。男人待她不好，她整日愁容，所有人都看在眼里，也有人劝她抛夫别子，改嫁他人，可她放不下残障儿子。日子未必不能勉强过下去，但顾细柳回乡奔丧后，有些事是明显不同了。老妇人猜测，顾细柳是想带着儿子离开的，但男人不肯，不仅不肯，还将她和儿子囚禁起来。顾长安眼眶红了："他为什么要这样？"

　　老妇人有点内疚："她手脚被绑住，身子撞得门窗砰砰响，我们都听不下去，去劝说男人，可她男人骂她不守妇道，还怀疑海平不是他儿子，说她在外面偷人，她不吭声，只是哭，我们想应该是真的，就不好再劝了。"

　　闹了几天，打骂的动静小了。约莫顾细柳是服软了，男人解开了她的绳索，但儿子海平还被锁在柴屋里。顾细柳满脸青紫伤痕，低眉耷眼地在院子里晾晒衣物，还将拖欠了两个月的租金交给了老妇人。老妇人想问几句，顾细柳却很回避，连声说还有事要忙，老妇人见她拎了一只硕大的桶，还搭了把手。无人能料到，当夜，顾细柳将桶里的柴油尽数泼到男人身上，纵火烧死了他。

顾长安呆怔："既然她存心要杀了他，为什么一定要搞出这么大的动静来？"

趁男人熟睡，横下心一刀杀了他，再救出海平，连夜奔逃，可能还有一线生机，是不是？为什么一定要鱼死网破呢，姑姑？顾长安浑身抖得厉害，眼泪大颗砸下，周陵川掰开他紧紧抓着虎头鞋的手，握在自己手心，陪他把夜坐到很深。

周陵川想，他是明白顾细柳的。她一定无数次想过死，但她不敢。因为她认为这辈子过得辛苦，是在偿还上辈子造的孽，如果没有还完，下辈子还得再受，所以她得咬牙活着。直到那天，她问他："先生，你相信有来生吗？"

先生是学问人，读了那么多书，比她有见识多了，先生说没有，那就一定没有。但……万一先生弄错了呢？顾细柳唯一能想到的出路，便是用她能想到的最凶残的方式，杀夫毒子。她以为罪孽如此深重，必定会在阴间受尽折磨，永世不得超生。但是只要不再世为人，就没什么可怕了。

她的苦，总算到头了。

周陵川在大雪夜看向身边的顾长安，他苍白着脸，那么单薄伶仃。周陵川束手无策，终于伸出双臂，将顾长安用力抱紧，再抱紧些。

对不起。

如果……如果我知道你会是这样的难过。对不起。

顾长安怀疑一切，除了人生。

人生是要自欺欺人才能过下去的。他跟周陵川说："我不相信姑姑跟人有了私情。如果是我，我舍不得去死。"

杀人不易，脱罪更难，顾细柳是不想连累他人吧。但周陵川顺着他，点点头："一定只是你姑父施虐的借口。"

只想哄着他，让他好起来，仍是那个走在绿草苍苍的山间，烂漫的少年。可是顾长安浑浑噩噩，忽而一整天不说一句话，忽而愤懑起来："我姑姑那么好，他凭什么往她身上泼脏水？"

周陵川默然，私心里，他更希望顾细柳当真和谁人有点什么，哪怕没能救得了她，至少能在某些时刻，她心里能够好过一点。

周陵川原本是打算好了的，从齐安郡离开后，他们两个就分道扬镳。春试快到了，他要进京，顾长安则返回禾城，带姑姑和海平的骨灰回顾家庄安葬。但顾长安这个样子，周陵川没法放他独行，便跟他商量："这里离沅京不远了，我带你去找陈老伯学画，你先拜个师，回家安置了姑姑和表弟，就再回来。"

顾长安木讷地随周陵川赴京，周陵川时常故意向他请教雀鸟的名字，想让他多说说话，顾长安认识非常多的雀鸟。时值隆冬，他们常被大雪困于山野村舍，周陵川遂拿出纸和笔，推说记不住，请顾长安帮他把雀鸟都画下来。

周陵川循循善诱，顾长安的情绪一天天好转。有一天落了大雪，周陵川感染了风寒，咳得厉害，顾长安熬了草药给他喝下，还自制了几样小工具，外出猎狐，想给他做个暖和的围脖。

周陵川等了几个时辰，仍不见顾长安回来，着急去寻他，结果遇上了劫匪。劫匪们料定他有同伴，将他的钱财都摸走，还把他绑了起来。

入了夜，顾长安兴高采烈地拎着一只雪白的狐回了，远远瞧见这边，登时就慌了，连滚带爬扑过来。

白狐跑掉了，顾长安丝毫不顾，拼命把兜里的碎银子往劫匪手里塞，求他们放过周陵川。劫匪们把他的刀夺走，往他怀里摸去，他咬着牙，掏出虎头鞋，揪下银铃铛说："真的，就这些了，就这些了。"

两人就此逃过一劫，顾长安给周陵川松绑，周陵川歉疚难安，顾长安却安慰他："好啦，你没事就好。"说着摸出腰间的箭掂量着，眼里有恨意，"如果只有我一个人，说什么都要跟他们较量较量。"

顾长安那般慌乱，是因为想到了姑姑。姑姑也曾被人钳制，心如冷灰。而最让他难过的是，姑姑过得不好，可他竟一点都不知道。但是又一想，还好，爹爹也不知道，不然他该多难过。

那天夜里，顾长安的话总算多了起来，说那只狐通体雪白，像糯米团子落进了面粉堆里，他追逐了它一整个下午。周陵川望着他手中没有了铃铛的虎头鞋出神："哎，你有没有想过，它不是遗物，而是失物。"

顾长安的眼睛刷一下亮了，周陵川信口胡诌，说那一晚，有只小狐狸害怕渡劫，吓得跑丢了鞋子，躲在山坡瑟瑟发抖，顾长安给老龙王倒酒喝，被它偷喝了，顿生胆气。顾长安咧嘴笑："它一定是渡劫成功了，尝到了酒的甜头，第二天拿它的油纸伞换走了我的酒。"

周陵川拍拍他："那就不要再为这双鞋的主人担忧了，好不好？"

顾长安心结顿解，把虎头鞋放在枕边睡着了。周陵川在灯下看他，他是害怕那晚有人葬身虎口吧，就好像二喜一样。他说过，二喜是他为自己找的亲人，这辈子都想亲亲热热走动。

次日清晨，周陵川把虎头鞋补好，交给顾长安，两人心情舒畅地上路。沿路帮人写封家书，递个状子，尚可糊口。有个老者很感激顾长安帮他箍浴桶，送了他一坛高粱酒，顾长安就着几只春卷下酒，醉眼蒙眬瞧一阵虎头鞋："铃铛是虎铃，还大摇大摆穿在脚上，那只小狐狸有点志向。"再瞧一阵周陵川，"你就是它，对不对？要不你为什么对我这么好？"

不等周陵川回答，顾长安就醉过去了，半夜醒了，喊："狐狸狐狸，我要喝水。"

周陵川起身给他倒水，走了几步，停住了。狐狸？狐狸！这辈子也没想过，自己居然会有这样一个荒谬绝伦的绰号。顾长安呷摸着，把自己逗乐了，笑了半天："我不管你依不依，反正就是你。"

周陵川某日存心讲了个新故事：华山有个叫明思远的道士，修道三十余年，很多人找他拜师求教。华州虎暴，明思远说，老虎有什么可怕的，我去看看！徒子徒孙就跟他去了，刚到山谷口，老虎就来了，众人落荒而逃,唯独思远不怕,闭气存思。

顾长安迫切想知道下文,周陵川悠然道:"思远俄然为虎所食,其徒明日于谷口相寻,但见松萝及双履耳。"瞥一眼他的虎头鞋,"你这双,说不定是个小神仙的哪。"

顾长安气急败坏,晃着虎头鞋:"胡说!他才不是被老虎吃了,是登仙而去,箓上有名了!鞋子是遗蜕,要建个庙供奉起来!"他越说越气,瞪起眼,"这叫尸解,你不懂!你这只狐狸!"

周陵川无可奈何地一叹,唉,狐狸。他走开去,顾长安在原地站了一会儿,大笑着问:"喂,哪有神仙能穿得下这么小的鞋子?"

周陵川返身靠近,两指拈起他额前的一绺头发:"为什么是虎头鞋?因为修的是烂漫道啊。你不知道吧,有个神仙叫刘海,他常以儿童之身出现,头顶剃光,周围留一圈垂发,后来平常人额上的垂发也叫刘海了,就是你这样。"

顾长安新奇:"刘海,有意思。"兴致勃勃问,"你将来会不会去修道降妖?"

顾长安总想一出是一出,周陵川说:"不会。"

他父亲怎会允许他搞些邪门歪道呢,这比被人喊作狐狸更为荒谬吧。然而顾长安自顾自乐着:"想象一下,你学了三五十年,穿得很神气,去收服一头狮子,在它额头贴了一道符,上书一个血红大字——"他斜眼看着周陵川,笑够了才说,"乖。"

周陵川站住了,正色道:"我不信鬼神,也不认为长生有任何意义,断不肯去修道。"

"这样啊?"顾长安笑嘻嘻地说,"可我还是认为,你就是那只小狐狸。"

顾长安把自己松垮垮地扔在椅子里,看上去无赖又快活。周陵川静了一瞬:"也行吧。"

顺宁十四年元月,周陵川和顾长安抵京。他们本来计划先造访陈府，拜师学画，但刚到沅京地界，周家的老仆就迎上前："老夫人日夜盼着你呢，这几日你园子里的蜡梅也都开了。"

周陵川遂携顾长安先回家一趟，顾长安方知，周陵川口中那个"治学严谨、爱惜名节的老古板"是当朝太傅周天彻。这恬淡的读书人出身名门，可自己呢，只是一个会在棺材上刻寿字的乡下人！顾长安手心冒汗，本能想逃，被周陵川拉住手："不会耽误太久的，再说，你认个门，以后跟我走动也方便。"

不出半个时辰，到了周府大门。顾长安从马车上跳下来，映入眼帘的是一副楹联：几百年人家无非积善，第一等好事还是读书。周陵川的两个哥哥已等在门前，他和哥哥们说了几句话，正待介绍顾长安时，回转身，那少年竟不见了。

顾长安落荒而逃。并肩同行大半载，夜深人静想了又想的妄念，暗自在心里攒了又攒的勇气，在门前的楹联前轰然灰飞烟灭。他彻底明了，周陵川身上纯净的读书人气质从何而来，二十年后，他也会长成他父亲那样的人吧，博学、威严、受人尊敬。

在某个刹那，顾长安想起幼年的一桩小事。那时姑姑还未出嫁，父亲每晚都会讲故事，顾长安睡前脱袜子，在床沿磕一磕，扔到一边，学故事里的人吟一句："今朝脱去鞋和袜，不知明日穿不穿。"父亲喝止他，"小孩子怎能讲这种生死无常的鬼话？"

可是，他何尝说错？只会涂几笔麻雀，连箍桶手艺也没学到家的乡野闲汉，不过是有一日过一日罢了，对于将来，两眼一抹黑。

顾长安在一间小酒馆劈了大半个月木柴，攒了点路费，一步一步离开了沅京。他回禾城取出姑姑和海平尸骸的那一日，顺宁帝驾崩，太子永宁继位，次年改年号为云初。而他回到顾家庄，已是云初元年二月了，和周陵川分别一年有余，但无论会试殿试，他都没能听到周陵川高中的消息。

太傅之子榜上无名，太傅想必脸上无光吧，他律人律己，周陵川在家还待得住吗？顾长安想着，暗笑了自己一回，回到父亲住过的半山木屋，从此不再关心这人世的任何事。

清明时，顾长安拎了两坛酒到祖坟山祭拜父亲，坟头已青青，他把酒都倒给地下的父亲喝了，在酒香里坐到天黑。他开始懂得，父亲为何会迷上酒，因为人生在世，总得有个可以去躲一躲的地方。有的人找到了酒，还有些人，他们为自己找的是烟叶子，琴棋书画，赌，色欲……诸如此类。

顾长安归来顾家庄的时候，父亲顾添福就已经不在了，具体是哪天过世的，已不可考。除夕那天，秀叔想着顾长安没有回来，顾添福要孤零零过年了，特地多做了几道菜，到山上喊他一起吃年夜饭，但木屋里没人，秀叔就寻到祖坟山去，一眼看到起了四座新坟。

顾添福躺在棺材里，已死去多时，棺材里有几坛喝光了的酒。秀叔疑心他还活着的时候就躺进去了，甚至不忘把棺材盖合上，他喊来秀婶合力把土培上，让顾添福入土为安。

顾添福墓穴的左侧，依次是顾细柳和海平的衣冠冢，他自己没立碑，但为他俩都立了。海平的小棺材里，有好几件小玩具，一看就是顾添福亲手做的，但他没见过海平，没能送出。

千辛万苦，想瞒住姑姑的死讯，但这么大的事，又怎么瞒得住？顾长安看着第四座坟，犹豫着问："是我的吗？"

他是过继子，本姓张，父亲肯不肯让他葬进顾家的祖坟，他实在没有把握。秀叔和秀婶对视一眼，长叹道："你也长大了，我们也不瞒你了。这座坟应当是你爹爹为真正的顾添福修的，里面有个瓷罐子，想必是骨灰。"

秀叔和顾添福是儿时玩伴，多年后，顾长安的父亲回到顾家庄，秀叔就已认出，这个人不是他认识的那个顾添福，尽管他们确实有几分相似。不光是秀叔秀婶，想来不少村人都陆陆续续地发觉了，但没人拆穿。秀叔说："他是个勤勉的人，待瞎眼老娘很孝顺，平日话语也不多，你姑姑不点破，我们这些做邻居的，又何必多此一举？"

有些事，糊涂也有糊涂的好。众人都猜，真正的顾添福可能早就死了，这男人为了避祸，顶了顾添福的身份，顺势也担下了本该属于顾添福的责任。他们拆穿他，毫无好处，若心照不宣，默认他就是顾添福，就算他身上真的背了什么罪案，将来官府追究，他们都能推得一干二净，何乐而不为。

顾长安在顾添福的坟前守了一夜，过往岁月里所有的蛛丝马迹拼拼凑凑，他想他洞悉了一桩隐情。姑父口口声声称姑姑有私情，姑姑不曾辩驳，却也不曾投奔，或许是因为，那个人是她名义上的哥哥。

遥想当初，皇帝大赦天下，父亲从牢狱里出来，但家人早已死散，他已举目无亲，便惦念起狱友顾添福的心愿，来到顾家庄，替顾添福探望亲人。

在狱中，顾添福是他最要好的朋友，他们长得像，又谈得来，见者无不以为是两兄弟，他也乐得有这么一位亲近的手足。可顾添福身体不好，没能熬到出狱，临终前一直在念叨着老母和妹妹，他答应顾添福，若有天能活着出去，一定要去看看她们。

一个有阳光的午后，他辗转来到顾家庄。隔着篱笆小院，他望见盲眼的老妇人在摸索着晒笋干，他迟疑着要不要瞒下顾添福的死讯，老妇人听到响动，颤巍巍地摸过来，他咳嗽了一声，老妇人立刻就愣了，然后，她哭了。

她喊他："儿啊——"双手颤抖着摸他的眉毛，摸他的面颊，哽咽了，"瘦了。"但摸到他的胡须，却笑了，"我儿的胡子修得真好。"

对着那样一双空洞的眼睛，他开不了口。后来，就不再有澄清的机会。他抱住老妇人，沙哑地说："娘，我回来了。"

这一生，已没有福分见着自家母亲七十岁的模样了，他抚着老妇人瘦骨嶙峋的脊背，轻声说："娘，我再也不走了。"

老妇人抖索着，哭哭笑笑："我儿这一口官话，有派头。"

顾长安怀疑祖母没多久就认出归人并非她的儿子了，他印象中，祖母待他父亲总有一种说不清的客气，但何苦说破？说破了，谁来给她养老呢。

　　错把他乡当故乡，当村人也都把他当成顾添福来相处的时候，在外给人帮了两年工的顾细柳回乡了。她攒了些嫁妆钱，接下来，该为自己选一门亲事了，她一进村就听说顾添福回来了，急匆匆跑进门，连声喊："哥！哥！"灶房里走出的却是一个陌生人。

　　陌生人紧张地看了瞎眼老娘一眼，捂住顾细柳的嘴，借口说要去摘些小菜，把她拽到了菜园子里，原原本本地和盘而出。顾细柳含泪看他，理应说了很多感谢的话吧。顾长安用袖子潦草地擦一把眼泪，悲凉的命运，让他父亲和顾细柳这一生一世，没有第二条路可走。哪怕在相处中，他们情愫暗生，顾细柳却只能远走，另嫁他人。

　　逃避加剧了思念，祖母的死本是一次转机，他们终可放下顾忌，携手隐于半山，却被姑父识破。姑姑本想回禾城，带走海平回顾家庄，一家人踏踏实实在一起，姑父却囚禁了母子俩。

　　两败俱伤地活着，或是同归于尽，顾细柳选了后者，顾长安的父亲等不到她了。他原本是给她准备了礼物的，顾长安在父亲给顾细柳修的衣冠冢里，看到一支非常美的凤凰簪，光华夺目，雕工极尽妍丽，隆重得不似凡物。

　　小时候，顾长安跟着父亲学箍桶，缠着他问这问那："为什么要把箍说成收？"

　　父亲看着对面的山坳，似在回忆往事："有个人跟我说，收让人感觉踏实。"

　　顾长安笑了："也不见得，我如果是个妖怪，收这个说法，让我特别不踏实。"

　　父亲愣了愣，摸了摸他的头。这是他对顾长安少有的亲昵举动，顾长安总记得。父亲又说："那个人还说，只要有人为他收尸，死也不可怕。"

　　那个人是真正的顾添福吧，可是顾长安的父亲是自己为自己收的尸。顾长安把凤凰簪放在姑姑的骨灰罐边，好好地葬下了，将坟上的土用铁锹夯实。姑姑和父亲，分别被收在一只瓷罐子和一口棺材里，会感到踏实吗？在死后，他们终于共眠，在青山之间。

回忆里，顾长安问过一个人："你相信有来生吗？"那人给了他肯定的回答："我信。"顾长安扛着铁锹想，可是周陵川，我不信。但我现在愿意去信，父亲许给顾细柳这样不凡的信物，他们来生定能凭此相认吧。

顾长安在木屋前种了几株竹子，竹子不大好种，花费他很多时间，但是下雨天，竹叶纷纷而落，他在檐下听雨，觉得一切都很值得。

书桌上，搁了一摞经年未寄的旧书信，其实，他也没有什么话一定要跟谁说，左右不过是山中岁月。雨把信笺打湿了就打湿了，他不去管，渐渐连信也不写了，倒是有耐心走几里路，去看望悬崖边的一棵柿子树。不知是何人种下，从没管过，却年年挂果，村人分着吃一大半，雀鸟啄一小半。

顾长安以前跟周陵川说过，将来要砌个阔大的宅子，要有庭院，要种柿树和石榴，他一向喜欢鲜艳的果子。石榴多汁，磕一只能消磨半刻时光；柿树肥硕，最适合老人孩子吃，但都要留一些在枝头，到了冬天，白雪压枝，远看像一盏盏灯笼，交相辉映，温暖明亮。

"柿子忍到这时再吃才是享受，扒了皮，沁人的凉，沙沙的有冰碴儿，比井水镇的西瓜还好吃。"顾长安拍拍胸脯，"我很会爬树的，跃上枝头，你想吃几个就几个。"

周陵川笑着拱手为礼："有劳有劳。"

自二喜出事，顾家庄的人都嫌山上不安全，全都搬到山脚住。整座山已空无一人，尽归顾长安，他原可漫山遍野种果树，但只种了竹子。

顾长安回顾家庄那天，秀叔秀婶很惊讶，都没想到他还会回来。顾长安苦笑着，想起临走前，父亲喊住他，但迟疑片刻，挥了挥手："去吧。"他不解父亲何意，而今才明白，父亲是当成最后一面在为他送行。

竟确实是最后一面。他是想逃离父亲，去看另一个人间，但自以为隐秘的想法，竟是众所周知。他父亲自然也看出来了，而且是盼着他走吧。

他走了，父亲就不必再力不从心地跟这人世周旋了，静悄悄死在青草漫溯处，坟边开满云海一样的花。

秀婶看出顾长安难过，劝慰道："一个想明白的人要去死，别人拦不住。"

顾长安回来的头两年，有人找到山上来，请他帮忙收一收桶，他知道秀婶担心他，想让他能有点收入，可他父亲并不是顾添福，箍桶手艺不行，传给他，自然更差，他拒了。此后还有人找来，顾长安索性跟秀婶说："我爹爹留给我的枣树，有些陆续挂果了，我饿不死。"

秀婶默了半刻："你总算相信你爹疼你。"

枣树丰收，不少村人都上山来找顾长安买上一筐，他便明白了，父亲没能传给他什么手艺，却安排了他的未来。枣树粗放好养，枣子是穷人进补的恩物，不愁卖，以物换物也很容易。顾长安扭开脸去，落下泪来。

云初四年，秀叔病倒了，他的病来得急，大夫来瞧了，说该准备后事了。秀叔的大女儿嫁得远，小儿子旺生还小，她上山来找顾长安，顾长安扛了把斧头，砍了一棵香椿树，给秀叔打制棺木。

秀叔已是弥留，迷迷糊糊的，把顾长安当成了顾添福，拽着他的手说："添福，你回了？"连声催促秀婶去倒杯热水给顾添福暖暖手，秀婶捂嘴哭。秀叔自言自语地讲起了少年时的情景，顾添福很小就发愿，要当个出色的箍桶匠，并一五一十地分析给他听，人啊，总是要洗澡的，所以他总有生意做。秀叔故意说，我看未必，你的大浴桶是富贵玩意儿，有的地方也没那么讲究。

顾长安没出声，很想知道那个顾添福会是怎样一个人，秀叔断断续续又说："添福啊，还是我对，你洗得再干净，将来也是要躺到土里，

161

变成灰，身上那些灰啊，再也不用洗了。"

顾长安扭头看堂屋里的棺材，秀叔忽地又认出他了："你爹爹对活着好像没多大兴头，我这辈子活得也不太好，可我还想活着。"

秀婶和旺生号啕起来，顾长安轻轻抹下了秀叔的眼帘，像对待自己的父亲一样，操办他全部后事。

就这样，顾长安回到了红尘里。小贩殷勤，递上香烛锡箔，还给他介绍相熟的书生："写挽联找他最好，他一笔好字，人见人夸！不过你要报我的名字，不然他没空招呼你。他最近赚疯了，每天起码要画几十幅新科状元的画像！"

在书生的字画摊上，顾长安和周陵川劈面重逢。周陵川着红袍，面如冠玉，在画中微微地笑着，牡丹花一样明艳。不时有大姑娘小媳妇羞答答放下碎银子，卷走一幅。二十五岁的他，成亲了吗？是否有妻如玉，有女如花？在民间，他是多少人的春闺梦里人。

围观的男人们啧啧叹："你画了好几年，就数他的最好卖吧？"

书生挥毫泼墨："是画过比他漂亮的小倌儿，没他的好卖！"

众人笑："那是！光是漂亮也没用，还得看家世！人家可是太傅之子，皇帝跟他称兄道弟！"

顾长安看着周陵川，往事如潮水涌上心头。暮色四合，人群渐散了，他才凑到书生跟前，说想拜到他门下学画。书生收拾着纸张，谢绝了："托新科状元的福，我总算攒够了盘缠，也想上沅京考考看。"

顾长安办完了秀叔后事，向秀婶辞行："从前我跟着爹爹打棺材，他说，人啊，有棵树木靠一靠，就是休息了。秀叔和我爹爹是歇下了，我也该走了。"

秀婶听闻顾长安要远行，反而高兴了。她说顾长安这几年状如孤魂野鬼，本想给他说门亲事，兴许就好了，但姑娘家的父母都回绝了，说顾长安看着就不喜庆，哪怕他有十亩枣园，也要掂量掂量。顾长安笑了："孤魂野鬼？可我以为自己是占山为王啊。"

周陵川是不会去修道的，既不来渡顾长安，也不来收他，所以顾长安占山为王，唯我独尊。但时至今日，他会想，人生在世，那么多心愿都落了空，总要成全自己一回吧，他要去学画。

在很久很久以前，顾长安就想学画，那时他还被唤作张四娃，就很喜爱绘画了，将来要画哪些都说得头头是道的，别人听了就笑。他懂些事了就不说了，放在心里面攒着。一晃，竟攒了这么多年。

月光照在落雪的山冈，顾长安背了简单的行李，告别秀婶和顾家庄。他早已不再执着于虎头鞋的主人是谁，但仍揣在胸口，伴他前行。故人旧事已是生命里的悬案，无从追问，没有答案。

途经皖南时，顾长安碰到了一支浩浩荡荡的军队，他喊住一个伙头："我看你们有几只桶漏水，我来收一收。"

伙头感激，等他忙完，端来一碗蜜糖水给他，居然出乎意料的可口。伙头遗憾说，可惜养蜂小子是个愚民，别人都军爷长军爷短的，尊敬有加，可那小子把棋盘一摆，你赢了，他请你喝三大碗，输了，一个铜板都不少，还振振有词："是你技不如人，凭什么压我的价？"

伙头说："就凭我们保家卫国！"

小子胆大包天："保家卫国，就要欺负我这种草民吗？"

伙头一呆："没有国，哪来家？没有家，你吃什么？"

小子指了指四野的花："我四海为家，靠天吃饭。"

伙头被气着，非说服他不可："战事来了，粥都喝不上，谁买你的蜜糖？"

小子从蜂箱跳下来，不屑一顾："军爷，别把天下人都想得跟你一样穷好吗？"

这小子是妙人啊，顾长安搓搓手，决定去会会他，论下棋，他倒也会几招。

田野开满紫云英，还隔得远，便望到有谁四仰八叉地睡在花田里，还揪了一片巨大的芭蕉叶盖住脸。顾长安快步走近，小子睡得香甜，顾长安走到他脚边，他都没醒。

旷野寂寂，好风好水，顾长安被养蜂小子感染，遂也寻了一块地方，倒头就睡。

顾长安幼年在村庄后山跟二喜捉迷藏，躲在草垛直至睡着，跟眼下也差不多，似乎一觉醒来，还能是七岁孩童，父亲和他制一只浴桶，空气中满是刨花香，还有姑姑酿的酒香。

有人声喧哗："嘿，我就不信了，再来！"

顾长安惊醒，抬眼一望，是养蜂小子在说话，是个秀美标致的少年郎，大马金刀地坐在田埂，左手娴熟地转着一只青杏："我保证是最后一盘！"

对坐的男子一身戎装，顾长安走过去观战，随意望了望他，朗眉星目，看装束是个将军，但气度很好，像谁家公子在莺飞草长的春日，拎一坛好酒，踏青会友。

养蜂小子嫌热，把袖子卷起来还不够，单手解着领口的扣子，将军漫不经心地落下一颗子，嘴角一抹笑意："你又输啦。"

养蜂小子懊恼："哎！该死！"

蜜糖水舀进酒壶，满满当当。将军掂了掂，笑如春风："明天再来喝。"

"你！"养蜂小子气结。

将军星眸一闪，将要离去："小姐，承让了。"

顾长安诧异看向养蜂小子，养蜂小子瞪他："穿成这样行走江湖才方便。"

这男装少女衣袖半挽，趿一双草鞋，散散漫漫的样子，真好看。顾长安侧头去看将军，满天云霞下，他款步而行，意态娴雅，令他心有所动。所谓贵人，大约如此这般，初遇时的周陵川，也给过他相似的感受。

养蜂小子收回注视将军的目光，转回头看顾长安："下吗？"

顾长安说："刚才你走错了两步，你看……"

顾长安将自己和人对弈的撒手锏统统传授给秦小茶，秦小茶眉飞色舞："四蛇五虎玩过吗？我也教你两招厉害的！"

顾长安和秦小茶一见如故，但战事吃紧，军队添了些粮草，他帮着多制了些弓箭，忙了好几天，才又去找她。

皖南的花快谢了，秦小茶要带着她的蜂箱，去往淮北。身为养蜂人，她一年四季都在追赶花期，顾长安将一副棋盘送给她："抽空打制的，好几种走法都能用。"

秦小茶开心地把棋盘抱在胸前："这回想喝哪种蜜？"

顾长安笑："等我把棋子弄好再说，我要喝个痛快。"

秦小茶倚在蜂箱上，顿了一顿："下午他来找我，让我往沅京方向走，等战事结束，我们也该会合了。"

将军和秦小茶，一对璧人。顾长安听懂了："那我要讨一杯喜酒喝。"

秦小茶烦躁："我还没想好。"

女孩子神情焦虑，顾长安像在看自身，霎时思潮翻涌，不可断绝。那晚惊遇狼群，滚下山坡，就着周陵川的手爬起时，心头雷电般震颤，一凉，继而一怵，最后是一躁——命运给我的人，就在这里。可是，怎么可以？

顾长安看进秦小茶的眼睛里："为什么？"

秦小茶简单地说："跟他在一起，就不能过现在这样的日子，我担心另一种生活会让我不自在。"

"心有牵挂，无论身处何地，都不会太自在。"顾长安坐在草地上，头靠着蜂箱，突然非常非常想和秦小茶讲讲周陵川，诉说最开始是怎样一个冷雨夜，在艰难的际遇里，曾经有一个人，给予过他怎样的宽慰和爱护。

良久，秦小茶仰起脸，对着苍茫云端，轻声说："你放心，我明白。"

"不要像我，我没有办法。"顾长安在星空下拥抱秦小茶，"他世代书香，家风谨严，该有锦绣前程，我任何非分之想，都是对他的冒犯。"

秦小茶伏在顾长安的胸口,更加烦躁:"可他,是当今天子呢。"

顾长安震动,他是听说过,鸠州蛮乱,几大重臣联名上奏,皇帝路永宁不得不御驾亲征,谁知竟能被他碰到。

连老百姓都知道,皇帝登基五载有余,大位仍坐得不稳当。他的父亲路飞原先只是藩王,鸿和皇帝路恒昀遇刺身亡,路飞才回京继位,妻妾们都号称舍不得跟他分开,带着子女一起跟来了沅京。路永宁以嫡长子的身份继承了皇位,弟弟们都不服气,明里暗里频频生事。

一入宫门深如海,秦小茶的顾虑在所难免,顾长安不知如何劝她。她半晌说:"兹事体大,我要深思一下。"但第二天黄昏,她就来向顾长安道别了,顾长安问:"去哪里?"

秦小茶笑吟吟:"往西。"

皖南以西,是沅京的方向。

顾长安抱了抱她:"你深思得还真快。"

秦小茶笑起来,眼睛弯弯:"可见我是个轻率之人。"

顾长安脸贴一贴秦小茶的头发,松开她。皇后在两年前就去世了,将来,秦小茶会是新的正宫娘娘吧,会戴上精美的凤凰簪吗?

秦小茶伸过手指,在顾长安的眉毛上从左至右画过去,悠悠道:"因为,我不想有你这样一双魂不守舍的眼睛。"

她决意顺从自己的心,亲自看看另一种生活会是怎样。月光下,她赶着装满蜂箱的马车独行,冷不防回过头来,对顾长安粲然一笑:"人生得意须尽欢,破烂摊子以后管。就这样。"

万里江河,有缘再会。

云初六年春,皇帝路永宁迎娶了民女秦小茶,封为才人。京郊陈府里,顾长安给恩师陈老爷子磨墨,说起和秦小茶的渊源,那个春天很短暂,但她下决心很快。陈老爷子就笑,说聪明人往往就是这样,懂得人生苦短,时不我待。

顾长安在军队待了半年多，忙些后勤辎重，闲时跟着王四五学画。王四五入伍前在字画店帮工，能画门神花鸟，被邻人的爆竹炸伤了一根手指，没法再作画，遂参军当挑夫，虽然不能画了，但能教些基本功。

仗打完了，王四五留在了驻地，给人当了上门女婿，做点板材小买卖。顾长安则前往沅京，元旦前夕到了京郊，摸去了陈府门口。

陈老爷子德高望重，没有周陵川引荐，又如何能贸然闯入？顾长安便买了几样点心过来，跟守门人攀谈，对方答应陈府招收杂役就知会他。

傍晚时分，几个小厮在门前挂起了花灯。花灯的图案都极美，硕大的青鸾、朱雀、鸿鹄……都是上古神话里的灵鸟，顾长安长久驻足，欢喜赞叹，忍到入夜攀上院墙，身影隐在花枝间，摘下一盏花灯托在掌心细看，想尝试着临摹，却蓦地看到青鸾的尾羽上有小小的徽记，是"常"字。父亲放在姑姑衣冠冢的凤凰簪也有这个徽记，顾长安陷入回忆，一时失察，被更夫发现，向府里的守卫示了警。

清晨，被囚于柴房的顾长安苦求守卫，给陈老爷子递了一幅小画。陈老爷子被仆妇伺候着用早餐，盯住这幅凤凰簪看了半天，命人把顾长安带来。

顾长安用凤凰簪对陈老爷子表明自己有绘画功底，只是好画之人，绝无行窃之意，陈老爷子却亲手给他解开绑缚，急声问："你是玉山什么人？"

常玉山，宝成斋第十一代传人。常家世代雕琢玉器，技艺杰出，北辰年间，神宗路长河御封当时的宝成斋主为琢玉侯，皇室的金玉银饰自此都交由常家设计雕琢。常玉山是长子，承袭了侯位，他擅花鸟，陈老爷子长于山水，两人互相仰慕，结为忘年交。

明诚八年秋，皇帝吩咐常玉山雕琢一支凤凰簪，当作他和皇后相识十年的礼物。常玉山深感压力，在大内文渊阁里查阅了诸多古籍，参考上古神话的描述，画下数幅凤凰图，还时时到陈府跟陈老爷子探讨。陈老爷子花灯上的青鸾朱雀，便是由常玉山那时候的手稿印制而成。

谁曾想，凤凰图案还未正式确定，明诚帝就驾崩了，皇后殉节追随。史书称，太子禅位于皇叔路恒昀，入渭山守陵，但更多人都坚信，是路恒昀逼宫篡位，否则他即位以后，为何始终拿不出传国玉玺？

　　明诚帝待常玉山友善，他逝后，常玉山情绪低落，来找陈老爷子喝过几次酒，拍着桌子骂新皇帝路恒昀残暴。路恒昀上位即诛杀了明诚帝重用的数名臣子，且在民间布下无数暗探，谁敢妄议他承国不正，一概剐于市。被杀的重臣里有几人是陈老爷子的门生，若非陈老爷子早早退隐，后果也难料。他痛心地和常玉山碰杯，殷殷劝他："这些话，在我这儿说说就算了，谨记，谨记。"

　　那段时日，沅京风声鹤唳，逼人窒息，陈老爷子遂携家眷离京，赴江南小居。重回京城却找不到常玉山了，他担心常玉山因言获罪，派人到常府询问，常府却闭门谢客。陈老爷子察觉到常府已在皇帝的监控之中，过了几日，常玉山的叔父才悄然托人送信，称皇帝路恒昀将常玉山软禁于禁宫，密令他琢制一只传国玉玺。

　　顾长安捧着自己画的凤凰簪，双手战栗，父亲说过："这辈子想亲眼见一见真正的玉玺。"他以为，父亲是顾添福，主家德王谋位不成，他亦心有不甘，直到今时今日，他才知道，他的父亲是常玉山，御封的琢玉侯。

　　父亲想见玉玺，是想知道欠缺何在，为何数易其稿，仍一筹莫展？皇帝路恒昀给了他许多时间，但终究失去了耐心，找了个借口，将常府上下满门抄斩。

　　常玉山幽居于深宫，阴黑湿冷，眼力不济了，路恒昀留之无益，但又怜其技艺，遂将他关押于大牢，并且瞒下常府灭门的消息，逼得常玉山以亲族性命为念，对玉玺一事守口如瓶。

　　当年，陈老爷子以为常玉山被暗杀，遂掩人耳目，悄悄为他修了衣冠冢，还在坟前烧了自己的几幅山水图。常玉山生而被囚居，陈老爷子希望他死后能纵情山水，可常玉山竟活到了出狱那一天。

　　然而，常家所有的亲人竟都不在了。

顾长安描述了他父亲的种种，陈老爷子老泪纵横。顾细柳或是常玉山万念俱灰之际，遇见的一丝暖意，却消散得那般惨烈。顾长安亦觉惨痛，他识得的父亲，沉郁，萧索，而十数年前，跟陈老爷子结交的琢玉侯，运刀如风，大笑阔朗。

既然是故人之子，陈老爷子欣然收了顾长安为弟子，还请了一个玉匠教他雕功。玉匠是常玉山收过的学徒，在沅京已小有名气了，顾长安羞赧："可我只是他的过继子……"

不是亲生子，岂能妄想继承他的衣钵？陈老爷子拍拍顾长安的手背："他是玉字辈，他的儿子，是安字辈。"

顾长安到顾家时还小，但很乖觉，常玉山伐木，他跑去打下手。常玉山挑了木材，给他打了一只小板凳，凳面的一角，刻了个小小的安字。常玉山说："这是你的'安'字。"顾长安就折根树枝，在沙地上一遍遍学着写，到现在，安还是他写得最好的一个字。

顾长安背转脸，哭了。长久以来，他总以为父亲不疼他，待他冷淡，竟不是这样。父亲对他漠视，是想对自己心狠吧，没了牵挂，他随时就能去死了，留下顾长安在人世追悔莫及，痛哭失声。

周陵川说："不要以为你父亲不在意你。"顾长安只当是劝慰，可这竟是真的。他突然很想再见周陵川一面，在他们分开多年，音讯全无之后。

可是，已经忍了这么久，咬一咬牙，还能再继续忍下去吧。

顾长安进了一趟城，依照跟秦小茶的约定，在一间糕饼店给她留了信，他想和她说说话。苍茫世间，只有秦小茶一人，让他敢于将周陵川这个名字宣之于口，且不必再细说从头。

半个月后，顾长安才和秦小茶见上面。

云初帝到京西围猎，秦小茶托病未去，扮成宦官溜出宫，顾长安一慌："你是不是不受宠？"

若是宠冠六宫，少说能当个贵妃吧，何至于只是才人？外出时身边连个宫女都没有，更别提精悍护卫了。秦小茶笑骂顾长安想多了，对她来说，自得其乐的小天地，远胜于兴师动众的大阵仗。她在禁宫学会了不少御膳，还找禁军教头学了几招功夫，更何况朝臣们大多好棋，她缠着人和她对弈，棋艺突飞猛进，云初帝路永宁已不再是她对手。

顾长安呆住了："你在宫中玩得恣意，会不会有闲话对你不利？"

秦小茶笑："不会啊，因为永宁一有空就过来喝茶，在一旁观棋。"

顾长安这才略安心，但对秦小茶只是才人耿耿于怀，秦小茶宽他的心说，皇帝是想封她为皇后的，但她不愿他身陷险境。

众所周知，皇帝路永宁的大位坐得不牢，所幸他的岳父苏枕藉在朝中势力深植，为他力撑大局。路永宁御驾亲征，而宫中未乱，苏枕藉和其党羽亦是功不可没。苏枕藉的女儿是皇帝的发妻，曾经的皇后，她病逝后，皇帝的后宫无主，苏枕藉盯得颇紧，决不肯看到再有任何女人坐镇中宫，诞下皇子，从而威胁到他外孙——太子路之南的储君之位。

禁宫凶险，顾长安亦有耳闻："一旦有风吹草动你就跑，可不能像昭睿皇后那般傻，早已失宠，却还是在皇帝被刺后，殉情相随。"

秦小茶低叹："不见得是傻，有的人懒得再活罢了。"

顾长安不禁鼻子一酸，跟她说起他父亲常玉山。他小时候，常玉山拿着铁丝，为他示范箍桶的手法，说桶的筋骨就在这几根铁丝上，要绑紧些。他后来想，姑姑就是他父亲活在这世上的筋骨吧，筋骨被抽走了，父亲便成了散了架的桶，四壁漏水，像无法止住的眼泪。

秦小茶拍着他的手背，安慰说："有我在，你就能帮你爹爹亲眼看看玉玺了。等永宁祭天时，我来安排。"

顾长安感动，秦小茶打量着他，嗔怪："还是那样一双眼睛，真顽固。哎，我问过那位的近况了……"

顾长安连忙摆手，他不敢知道。他是想对秦小茶诉说周陵川，但真正见到面，还是怯了，周陵川过得是好是歹，是风是雨，他一个字也听不得。不听，他尚可维持一个好端端的人形；听了，难免情绪崩塌，落个四分五裂的下场，他不想。

秦小茶也不勉强，和顾长安支开棋盘，杀了几局，有一搭没一搭地谈些宫中掌故，直至月亮升起。

月光总令顾长安错觉仍在孩提时，他再贪玩，天一黑就回家，免得姑姑出来寻他。爹爹跟姑姑开玩笑说，在鬼怪看来，人是一粒粒会行走的白米粒。顾长安就问，他这种不白的呢，爹爹说，是没舂好的谷粒，还指着天上星说，神仙们有时候也挺爱串门，提着灯笼走来走去。顾长安又问："星星是灯笼，月亮是什么？"

姑姑说："是家里那盏灯啊，总是等着你的。"

顾长安送秦小茶到宫门，秦小茶回身望他："你明明是个爱说笑的人，多惹人喜欢。可是儿时被忽视，让你常常心虚没底气，长安啊，傻瓜。"

傻瓜把秦小茶送的令牌勾在指尖，沿着宵禁后的官道，脚步轻快地回陈府。可是当晚，他又梦见自己独居于一个狭小洞穴了，雨水连绵，他冷得蜷起来，喝了很多酒，在半梦半醒时分，他听到老虎的咳嗽。

顾长安病了三日。这些年来，他常常困于这个梦魇，总要挣扎万分才能醒来。秦小茶听了，陪他将虎头鞋埋在苍南山脚下，太祖问鼎天下之际，苍南山枫树一夜转红，朝野无不视为灵山。

说来也奇，顾长安从此竟真的不再梦到自己仍身处那年七月十五，暴雨中的池塘。

这一生如梦似幻，或许，那个被他唤为狐狸的年轻人，也只是一场梦吧。顾长安磨着墨想，那个人一袭轻衫，温润如玉，谁都说他是正人君子，搞不懂那时为什么会喊他狐狸，大约是喜欢看他发窘的样子吧。

于是就没留神，把福星的神鹿画成了狐狸，遭到陈老爷子数落。陈老爷子为人爽朗，喜爱画山水、骆驼和残荷，但逢年过节，乡邻家的对联年画都由他包办。顾长安见他年事已高，舍不得他太累，就帮着画些福禄寿三星、财神和观音菩萨。乡邻来取画，少不了客套几句，顾长安嘿嘿笑，不多言，再嘿嘿嘿笑一通，继续画。

陈老爷子惊奇："笑得鬼祟，有事瞒我？"

顾长安拿起手头的画，指着门神的面容，很得意："他是我以前的邻居秀叔。"再递过另一幅，"我在军队的熟人，是个白案师傅。"

满天神佛，皆是他所熟悉的凡夫俗子，但是没人发现这一点。陈老爷子一幅幅看完："神灵活现，我若见了他们，也能一眼认出。"

此生所遇的好人，一遍遍温习，如影随形，无法遗忘，除了周陵川。顾长安脑中似乎生了一堵墙，每当周陵川的身影即将浮现，那堵墙自会砸下，逼他避开，再也想不下去。

顾长安想着，这样可能也好。可是陈老爷子教导他作画没几日，就看出他偏好雀鸟了，笑呵呵从书架上翻出几摞手稿，塞给他："周家小五的作品，线条和构图都把握得不错，你也看看。他和你一样，也素喜画麻雀。"

顾长安脑中一炸，躲了这样久，终还是躲不过去。周陵川是陈老爷子的爱徒，提到他，陈老爷子颇为愉快，呷上一口酒，一页页为顾长安讲着，画这只朱鹭有多不易，足足在宕山待了月余；而画那群云雀呢，正碰到一只老鹰追逐它们，场面惊心动魄。

顾长安始知分别后，周陵川入了陈老爷子门下学画，始终无心科考。云初三年冬，他父亲周天彻自觉老迈，病痛缠身，从太傅之位退了下来，没多久就卧病在床了。周陵川回府看望，周天彻和他一席长谈，责备他向来任性妄为，当年不愿家里为他定亲，执意离家云游，眼下学画已几年，作品未有过人之处，可知天分有限，只该作为消遣，生逢斯世，应另有建树。

周陵川摩挲着一块绘了喜鹊的粗陋木牌，在父亲病床前坐了许久，次年便去应考，以一篇《飞鸟赋》被皇帝钦点为状元。皇帝路永宁尚是太子时，两人就交情甚笃，路永宁想留他在京中任职，他却选了松溪。

顾长安木木地听着，松溪，是他们遇劫匪之地，他将虎头铃铛奉上，换得周陵川脱身。

松溪距沅京不过三百余里，匪患却甚为严重，周陵川用了两年时间肃清匪患，还募民耕种，平徭赋，郡界百姓过上了丰足的日子，皇帝大悦，要调他回京，他谢绝了。陈老爷子听闻周陵川在松溪沉迷于修道，趁他述职离京前，专程问："当真想要潜心修长生？"

周陵川笑："学生和虚灵道长坐而论道，本是为解惑而去。"

顾长安缓缓记起，多年前，周陵川说过："我不认为长生有任何意义。"他不由问陈老爷子，"他心中有何困惑？"

陈老爷子摇着头："还是顺宁末年，小五初来拜师，似有心事，夜里常饮酒，愀然不乐。我问起，他只说和一位故人失散，猝然如一场死亡，令他时有空茫之感，想试试书画是否能为他开解。我想，他和道长相交，或也是同理。"

顾长安默默坐了一阵，道："我也不认为长生有任何意义，像行走在无人之境，多么寂寥。"

陈老爷子笑着看他："人的一生中，孤独是很普遍的事啊。"

顾长安无言，翻看周陵川的《雀鸟集》，禁不住问："他的困惑都解开了吗？"

陈老爷子说："他说已然消解了，只是变得愿意相信举头三尺当真有神明，我们的祈愿他们都能听见。"

顾长安想想自己有什么祈愿，想了一宿，脑中空空，只好拿起画笔，将父亲送给姑姑的那支凤凰簪细致地画上一遍，想打造出来送给秦小茶。纵然她当不成皇后，他也想她的行头能把别人都比下去。

入秋，秦小茶封妃，顾长安送出了凤凰簪。秦小茶一开心，没藏住实话："哎，那位被永宁强行调回京城了，原先的吕老儿病得厉害，京兆尹的位子该换成自己人了。"

顾长安转开话题："你能不能当到皇后？"

秦小茶反问："为什么一定要当到皇后？"

顾长安说："那样就没人敢欺负你了。"

秦小茶摸摸他头："当皇后了，伺候我的人会比现在多好几倍，耳目也多了，如果有天反悔，想从宫里跑路，就有点麻烦了。"

顾长安认真看秦小茶："哪天感到不自在了，想跑了，我来接应你。"

秦小茶跟他击掌："那你可要在外面好好待着，让我随时能找到你。"

云初七年春，太子的外公苏枕藉联合数名重臣上书，以沅京地界累月干旱为由，请求皇帝废除秦小茶贵妃封号。皇帝置之不理，民间议论却甚嚣尘上。神棍巫师个个宣称，上一场雨发生在云初六年夏，秦小茶封妃后，滴雨未降，可见确是祸国妖姬引发上苍震怒。更有甚者，在京中多处布下法阵，要替天行道，降服妖姬，以血祭天。

呼声越来越烈，皇帝命一众大臣彻查谣言，众人却忌惮苏枕藉，敷衍了事，唯新任京兆尹周陵川究办了若干造谣生事者，称要一查到底。陈老爷子很忧心，去劝了几次，周陵川淡然告诉恩师，太子党由苏枕藉这种人把持，于国于民都绝非好事，而将权柄之争引向一位无辜女子，更令人生厌。

陈老爷子还想再劝，周陵川对他讲了一件旧事，那年他尚在禾城游历，识得一位顾姓妇人，她不堪夫婿暴虐，一怒杀之，其罪当惩，然其情可悯。陈老爷子回府跟顾长安感叹："男人越是不占理，就越是穷凶极恶，把怒火烧到女人身上。"

顾长安抱着酒坛子，在水边的亭子醉了一夜。第二日带了些银子，到武馆物色一队精干拳师，请他们暗中保卫京兆尹周大人的安全，拳师却笑，说周大人是圣上的红人，又是周太傅家的公子，出入必然有大内高手相护，哪轮得着他们这些寻常莽夫。顾长安好话说尽，拳师仍不接银子，还问他："周大人是你什么人？"

顾长安收起银子走人，拳师在他身后劝他放弃："若皇帝都保不住他，我们平头百姓保得了吗？"

这话不错，皇帝已自顾不暇，何况周陵川？顾长安终究没忍住，去了府衙，想看看周陵川每日出入的地方。上天厚他，周陵川或升堂问案，或到市井视察，总之，从不曾在他到来的那一小段时光里出现过。顾长安安心了，闲了就逛到府衙，靠着石狮子抽点烟叶子，傻笑一阵，在微风里慢慢走回来。

衙门口那只鼓是鸣冤用的，红漆掉了些，有些残旧了，不够威风，顾长安下次就拎了一桶漆，守到夜里把它漆得光洁如新。次日特地在阳光下欣赏了一番，很觉满意。他以前是不信有来生的，如今会想，真有下辈子就好了，一定不能还生得这般愚钝，最好是个武将，能护着他一点。

秦小茶接到顾长安放在糕饼店的密信，赶来和他相见。顾长安见她仍是老样子，不受非议影响，略放心了些，秦小茶吹一声呼哨："祸国妖姬，听起来是个很美艳的人啊，我是当赞美听的。"说着看看天色，"这鬼天气，走，去求雨！"

大旱数月，民不聊生，连皇族也都已斋戒数日，诚心求祷。秦小茶皱着眉，很伤脑筋的语气："国师祈雨三天，仍无济于事。永宁头疼得很，前几日，竟有臣子主动奏请登坛祈告，永宁允了。"

顾长安好奇："这人约莫喜爱观天象吧，这么大的事揽上身，没几分把握可不行。"

两人边走边谈，很快到了广场。路过的行人听到顾长安所言，插话道："那可未必，求雨不成，圣上也不会怪他，但肯在关键时刻，挺身为圣上分忧，就已做足了姿态，是个机灵人！"

顾长安嘀咕着："投机分子真多。"

秦小茶遥遥一指，笑容玩味："你看他的阵势，像模像样的，想来不是一般的投机分子，为谋个想要的未来，苦心谋划多年了。"

苍穹之下，老百姓乌泱泱地跪地祷告，祭坛中央，红袍朝官正奏琴问天，身姿飘逸。

蒙蒙天光里，顾长安也跪下来，秦小茶蹲在他身边说："若他真有办法，就会入主钦天监，不过……"

有美一人，在众生之巅。大风飞扬，他的琴声怆然，如杀人的弓，众人的求告声四起，穿云而去。突然，泠泠一响，长弦崩断，惊雷乍然响彻天际，大雨从天而降。

天地玄黄，群鸟凄厉哀鸣，是谁在遭天雷劫？刹那间，顾长安惊怔站起，茫然四顾，在如潮的欢呼声中，秦小茶凑近他耳畔，大声道："他说，若求得吉雨，请圣上赐他终生不娶，侍奉于天。"

漫天风雨，吹起那人的袖子像鹤，他扬手，将琴抛下祭坛，径直走向人群中的顾长安："这样，你还逃吗？"

万人如海一身藏，半缘修道半缘君。

二〇一六年三月

郑人有薪于野者，偶骇鹿，御而击之，毙之。恐人见之也，遽而藏诸隍中，覆之以蕉，不胜其喜，俄而遗其所藏之处，遂以为梦焉，顺涂而咏其事。傍人有闻者，用其言而取之，既归，告其室人曰："向薪者梦得鹿而不知其处，吾今得之，彼直真梦矣。"

室人曰："若将是梦见薪者之得鹿邪？诋有薪者邪？今真得鹿，是若之梦真邪？"

夫曰："吾据得鹿，何用知彼梦我梦邪？"

薪者之归，不厌失鹿。其夜真梦藏之之处，又梦得之之主。爽旦，案所梦而寻得之。遂讼而争之，归之士师。

——《古文宁藏·列子·周穆王·蕉鹿》

五 · 杯酒

岂曰无衣，与子同袍。

在他还是皇子的时候，就知道秦鹤壁了。

知道秦鹤壁是这么一个人：他来历不明，却深得云初皇帝信任，有"天朝第一酷吏"之称，提人头为灯，映照得前路火红，权柄之重几倾一朝。

秦鹤壁培养了大量暗探，专事刺探和暗杀，命名为承影卫。有个王爷在密室纠集亲信起事，说着说着就失声了，咿咿呀呀了好几句，才惊恐地意识到，自己哑了。

自始至终，亲信们都对王爷恭恭敬敬，保持三步左右的距离。事后，王府上下均找不出他失声的缘由，料定是承影卫所为，胆寒不已。秦鹤壁对此只有一句话："哑巴是当不了皇帝的。"

这便是秦鹤壁的逻辑，他辅政五年，行事狠绝，数杀大族，但云初帝对他推崇有加，官阶一级级封上去，封无可封，索性封为异姓王，御赐封号"白泽"。

白泽是上古神兽，通万物之情，逢圣君治理天下，才奉书而至。秦鹤壁获封之后，人人皆称他为白泽王，古城鹤壁和他同名，为尊者讳，被云初帝一纸手谕改称南山。

路之北后来翻阅当年的圣旨，看到父皇云初帝对白泽的盛赞："皎皎白驹，在彼空谷，尔公尔侯，其人如玉。"言辞太慎重，路之北很难把它和朝廷清流口中"邪肆狂诞"的秦鹤璧视为一人。

　　"一直都是阎王，从来不当菩萨。"白泽如此自我评价过。那是云初二十九年，皇帝御驾亲征，白泽并辔而行，在血战中为皇帝挡了淬毒的冷箭，羁留在边关驱毒疗伤。

　　朝中不可久无君主，云初帝返程，不久即殷殷去信，盼望白泽早归沅京。边关月寂星冷，白泽捎回长信，据宫人说，云初帝看完，一个人在御书房坐了许久。

　　那时路之北才两岁，对白泽毫无记忆。白泽是武将出身，于是在路之北心里，他是个凌厉的影子，身披黄金铠甲，俯视城下的大军，漫不经心地丢出一块象征斩杀的令牌。

　　路之北没能找到白泽写给云初帝的回信，但内容不难想象，白泽在边关疗伤期间，遇见一位胡商之女，不愿再回中原了。云初帝虽然遗憾，但想必也松了口气吧，权重难免遭忌，白泽挂冠而去，对君臣双方也许都是幸事。

　　那之后，人们提到白泽，便只和香艳有关了，说他一艘大船纵横四海，美人伺候着抽鸦片，漂到世间的尽头。但也有人说，他和心爱的女郎隐居边城，琴瑟相谐。

　　路之北不知道父皇云初帝到底是怎么看待白泽的，他所给予的恩宠，究竟有几分真心，几分笼络，但无论如何，路之北都渴望有一天能见到白泽，一个矛盾的传奇。

　　真正见着白泽时，路之北十四岁。

　　是春日傍晚，路之北赶去向太后请安。转角处，有个白衣男子撑一把墨玉骨伞而行，一阵风吹过，粉白杏花跌落在伞面上，他抬伞望过来，微微一笑。

　　杏花春雨，如烟如酒，那人苍白瘦削，一张清朗容颜，对路之北施了一礼，声音很沉静："微臣鹤壁，见过陛下。"

少年皇帝路之北第一个念头不是"这就是白泽王啊"，而是先帝在圣旨里引用的词句——皎皎白驹，其人如玉。他愣了一下，开口道："你……你回来了？"

你回来了，可父皇在七年前就过世了。花影摇动间，白泽一袭素袍，握拳低咳几声，语声里饱含君前失仪的歉然："这两日偶感小恙，陛下容臣告退，明日再进宫述职。"

他用的是"述职"一词，也就是说，煞星将回归朝堂。路之北微愕，面上却很镇定，温言道："去吧。"

敏锐的宫人们迅速交换了眼色，确定皇帝对白泽低调入京并不知情，这就值得玩味了。白泽暌违沉京多年，拜会的第一人竟不是皇帝，会是谁？

一个身居禁宫，位高权重的人……若不是内务大总管张公公，便是郑太后。皇帝路之北长驱直入慈宁殿，太后摈退了宫人："白泽是哀家召回的。"

路之北点点头，太后微有不安："你不怪哀家？"

路之北苦笑："母后是为了孤好。"这龙椅他坐了七年，但江山却未必是他母子二人的。七年前，云初帝路永宁驾崩，四皇子路之北从各个方面都不具备问鼎天下的条件，但太子路之南谋逆事发，畏罪自尽后，云初帝不曾再立储君，路之北和另外几个皇子机会均等。

云初帝去得急，未立遗诏，临终前仅有张公公陪在御书房。张公公称，云初帝留下口谕，传位于四皇子。年仅七岁的路之北被郑贵妃从睡榻抱起，懵懂地当上大宁朝第八代帝王。

随之而来的是明争暗斗，各方势力都卷了进来，都坚称先帝真正属意的绝非路之北。张公公和郑太后的娘家不得不联起手来，跟异见者缠斗，转眼已七年。这七年险象环生，皇帝路之北疲惫不堪，他把天下治理得太平，但明里暗里的指责从未停过。

先帝路永宁拟定的继承人到底是谁，成为民众最津津乐道的悬案，这逐渐取代了对白泽行踪的猜测。

路之北问："他怎肯回来？"

太后有点迟疑："白泽王下江南，哀家派人把夜雨姑娘从边关请到了京城。"

皇帝当然明白"请"的含义，皱了皱眉。太后拍拍他的手，示意他宽心，白泽的确手段高，心机深，但先帝也说过："朕最可深信的，是白泽。"白泽的忠诚既是被验证过的，就算以夜雨要挟他，他再记恨，也要建立在自保的前提下。

太后尚是先帝妃子时，和白泽有过数面之缘，她不怀疑他将是乱局中的胜者，必能顺利收拾皇帝的叔父和兄弟，以及以功臣自居、权倾朝野的张公公。而在这过程中，皇帝羽翼渐丰，将有绝对的心智扳倒白泽。

皇帝啼笑皆非："烹狗藏弓，母后莫非以为白泽不明白？"

太后说："夜雨在我们手上。"

皇帝笑了："白泽昔年统领承影卫，母后忘了吗？"

承影卫仅听命于白泽，不在朝廷的收编内，他们想从太后手中夺人，亦非难事，太后急了："那他为什么要回来？"

"且走且看吧。"

太后引狼入室，自责不已，皇帝却不慌不忙，遍地狼烟，他不在乎再多一个敌人。史书记载，本朝昭睿皇后有云："身在禁宫，要有横死的自觉。"皇帝年岁越长，越信奉这句话。

皇帝唯一担忧的是自己的母亲，他不忍心多想，然而的确是这样——一个愚蠢而自以为是的女人。他为太后披好薄毯，宽慰道："白泽是一把尖刀，但刀在孤手心。"

太后心事重重，吁口气。

秦鹤壁住在南边的宅子里，雇了一个姓林的女孩子照顾夜雨的起居。

一妻一仆，一马一剑，白泽王秦鹤壁的生活清简得不可思议。送礼的人以探病为由登门造访，他立在屋檐下看雨，淡淡道："小林，奉茶。"

姓林的女孩子年岁很轻，顶多十二三岁，她端来凤凰单枞，客人们登时就坐立不安了，寒暄了几句，拱手告辞。谁都记得，宁王爷即是在自家密室，喝了一盏凤凰单枞才变成哑巴的。

张公公为皇帝捶背，话里话外都透着劝诫："白泽王从前是如何惩治皇亲国戚的，臣记忆犹新哪。"

皇帝侧头看他一眼："他办的俱是贪官污吏，你用不着怕。"

张公公连连称是。皇帝心浮气躁，信步在禁宫里走走，宫女宦官想跟来，都被他挥退了。

不觉来到御书房门口。皇帝小时候，常被先帝唤到身边，考他典故半阙词，他若答得流利，先帝就会允许他翻看几卷画本。先帝喜好收集民间画本，王侯将相、能工巧匠、兽妖精怪、花魅仙神的传说，都那么引人入胜，皇帝一页页看得入迷，他总觉得，坐拥书山，比坐拥江山来得幸福。

但命运没给他这个机会。当了皇帝，就一日不得闲，皇帝批阅奏章、接见群臣多在太极殿，这里不常来了。

御书房门前的合欢都开了，皇帝没有掌灯，推门而入。七年来，他总在想念父皇时，踱过来待上片刻，画本却久已不看了，想必落上尘灰了吧。

月光如银，室内不算太黑，皇帝走近书桌，忽见暗中有人，正坐在窗边，袍角被风吹得隐隐拂动。

皇帝的心一跳，他以为是父皇云初帝魂兮归来，但在下一刻，他便看清了那人的轮廓，是白泽。

已是早春二月，白泽还裹着狐裘披风，陷在椅子里沉睡，身上有药草香。皇帝打量他，众人盛传的铁腕派，完全不是皇帝先前料想的威仪堂堂、大马金刀的武官形象。

皇帝俯身，想看得再仔细些，白泽却醒了，刚要下跪行礼，皇帝伸手将他一捞："孤随便走走，不必拘礼。"

白泽燃亮了怀中火折，点起了烛灯，仍向皇帝行了礼。

"规矩不可废。"他说。烛火跳动，皇帝蹙眉看他。他面色发青，不时低咳，显然犹在病中。皇帝很怀疑，偌大禁宫，只有白泽和他还记着今日是先帝的冥寿。

云初帝的儿女、妃嫔、兄弟姐妹、侄儿外甥女大多健在，但这些人还能记得他的祭日就不错了。白泽拍了拍椅背："这把椅子还在。"

眼前人容色如雪，皇帝脑中鬼使神差跳出一句，雕栏玉砌应犹在。五岁时先生教过的词句，仿佛到这一晚才找着最适合的注脚，他不由脱口问："为什么会回来？"

这个人带着风尘仆仆、重归故园的气息，在旧时和君上议事的桌边，闭目小睡。他的企图心，或者说，他所眷念的，是位极人臣的荣耀，抑或更深远的阴谋？

自七岁登基以来，皇帝不止一次向太后表示，愿退位让贤，太后垂泪道："他们是不会让太上皇活下去的。你若不在了，哀家也活不成。"

这几年局面越发凶险，皇帝彻底打消禅让的念头了，但他常常感到累。白泽看他："既然这封号还在，白泽仍是认主的。"

十几年前，游侠秦鹤璧突发奇想，跑去先帝御驾亲征的军营当个小士卒。秦鹤璧游历江湖，精通多种语言，探听到敌军重要军情，凭借百步穿杨的身手，立了大功。先帝龙心大悦，封为轻车都尉。

算起来，云初年间，白泽如日中天时，未及弱冠之年，到了此时，他亦不过三十出头。皇帝却恍然错觉，这人像属于前世他生的记忆，莫名让他很心安："孤明晚设宴，请带夫人前来。"

白泽一怔，笑道："夜雨和臣不曾有婚约。"

皇帝不动声色："孤听闻，她跟你有年头了，该有名分了。"

白泽轻笑："谢圣上关心，但臣和她不需要这个。"

皇帝负手踱出御书房，迎着风笑了一笑。他不相信白泽，半个字都不信。你撇清和夜雨的关系，是在护着她，是不是？

家宴上皇帝见到了夜雨，她和白泽相携而来，那一刹，万籁俱寂。

乌发如云，肌肤胜雪，本朝太祖路得胜赞赏宠妃虞绣的一句"艳色天下重"，夜雨也当得起，但又不是人们以为的那个艳法，而是明月照在白雪上的清艳。

皇帝为他们赐座，这女子举止有度，无可挑剔。皇帝想，难怪母后说起夜雨，竟止不住后怕："先帝后宫若有这等人物，哀家最多当到昭仪。"

皇帝大笑："艳压后宫，对她来说，未必是夸赞。"

太后很警惕："她年长你八岁。"

"那不是问题。"皇帝难得和太后开玩笑，"父皇年长你更多。"

筵席散后，太后特地对皇帝耳提面命："有何想法？"

皇帝失笑："就算要得到她，也得等白泽和别人斗得两败俱伤时，朕不傻。"

太后放心了些，教导皇帝要在白泽和其余人等互相牵制之际，趁机壮大实力。皇帝点头，整了整龙袍，回太极殿绘了一枝空谷梨花。

美人连名字都取得妙，夜——雨，皇帝盯着浓墨写就的两个无限旖旎的字，彻夜未睡。

家宴后，整个朝廷都炸开了锅，皇帝和太后亲自为白泽接风，列席的皆是皇族，场面隆重，用意不言而喻。次日的早朝，皇帝当着满朝文武的面，对白泽道："皇考怎生待你，朕亦怎生待你。"

换言之，三省六部收归于白泽王，并许他直陈奏章的权力。这让百官沸反盈天，皇帝一张嘴，头上就多了个狠角色，要命啊。

老臣们都记得云初年间，白泽处事何等阴冷，皇帝路之北当初年幼，但日后不会不知。既知，就不怕养虎为患吗？一时间，众人纷纷跳脚，痛心疾首于幼主误国，全然忘了，他们的皇帝年已十四。

皇帝上朝退朝，跟从前并无两样，只不过单独召见白泽的时间多了些。白泽事务繁忙，皇帝派人将他从前在禁宫住的怡和殿收拾一新，跟先帝一样，把他留在身边。白泽记挂家眷，遂安排了四名侍卫保障夜雨和小林的安全，从此安心以禁宫为家。

　　黄昏时分，皇帝总会去找白泽喝茶，一贯是凤凰单枞，起先是先帝爱喝的，渐渐在沅京官场蔚然成风。白泽为皇帝斟茶，自己却在饮酒，银红色的酒盛在夜光杯里，有个漂亮名字叫"迷津"。

　　皇帝摁住白泽的手："你在生病。"

　　白泽笑："就当驱寒了，这种天气，臣再捧手炉，只怕更拿他们不好办了。"

　　他是在说朝臣，打着关怀白泽王爷的名义，珍稀药材补品不断送去，烦得小林想在府里养老虎。皇帝道："苛政猛于虎也，他们连你都敢招惹，会怕老虎？"

　　白泽像没听见皇帝的话，微仰着头，看天上的圆月。风吹起他的宽袍大袖，明明是坐在春夜的庭院，却更像在白云之巅遥看人间，说不出的深凉。

　　皇帝探究地望白泽，蓦然想到那个关于尖刀的比喻，直把对饮的人看成了一把锐利的刀，想想看，一把在咳嗽、常喝茶、会骑马、能打架的刀……画面一幕幕掠过，皇帝翻转着手掌，不可遏制地笑了起来。

　　白泽回过神，倒了一杯酒，推到皇帝手边。皇帝简直太烦躁了，瞪起眼："你为什么不问我在想什么？"

　　皇帝罕见地恢复了少年人的本性，白泽好笑道："不问，是臣的本分，但陛下既开口了，臣遵命，敢问陛下想起了何人何事？"

　　白泽太一本正经，皇帝那点意兴顷刻就消失了："别人都嫌朕是皇帝，当着面都客客气气的，你比他们品阶都高，是和朕最接近的，若连你都和朕客气，朕还能找谁说话？"

　　"远则怨，近则狎，陛下选哪种呢？"白泽平淡地问。

　　皇帝被激怒了，霍然站起，拂袖离去："朕的长辈太多了，不想再来一个。"

那孩子在嫌我对他太严厉，不肯顺着他的话说。白泽笑笑，随随便便地拿起一只茶杯，再随随便便地往墙壁一砸，清脆的一响，四分五裂的残渣。

这四只茶杯，是走南闯北、千辛万苦才凑成一组的，每一只都有十年以上的经历，白泽咳得急了些，眉宇忽有一瞬空茫。

群臣嗅到苗头。早朝时，皇帝对每个人都和颜悦色，唯独不看白泽王，莫非他失宠了？君心似海，君威难测啊！

听说，皇帝一连两天都不找白泽王……

我的人说，好像看到白泽王在金思阁喝闷酒，毋庸置疑，受冷落了！

金思阁是沅京最负盛名的素菜馆子，匾额上那黑底飞金的三个大字，隔老远都望得见，是太祖路得胜的手书，笔力雄浑，文士每多临仿，但谁都学不来精髓。白泽收了伞，在靠窗的位置饮酒看雨，点三两碟清爽的小菜。

白泽没穿朝服，看在跑堂小二和往来宾客眼里，只当是谁家的公子。谁也不会料到，他是先帝时期少年得意的异姓王，如今的摄政王——朝臣背地里对他已如斯称呼，既在讥讽，又何尝不是用来鄙薄今上的方式。

在后宫摸爬滚打，最终当上太后的女人，都有狠劲儿，对形势的判断准确得亦很惊人。白泽明白，不到万不得已，太后决计不想让他回朝，可见局势已很严重。他再饮一杯酒，不远处，一包草药砸了过来，他抬眼，对上那双杏核似的黑眼睛。

皇帝穿白衣，气鼓鼓地走来，闷声道："雪参，治你的风寒。"

白泽擦拭着桌子，对坐的人咬了唇："朕想，大概，恪守君臣之礼，你确实会更自在些。"

白泽将雪参搁到一边："陛下也会更习惯些。"想了想，问，"陛下那天何故发笑？"

皇帝看看右手，假想一把刀凭空出现在手心，他握成拳，打开，又握成拳，再打开，眉开眼笑道："江山在握，美人在望。"

白泽悠然道："兵权在握，江山才在握吧？"

那双杏核眼黯淡下来，皇帝的苦恼被白泽一语道破，墙头草和心猿意马者比比皆是，他缺乏号令群雄的威望。白泽赏玩着皇帝的脸色："西南匪乱，派江之淮去吧。"

江之淮是靖国公江乐水的幼子，年方十七，是沅京出了名的贵游子弟。江家祖上有从龙之功，赠靖国公，子孙世代承爵，历代都为大宁朝征战四方，大多马革裹尸还，鲜有善终者。江之淮这一代亦不例外，在那场连白泽都遭重创的苦战中，江之淮连损两个哥哥，两年后，大哥也为国捐躯。

江氏一门忠良，到嘉远七年，只余老父和幼子相依为命。皇帝静了一静："老将军宁可六十挂帅，亲上战场，也不能让江家绝后。"

江老将军江乐水的次女是晋王妃，按辈分，皇帝要唤她为婶娘，江乐水自然算是皇帝的祖辈了。送白发苍苍的祖辈去打仗，于情于理，都难以启齿。白泽眸光一冷："那把纯钧还在吗？赐给江之淮吧。"

纯钧是古时越王勾践的佩剑，相传是天赐神兵，自本朝太宗年间出土后，一直是帝王之物，代代相传。若将它赠予江之淮，将是至高无上的尊荣。皇帝看向白泽："西南边陲素出悍匪，朕要确保江之淮的安全。"

"臣的承影卫三日前已动身入蜀地了。"白泽突然剧烈地咳嗽起来，半晌才勉力平缓了气息，向皇帝致歉，"待这几日用过陛下的雪参，约莫着也该好了吧。"

白泽听闻夜雨进京，日夜兼程，才十日就赶到了京城。这一路舟车劳顿，心力消耗太甚，区区风寒竟拖了半个月不见好，连面颊都瘦得凹陷。皇帝屈起指头，在桌面敲击出轻响。

夜雨，夜雨，有人待你情深义重。皇帝顿了顿，才问："这一切……会不会让你太过为难了些？"

皇帝在走向白泽之前，暗中观察了他片刻，十步之内，那个人风仪优美，是他拿来捅向至亲的尖刀。这对谁都会是一种残忍吧？当然了，朝臣对白泽的流言更为刻薄些，恶犬、凶禽、伥鬼……摄政王。

白泽再饮一杯酒："不碍。大事，听你的；小事，看我的。"

他用的是"我"字，但皇帝不介意。两人在金思阁用了晚饭，才一前一后回了禁宫，被人望见了，闲话便多了有声有色的新篇章，跟当年为先帝和白泽编排的如出一辙。最常见的版本，不外乎说白泽狐魅惑主，虽说一朝天子一朝臣，但白泽终究好手段，两任帝王都着了他的道。否则，如何解释今上从未见过他，打一照面，就对他另眼相看？

太极殿内，瑞脑香在薰炉里燃着，皇帝批着奏章，吩咐小宫女："绮云，给白泽王拿些去。"

瑞脑香有安神补脑的功效，有了它，白泽能睡个好觉吧。为江之淮壮行一事盛大又烦琐，朕可还得指望他，他不能倒下。

这把刀会在几时，亮出他的獠牙？但至少现在，我待他真不坏，会有谁夸我隐有明君风范吗？皇帝对着奏章嘿嘿笑。绮云捧着瑞脑香，暗想白泽王真厉害，往常皇帝一看奏章就长吁短叹，因为臣子们通篇都在教诲他，白泽王一回来，他们就懂事了，竟学会了在奏章里拍皇帝马屁。

皇帝开心了，宫人们就有好日子过了，绮云愉快地走远。

旌旗蔽空，鼓角齐鸣，皇帝亲自为江之淮饯行。江家爵位一向只由长子承袭，但江之淮的长兄已亡故，皇帝便破了例，将爵位许给了他。

赴西南平乱，不算是硬仗，但江之淮得到的是最高礼遇。皇帝拉拢江家之心，昭然若揭。江老将军江乐水无疑是受用的，天下无双的恩宠，确乎只有天下的正主才给得了，而女婿晋王那隐晦的许诺，将要让他背上不忠不孝的罪孽，九泉之下，无颜面对列祖列宗。

江之淮接过纯钧剑，江老将军老泪纵横，暗暗发誓，就冲这份圣恩，将来不论是谁，胆敢挑衅皇权，他拼了老命也要帮皇帝斩杀。

烈酒三千担至军前，军歌声中，白泽轻袍缓带，款步走来，拿过近旁一名军士手中的弓箭，微眯起眼，屏息将重弓拉成满圆，搭上三支箭，对准几十丈外的太和门，激射而出。

长箭疾风破空，射中了宫门上的三只红灯笼，欢呼声四起，士气高昂。朝臣们站在人群里，心知肚明，真正的恶战，不在边陲，而在朝堂之上。

皇帝坐在乌黑步辇里向外张望，心酸至极。白泽搭弓怒射，睥睨世间，很有君临天下的气势，比他更像这个帝国的主宰。夜雨的容颜在脑中一闪而过，皇帝握紧拳头，我早晚会杀了鹤壁吧？但目前我需要他，我得忍。

太后对白泽在城楼的行为非常不满："太和殿岂是他能唐突的地方？他是在诏告天下，你的皇权他随时都能抢去！"

"也好啊，王爷们比朕更坐不住吧，朕比白泽好对付多了。"皇帝一笑，"母后，你不正期待他们乱战吗？"

太后怔然："你变得沉稳多了，不怕了吗？"

"朕是皇帝，不能怕。朕七岁时问母后，能不当皇帝吗？如今朕问自己，能不当皇帝吗？不能。"皇帝眨了眨眼睛，笑，"成为强者，才能保护我想要保护的人。"

太后险些落泪，用丝帕揩了揩眼角："白泽王不是善类，哀家帮你防着他。"

母后，你只教我防，而不是优待。但你看，对江老将军，好用的是后者。江家濒临没落，终于盼到了再度崛起的机会，他们会领我的情，一定会。

前路再波谲云诡，也终将如我所愿。皇帝抖擞精神，转去怡和殿探望他的尖刀。白天城楼那三箭意在威慑，但必然让白泽伤了元气，皇帝认为，相当有必要在此时体恤臣子，展现明君情怀。

夜已深，白泽还未睡，埋首于一大摞卷宗。人前他兀自强撑，人后倒不较劲，披着厚重大氅，喝滚烫的热茶。皇帝闻了闻，瑞脑香用上了，雪参也喝上了，他很满意。

白泽咳得嗓子都哑了，皇帝思及那位被毒成哑巴的宁王爷，问："宁王为人异常谨慎，连茶叶都装在随身的小袋子中，水也会先验毒再用，毒是如何下的？"

白泽嘴边勾起似有若无的笑，和皇帝碰碰杯："下毒？不够别致，我不喜欢。"

那日，宁王爷召集众亲信议事，忽见一人以唇语告知：有内奸，王爷速装哑巴。

宁王爷装聋作哑，果断地终止举事步骤进一步外泄，且不被内奸觉察自己已暴露。当晚，他召见那名亲信，却被其制住，用天蚕丝缝住了舌根。

宁王不近女色，且不和任何人单独相处，但谋反在即，被内奸一说扰了心神，承影卫钻了空子。从此他有口难言，无法用纸笔向他人诉说真相，不然等待他的将是凌迟和满门抄斩。

依然养尊处优，只是不能再言语……好像也不差，宁王因为静默，倒显出了几分风雅之美。皇帝一颗心跌到谷底，承影卫当真如传言般不好惹。那么，他以后该如何扳倒白泽？

挠头，真挠头。承影卫如水银泻地，无孔不入，宁王豢养了对方六年，眼看事成，对方仍不为所动，宁当白泽的暗探，也不当宁王的功臣。

白泽掩口咳了几声，皇帝心底一刺，这和我坐在华庭里悉心相授、卮酒相陪的人，终有一日，将和我兵戎相见。他站起身，一言不发地走了。

江之淮在西南大捷的喜讯传来之日，张公公伙同武阳侯苏枕藉谋事的证据，被白泽摆在皇帝案上。白泽回朝仅一个月，就把千头万绪码得清如水，皇帝问："没有别的办法吗？"

"没有。"白泽说。

武阳侯苏老爷子是废太子路之南的外公，路之南死后，先帝怜苏老爷子有过功勋，保留了他的爵位，但其后人一律发配蛮荒之地。苏老爷子怨意难平，皇帝的二皇兄魏王和他暗通款曲，承诺他日荣登大宝，必将苏氏老小接回沅京，封为镇南王。

白泽还在回京的路上，就让承影卫放出将重办张公公的风声。张公公在云初年间就见识过白泽的厉害，慌了神，火速倒向魏王，说七年前，迫于郑贵妃的压力，才谎称先帝传位于皇四子路之北，其实，先帝什么都没来得及说。

魏王瞪着张公公："你说谎，先帝分明说了个'次'字。"

张公公抹着汗："是是是，按祖训，立长不立幼，先帝所余六位皇子里，以二殿下您最为年长。"

白泽将铁证丢给了大理寺，自己坐在大椅上，把玩一枚翠玉，眼神偶尔才瞟向审讯台的人。魏王妃是工部尚书之女，几个小舅子亦是各地大员，权贵合纵牵连颇深，他们的逼宫大计定在七天后，近卫军里密布他们的人，若非白泽连窝端得及时，鹿死谁手真不好说。

实证触目惊心，但皇帝仍想放二皇兄魏王一马，一时犯了难。

太后享用一碗玫瑰冰粉，笑问："哀家的人说，这几人背后没少害过白泽王，是吗？"

皇帝一凛，飞快摆驾去大理寺。太后比他更了解白泽，果不其然，白泽将魏王暗杀他的人证物证一一摊开，笑吟吟："我会让害我六次的人活下去吗？杀！"

魏王困兽犹斗，色厉内荏："本王是先帝血脉，当今天子的手足，你若杀本王，是以下犯上！"

白泽连眼皮都不抬："嗯，是犯了。"

那之后几日，朝臣议论此事，分成了两派，一派认定皇帝不愿背负杀兄之罪，然而忌惮白泽，忍气吞声。另一派则坚持皇帝和白泽联手做戏，一个是多年前就以阎王自居的酷吏，不在乎自身风评，要唱黑脸就一唱到底；一个是惺惺作态、装疯卖傻的皇帝，想保全仁君之名，扮红脸扮得出神入化。但念在皇帝路之北仍是少年人的份儿上，大多数人都持前一种论调。

白泽气定神闲，宫女绮云赞叹："别人说王爷是酷吏，依小的看，他比谁修养都好。"

皇帝道："他不回击是懒得费口舌，修养？傲慢罢了。"

苏老爷子临刑，白泽提一只小酒囊观刑，青衫布履，长立一隅，修长似竹。苏老爷子突然惊惧道："你是，你是……"

白泽眸中晶莹闪动，坦白道："我是。"

苏老爷子惊惧更甚，齿缝溢出嘶嘶声，想破口大骂，一口气提不上来，突然一笑，两眼一翻，跌下地府。在场的人都心惊，不解苏老爷子为何会现出一个隔岸观火看好戏的笑。

皇帝在怡和殿和白泽喝酒，白泽说："臣怕麻烦，不喜欢留祸患。"

道理皇帝很懂，他对二皇兄魏王也起了杀心，但心有犹豫，是白泽深谙他的意图，把他摘除在外。见皇帝不吭声，白泽说："债多不愁，恶人嘛，臣当定了。"

皇帝才发觉，白泽愈发清瘦了。往日他穿得宽大，双手总缩在袖中，但看他青筋迸出的手腕，也能看得出他已瘦成了一根稻草。皇帝说："朕让绮云搬来照顾你。"

绮云娇俏可人，太后计划等皇帝成年后，将她指给他，封个才人就行了。听闻绮云被送给白泽，太后且笑且叹："她是美，但你用她来离间白泽王和夜雨，不大有胜算。"

皇帝很苦恼，他偷偷去看过夜雨。她和小林在白泽王府过得单调，买进好几种小动物解闷，小林和送货人闲谈，夜雨披散着一头黑发，外氅半挽，倚着廊柱，逗猫头鹰吃米粒。

猫头鹰不吃，还爱理不理，臭着脸。皇帝又是好笑，又是怅惘，朕要是先认识她，断不致落到这惨淡光景吧。

太后问："你真认为白泽王掀起轩然大波，引火上身，是甘当诱饵？"

皇帝笑着说："水搅浑了，大鱼浮出来，有几条朕捞几条，接下来，该和晋王他们斗一斗了。"

太后怔怔地看皇帝："你小时候还老说让位于你五皇叔晋王。"

皇帝反问："倾天之权，会较容易拥有绝色之人吧？朕是说……可能。"

夜雨的身姿拂过太后心头，太后忙道："白泽王真是一把帮你杀人的好刀，你先别得罪他。"

权欲令人疯狂，如今深有体会。皇帝摸了摸头，美滋滋："母后别操心，朕才十四，还有一辈子，不急。"

皇帝儿子是从何时不再老气横秋自称"孤"了？太后叹气，可我这哀家，像是要一辈子当下去了。

无夫之哀，是为哀家。

夜雨生日那天，雨落得大。白泽一早就让绮云备马车，他要带夜雨去禅院上香。按胡人的习俗，每年生辰，都要向神灵许愿，护佑她所有阴阳相隔的至亲。夜雨娘家只剩她一人，每到祭拜，都很隆重，小林忙了两天，才备齐物品。

马车刚行到城东，承影卫就带来了噩耗，皇帝遇刺，危在旦夕。白泽命承影卫护送夜雨暂避，改日再去禅院，随即从密道飞驰入宫，他要抢在晋王和齐王等人前头，站到皇帝身边，堵截他们逼宫。

皇帝被安放在雕花大床上，紧闭双眼，蜷缩得像孩童。他袖上的血已成暗色的血块，白泽解下外袍搭在皇帝的薄毯上，太后惊惶道："怎么办，他们想杀我儿子，马上就要杀我了，他们就快到了。"

白泽咳得心肺都快呕出来，喝了药汁才好转些，沉声道："他们不会来了。"

当夜子时，叛兵强攻宫城，不料，以哨音为号的内应却悄无声息。

叛兵大乱，大雨中，万箭向他们袭来。与此同时，城门上火把熊熊，白泽现身，以江老将军为首的忠臣良将，在他身畔肃杀地杵了几排。

雨水如注，叛兵惊慌失措，扔下武器，跪地臣服。

路之北的祖父路飞本来是藩王，出游时，一箭射中一只苍鹰，苍鹰口中离奇地叼着消失数年的传国玉玺。鸿和皇帝路恒昀被刺身亡后，路飞顺应天命，手持玉玺，荣任大宁朝第六代帝王，他的妻妾谁也不肯带着子女就藩，便都随他从封地搬来了沅京。

先帝路永宁是路飞的嫡长子，才干突出，继承了大位，但晋王和齐王仗着自己是路飞生前最受宠爱的孪生儿子，私募兵马，敛财无数。虽未形成气候，但细想生厌，先帝碍于母后尚在，不便发作。到路之北当政，两位皇叔就放开手脚了，一个大肆结交名士，宣称坐而论道；一个佯作经商，在京郊隐秘地打造军火，约定夺位后，一南一北，划地封疆，各据半壁江山。

白泽身在边关，但心系朝廷，早在五年前，就密令承影卫捣毁军火场地，并诱引齐王误以为是侄儿魏王所为。这五年，承影卫对晋王和齐王明察暗访，是时候收网了。

晋王安插在禁宫的数名内应被白泽收为己用，当齐王苦等晋王集兵时，晋王内应言之凿凿称："白泽王被重兵围困，陛下已在弥留，传位于五皇叔晋王的圣旨即至。"晋王遂采取了按兵不动，想多等一刻，赌上一把。

齐王没等到晋王，等来的是江之淮从西南连夜带回的奇兵，再加上白泽亲力筛选的近卫军，天罗地网，请君入瓮。

大雨滂沱。

皇帝在两天后醒来，脱口问："鹤壁在哪里？"

绮云眼圈一红："御医说您无大碍了，王爷才走……他忙着给夫人做法事。"

夜雨遇害，是白泽的百密一疏，保卫她和小林的承影卫是一流高手，有着以一当十的身手，晋王出动了百余人堵截，他们也未落下风。鲜血如浪头涌起，又如浪头退去，就在他们摆脱了一拨拨追兵暂获宁静时，夜雨被暗处的冷箭所害。

箭头淬了七八种剧毒，存心来索命。在那呼天不应的雨水中，白泽正身处禁宫，皇帝榻前。

绮云说，宫人来报，白泽王裹紧大氅，走入雨中。在场的人都瞧见他脚步凌乱，在御道上越走越快，终至一口血咳在白玉阶上。

二皇兄魏王被斩，张公公死了，齐王和晋王也抖不了威风了，白泽接二连三为皇帝拔出了毒瘤，仅剩他自己了。

想抓白泽的把柄，倒不太难，单看他在夜雨过世后悲恸得吐血，就晓得他不会放过齐王和晋王。二王之罪，都够得上极刑，但朝臣们都替皇帝记着，先帝连宁王爷都忍了，毒哑了事，皇帝若斩了和先帝一母同胞的二王，他日龙驭宾天，如何向先帝交代？

白泽来找皇帝，皇帝伤得不轻，虽无性命之虞，但行动仍吃力，挣扎着要从床上坐起来，被白泽扶住："臣向陛下讨句话就走。"

四目相望，皇帝被白泽眼里的血丝惊住。失去了夜雨，他是这样，这样摧肝断肠，皇帝也觉难过："朕要追封她为护国夫人。"

他要夜雨名垂青史，在绝世美貌之外，更有绝世的贞烈。

白泽听了，向皇帝行了大礼："臣代夜雨……"深深吸气，换了个说法，"臣代亡妻谢过陛下，但亡妻素喜清淡，陛下盛情，臣和她心领了。"

夜雨死后，白泽终是承认了，她是他的妻子。皇帝低叹："你早该告诉朕的，朕就会对她再重视些，不让她身处那般险恶的环境里。"

白泽面容一黯："臣毕生所求，不过是让她做臣的夫人。但她另有思慕，臣在她活着的时候，便不可强求。"

夜雨为何不和心上人相守？天下竟有人忍心拒绝她？皇帝匪夷所思，但那将是另一桩故事了。夜雨是胡人，胡人相传，若生前孤身，死后将受三百年伶仃苦刑，白泽不忍，便以结发夫君的身份为她办葬礼。

许有两炷香的光景，白泽终于问："晋王未曾出兵，如何处置？"

皇帝拧眉："你要问的是这个？杀。"

白泽再问一遍："没有别的办法吗？"

几位皇叔里，就数晋王最疼皇帝，每次进宫，都会塞些宫里见不着的稀奇玩意儿逗他。皇帝被父皇责备了，也总是晋王笑呵呵打圆场："你再骂他，臣弟可要拐了他当儿子，浪迹天涯去。"

浪迹天涯，这四个字对皇帝有致命吸引力。他幼时是真的幻想过，到了十四岁，拒了父皇赏的封地，只求一介自在身，斗鸡走狗过一生。即使是他登上大位之初，仍一而再地对太后央求过："若把皇位给五皇叔坐了，他不至于杀我吧？"

太后搂住他，泪落纷纷："你会长大的，五皇叔也会变老的，老了，就怕你想通了再抢回去。记住了，这话连你五皇叔都不能说，半个字都不能说。"

晋王亲手做的小弓箭还挂在书架上，是皇帝六岁生辰收到的礼物，他教皇帝拉弓射鸟雀的情景还历历在目，皇帝心上浮现泪光，寒声说："杀。"

白泽刚想开口，喉中爆出一阵剧咳，绮云忙上前照应。皇帝把手放在白泽背上，一下下地抚着，见他咳得几乎坐不稳，另一只手便和他相握，却冰凉得让皇帝一哆嗦。不但凉，还瘦得硌人，皇帝不禁想，尖刀在手，冰如玄铁，但朕要握下去，遇佛杀佛，逢魔斩魔。

三司会审对齐王定罪快速清晰，但对晋王就犯了难，军工场是齐王的，晋王本计划出兵援助，但未成行，他甚至连刺杀皇帝都否认了："本王疼他，人所尽知，怎会动手？"

齐王也否认弑君，他只打算制住皇帝，好诱白泽上钩——皇帝是白泽最大的筹码，亦是全部的依恃。白泽得冒死救皇帝，挟天子以令诸侯，方能扳回败局。齐王说："本王死罪难逃，是本王做的，都认，但不是本王做的，休想栽赃。"

白泽在角落站定，他无法说出实情，皇帝遇刺，是苦肉计。不光是白泽，皇帝亦知道二王当晚的行动，白泽原想装作一无所知，陪夜雨祭祖后，再回禁宫，但皇帝为离间二王，命心腹刺伤自己。

内应告知晋王，皇帝为齐王所害，将传位于他，晋王信了——皇帝幼年的心意，他自有知晓的渠道，晋王抹了抹满脸的雨水，对属下道："再等等。"

十四岁的少年皇帝路之北在风声鹤唳的关口，有了自己的谋划，连白泽都被蒙在鼓里。他心急如焚地入宫，皇帝看似昏昏沉沉，却暗中拉过他的手，隐蔽地写下："我没事。"

白泽一颗心落回原处，又倏地跳起，夜雨，夜雨。

云初二十九年，白泽在战场上为先帝挡了毒箭，副将带他寻遍良医，在酒楼歇脚时，他听到女孩子决绝的暗哑的声音："我愿意。"

卖艺少女在酒楼弹五弦琴，勾栏的鸨母为之惊艳，问她愿不愿意当清倌儿，她说愿意。白泽带走了她，给她取名为夜雨。江湖夜雨十年灯，算一算，今生今世和她所有的岁月，竟然真的只有十年。

若回到十年前，我该唤你什么才好呢？夜雨。

白泽只当夜雨是为了谋生，钱财他有的是，但夜雨说出惨痛身世。她十二岁的时候，父亲被歹人所杀，掳走家财，还放了一把火，将宅院烧得干干净净，她被母亲带去禅院进香，躲过一劫。

母亲郁结在心，拖了不到半年就过世了，夜雨从此流落江湖。她要复仇，所以要挣钱，白泽说："让我来。"

人人都艳羡白泽和夜雨一对神仙眷侣，但夜雨心里的人，是同族的小哥哥，天狼星照耀下的猎户少年，她从五岁就想嫁他，但他亦葬身于那场火海。他是来给她家送野味的，在庭院里和她大哥下棋，等她归来。

夜雨归来，在尸骨堆里，找着了手持弓箭的小哥哥。箭筒的铁箭一支未剩，他血战到底，也等她到底。

如烈火如飓风的小哥哥，无可替代地刻进了夜雨心间。唯有一次，她薄醉，对白泽道："母亲说，我们只能嫁心上人，但嫁你，我也觉得好。"

"不好。"白泽说，"我们这样就好。"

姑娘，我要你的歉意做什么。

大理寺卿连唤了白泽三声，白泽才醒转神，他们都在等他发话，晋王讥诮地望他："你要尽阴谋伎俩，挑拨我兄弟二人，成果如何呢？"

白泽冷笑，目光扫过所有人："恶人当诛。"

此语一出，一室死寂。大理寺卿极震惊，颤声问："王爷，晋王爷他，他……"

"他罪不至死？光是连赈灾的钱都贪，就该死个十回八回了。"

"贪？"晋王仰脖大笑，"我朝历史上，有哪个王公大臣因贪致死？你是要替皇帝拟定新的王法吗？"

白泽面沉若水，"那么，你杀了我的夜雨，我该怎么做？"

晋王淡定自若："大概是误伤，我们的目标是你，不是她。"

白泽又问："你可认得云洛迦？"

晋王瞬时怔住，白泽道："以你一个闲散王爷，俸禄有限，何来结私营党的大手笔？"

数年来，晋王在幕后炮制了不下二十起灭门案，夜雨的家族赫然在列。白泽拧眉："我要杀你，倒用不着说这些，有没有依凭，你都得死。但抖落给世人听，夜雨和她的家人会欢喜些。"

"哦，这样呀？"晋王退无可退，遂不装腔作势了，笑道，"多年后，她还是死在本王手里，可见天下哪会有漏网之鱼？天网恢恢，诚不我欺。"

大理寺卿等人集体失声，晋王狂笑得不可自抑，白泽拿过朱笔，在晋王卷宗上画了一把刀，转身离开了。

嘉远七年秋，皇帝路之北低调度过他十五岁的生辰。

齐、晋二王一案，牵连了上百人，流放有之，入狱有之，斩首有之。大宁开朝近百年来，头一遭斩杀数十名贵族，尽管天寒地冻，仍阻挡不了看热闹的老百姓，早早占位，将刑场围得水泄不通。

白泽担任监斩官，裹在重裘里，手捧一纸袋热腾腾的糖炒栗子，看着台下铁枷缚身的罪臣。一个时辰后，他在刑场的言行传回了禁宫，太后和皇帝在不同的大殿枯坐，都没用晚膳。

"圣旨到，刀下留人"终究是戏文的唱词，齐王临刑前，目眦欲裂，斥骂白泽："陛下不会被你一再蒙蔽的，本王的今天，就是你的明日！"

白泽走下高台，站到齐王和晋王前面，笑笑："人生自古谁无死？生而为人，早晚的事。"

晋王也笑笑："哥，别说了，这种既不给别人留活路，也不给自己留后路的人……"

白泽笑容越发清冷，他一抬手，铡刀落下，血珠喷薄而出，他嫌恶地看看晋王的头颅，随手一扔，径直走向马车。

入了夜，太后来找皇帝。人所皆知，晋王是皇帝最亲近的皇叔，却被一个臣子弃如敝屣，还有比这明目张胆的宣战吗？白泽只手遮天，骄横跋扈，为给他的女人报仇，就罔顾天子之威，何其猖狂！

皇帝耐着性子听完，问太后："朕这就出兵拿他，如何？"

太后无言以对，皇帝低垂眼睫："母后，朕要睡了。"

皇帝下了逐客令，一盏烛灯为伴，又绘了一枝梨花。白泽说过："晋王若得手，你可能只被囚禁终生；他失手，何不以此回敬？"

皇帝掀开茶盖，吹了吹，道："朕的二皇兄魏王死得，朕的皇叔晋王就死不得？"

白泽道："晋王待你好，比起魏王，他才是亲人。"

皇帝甚少见白泽婆妈，奇道："何为亲人？"

"对你好的，即是亲人。"

皇帝嗤道："不，不害朕的就是亲人了，朕对亲人要求不高。"他的手往白泽瘦得吓人的腕上一按，正色道，"朕想给他，没给成，但此一时彼一时，朕不想给了，他不能夺。夺了，就该死。"

皇帝把话说到无可回寰，是他要晋王死，但承担漫天飞语的，是白泽。白泽斩了晋王，赶来禁宫向皇帝复命，但刚到玉成门，就咯血晕厥，被抬回王府。

群臣一面感叹现世报来得快，一面琢磨皇帝没派人去探望，意图就很明显了——他对皇叔晋王念旧情，但白泽令他无计可施，他私心里是有怨恨的。次日早朝上，群臣察言观色，想捕捉皇帝卸磨杀驴的蛛丝马迹，但他们失望了。

白泽强撑病体来了，退朝后，皇帝将太医们调制的补品良药塞给他，语气忧切："你得给朕好起来。"

群臣发觉，皇帝在这半年里，成长得飞快，快到已不能从行为推测出他的想法。这对一个少年是残酷的，但对一个皇帝而言，是必要的。群臣相信了，皇帝对白泽怀柔，是在隐忍，一旦窥伺到时机，他不会手软。

后世史书对皇帝路之北评价极高，夸他经文纬武、智勇天赐。没有人知道，嘉远七年深冬的某个早晨，皇帝高坐龙椅，阶下的白泽鬓染清霜，身影单薄，皇帝沉默地看着，内心软弱得可以拧出眼泪来。

那人刚咳了血，气色更见寒白，皇帝在想，其实，朕从未害怕他反。

因为，死在这么厉害的人手里，很……不丢人吧。

太医们分别为白泽诊过脉，结论大同小异。他旧年在战场落下伤病，没好断根，加之近年心力损耗过重，从各个方面来看，唯有静养为妥。白泽说养一养无妨，但该做的事，要做。

皇帝抬眼，对上那双静若寒潭的眼睛，终道："朕不急。"

白泽眉间难掩疲倦，一手撑在书案上，借力下跪道："幸遇陛下厚待，臣才可为亡妻报得深仇，心中感激，想再切实做些事情。"

皇帝立刻扶起他，低不可闻一叹："至诚相托，换来卿忠心以报，朕还求什么呢？"

他们永远这样就好了，小宫女绮云在一旁突觉鼻子一酸，侧转身用袖子抹去泪花。

白泽手持尚方宝剑，整肃朝纲，惩责奸佞，老百姓都夸他铁肩担天下。太后又来找皇帝："你杀他，目前风险是太大，不如将他支开？哀家打听过，皖南有位神医……"

皇帝笑了笑："在半途上，设法诱杀他？"

白泽寻医，不可能会带上几百名承影卫浩浩荡荡地跟着，太后说："只要部署周密，我们……"

皇帝打断太后："名医良药，朕都找了。朕就是要把他放在眼皮底下，没有朕的命令，他哪儿都不许去。否则，朕会杀了他。"

各大尚书被排挤出权力的核心，再无参政议事之权，白泽清君侧，逼他们交权力削领地，将钱财充盈国库，谁能不恨他？太后喜上眉梢："对，官官相卫，肯定会有谁按捺不住，正在谋划暗杀他！好办法。"

"累死白泽王，也是好办法，他职任繁多嘛。"皇帝似笑非笑，话锋一转，"母后，前朝的太后都热衷礼佛，你却格外不同。"

太后一惊："你若有知心人，哀家也不至于一再僭越……"

皇帝闭口，不接话茬儿，太后没趣地站了站，回去了。隔了数日，她在慈宁殿摆下梅花宴，约皇族和众朝臣携家眷赏梅。

太后雅意，朝臣焉能不捧场？当天，慈宁殿的梅花都很识相，全情怒放，如火如荼。

皇帝和江之淮等武将商议筹办军需，一直到得晚。皇帝信步走进梅林，一眼望到白泽，他在梅树下饮酒，见皇帝来了，遥遥举杯，展颜而笑。

弹琴的女子着深绿色裙裾，眉目端庄，妆容高贵。一曲已终，皇帝拊掌赞她弹得好，户部尚书连忙介绍是他的长女温如曼，太后领首道：

"寂寥雅逸，妙不可言，赏。"

宫人端来绸缎珠钗相赠，那边厢，海防凌总兵的小女一幅雪梅图已成，羞答答地捧给皇帝，盼他指点一二。

拼美色，比家世，展才艺……皇帝明白了，太后是在借机考察高门之女，为他张罗婚事。

难得像普通富贵人家的公子哥儿般，赏赏花，弹弹琴，生生被太后搞砸了。皇帝愠怒地落座，左都御史赵宇清的幼妹默不作声，倒上一杯酒，皇帝端过，一饮而尽。

满园莺莺燕燕，娇憨的，俏丽的，浓艳的，华贵的，温婉的，应有尽有，但谁能和夜雨比呢？她美得干净又孤傲。皇帝向白泽望去，他斜靠亭柱，微闭着眼，似倦似惘，也在想夜雨吗？

宴罢，太后向皇帝力荐温如曼等三人。他已到大婚的年龄了，这三位女子系出名门，皇帝与之联姻，地位会更牢固些。皇帝低眉看太后，笑得讽刺："恭喜母后，为朕想出了壮胆好办法。"

太后反问道："这不好吗？"

婚姻仅仅是用来摆脱现状的吗？皇帝眉心微蹙，广袖一拂，掉头就走。

皇帝动了怒，太后置若罔闻，频频约温如曼等人弹筝品茶。皇帝向她请安，见着了几回，太后感叹："哀家年轻时，尚不如她们几个品貌出众呢。"

皇帝厌倦至极："全都庸脂俗粉，不如夜雨。"

夜雨已逝。

太后激动道："夜雨？又是夜雨！她美，就成了你们公用的借口吗？你用她来抵抗哀家的好意，白泽王……"

皇帝一愕，太后冷哼道："你真相信他是为了给一个女人报仇，才搞出这许多肆意妄为的名堂？你是不知道，他和先帝……"

白泽为先帝路永宁鞠躬尽瘁，事成功退，这段君臣情深的佳话，被世人津津乐道，编排出各种传闻。皇帝十二岁时，已悉数看完先帝遗留的画本，遂微服出宫购买，有小贩向他推荐一部名为《御街停》的话本，说是市面上最时兴的足本。

《御街停》的封皮很雅致，用金丝绣了两只交颈的鸳鸯。不，细看均是雄性的鸳，封底印了一行小字：饮世间最醇的美酒，睡世间最美的女人，还最锋锐的刀剑入鞘，让那人日复一日枯坐御椅，追思难忘意难平。

九五之尊怎可任人妄言？整个故事背景被搬去了前朝西域小国，但明眼人都看得出来，是在影射云初帝和白泽王之间"不为人知的深情"。皇帝花了大价钱买回一部，废寝忘食读完，束之高阁。

文人用词露骨香艳，如亲临寝宫便罢了，连太后都煞有介事，皇帝盛怒，太后犹在喋喋不休："白泽王喝茶，用的是一把朱泥壶，对吧？那是你父皇赏赐的，枫溪的泥，宜兴的窑，名师蒋天白手制，天下无双。你想想，云初三十年距今多少年了？他还在用那把壶……"

太后极尽细致，力图要使皇帝相信，白泽拿夜雨当幌子，以掩盖惑乱君心的实质，从前是先帝，现今是皇帝。此等妖孽，比妲己更可恨，他意在鹊巢鸠占，而非江山倾塌，野心更大。

太后自梅花宴后，对皇帝的婚事逼迫日甚，叨扰了他一年多。这日竟昏了头，直接抨击两代帝王荒淫无道。皇帝直视她："母后是在将皇考比作商纣了？"

太后身子一僵，额上冒出冷汗。皇帝森然一笑，对她低声道："我杀了自己的生身父亲，你以为我不敢再杀母亲吗？"

太后瞪大了眼睛，双手捂耳，爆发出旁若无人的痛号。皇帝不胜其扰，扬长而去。

嘉远九年夏，大宁朝的郑太后疯了。

她两眼空洞，缩在一角，不论谁走近，她都吓得牙齿咯咯吱响，双手乱挥："不是我的主意，不要杀我，求求你，不要杀我。"

白泽捧了一副棋去找太后。慈宁殿的宫人都看见，太后一见他，面上血色顷刻褪尽，抖索得更厉害。

白泽不说话，支开棋盘，左手执白，右手执黑，自顾自对弈一盘，让垂手而立的宫人脊背的汗凉了一层又一层。

太后怔忪半晌，一点点挪过来，拈起一枚白子，落在它应有的去处。白泽两指捏着棋子，饶有兴味地望着太后，笑了一笑。

第一次相见，是在云初二十六年，先帝和白泽在金思阁用午膳。包厢外，一老一少在下棋，一圈人在观战。老者人称张五爷，被奉为京师棋圣，但少年棋艺出乎意料的高明，饶是张五爷每一子都落得谨慎，仍被少年连胜两局。

少年一战成名，拱手向张五爷道声"承让"，将张五爷输掉的赌资广而散之。他自称是郑家三郎，在科考前入京，小赌怡情。但先帝阅尽春色，一眼看穿她是女扮男装。

三个月后，长洲刺史的小女儿被迎进宫，封为郑淑仪。第三年春天，她诞下四皇子路之北，升为郑德妃。再然后，是郑太后。

云初二十九年，先帝路永宁在御驾亲征的途中，跟游历四方的张五爷重逢。张五爷一坛御赐宫酿下肚，醉醺醺地说了实话。郑氏女的棋艺是不俗，但要胜张五爷不易，便以重金相酬，精心设计了那场对局。

夜风冰凉，先帝路永宁走出驿站，背着双手，仰头望向云天深处，望了很久，说："但是那样的相遇，朕很喜欢。"

郑德妃机关算尽，亦未得到她想要的皇后之位，心灰意冷，难耐寂寞，和晋王有染，怀有身孕后，两人起了毒害先帝的心。

先帝日常用的饭菜、酒和茶都有人试毒，但漱口水不在其列。漱口所用的食盐就存放在寝宫里，方便随时拿取，毒便下进食盐里。先帝暴毙，太医虽疑心与中毒有关，但有郑德妃梗着，查不出究竟。

白泽对先帝的死因存疑，无论客居边关或江南，从未放弃查探，寻到了不少线索。回宫后，借太医为他诊断的机会，将当年太医院的手札翻阅得仔细，此番捧棋而来，循循诱之，证实了推断无误。

郑德妃和晋王约定，她要当大宁朝的皇后。晋王指天发誓，但事到临头，郑德妃反悔了。她思前想后，笃定晋王的誓言是在稳住她，弑兄娶嫂的流言，谁愿揽上身？再说，皇后算什么，后宫的女子，当到太后才安全。儿子路之北既已七岁，为何不让他坐大位呢。

诡谲的月夜，郑德妃扶路之北称帝，升为太后。晋王遭受当头棒喝，和她反目。虽然坐天下的是自己的亲生儿子，但晋王正当壮年，怎肯善罢甘休？

郑太后心虚，对晋王颇防范。当她嗅到他要夺走江山的征兆，便召回了白泽。晋王不会杀皇帝，但会杀了她，她确定。她必须让晋王和白泽恶虎相斗。

皇帝九岁时，便通过盘查，证实母后和皇叔晋王的隐情，所以后来当他被刺，内应对晋王说"太后和皇上单独说了说话，皇上在斟酌"。单独说什么呢，自是父子血缘了，晋王深信皇位将留给自己，遂放下屠刀，再等片刻。

当白泽一反常态，对晋王的处置颇显为难，反复劝了几次，皇帝一听就懂，白泽不愿他在懵然中，杀了生父。

皇帝面无表情地听着，在无人之处，落下泪来。揭晓朕的身世，是你迄今为止，最容易扳倒朕的办法，但你没有。大约是，你和他们不熟，懒得把好处给他们吧？朕至少，至少对你不坏。是这样吗，朕的白泽卿家？

无论如何，皇帝都得杀了晋王。杀了他，他才是名正言顺的先帝之子，这天下名正言顺的主人。

皇帝在金思阁饮酒，雨水顺着屋檐滴落。白泽来找他，透露先帝的死因。皇帝问："你答应朕的母后回宫，亦是想为我父皇报仇吧？"

白泽不答，说起别的事："太后确实不过分，陛下是该大婚了。"

"该？"皇帝大笑，笑完了说，"世上既有千条路，何来一定之规？就像朕，于公于私，都该杀了你。但你叫朕如何狠得下心肠，杀一个为朕遮风挡雨的人？"

时时刻刻，不知拿你如何是好。金思阁的酒太醇厚，皇帝抱着酒坛子，神思昏茫，语无伦次，将最幽微的心事吐露："朕舍不得杀你，也舍不得放你走，纵然有一天，你要反了朕，朕死在你手里，朕觉得，安心了；你死在朕手里，朕觉得，放心了。"

白泽听后，忽然笑了，望定皇帝缓缓道："原本想着，朝中风气已渐清明，臣下月初就向陛下辞行……"

内忧外患，国士无双。皇帝的眼神有了些许渺茫，将最后一碗酒饮尽，平和道："帮朕找个像夜雨的女子吧，找到你再走。"

嘉远九年初秋，沅京迎来盛事，皇帝路之北将在京郊行宫举办出夏节，广邀文人雅士前往一游，吟诗作画，各展绝学。

出夏节取"送苦夏度清秋"之意，沅京儒生仕女趋之若鹜，亦有人不远千里赶来，期盼得见圣上天颜。没瞧见也不打紧，若诗文歌赋、琴棋书画被哪位大员青睐，招为门客亦有可能。女子想的则是，若在出夏节上遇良人，获良缘，远远好过父母之命媒妁之言，一个个都抱有莫大期待，打扮得可圈可点。

出夏节空前热闹，才子佳人均可将作品置于案几，备下笔墨纸砚，邀人评论。皇帝兴致不浅，也挑出自己最满意的《梨花图》，匿名参与了品论会。

行宫鱼龙混杂，白泽将皇帝的安全交给江之淮负责。江之淮暗伏了精英军队，将两拨隐在暗处的刺客都拔了出来，而且做到了神不知鬼不觉，丝毫未曾惊动游客。刑部押刺客去审问，既有晋王、齐王余党，也有武阳侯苏老爷子的忠仆。

十九岁的少将军江之淮英姿飒然，领军的七次战役，场场胜得漂亮，是沅京炙手可热的新贵，引得几名千金小姐托丫鬟送来锦书，把江之淮闹了个大红脸。白泽对皇帝说："千军易得，一将难求，陛下可考虑为临月公主和他赐婚。公主明慧秀美，江之淮君子端方，实乃良配。"

临月是皇帝的妹妹，赐了婚，江家就彻彻底底和皇帝绑在一块儿了。皇帝凝神看白泽，这个人是真心实意在为朕的江山着想吧，可是，苏老爷子被处斩那句："你是……"他想说的，是什么呢？

你是来为先帝复仇的？你是来谋朝夺位的？苏老爷子死前惊笑，到底窥破了何种秘辛？

皇帝万念纷沓，江之淮为他取来《梨花图》的评论，共有十余封，他一封一封看完，自觉题跋笔锋苍劲，必然男儿手笔，但仍有书生把他当成胸有沟壑的奇女子，写来多情的诗句相和，可大多泛泛而谈，唯有署名为阿南的秀丽小楷使皇帝手一顿。

那女子说，别人画梨花都往悠远里画，图个空谷梨花的意境，但你却画出了自家庭院的近。近也算了，还贪心，想折入花瓶中，不，是擒在手心里，死死不放，倒是正合梨的谐音"离"，越是临近离别，越想抱得紧些。

白泽道："这个阿南不简单，臣可说不了她这般精准。"

江之淮的人找来阿南，是个四品文官的女儿，十五岁，清丽，聪慧，家风纯正，发髻一支白玉钗，钗头一线幽绿。皇帝想纳她为妃，但她知道自己欣赏的人是皇帝，落落大方地婉拒了，说自己善妒，做不到和人共事一夫，历史上是有崇尚一夫一妻，并身体力行的帝后，但是——

阿南说："因人而异，小女自叹弗如。"她向皇帝行礼，"趁还只是欣赏您，而不是倾慕您，请允小女离去。"

对这样的女子，珍惜她的方式，是尊重她。尽管明知，再碰不着另一个知己若此的女子了——话是说得满，可皇帝确定。

一生还长，但不过如此这般了。

皇帝久久地看阿南走开，目光转回《梨花图》，惋惜之情不亚于初见夜雨。阿南，朕若早点认识你，会怎样？

但朕在早些时候，绘不出让你懂得的《梨花图》。

白泽看破皇帝的心思："确实是让人钟情的女子，真遗憾。"

是真的遗憾，阿南。若能相逢于我对情爱尚有期许时，多好。而今我已拿不出一个像样子的我给你。

时隔多年，事已至此。

皇帝和阿南毕生都保持了君子之交，初相识的两年后，阿南嫁了人，夫婿年轻俊朗，一表人才。皇帝十分喜爱他们的小女儿，晋封长歌公主。皇帝其时尚无子嗣，便将她看作长女，民众遂多以长公主相称。

无法和想要的人相守，和谁在一起，区别不大。皇帝自认想通了，回宫就宣布迎娶温尚书的女儿温如曼，立为皇后。三个月后，他又纳了海防凌总兵的小女和左都赵御史的幼妹等人，后宫规模不大，但家世都不俗，是让皇帝如虎添翼的狠角色。

大婚第二日，皇帝便忙着处理政事，她们都贪慕虚荣，求仁得仁，他不感内疚。温皇后仗着新婚，娇嗔了两句，被皇帝明示：“你要荣华富贵，朕给得了，别的就不要想了。”

温皇后呆住了，她是不如夜雨美，但已算一等一的美人，皇帝却殊无怜爱，令她费解。民间多有隐语，说皇帝有龙阳之好，白泽是他的禁脔——这是真的？

温皇后思来想去，决定曲线救国。太后状如疯妇，是禁宫说不得的禁忌，但她毕竟是皇帝的生母，自己不计沉闷，多和她待一待，兴许就能感动皇帝，给个笑脸吧。

温皇后精挑细选了礼品去探望婆婆，宫人面露难色：“太后娘娘状况不够好，时有伤人之举，圣上下旨常人不得接近。”

皇后粉面寒霜：“本宫不是常人。”

“那更要小心啊。”宫人腹诽不止，但仍领了皇后去看太后，胆战心惊。

太后靠墙而坐，喃喃低语。皇后靠近，想说点温言软语，太后突然嗤笑，冷声道：“他得不到他，你也不行。”

皇后大骇，在她听来，太后言语毫不晦涩，直白地指出了一个事实，大宁两代帝王，均对白泽王怀有偏狭的爱。

皇后在荷花池边截住白泽，软中带硬地示意，自己是堂堂正正站在皇帝身边的第一人，而他是见不得光的宠臣，既无出头之日，为何还不识趣离开？

白泽居然笑了，极轻、极淡地问："皇帝身畔的第一人，能有个不那么泯然众人的说法吗？"

皇后怒意顿生，刚想发作，一股莫名的恐惧突然密密麻麻爬满后背，迫使她下意识地转过脸去，五步之外，站着她的夫君，大宁朝的嘉远皇帝。

皇后心一紧，皇帝漠然，对着空气道："来人。"

毓秀园四角鬼魅般闪现数条人影，皇帝字字斩金断玉："承影卫把人变哑巴的手艺失传了吗？"

皇后惊恐万分，皇帝的笑声像最锋利的刀，扎进人心："去看看太后吧。"

绝望如潮水般向皇后涌来，皇帝的声音很冷："你的言辞实在不像大家闺秀。若废了你，你还能站在朕身边吗？"

皇后的五脏六腑似被一只无形的大手搅得粉碎，而肇事者云淡风轻，对白泽道："来试试刚送到的金骏眉，不比凤凰单枞差。"

他为了白泽王，连自己的母亲都能毒哑。皇后杵在荷花池边泪流满面。父亲告诫过她，皇帝深得白泽真传，早不是在龙椅上坐得岌岌可危的少年帝王，你千万不可乱说话。

皇后抚住心口，在残荷的腐烂气味里，四顾苍茫。良久，她对着水面，将发髻整得一丝不苟，做回不可方物的大宁皇后。

哦，我的夫君，若我已爱上你，将多么不幸。

皇帝为白泽倒茶，茶香袅袅，他愁眉不展，两淮盐政不振，京畿水利营田亦有隐忧……天下归心，然百废待兴，白泽请辞的话遂吞回肚中，举荐了数人，自己亦任繁任艰，对皇帝忧心的方方面面力加整治。

有一日，白泽督导河渠疏浚将归，皇帝在金思阁备宴相迎。小林来找他，见面就跪，恳求皇帝放白泽走，头磕得砰砰响："陛下，王爷油尽灯枯了啊，求您别再拦他了……"

小林是白泽雇来照料夜雨起居的小仆，她说云初二十九年，白泽为先帝挡下的那支箭毒未解，被判定只剩一年可活，遂修书禀明先帝，准予他周游列疆，不再折返沅京。所幸吉人自有天相，白泽途经江南，得遇世外高人，体内剧毒大有缓解。高人敦敦相告："好生待之，或许不止再活三年哪。"

"陛下，这两年多，王爷就靠承影卫们输送的真气一时时撑着，奴婢实在看不下去了……"小林忍了又忍，哭了出来，"陛下，王爷待奴婢恩重如山，奴婢求您了，放他走吧！"

皇帝一度吃惊于白泽处事太过雷霆万钧，不留余地，根本不顾及先帝事缓则圆的信条，原来，是时不我待。怪不得以他的武功，在初时，会在御书房疲累入睡，连皇帝接近身畔仍未察觉。

我当来日方长，能够耍尽手段强留你，怎料你已去日无多。

嘉远十年春，皇帝下诏，称秦鹤壁固执己见，邪佞日进，"征利、拒谏、怨谤"等数罪并罚，革去白泽王封号，发往塞北效力赎罪。

诏书一出，朝野震动，以卫国公、钦国侯等三朝元老为首的数名重臣恳请皇帝收回成命。皇帝勃然大怒："你们是在逼朕逊位吗？"

求情的人称不上太多，千里当官，只为吃穿，但白泽秉持取天下之财以供天下之费，触及众臣的切身利益，自然对其人不喜。父母官嘛，事要做，钱要挣，他却搞天下为公的一套，阿弥陀佛，快走快走。

白泽如一泊水波不兴的湖，环顾四周："多谢。"

禁宫的天色就如同皇帝的心，高深莫测。退朝后，太极殿门前，跪求对白泽网开一面的重臣多了十余名，法不责众，站队要紧。皇帝听完长篇大论，悠悠发问："若你们是朕，敢留他吗？"

朝臣嗫嚅，他们对白泽之心，同等两难。既不希望他反，亦不希望他走。兵部侍郎杨敬亭硬着头皮道："塞北实在是苦寒，王爷他……"

皇帝道："改到江南行吗？养个老，顺便赎个罪，朕瞧着这日子甚好。"

白泽离京当日，长街挤满自发送行的吏民。他身披重黑披风，乌木发环束发，意态从容，恍若当年受封时，那个挑灯踏歌的尊贵王爷，丝毫不像落魄罪臣。

白泽离京第三个月，禁宫的红莲疯长。朝堂上，皇帝拆开一封由驿馆快马加鞭送回的信函，淡淡道："他前天晚上病逝了。"

许是病逝，许是被暗杀，但皇帝的态度很鲜明：白泽不可留。不可留在身边？不可留在世上？这两种猜测，人们倾向于后者，白泽和皇帝的博弈，终是后来者居上，赢得果决。

大宁朝历史上，嘉远帝路之北是公认的圣主，史学家皆盛赞他文韬武略，执政宽猛相济，本朝正是从嘉远时期开始，进入国力最强盛、领土势力最广、民众最富庶的黄金九十年，史称"明嘉之治"。"明"是盛赞皇帝为政英明，可昭日月。

但是，皇帝对白泽赶尽杀绝的做法，史书上不着一词，显然持有保留态度。飞鸟尽，良弓藏，忠诚良将亦对皇帝的做法心寒齿冷。好在白泽死后，皇帝有所醒悟，为他在京郊立衣冠冢，遣百官祭祀，并恢复其封号，还将鹤壁改为鹤璧，诏书极力褒赏。

他是先帝的白泽王，但他更是朕的……股肱之臣，朕要叫他，鹤璧。

"皎皎白驹，在彼空谷，尔公尔侯，其人如玉。"他是帝国的稀世之璧。

文臣对此纷纷上奏章，称赞皇帝高风亮节。白泽王虽是臣子，但做派如狂生，辅政确有失当之处，然皇帝胸襟广阔，予以宽待，还赠他配享太庙，以昭崇报，如此隆遇，实为臣子之福，满朝文武如何不肝脑涂地，尽忠报效。

嘉远十一年，有巨贾出海，信誓旦旦称，白泽王还活着，百越之地某户大族嫁女，他是衣衫朴素的过路客，讨了一杯水酒，说要沾点喜气。

人群中，那人黑眸如星，笑容和煦，正是巨贾有幸见过一面的白泽王。莫非，他真如民间传言，使了金蝉脱壳之计？在江湖之远，挥洒自得，做回游侠秦鹤壁。

皇帝先发制人，似已除掉心腹大患，但群臣私下都在交流着白泽未死的消息，功高盖主，然全身而退，本朝仅此一人矣。

"哎，朕还是斗不过他吗？"皇帝放下书卷，探头看了看殿外的天色，语气轻松，"朕不服。"

夏末秋初，皇帝取代中军参将岳荣昌，亲赴百越平南蛮之乱。朝臣心知肚明，皇帝是在借机查找白泽王，他连盔甲都特意选了白泽王的旧物，既在讨彩头，亦在宣告："你的东西都是我的了，即便你活着，也夺不走了。"

皇帝将南蛮收拾得服服帖帖，大捷还朝，群臣又是一通歌功颂德，见他没带回白泽，都很庆幸："杀他不忍，留他不安，互不相干最好。"

太极殿明灯如莲，皇帝用白泽赠给他的青花杯喝茶，沉吟着："朕声势浩大，打草惊蛇了，下回要出其不意。"

从这一年起，皇帝频繁御驾亲征，征西平辽克北狄，机智有谋，战绩卓越，被后世尊为武宗。

征战之余，皇帝亦未放弃暗寻白泽，然而，白泽始终踪迹全无。嘉远十五年，西戎边境遭外敌入侵，皇帝再次奔赴前线。

边关夜凉，皇帝睡不着，掀帘出帐，在军营里漫步而行。月光如霜，星子大而疏朗，令他想起好多诗词，陆游的，辛弃疾的，铁马冰河入梦来，男儿到死心如铁，都是幼年在父皇的御书房见过的，一见如故，忘不了。

也随之想起了好些关于御书房的往事，该记得的，都记得，该忘记的，也都记得。夜风吹起战袍，大宁朝第八代帝王嘉远皇帝走在边陲的月下，不期然的，和小林重逢。

小林是承影卫的一员，她谨遵白泽的遗言，每逢皇帝离开禁宫，即暗自护驾，这次女扮男装，混成了军营的马倌。

小林盯着皇帝的战袍，眼眶有亮晶晶的东西打着转，偏偏强地忍着，不哭出声："陛下，您穿的，是王爷穿过的吧？"

那年那月，白泽来找皇帝，为自己选定了流放的地点。前往塞北，夜雨的故乡是必经之地，他要送她回故土长眠。夜雨不适应沅京的气候，身子落得更虚弱，他老早就想为她脱身，可最终，他带走的是一抔骨灰。

不过，要不了多久了，白泽说："臣和夜雨都畏寒，要寻一处向阳的所在，种几丛芦花和蒲公英，春风一吹，洋洋洒洒的，省得烧纸钱了。"

皇帝说："你留些衣物吧，朕给你修衣冠冢。"

"好啊。"白泽仍在笑，"扫墓就近，利国利民。"

岂曰无衣，与子同袍。只可惜，并肩浴血奋战，谈笑间覆雨翻云的日子永不会有。那人蹑风来乘云去，从此，暖酒，明灯，夜话，亦永无可期。

皇帝为小林抹去凝在眼睫的泪水，低问："若夜雨还活着，他能撑得久些吗？"

小林摸出手帕，颤着手帮皇帝拭泪："夫人本就有心疾，命亦不久长。"

天子之威，在故人温软的指尖坍塌。年底，皇帝打得西边几个小国永世称臣，班师回朝前夕，去找小林喝酒。他对小林始终有一份亲近感。

皇帝已二十三岁了，膝下一无所出。数位大臣集体上疏，再三请求他尽快延续皇族血脉，小林说："王爷说，陛下是好皇帝。奴婢想，好皇帝要一直当下去。"

好皇帝是要有子嗣的。没有人能夺去朕的皇位，白泽让朕好好握在手上的，朕要一直握着。皇帝问小林："你以后打算怎么办，五十岁还能给朕当暗卫吗？"

小林不语，有些茫然。她模样平凡，但生得雪白，一双黑黑的眼睛，皇帝试图去抱她，被她推开。皇帝道："朕怕你会老无所依，将赏赐你良田百亩，仆从百人。"见小林脸上变色，他笑，"你感觉无从回报，良心日夜难安，对不对？以身相许，一了百了；一死了之，一了了，自己选。"

这条命是白泽王给的，只能由老天收，不能自己丢。小林转过脸，很艰难地说："奴婢不能嫁给陛下。"

别的女子都想要的，她不要。在皇帝的追问下，小林被逼急了，说了实话。夜雨过世后，白泽收小林为义女，因此，她不能嫁与皇帝。

"王爷是陛下的皇兄，奴婢不能乱了伦理纲常。"

皇帝脑中轰然："你说什么？"

嘉远十六年春，皇帝命匠人修葺怡和殿，调派小林等四名宫女照看，并配备六名侍卫。

小林在怡和殿种了几株核桃树，在她的承影卫生涯中，核桃是称手的好暗器。她和皇帝很少碰面，终日煎药烹茶，绣花烧菜，不求什么，也不怕什么，过得无声无息。

皇帝偶尔出宫去金思阁吃吃小菜，喝喝酒。十多年前，小林陪夜雨和白泽也在那里吃过饭，有个黄昏，白泽喝着酒，猛然放下酒杯，站起身向外张望。

窗下是热闹集市，顺着白泽的视线，面摊一张桌上两名大汉在下棋，一圈人围着看，一个中年书生要了一碗清汤小馄饨，边吃边看，跃跃欲试。

书生装束虽朴素，却自有震慑人心的神采。白泽笑一声，自言自语道："还那么好棋。"

小林看了一阵，说："她是女人。"扭头向白泽看去，奇道，"王爷笑起来和她很像。"

书生明眸皓齿，顾盼有神，正和同行的男子笑着说话。小林食指在自己面颊画过："侧面和低头尤其像，特别是这个弧度。"

夜雨道："小林提醒我了，是像。"

白泽点头："她是我的母亲。"

许多年前，那女子被骂作祸国妖姬。虽然她的容貌不十分美，但文臣之笔堪比杀人利刃，他们无法理解，以民女秦小茶的姿色，竟能引诱得先帝路永宁神魂颠倒，带回禁宫，从才人封到贵妃还嫌不够，竟要立她为后。

先帝路永宁赴皖南御驾亲征，在田间独自漫步时，养蜂人和他打招呼："军爷，来，杀一盘。"他嘿嘿笑，"刚学会，手痒。"

纤弱的女孩子，穿起粗衣布裤的男装，像清秀少年。先帝杀得她落花流水，她请他喝加了桂花的蜜糖水。先帝得知她孤身一人，赶一架大拖车，天南地北，追逐花期，他赞她自在洒脱，她顽皮拱手："过奖了，兄弟只是玩心重。"

先帝的正宫在几年前就去世了，他再立皇后并不为过，却惹恼了太子路之南的外公苏枕藉。以先帝对秦小茶的宠爱，他们一旦有了儿子，路之南的储君之位堪忧。

先帝欲立秦小茶为后，遭到苏枕藉强硬反对，集合了一干皇室宗亲跪在太和门前，一大片黑压压响当当的柱国大臣。

苏枕藉这招狠绝。除了先帝，秦小茶一无倚靠。那时候的先帝，也如后来的路之北，是个身在险境的皇帝。而苏枕藉是重臣，禁宫内外势力深植。

内廷恩怨集于秦小茶一身，先帝将她逐去龙泉庵落发修行，想留点缓和余地，以退为进，积蓄力量，再伺机将她迎回。

秦小茶在龙泉庵仅待了十来天，即发觉已怀有身孕。她不愿孩儿回到那个叵测的环境，禁宫不好玩，走人便是。两天后，龙泉庵庵堂走水，诵经的秦小茶被烧得仅剩几把枯骨，先帝赠予的衣裳、发簪、棋盘和画本放置在她的厢房，不翼而飞。住持称，大概是山贼见她是谪居王妃，料定有宝物，将她谋害，再利用长明灯毁尸灭迹。

所有人都将信将疑，直到两个月后，宫人从民间当铺赎回大摞画本，先帝路永宁从中翻到了秦小茶所珍藏的几本，书页一角均有他亲手绘的山茶花。他痛彻心扉，深信秦小茶是真的不在人世了。若在，她不舍得出售最喜欢的画本。

先帝不懂，人是心上人，物是身外物，秦小茶要记着他，根本无须借助任何依凭。白泽长到十四岁，秦小茶和他分道扬镳，约定不定期相聚："我们有各自的余生要过，你若想看看他，就去吧。"

惊心动魄的身世浮沉，在经年后讲述，寥寥数言就能概括。白泽对生父好奇，想知道那是怎样一个人，十五岁时化名秦川投身他的军营，从士卒做起，为先帝赏识重用。大捷的夜宴上，先帝盯他看了又看，忽问："秦川，告诉朕，你是谁？"

秦小茶为她和先帝的孩儿取名为鹤壁，纪念最初的时候，先帝为逗她欢喜，在山谷石壁上，变幻出仙鹤手影。

身在江湖，飘摇其远。秦小茶说，每个人都只能为自己的人生负责，但武阳侯苏枕藉被砍头，白泽用玉带将发丝束起，手持一只绘着白茶花的小酒囊饮着酒，就那么一笑，存心让苏枕藉认出："你是……"

你是秦贵妃的儿子。先帝废了太子路之南，没有再立新的储君，是想待白泽解毒后，将大位传于他吧。皇帝心中苦涩，小林道："王爷对夫人说过，陛下嫌他待您太生分，但王爷想着，生分是有好处的，这样，他死了，您不会太伤心。"

他很多想法，朕都不知道。朕和他自始至终都不算熟，朕有多想和他熟不拘礼，征诗逐酒，他永不知晓。

皇族百无禁忌，作风飘逸，太祖的皇后是贵妃的姑姑，皇帝祖父的后宫里有一对姐妹花。星光漫天，皇帝抱住小林，小林于他很不同，是这漫长一生，唯一和他相对而泣的人，是亲人。他说："你将是朕的妻子，朕和你，会是最亲近的夫妻。"

他们的孩子，更加是这漫长一生，血脉相连的亲人。

小林被深藏于怡和殿，当她孕迹明显，凌淑妃暗中捣鬼，幸得温皇后及时拆穿，出手相救。

皇帝能继续当皇帝，皇后就能继续当皇后，至少，继续活着。皇帝知道皇后的苦心，但仍想对她说一声感激。皇后不卑不亢道："只求陛下能一直念着臣妾这点好，臣妾只想活下去。"

皇帝平生第一次对温皇后有了愧意。多年前，慈宁殿的白梅宴上，她盈盈一拜，剪水双瞳，如今却已变成一个连笑容都很勉强的妇人。

是夜，皇帝留宿温皇后的北宸宫。当小林为他诞下皇长子瑶光后，温皇后和其他妃嫔亦为他开枝散叶。

瑶光的周岁盛宴上，皇帝册立他为太子，但小林只晋封美人。皇帝想给她更高的封赐，她不要。若要了，她遵白泽之命，给皇帝当暗卫的行为，显得不那么仁义。她是武者，武者看重这个。皇帝依了小林，小林和瑶光是他的血肉至亲，她品级如何，根本不重要。

若干年后，太子瑶光因为母亲地位卑下，备受朝臣抨击，皇帝固执己见，惹得温皇后所出的皇三子玄晟不满，密谋叛乱，皇帝将玄晟一党镇压，温皇后被逐去国寺出家，皇帝自此再未立后。

"夫妻同床异梦强聚首，朕百年归世，用不着和谁同穴共寝，真是福气。"这一年，皇帝四十二岁，仍听闻老百姓在数个场所目睹过白泽，宫灯烁烁，他在静夜微笑。

既然秦小茶以死远遁，白泽为何不能效仿呢？白泽没死，皇帝就一年年气势汹汹地找下去，带上三万铁甲，捉他归案。

嘉远四十三年，皇帝大限将至，距离他最后一次见到白泽，三十三年过去了。五岁时，皇帝听说了"皎皎白驹，在彼空谷，尔公尔侯，其人如玉"的赞誉，十四岁方见到其人，对白泽的想象，长达九年。但共度的光阴，区区三年矣。

遥想嘉远十年，白泽来道别，皇帝木然绘着梨花，一笔接着一笔，连一声保重都说不出口。似乎不说，时光就能停留，他就不会走，还在他目之可及的地方，点拨他，栽培他，含笑看他。

白泽等了一炷香时分，皇帝仍不声不响不理他，他便运用指风，将皇帝的绢纸弹了个小洞，挑衅着他。

皇帝被迫放下笔，和白泽相望。那人白色长袍在风里清扬，踏青走马的公子样，但眉头掩不住冷倦，轻轻叹了口气："过来。"

月光很亮，皇帝木愣愣地起身，白泽伸出双臂，用力揽他入怀，下颌紧紧贴在他的头发上。

皇帝一僵，手拘谨地蜷着，顶在他们之间。白泽笑，掰开皇帝的拳头，引导着他环抱自己的腰，如此，完成一个完完整整的拥抱。

夜霭扑面，皇帝心跳停了一停，耳旁响起白泽低哑的声音："那时听到你说，你对亲人要求不高，不害你的就算亲人了，就想这么抱抱你了。"

皇帝喉头一哽，白泽松开他，手在他肩上按了按，温暖地笑着："陛下，承影卫都留给你了，臣告退。"

他用生命中最后的光阴，为皇帝再铺一步路：摄政王白泽被驱逐，昭示着皇帝已踏实地将江山尽握，还能起到敲山震虎的作用——连白泽王都惨然下野，宵小若想谋于暗处，得多掂量掂量，龙椅上的人已今非昔比。

这清平河山，需要你来当明君，青山绿水，酷吏秦鹤壁就此别过。

皇帝对死期有着高僧般的自知，过完五十岁寿辰，他烧掉了两部书。一部是《御街停》，一部是《杯中酒》，前者是先帝和白泽的故事，后者是他和白泽的故事，都天马行空，但不失为趣味之作。

《杯中酒》远不及《御街停》文字清美，也不够脍炙人口，只在小范围短暂地流传过，这让皇帝耿耿于怀。这大概是白泽死得太早，而他又活得太久，可歌可泣的禁断之恋实在站不住脚。

朕在你不在的人世，活了三十三年。这三十三年来，你有没有，偶尔想一想人间？皇帝驾崩前，神智已不清明了，目光迷茫地扫过一屋子悲切的面庞，含混说出人生中最后一句话："何必呢。"

史官解读是，连帝王也会心生苍凉，认为世事不过一场大梦，生老病死任谁也逃不脱，儿孙何必太难过。

小林泪如雨下。那个人让皇帝念了一生，也悔了一生吧。

鹤璧呢？

二〇一三年九月

五月初九，是天钺王的忌日。

他死去的消息传来，民间许多人家屋檐下都挂起了白灯笼。自那以后，每年这一天，在家门口点一盏雪色的大灯，成了皇朝的习俗。

天钺王头七那天，御书房内孤灯不熄，宣德帝独坐桌前批示奏章。窗前一株合欢缀满花朵，晚风寂寂，它们一朵朵地掉落，他的魂魄是否已悄无声息来过？

宣德帝以为天钺王真的不知道，一箭射中烟浓的那人，是谁派来的吗？

绝杀之夜，定光卫在茫茫大雨中对同伴喊话："护住夫人！"

确认无误了，是天钺夫人。他未曾迎娶烟浓，但待她如妻，他的部下都看在眼里，心知肚明。

暗处，数发毒箭随即破空而来。

——《宁文拾遗·稗史野志·杯中酒》

十一течение

[下]

纯
白
·
著

北京联合出版公司
Beijing United Publishing Co.,Ltd.

图书在版编目（CIP）数据

　　十一倦：全两册 / 纯白著 . —北京：北京联合出
版公司，2017.2
　　ISBN 978-7-5502-9781-4

　　Ⅰ . ①十… 　Ⅱ . ①纯… 　Ⅲ . ①短篇小说—小说集—中
国—当代 　Ⅳ . ①I247.7

　　中国版本图书馆CIP数据核字（2017）第023933号

十一倦

作　　者：纯　白
责任编辑：夏应鹏
封面设计：留白文化

北京联合出版公司出版
（北京市西城区德外大街83号楼9层　100088）
北京市通州运河印刷厂　全国新华书店经销
字数：375千字　145毫米×210毫米　1/32　印张：13.5
2017年3月第1版　2017年3月第1次印刷
ISBN 978-7-5502-9781-4
定价：48.00元

六·红叶

他像天神分开大海一样，走向瑶光。

朝野上下都知道，太子瑶光是个不学无术的草包。群臣跟他说话很吃力，还没引经据典呢，他就听不懂了，急吼吼要求对方说人话。

从小到大都饱受责难，瑶光有点不服气，他觉得自己也不是没有优点的，毕竟还砸得一手好核桃，禁宫之内无人能出其右。

瑶光常年随身带一把极精巧的小锤子，铜质，寸余，柄尾有尖尖的嘴，一敲，一转，一挑，一颗完整的核桃仁应声而落，快得不假思索。为练就这个绝技，瑶光花了好几个月，十分自豪。

每次西域使节来访，瑶光都分外高兴，揣上锤子就去赴宴。宫中多是山核桃，剥得满手渣儿，没劲，但西域核桃种类繁多，让他广阔天地大有可为，结果第二天就又被弹劾了，奏章上是这么写的：核桃似人脑，太子只热衷于此，足以证明愚鲁且暴虐，请圣上明鉴，改立储君。

瑶光很困惑："难道他们不吃核桃？"

皇帝说："他们不用自己砸。"

瑶光惋惜不已："吃核桃的乐趣就在于砸。"

嘉远皇帝路之北四十二岁，年富力强，无须太子监国，但朝政大事瑶光都得知晓，御书房的奏章也是要看的。每当此时瑶光就头痛，朝臣们旁征博引，妙笔生花，大部分他都看不懂，很沮丧。好在皇帝会拣重要的看，不误事。瑶光坐在一旁，挑认识的字慢慢看，久而久之也看出门道来了，洋洋万言，基本都只用看倒数几段。

朝臣互相砸来砸去，好不热闹，瑶光看得津津有味。有一则是控诉礼部侍郎蒋士恩的，说他酷爱吃炒豆子，退朝时还边走边嚼，实在有辱斯文。另一则对皇帝关切有加，先是夸他勤政爱民，克己奉公，然后话锋一转，指出陛下衣着未免单调（他们没用"寒酸"二字），建议再多做几身冠服，既体现天子风采，更能在各国使节面前，彰显我泱泱天朝在种植业、纺织业、印染业、刺绣业、缝纫业各方面的综合成就。

瑶光最爱看弹劾自己的，言官们换着花样看不起他，结尾都千篇一律：恳请圣上废黜太子。理由也与时俱进：瑶光是皇长子，一出世就被立为太子，但他是庶出，生母婢女出身，地位卑下，求皇帝收回成命；三皇子玄晟出生后，他们再次上书，虽说大宁宗法是立长不立幼，但玄晟之母是皇后，理应立嫡出皇子为储君；才三岁的五皇子玉珩竟也被提名，称从面相来看，小殿下宅心仁厚，他日登上大宝，必为大宁万民之福。

同样是砸，砸人和砸核桃，谁更暴虐？人和人是很难彼此理解的。瑶光边看边笑，顺便再吃一颗核桃补补脑子，以示自己正在努力上进。

被砸了十几年，瑶光还是太子，皇帝对所有非议铁石心肠，不为所动，拥立三皇子玄晟的众臣很失望。这日下早朝后，皇帝单独召见玄晟，命他即日下江南，密访宁城民生岁贡。

不知怎地，这半年来，皇帝的身体状况走了下坡路，天气稍微一冷就咳嗽不断，病恹恹地对玄晟道："从几份奏章来看，牵扯到朝中几位大员，定要小心行事。"

虽是暗授机宜，但玄晟一派很快听到风声，揣测圣意，斗志昂扬。江南自古以来就是朝廷的赋税重地，遍地黄金，皇帝这般授意，自然是三皇子亲政的第一步，若处理得妥当，玄晟很可能借此获得皇帝青睐，储君之位亦有指望。

玄晟比瑶光小一岁，天资聪颖，四岁就会背《左传》，六岁谈起《资治通鉴》头头是道。温皇后请来大内高手教他骑射之术，有模有样。玄晟此番被启用，可谓一石激起千层浪，只怕是要变天了。玄晟一派纷纷庆幸皇帝日渐苍老，总算意识到太子瑶光不堪用，大宁朝得托付给更有才干之人。

瑶光顷刻间发现，群臣们看向他的眼神里多了几分玩味，他挠挠头，默默地走开了。

瑶光的母亲林美人染了风寒，她熬药汤时给皇帝也熬了一份，瑶光拎着汤罐到御书房探望皇帝，宦官宫女跪了一地，老远就听到皇帝在咳嗽。

小宦官小跑过来，帮瑶光倒出药汁，皇帝失笑："你还怕朕没药喝？"

"母亲也病着，儿臣挑的是最好的药材。"瑶光挠挠头，讪讪地没说下去，皇帝生病是大事，岂会没人给他熬汤药，胆敢不用最好的药？可他一急就又忘了，也许是母亲林美人太习惯自己动手，让他总以为，皇帝是他一个人的父亲，像寻常百姓家，当家的一生病，妻儿都慌了神。

皇帝端起药汁一口气喝掉，瑶光摸出一小盒桃酥："药太苦，得吃点甜的，这个好吃。"

皇帝笑着接了，却说："不苦。"

瑶光猜他想说的是朕不怕苦，皇帝很护着瑶光，帮他担了太多干系，瑶光很爱父皇，可他的确不成器，他都有数的。他挠挠脑袋，且笑且难为情："红叶快回来了，我要跟他多学点东西。"

江红叶是瑶光的表兄，十九岁的少年将军，刚打了一场漂亮的大胜仗，即将回京。皇家子弟缘分薄，瑶光和玄晟虽然是亲兄弟，平素却不大来往，瑶光跟江红叶倒亲近得多。

皇帝翻开奏章，瑶光说："别人讲兵法史书不好懂，但红叶一说我就都懂，像我母亲讲的故事。"

皇帝不置可否："去吧。"

父皇今日竟不让自己陪着看奏章，瑶光一呆："哦，好的。"

那孩子拎着药罐子跑了，他的朝服宽松了点，被风吹得鼓鼓的，孔明灯似的。皇帝起身在窗边看了片刻，低头看奏章，是玄晟的手书，向他请命亲赴江南查岁贡，游龙走凤，文采斐然，一手好字。

回到东宫无所事事，瑶光又去爬苍南山，它就在皇宫后面不远处，属皇家禁地，药客樵夫是上不来的。空山很寂静，但瑶光不怕，在他所看不到的地方，有十六名承影卫远远近近跟随着，皆是一流高手，负责暗中保护他的安全。

瑶光又看到那棵红枫了，亭亭如盖，遮天蔽日，树冠刚好盖住一旁八角亭子的顶部，浑然天成。每当瑶光想念江红叶时，就会过来坐一会儿。他发现这棵枫树，是前年的事了。那日上午，司礼监郝公公指挥着好几个人扛着锄头铲子出宫，瑶光好奇地跟了去。

郝公公奉皇后之命，上山来请一棵枫树进宫，移植在御书房门前，给皇帝贺寿。枫树是大宁朝的神树，太祖路得胜是在七月称帝的，登基当天，苍南山的枫树一夜之间全都转红，灿烂无比，太祖视为吉兆，龙心大悦。

郝公公要请的那一棵确是很优美的树，修长挺拔，瑶光对它一见倾心，抱住它不让众人下锹。郝公公好言相劝："殿下，听话，移回宫了，你天天抱它都行。"

瑶光不干："人挪活，树挪死，郝公公你也听说过吧？"他拍拍枫树树干，打量着它，"它长了很久了吧，让它一把年纪，冒着性命危险，跑去别人家的院子站着，周围全是不认识的树，换了你，你也要不高兴的。"

郝公公哭笑不得："可它是树，不是人啊。"

清晨刚下过雨，风一来，树叶飘拂着，吹落一地雨滴，瑶光说：

"它在哭呢。"

郝公公笑眯眯拱一拱手："树仙莫怪。"

瑶光想了想，给郝公公出主意说，干脆就告诉皇后，不小心挖断了根，只得把它留在山上自生自灭，再另外找些小树苗带回御书房种上一排，好活，彼此还能做伴。

郝公公很讶异："殿下还懂种树？"

瑶光热情洋溢地推荐："你吃过八珍鸭吗？林轩记的招牌菜！是用好几种果木配比挂炉烘烤而成。"他越说越回味，"厨子说过，种什么果木，多久砍伐，全都有讲究，不然也不会那么香，那么好吃。"

一边是太子殿下，一边是皇后娘娘，谁都不能开罪。郝公公叹了口气，接受了瑶光的建议。瑶光说的也不是没道理，移回宫里，万一活不了，可就给皇上添晦气了，留下来也罢。

把红枫移回皇宫，是能天天见，但瑶光不想伤害它。舍不得让它来，那就走过去陪它啊，好简单。他一有空就来看这棵红枫，在树下的亭子里半躺着吹风，聆听鸟叫，和枫树对望，倦了就打个盹儿，在鸟语花香里，做一个悠长的梦，梦中江红叶从夕阳深处策马归来，剑眉星目，神采奕奕。

瑶光最难忘那一年春节，在城墙送江红叶返回边关。江红叶回头望他，一身雕翎戎装，昂首执弓而去，衣袂飞扬。

深宫孤单，瑶光总是很想念江红叶，想念他说："五个皇子里，就数你的名字最动听。"

瑶光三四岁时，向母亲林美人问起自己名字的含义，林美人说是皇帝御赐的，是北斗七星勺头那颗星，光芒闪动之意。太傅摇头晃脑吟出一句"光摇朱户金铺地"，文绉绉的诗，林美人强行记住了，学给瑶光听。

瑶光刚满月，赵贵妃就传来怀孕喜讯，年底时温皇后也有孕了，宫中喜事连连，到了第二年，皇帝喜添两位皇子。林美人开玩笑说，瑶光干脆改名叫招弟、引弟、盼弟、来弟。

这话搁在宫里显得伧俗，母子俩躲起来偷偷说。瑶光跟江红叶说了，江红叶斜斜倚窗，笑道："招招手，引诱你，盼望你来到身边，真真好名儿。"

招、引、盼、来。你来，还是不来？想念不可遏制，但从未亲口言说。

三皇子玄晟如愿完成皇帝所托，在深秋返京。瑶光上早朝时，玄晟一身华贵锦袍地站在那儿，玉面朱唇，意气风发，根本不看他。

瑶光发现，有些事是不同了，大臣们看他的眼神像看一个死人，东宫的宦官宫女看他的眼神像看一个死神——求你高抬贵手，放我们一条生路。

东宫之人都和太子的利益捆绑在一起，瑶光是太子，他们日子好过；他被废了，他们也麻烦了。瑶光顿感头大，一时颇为黯然。

皇帝对玄晟大加赞赏，却只字不提另立储君一事。但冲他又给玄晟安排诸多事务来看，三皇子上位指日可待。大臣们交头接耳，称皇帝已草拟废太子诏书，斥责太子瑶光"蟠木之质，愚心不悛，岂可守器纂统，承七庙之重！"

比起废或立，瑶光更担忧皇帝的身体，最近皇帝病得越发厉害了，在龙椅上竟咳出了血。瑶光难过至极，若他是称职的太子，就能辅政了呢。父皇为国事操劳忧心，自己竟一点忙都帮不上，都怪幼年太顽劣，太傅讲学时不好好听，动不动就逃课。其实二皇子朗和与三皇子玄晟也贪玩的，但他们的母亲赵贵妃和温皇后可不像林美人那般，对孩子放任自流。

温皇后和赵贵妃都系出名门，能给儿子讲诗文歌赋，林美人斗大的字不识几个，瑶光听的是她讲的民间故事，海里住着龙王，凤凰在天上飞。等他明白要好好读书时，已十一二岁了，给自己请来内阁大学士教导，但底子太差，越着急越听不懂，实在挫败。

皇帝政事繁重，对皇子们疏于管教，但瑶光知道这不是自我开脱的理由。五个皇子中，玉珩才三岁，粉嘟嘟如年画娃娃；七岁的月离体弱多病，每天都得靠几十味名贵药材养着，但画的花鸟山水灵气十足；三皇子玄晟不用说，他自小就是公认的神童；连耽于玩乐的二皇子朗和，吟诗作赋也不在话下。自己确实是最糟的那个。

谁当太子都比自己能服众，自己不过是占了出生得早的便宜，住了十几年东宫，也该知足了。瑶光安慰着自己，跑去怡和殿看望母亲林美人。

天高云淡，瑶光蹲在地上砸核桃给林美人吃。林美人模样虽平淡，但有一头又黑又浓的好头发，她很珍爱，核桃补血养头发，好东西。

宫女阿宁过来通报，说江家少将军江枫班师回朝，皇帝亲自出宫门相迎，按时辰，已在沅京六大城区游行完毕，即将进宫了。

瑶光等的就是这消息，一骨碌站起来，在阿宁的服侍下穿上朝服，出门前对着镜子左照右照："娘，我今天这一身怎么样？"

林美人笑答："很好，我看可以去嫁人了。"

江红叶年长瑶光四岁，是靖国公世子，单名枫字，小字红叶。江红叶的母亲是皇帝的妹妹临月公主，皇帝提起这个外甥总赞不绝口，扫一眼他大大小小的五个皇子，言下颇有几分憾意，瑶光很羞愧。

爆竹齐鸣，锣鼓震天，瑶光朝太和门跑去，于是就那样望见了他，他的表兄江红叶。

江红叶神采飞扬，身边簇拥着无数人，他大步疾行，像天神手持避水珠分开大海一样，走向瑶光。瑶光不由一阵恍惚，像回到了几年前，宵禁后，他和江红叶在东宫后院的绿盘池谈天，宫人们都被他支开了，江红叶放下酒杯，笑闹着检验他的轻功所成。

江红叶教了瑶光大半个月，可瑶光仍让他失望了，一飞飞到半空中跌落，二飞飞高了些，却还够不着屋檐，三飞终于够到了，但挂不住，又掉下来了。江红叶就笑笑，足尖轻点，掠起飞腾，单足立在檐角，白衣飘摇。

瑶光仰头望着江红叶，他稳稳地站在众生之上，他的头顶，有一轮亮汪汪的圆月亮。那一年，江红叶十二岁，瑶光八岁，仿佛都不知天有多高，也不知地有多厚。

　　皇帝在永安殿设宴，携文武百官及家眷为江红叶接风。瑶光坐在皇帝身侧，他斜对面就是江红叶，目光时时相撞，便都笑了。

　　筵席上要礼数周全，且多是逢迎拍马，瑶光向来不喜欢这种场合。满朝悍臣很无趣，但林美人告诫瑶光要守规矩，瑶光很听母亲的话，让他忍他就忍，终于忍到江红叶回京。他盘算着，明天就带江红叶上苍南山，那儿是他的宝地，江红叶准会喜欢。

　　瑶光正想得开心，一抬头，却望见了三皇子玄晟端着一杯酒去找江红叶。玄晟近来势头猛，接连将皇帝吩咐的政事处理得井井有条，朝臣们纷纷递奏章，夸他文韬武略，泣血谏言嘉远帝为天下万民重选储君。

　　江红叶和玄晟一见面就头碰头地聊开了，相谈甚欢的样子，看得瑶光好不气恼。他起身走到江红叶身旁，拍拍他的肩，从袖子里摸出一只小食盒递给他。

　　江红叶一愣："好香，是什么？"

　　瑶光也一愣："是荷香酥啊！那年你说最爱吃这个，忘啦？"

　　荷香酥是林美人亲手烤制的，荷花形状，脆而焦香，不太甜，很合瑶光口味。皇帝也很爱吃，看奏章时，瑶光总会给他放上一碟，配新茶来吃，口齿留香。林美人知道江红叶凯旋，拖着病体特地精心烤了一盘，热乎乎刚出炉，托宫人送来。

　　瑶光拈起一块荷香酥递给玄晟，玄晟摆摆手走开了，瑶光就塞进了自己嘴巴，他一向晓得玄晟不会吃他的东西。皇族迷恋养生，吃得像在清修，可瑶光爱吃肉，爱吃糕饼，被皇子公主们暗地讥笑，婢女毕竟是婢女，只生得出贩夫走卒。

　　人说母凭子贵，瑶光当了十几年太子了，可林美人还是林美人，温皇后瞧不起她，一个被皇帝醉酒后偶然宠幸的婢女，哪有资格跟自己相提并论？玄晟身为温皇后嫡子，对瑶光也很看不上，以前还维持着场面上的客气，如今他得到皇帝重用，明显懒得再掩饰了。

玄晟轻视瑶光，瑶光看得出来，但他挺想得开，皇帝要给天下当家，还吃力不讨好，王爷只用给王府当家，却吃香喝辣，怎么看，不当太子才是人间正道啊。即使明天东宫就归玄晟住了，瑶光也不伤心。

当初，皇帝把天下治理得井井有条，但帝位仍风雨飘摇。数位大臣集体上本奏疏，说他膝下一无所出，不能延续皇族血脉，实乃社稷之忧。

皇帝二十四岁那年春天，瑶光降生，让他堵住了悠悠之口，他把瑶光立为太子，未必不是在感激天意。如今，皇帝已有五位皇子，瑶光不是独一份了。事实上，早在看第一封弹劾自己的奏章时，瑶光就想过，退位让贤也是应该的，但皇帝没废他，他就不能主动提，那就当一天和尚撞一天钟吧，反正当太子也不累，最多挨点骂。挨骂算什么，那些大臣们是文雅人，只在奏章上嚷嚷，就当多学几个字。

林美人也同样想得开，她怀瑶光时被人下过药，差点儿死掉，但好歹活下来了，有个孝顺儿子，还被尊为娘娘，她对境况也很满意。瑶光觉得，只要能和母亲好好生活，时时看到父皇，生活就已经很像样了，唯一的烦闷，就是江红叶总在征战，见一次面不容易。

江红叶这次回京，瑶光也想明白了，等父皇身体好些，他就请求另立储君，容他当个懒散王爷，不需要封地，只求父皇准许他能够自在走动。到时候江红叶去哪里打仗，他就跟去哪里，在驻地赁个小院子住下，饮饮酒，下下棋，跟着军师学点兵法，为江红叶出出主意。等到入秋了，就往回走，陪父皇和母亲过年。

瑶光越想越开心，摸了一块荷香酥递到江红叶嘴边，江红叶就着他的手吃了。歌姬在大殿中央婉转低唱，瑶光侧头看江红叶，想起小时候。也不太小吧，他八岁时，江红叶学武出师，回沅京小住，一次到皇宫赴宴，宴席后，瑶光跑去找他，扯着袖子说要向他请教。

江红叶以为瑶光要问他史书兵法，哪知他张口就来了一句："你会打弹弓吗？"

大内侍卫禁不住瑶光磨，给他做了把简陋的弹弓，他成天打来打去，却只能把矮小灌木的叶子打破几个洞，还得距离很近才行。江红叶接过他的弹弓，瞄准了一拉，一只路过的飞鸟顿时遭了殃，瑶光啧啧称奇，江红叶说："这东西也是讲究手法的，我教你。"

江红叶留在东宫住了大半个月，他是皇帝的外甥，其父江之淮是重臣，他住得再久也是受欢迎的。那个时候，江红叶教瑶光识字，也教会他粗浅的拳脚功夫，瑶光常把自己认为最美味的食物塞给他，带他看自己收藏的新奇玩意儿，两人一直很要好。

瑶光和江红叶上次见面，是在三年前，江红叶回来探望母亲，正赶上长公主出嫁。瑶光和皇帝站在城墙送她，江红叶也来了，陪他看了一会儿，就匆匆返回边关。

江红叶吃着荷香酥，瑶光说："今晚在东宫饮酒可好？我们有年头不见了。"

江红叶点了头，尽管他明明知道，他和瑶光聚在一起，也就聊些武术和传奇故事，但别有用心的人会编排成太子殿下一看大位难保，频频结交外臣，疑有不可告人的目的，诸如此类。可是，江红叶从来就不能拒绝瑶光，从多年前，小太子横冲直撞，向他讨教打弹弓，他就无法拒绝他。

小小的一个人，圆圆脸，大眼睛好像小鹿一样，滴溜溜的，水润润的，只那么瞧着他，他的心就软下来，心甘情愿地说好，依你，都依你。

又在东宫后院的绿盘池饮酒谈天，江红叶说起瑶光最想听的一段经历。那是两年前的冬天，西疆战祸频发，对方首领是胡人，勇悍之余更兼心机深沉，江红叶和将士们苦战多日也没能拿下，最后军师杨敬亭出奇招才见效，将他们逼到山谷深处。

江红叶率一支轻骑兵前去围剿，途中突遇暴雪，夹杂着阴风怒号，双方势均力敌，那一战异常惨烈。军师和大部队赶到时，只见漫山苍茫的雪，将大雪刨开三尺，才陆续翻出将士和战马的尸首。胡人首领尸身血迹斑斑，大小伤口数处，要害处插着江红叶的佩刀，显然是近身手刃的结果。

　　现场却找不到江红叶，军师不死心，一寸一寸地翻找，在一里外的山洞发现了少年将军，他铠甲护身，仰面躺倒在雪地里，一只通体红色的鹿趴在他身边。所有人都为那一幕所惊颤，怀疑那时已不是在尘世。

　　军师走近去看，红鹿起身，若无其事地走开，慢悠悠地，一步一步地走在雪原，消失在众人视线里。军师探一探江红叶的鼻息，他还活着，红鹿用体温护住了他。

　　在宫人的口口相传中，江红叶此役几近传说，别人都说他攻无不克，源于少年遇仙，有神灵护佑。瑶光问起，江红叶就淡淡地说了，眼中却有一丝黯淡，微侧过头，俯身去拿一块红豆糕吃着，很快转了话题。

　　瑶光喝着酒，颇纳闷儿地瞧着江红叶："你这次回来，整个人都变了。"他挠挠头，有些发愁，苦思半天却不明所以，放弃了，"我也说不上来哪儿不一样，就是，跟以前不一样。"

　　江红叶仰脖喝了一杯酒，神情掩在酒杯后，似笑非笑："我要是变成另一个人了，你会怎样？"

　　瑶光哈哈笑："你变成恶魔了，也还是我哥。"他斜一眼江红叶，很鄙视，"傻红叶，越长大越说胡话，怪不得我说你跟以前不一样。"

　　四下是长明的宫灯，明晃晃地投射在瑶光眼中，照得他眼珠黑黑的。江红叶端起一杯酒，瑶光屈身和他碰杯，笑嘻嘻："明天上完早朝，去爬苍南山好不好？山顶有棵枫树红得很好看，每次我看到了，都会想起你。"

　　酒是林美人自酿的糯米酒，加些蜂蜜、枸杞和桂圆，秋冬时节喝再好不过了。平日里瑶光饮上很多也不醉，可今时今日，在江红叶的凝视中，他想，自己是醉了吧。

醉得腿脚都软了，心腔鼓噪得厉害，拿酒杯的手都不稳了，颤巍巍的，落到地上清脆的一声响。江红叶去扶瑶光，瑶光捉住他的手，醉眼迷蒙，看着他傻笑，随即头一歪，靠在他肩头睡着了。

在醉梦里，瑶光仍死死地握着江红叶的手，江红叶轻轻抽回，瑶光像是感觉到了，握得更紧些，江红叶就由他去了，陪他在深秋的弯弯月亮下坐到后半夜。夜幕湛蓝，最亮的那一颗名叫启明，最特别的那一颗，是身边人的名字，叫瑶光。

幼时也在这样的星空下看天，瑶光指一指那颗星说："它是我。"后来，在清冷的边塞，战事艰苦，江红叶和军师推敲战术，喝辛辣的烧刀子，不期然望到北斗七星，童言稚语又回荡在耳畔："看，它们多像勺子啊，瑶光是勺子柄的那颗，所以我好吃好喝，是天意呢。"

太多事都能推给老天爷，相见是天意，相知是天意，相许是天意，相离却也是天意。想到太子殿下，江红叶笑出声来，摇晃着杯中烈酒一饮而尽，在军师摊开的军事地图上勾勾画画。

分别的岁月里，瑶光是让江红叶从心底笑出声的人。最早见到他，他是被抱在怀中的婴孩，白嫩嫩的一个糯米团子，一逗就咯咯笑；最近见到他，是三年前，他和他并肩站在城头，远远地看长公主出嫁，名花倾国两相欢，春风拂槛露华浓，瑶光的笑容灿烂，睫毛毛茸茸，像个小蘑菇。

隔着浩瀚的距离，江红叶在战场金戈铁马，瑶光在禁宫明争暗斗。再重逢已是三年后，瑶光长成俊秀的少年，黑白分明的眼睛，脸上光彩流溢。江红叶才惊觉，总有一些东西是不会变的，只是，不能够再握在手心。

瑶光下了早朝，江红叶早已起床，在后院舞剑，听见人来，他收了剑势，笑道："出发？"

苍南山不高，满山红枫，热烈如火。不多时就爬到了山顶，瑶光笑道："看！"

山巅一座八角亭子，外面罩着毡子挡风避雪。亭子旁边是那棵极美的红枫，一片片红叶子在秋阳高照下，像一只只笑逐颜开的小手掌，一副娇憨美人凭栏扬帕轻唤的架势。

江红叶走近去，树干上挂了一块铁制牌子，上书一行臭字：太子喜欢的树，不要砍。他扑哧一笑："嘿，别人要挑衅你，可就拿它是问了。"

"敢！"瑶光气呼呼，"谁砍，我和谁拼命！"

亭子里摆放着两只软椅，三五坛子酒，几只相互盖着的碗。瑶光说，自前年他发现了此处，就准备了这些，想着必然有天能和江红叶同享。他兴冲冲献宝："看，它待在这儿多好，它还属于它自己；我来看看它，会觉得它也属于我；而苍南山觉得它也属于它，大家都开心，皆大欢喜。"

瑶光有瑶光的处世哲学，但皇后和玄晟不这样认为，他们只迷恋你死我活的游戏，挡道者死。瑶光抚摸着树身，爱惜道："把它移去皇宫了，就只属于皇宫了。我是能天天见着，可我娘说，有些好东西，别拘了它。"

江红叶转头微微一笑："你很喜欢它？"

"当然！它是我见过最好看的树，天很蓝，叶子很红，一看心情就很好，谁会舍得砍它？"瑶光看着江红叶，眼睛亮闪闪，"我娘刚被封为美人时，浑身不自在，懊恼得要命，后来她发觉，只要不多想，安分守己地待在一个地方，人就舒坦了，心也静下来了。她总跟我说，人应该待在让自己感到舒服的地方，它也是吧。"

从这儿望下去，禁宫在脚下，江红叶问："怕吗？"

"还好。"瑶光自幼被林美人教导，他能当上太子是幸运，不当也是幸事。若非皇帝偶然一顾，也许她只会熬到年纪很大了，嫁个粗鄙汉子，瑶光六岁时就得跟他学杀猪；也说不定她孤独终老，而瑶光投生在偏僻农家，才四岁就死于饥荒。

瑶光感到奇怪的是，这座亭子的名字叫"风停"，而不是"枫亭"，他问："是错别字吗？"

"不，这是本朝第三代帝王路长河为他的爱人所建。"

瑶光很惊讶："我从没听说过呢，你是怎么知道的？"

江红叶略舒眉峰，避而不答。瑶光侧身摸一摸枫树，顽皮笑道："它该活了上百年吧，它肯定知道。"

不是上百年，而是三千年呢，瑶光。我在这里站了三千年了，三千年来，寒来暑往，红尘百态，我都了然在心，然一语不发。谁料却遇上你，在那金色的午后，你天真而蛮横地制止他们将我移去皇宫。你白衫轻扬，对我珍而重之，一直笑着，笑着看我，像是知道我也在看你。

按草木之修为，生此三千年，便可羽化登仙，去往方外。遇见瑶光那一年，红枫离三千年只剩最后七七四十九天，若真身被毁，则将再修行五百年。

瑶光保护了他。

便是在后来，当红枫真道已成，天尊让他在人世走一圈，更深入地了解凡间疾苦，他选了江红叶。

靖国公世子江枫，四岁起研习兵书，六岁被送往漠北，师从一代武学宗师谢飞烟，十二岁跟随父亲上战场，十四岁领兵，战功显赫，后卒于西疆战乱，终年十七岁。

红枫知道江红叶是瑶光心念所系，在风雪夜，请得天尊的坐骑红鹿护他最后一程，随后他借用了江红叶的躯体，并帮他保留前生的记忆。只可惜，一具身躯，承载了两个灵魂，难免会发生碰撞，瑶光谈及旧事时，红枫的反应有时会慢上一刻。

人人都说瑶光是傻乎乎的太子，但他的敏锐是罕见的，红枫在江红叶的父亲江之淮跟前都不会被质疑，但只有瑶光会问："你怎么和从前不一样了？你没从前快活了，为什么？"

红枫无法回答瑶光，他的不快活，缘自这是一场不可避免的别离。即使他强硬地让江红叶在世上多活了两年，也终于到了要离开的时候了。他这次以江红叶的身份回来看过瑶光后，就得走了。在走之前，再帮帮瑶光吧，就像他的父亲嘉远帝，隐忍多年，只为扫除种种暗礁阴霾。

风起，怕是要落雨了，瑶光抱住双肩，瑟缩了一下，然后，他的肩头搭了一袭披风。

风劈头盖脸地吹着，少年的心随这冷风开朗。四野极静，眼中人有一张英挺面容，瑶光脸上开花一样绽开笑容，红枫坦然一笑："下山吧。"

来日大难，口燥唇干，今日相乐，并肩下山。

这时在禁宫，流言只怕都传开了吧。

一个是手握重兵的镇国少将军，一个是郁郁不得志的太子，若频频私会，谋于暗处，只怕会生出祸端。真没想到，愚鲁且暴虐的太子是装出来的，他实则另有图谋呢。

这些天，宫里时有闲言暗暗传出，说玄晟若为太子，依他和皇后的性子，在皇帝龙驭宾天后，瑶光不会有活路，他将当个闲散藩王而不得。玄晟绝无可能放过瑶光，他甚至有权力命林美人为皇帝殉葬。

瑶光不相信玄晟下得了狠手，但本朝第五代帝王路恒昀正是这么做的，他抢了侄儿的皇位，把所有相关的人赶尽杀绝。瑶光有点发愁："我什么都不怕，就怕真有那一天，娘会受苦。"

林美人笑一笑："该来的总要来的，那就认了嘛。把活着的每一天过舒服了，就是赚了，临死也没什么可惜的了。"

只要林美人不怕，瑶光就觉得世间再无难事，该来的让它来，必须面对的，他不躲。

雨来了，打落在山间小路上，禁宫的红灯笼在雨中晃动着，遥遥在望，可这漫漫山路却像延绵无尽。瑶光扭头去看红枫，他的发丝被雨打湿，贴在鬓角，像一棵清晨的树。

耳畔忽有风吹过，瑶光本能地一侧头，一羽飞刀已被红枫两指夹住。刹那间火光大作，一伙人从各个藏身处涌出，瑶光吓了一跳，红枫右手探入怀中，凝神贯力，直向暗刺之人袭去。

银针如光，连创数人，余人略有迟疑，红枫已拉起瑶光提气疾奔，百忙中摸出一颗丹丸，按住瑶光嘴巴一送，瑶光汗出如浆，只觉嘴里一甜，丹丸已落肚。

本该暗中护随的十六名承影卫无声无息，显然已遭暗算。能连挫顶尖大内高手，来者功力不可小觑，瑶光又惊又吓跑不快，对手顷刻间追了上来，结阵将他和红枫团团围住。

杀气破雨而来，一道如风如电的身影极速冲出，长袖中，突生一把短刀，刺向瑶光。红枫腾空掠起，身体像离弦的箭一样，用血肉之躯，替瑶光挡下那一刀，他身体突地一顿，手中银针如急电溢出，分扑四面，突破对方包围，拉着瑶光飞腾纵跃。

更多的承影卫从天而降，保护着瑶光。雨中惨声不绝，伏尸满地，血污混着雨水横流，承影卫抢在最后两名刀客服毒自绝前，封住他们的穴道。

刀兵之声犹在耳际，瑶光极力站稳，燃亮怀中火折。红枫静静望他，心口处是深可见骨的伤口，血喷涌而出，染红衣衫。

在这一瞬间，红枫金蝉脱壳，魂灵借机离去，回到天庭，向天尊复命。瑶光面对的，已是完完整整属于江红叶的记忆，江红叶终于能够说出两年前，死在白雪漫道时，所有未能宣之于口的话：

瑶光，我这就要走了，那个寒冷的雪夜，我精疲力竭，将胡人首领格杀，看到怒雪奔涌，瞬间就淹没了人间的一切。当死亡向我扑来，我原以为自己是不怕的，可我真想，真想陪你再喝一次酒，再为你守住这大好河山……

竟然，再也不能了，我们，竟真的不能活在一处呢……这一世是不成了，来生要早一点找到你，瑶光……

江红叶的泪流了出来，瞳孔渐渐散开，在瑶光的怀中呼吸低微：
"瑶光，不哭，你要做个好皇帝……你不要哭……"

凄风苦雨，他从容去了。雨还在不知情地落着，瑶光抱住江红叶，
想朝他笑笑，想为他拭去眼泪，手伸到一半，头一歪，晕倒在铺天盖地
的大雨中。

他在做梦。

湖泊尽头，缓缓漂来一叶轻舟，那颀长高贵的年轻人立于舟上，满
天星光成为无声背景。

轻舟渐近，他看清年轻人的容颜，双颊苍冷，眼中映出星光，他扑
上去，欢呼着抱他："红叶！"

年轻人亦环拥住他，手臂收紧，带他飞掠，在长风尽头，笑饮一杯
酒，他说："不，我是蹑风灵君红枫。"

皇帝路之北俯身看瑶光，那颗丹丸让他昏迷七天了，再有一个时
辰，他就该醒来了。瑶光是在做梦吧，储君遇刺，是弥天要案，在梦中
他是否能预料，凶手皆已伏法了呢？这竟是他的胞弟玄晟一手策划，他
借江南查岁贡之机，辗转溜去了晋州，会同榆亲王将谋储夺嫡大计做最
后一次推敲，先刺杀太子，再伺机逼宫。

至于谋国不正的骂名，玄晟是不管了。若有反对意见，推出去诛九
族便是，天底下，死谏的人少，沉默的人多，他早就晓得的。

榆亲王是远支亲王，封地在晋州，韬光养晦，经营多年，招揽了
二十万大军。皇帝很早就嗅到苗头，但暗暗查访，进展一直不大。

人人都说太子愚钝，皇帝很乐于听到。他这样做，是诱导阴险者产
生错觉，误以为只要再多使上几分力气，就可取而代之。他重用玄晟，
却明言只是给他历练机会，将来助瑶光一臂之力，玄晟绝了望，和榆亲
王里应外合，铤而走险。

瑶光是诱饵，皇帝把它做成了一个显而易见的漏洞，狼子野心蠢蠢
欲动，从四面八方汇合成一股力量，一跤跌了进去。

是漏洞，更是陷阱，皇帝收网了。放弃一个心术不正的儿子，勾出隐匿十余年的阴谋，是值得的。

瑶光的眼珠子在骨碌碌转，他梦见什么了呢？皇帝帮他掖了掖被子。他已在不动声色之间，解了皇后下的慢性毒药，再调养些时日，身体就会好起来，应该还能再活一些年，有时间教瑶光。

瑶光，是他第一个儿子呢……

那晚，皇帝在宴请西域使节，宫人来报，他霍然离席，顾不上威仪，急匆匆地赶往怡和殿，刚到门口就听到那孩儿的哭声。他下意识抬头，天空繁星流动，北斗七星很大很亮，那一刻，他心里安静又喜悦。

刚出生的孩子其实是看不出模样的，但所有人都一口咬定，长得非常像皇帝路之北。林美人请皇帝赐名，皇帝亲亲孩子的脸，低声说："他叫瑶光。"

瑶光满月当天，皇帝立他为太子。这之后十来年，请求废黜太子的呼声不绝于耳。但为什么要废掉他呢，一个心地良善的儿子，有忠臣良将辅佐，太平盛世必会得以传承。

最重要的是，瑶光待人宽厚，不会对兄弟痛下杀手，另外几个皇子都会活着，一生锦衣玉食，逍遥自在。

寂夜寒凉，皇帝拉开被褥，在瑶光身畔侧卧，沉入最深的梦境。最险恶的一切都结束了，他百年归世时，交给瑶光的将是一座清平河山，而瑶光将许以子民仁爱大统，会的。

秋月静谧地照耀着，空气中弥漫着花香。瑶光又看到那个人了，他在苇草丛中吹笛，长身玉立，目若朗星。

"红叶……"瑶光的声音很轻，抓过他的手按在自己心口，"无论你去哪里，其实你总在这儿，一直都在。我去哪儿都会带着你，就在这儿。"

江家少将军红叶，生在王侯府，学成文武艺，货与帝王家。年少从戎，征战四方，死时犹少年。

父皇在身旁沉睡，平稳呼吸，瑶光在黑暗中无声地哭了。

二〇一二年十一月

　　崇道宽仁至孝皇帝，讳瑶光，躬行节俭，知人善任，表里洞达，政得其平，间阎乐业。熙元十六年春正月初四，禅帝位于皇五弟玉珩，匿于宕山，食桃李葩，寄欢琴瑟，莫知其所终。

——《新宁书·本纪第九·仁宗》

七·西行

从此生命对我来说，是一件无关紧要的事了。

老三篡位失败了，我觉得他是猪。

当今皇上嘉远帝，七岁登基，十年内先后灭掉权阉张公公和摄政王白泽，十八岁御驾亲征平南蛮，二十三岁打得西边几个国家永世称臣……可谓是战神中的杀神，狠人中的人精，老三跟他斗，是搞不赢的。

皇帝老爹前半生革命，后半生保命，借老三闹事之机，他一举将暗处的钉子全拔出来了：三皇子玄晟聚党谋逆，母亲温皇后落发出家，念温氏祖上有从龙之功，家眷发配为奴，帮手榆王爷斩立决，株连九族。

前年秋上，皇帝老爹将南边一处大宅赏给我当王府，地段是差了点，胜在清静，我正乐得当个富贵闲人。老三出事后，我回了禁宫一趟，远远瞧见太子瑶光很消沉。这我很理解，因为江红叶不在了。江红叶是我们的表兄，他和瑶光自幼亲近，老三请来三十余名顶尖好手围剿瑶光时，江红叶替他挡了刀。

江红叶年仅十九，却已为国家立下赫赫战功，他舍身救主，令瑶光哭晕数次。瑶光只比我年长一岁，我奉皇帝老爹之命来开导他，却心知没有用。

瑶光长得虎头虎脑，一双圆溜溜的大眼睛，总是笑嘻嘻的。可江红叶头七后，他变成另外一个人了，整日枯坐，神思涣散，无话可说。

想到那烽火刀光的江红叶，我十分惋惜。看到我哥瑶光这个鬼样子，我更惋惜。我焦躁，我烦恼，我来回踱步，我无计可施，然后瑶光的母亲把我赶跑了，她说："福王爷，你们男人打架是把好手，谈心可不成，我来吧。"

在老三看来，瑶光大字识不了几个，能当太子，占的是皇长子的便宜，自己取代天经地义。

我不同。瑶光当太子我没意见，当皇帝我也没意见。皇帝老爹不想给的，你就要不到，这多么简单。老三居然连这点都想不通，唉。

出了瑶光的东宫，我拐去看老三。皇帝老爹为他准备了一处偏殿，伙食不差，更衣洗漱也有人伺候，可他们全是深藏不露的高手，只要老三离开此地一步，就会被当场格杀。

换个说法，老三玄晟被终身软禁了。隔着窗户，我和老三四目相对，有那么一瞬，我想过要把他捞出来。我和老三是同年生人，他小我两个月，幼年时经常并肩读书习武，禁宫内外，若说熟稔，除了我娘和王府上下那一帮子人，也就数老三了。

但忤逆圣上，是死罪。我和老三玄晟的交情，还不到为他舍生忘死的地步，我还得为那些更熟稔的人着想。瞧，我用的是"交情"，不是兄弟情。帝王家以权位利益为重，亲情两字常常多余。

两个时辰后，雪落得正厚，三皇子玄晟用一根银筷子自戕，鲜血淋漓。当晚我梦见自己骑着一只通身火红的狐狸，纵横在暴雪中的京城，呼朋引伴去打猎。

行至城墙，迎面一具死尸，让我扫了兴。那人匍匐在地，有野狗靠近，寒风吹得他身上的破夹袍飘飞，我差人去看，骇然发现，这进京赶考冻死墙头的书生是我。

他长了一张和我一模一样的面孔，眉心也有一颗小黑痣，我便一声惨叫，从梦中惊醒，而红狐狸似一闪而过，消失在门庭深处。

老三下葬那天，也落了雪，距离他的生辰已经很近很近了。

去年冬天，也是这样的天气，我到老三王府贺他生辰，他换了一身狐裘来见我，整个人华美如汉赋。可惜，一生富贵荣华，葬送于一念之差。

联想起那晚的噩梦，我开始想，如果不是生在帝王家，我会不会也是一介清贫书生，熬过了寒凉贫苦，中了科举，当了个七品小官，用得起几个下人，过上另一种人生？还是屡考不中，风尘满面，满腹怨气，蹉跎半生？

于是就想，要到京城之外的地方瞧上一瞧。次日，我拜别了我娘赵贵妃，一人一骡十锭黄金百两银票上了路。钱是不太多，但云游四方讲究的是意兴，太阔绰了会被当成肥羊宰。我虽然跟前禁军教头楼老爷子学了些功夫，然江湖藏龙卧虎，低调为好。

再说，混不下去了，单凭腰间的令牌，哪个地方大员敢不快马送我返京？令牌样子是不起眼，锈迹斑斑，但好歹是御赐之物，比真金白银管用。所以我娘哭哭啼啼的，在我看来纯属瞎操心，鞭子一甩，骑着骡子出城而去。

时值隆冬，沿途凄风苦雨怒雪，有时走上几十里，连个饭馆和客栈都瞧不见，饿得奄奄一息，只能啃硬邦邦的羊肉干，很难吃。倒也不后悔，因为知道，将来只怕不肯再让自己这样吃苦了。

去年元宵夜，皇帝老爹召见我和老三回宫赏梅，一碗桂花元宵下肚，他笑问：“要不要再来一碗？唉，朕老了，人越老越怕冷，也怕疼，就爱吃点热乎乎的东西。”

那阵子老三频繁会客，恐怕正在举事和按兵不动之间斟酌。皇帝老爹必是在警告他，可他没听进去。

当我在茫茫大雪中辨不清方向，只想一跤跌进雪堆里沉睡，想起那个在龙椅上高坐的人，突然一点也不愿再责怪他了。

　　怕冷又怕疼，爹爹，原来我们都一样。

　　寒风一刀一刀地刮得面颊生疼，我和我的骡子都很饿，我几次从骡背上滚落到雪地里，又几次挣扎着，牵着它深一脚浅一脚地走，疑心会双双葬身于此。

　　好在身为福王爷，福大命大，在冻得麻木的深更半夜，隐约望见了这混沌的世间尚存一星烛火。骡子已走不动了，我拽着它连滚带爬，到了近处一看，是座破庙，有人声传来，几个醉鬼在高谈阔论。

　　皇孙贵胄又如何，照样被天气逼得和臭烘烘的庄稼汉同舟共济，称兄道弟。架起柴火，烧起雪水，将为数不多的几斤肉干炖了和他们同吃，分享他们殷勤递来的烧刀子。

　　他们困在此地已有几天，吃喝拉撒睡都在这四面漏风的破庙里，气味相当糟糕，我皱皱眉，把手中的酒喝尽，多少驱赶点寒意。

　　吃饱喝足，醉鬼们就地躺倒，扯起响亮的鼾声。我把骡子拉过来，枕了它的肚皮睡去。照他们的说法，再过上三两日，天就该放晴了。往西走上二十多里，就到了散花镇地界，那里盛产桑麻，颇为富庶，民风也淳朴可亲，听得我一喜。

　　贩夫走卒的智慧皆在入世里，第三日下午，果然云开天净。我们在破庙前乐哈哈地作别，他们将去往府城打零工，趁除夕前赚点钱；我则是家中尚有几亩薄田的书生何朗路，落榜后无颜面对家人，不如随意游历半载，再做打算。

　　当朝二皇子路朗和将自己的名字反过来念，在远离帝王城的七百里地外，当个略有家底的读书人，趁着兴致游山玩水，历练历练。

　　"何朗路？好名儿。"那日我在吃红豆糕，姚胖子端来一壶新茶，寒暄着，"公子灵台清明，生就一副贵人相，名字也取得好啊，何愁前路不开朗？是令尊取的名吧？有气概！"

姚胖子是我到散花镇结交的第一个朋友，珠圆玉润的胖子，爱笑，脾气也好，还开了一家有名气的干货店，糖炒栗子香飘四野，镇上人人都爱吃。我刚到，被红豆糕的香气给吸引了，坐下来要了一盒，小伙计怕我吃不惯，还倒了杯茶解腻。本地产的粗叶子茶，味道嘛……只能说有一股山野气息。喝惯了贡茶金骏眉，舌头挑剔得很，但这红豆糕让我一尝难忘，清淡的甜味，丝毫不腻，我连吃六块，再留点肚子吃姚胖子新炒出来的栗子和杏仁。

散花镇名不虚传，风景人情，皆是动人，连寒冬腊月也带了料峭的诗意，加上食物精妙，我也懒得再往前走了，遂留下来住一阵子，反正跟姚胖子混熟了，落脚的地方也有了。姚胖子生意做得开，宅子也建得大，让婆娘将最南端的厢房收拾出来，我一个人怎么睡都绰绰有余。

房钱嘛，你推我让的，姚胖子坚持不肯收，只说："何公子是学问人，将来高中了，能让我沾点贵气就心满意足了，哪还能再收费？况且它闲着不也是闲着？"

"姚老板在取笑我吧？我连末等都没中过。"

姚胖子认真打量我一圈，一口咬定："老夫不会看相，但几十年迎来送往，也算练出了一双毒眼，何公子，且走着瞧吧！"

姚胖子几次三番拒绝我的房钱，我也就安安心心住下来了，逢上干货店门前排起了长龙，便充当伙计称称干果打打包，日子打发得很轻易。

这姚胖子成天以小商贩自居，学识却不错，是个妙人儿。他老熟人的儿子陈二球开了间古玩行，跟他的干货店只隔着糕饼屋，逢上陈二球收着了稀罕玩意儿，拿不定主意的，总会恭恭敬敬请姚胖子去掌掌眼。

有一天姚胖子和我在树下晒太阳喝茶，陈二球又来请了："姚伯，到了一对青花双狮压手杯，我吃不准，您给瞧瞧？"

有热闹可看，我也站起来，姚胖子笑道："二球啊，何公子是雅人，又有学问，没准能帮上你的忙呢。"

"姚老板就会笑我，我纯粹是为了开开眼。"

也许身份真的没藏好，被姚胖子看出端倪，但他不拆穿，我就继续装傻。可一进古玩行，宝物一上手，我就情不自禁地说开了："着实是好东西！瞧这杯外青花深翠，真担得起'浓艳'一词，再看这器形……"越瞧越爱，忍不住冲陈二球捶一拳，"拙中见巧，内含清秀，好物啊，你不收我可就收了！"

话音刚落，就意识到不妥了，虽然"家中略有薄产"，但一掷千金却不合书生何朗路的手笔，忙补救道："二位见笑见笑，就我这点盘缠，用光了就得打道回府，哪里置得起好货？"

角落里响起一个懒洋洋的声音："陈老板，姚伯和这位公子都给你鉴定了，不假吧？我也不瞒你，到底是昔年汝南王墓里的货色，不至于作伪，你见好就收吧。"

"见好就收"居然能这样妙用，我大赞。转头去看说话人，是个穿黑斗篷的少年，伸着一双长腿，坐在墙角的摇椅里，扬起下巴颏儿，语声带着放松的笑意。

陈二球这间古玩行跟中药铺子似的，光线暗沉，不到天黑决不掌灯，据称要给人神秘和厚重感。少年的脸大半隐藏在斗篷的风帽下，先前又沉默了半晌，我一径奔向压手杯，竟然未能发觉店堂里还有一个人。

暗淡光芒中，他霍然起身，本来只隐约可见秀美的轮廓，多走几步，我便已看出，是个小姑娘。漂亮的小姑娘，脸蛋像桃花花瓣一样，粉嫩嫩水嘟嘟的小姑娘，十三四岁上下，双眼顾盼流转。别看换了发型绑了胸，穿得像爷们儿，脸上也做出老成模样，我可不信姚胖子和陈二球两只狐狸都看不出来。

陈二球拉过算盘，啪啪地打了一个价，递给少年过目："豆包，这个数如何？"

她竟叫作豆包，有趣，真有趣。我脑海里顿时浮现出一个别别扭扭、毛毛躁躁的黏豆包的形象，白白嫩嫩，捏一捏，软乎乎，热乎乎，还常常气鼓鼓地绷个小脸，有趣，真有趣。

我正笑得欢，豆包拎过装银两的包袱就走，走到门前回转身看看我，再看看陈二球，装粗了喉咙："陈老板又请了高人来？看来下次我可要多弄点好货色了。"

她临走之前，看了我一眼，我飘飘然，受用得很。唉，小姑娘，你不晓得，你这一笑，流光溢彩的，可把满柜台好货色都给镇住了，它们统统不及你。

说起来，豆包也算不得多美，毕竟皇帝老爹后宫颇有些养眼的，惜乎尽是长辈，碰不得。

好在京城勾栏里最美的霓裳是枕边人，我艳福不浅。然而，正所谓女子好，少女更妙，霓裳香艳妩媚，却欠了点天真，她永远不会像豆包一样，如同一个顽劣的街头少年，回过头来，有着大大的笑容。

陈二球收获甚丰，美滋滋地擦拭着宝物。听他的意思，后天就会往府城一趟，把近来收到的物件都拿给达官贵人们瞧瞧。权贵当道，豪富横行，货不愁没销路，年前再跑上两回，就能过个小肥年了。我拿起压手杯又瞧了瞧："真看不出来，她年纪轻轻的，家里竟是干这个的？"

陈二球笑，我却不无担心："扒人祖坟这事被抓着了，官府民众可都饶不了他们。"

汝南王是本朝第六代帝王的侄子，算我的祖辈，我不在意谁盗他的墓，但他嫡系的后人呢？陈二球不以为然："他们有盗墓的本事，我有销赃的本事，各取所需不就够了吗？若失手，决不把旁人供出来。"

"顺藤摸瓜，一网打尽。"

陈二球哈哈笑："何公子，天下宝物这般多，却有几个较真之人？他们买了去，左右不过是自家把玩或送礼，想听听来历，我编些瞎话也

244

就哄过去了。散花镇七省通衢，我从往来胡商异人手中购得，有何不可？"

陈二球在江湖走动已久，是很有一套的。他的客户既有土财主，也不乏封疆大员，若要追究，瓜田李下的会牵出好几十条人，真有能力动手的人没必要这样做。那个下午，我在他的店里待了许久，将他要兜售的物件们一一断了代，他喜出望外："姚伯看人真准，他就说嘛，何公子你不是常人！姚伯几十年的眼力也有说不准的时候，可你年岁虽轻，见识却是一流的，家中的营生颇不小吧？"

是很不小，我点点头。但见多识广是谬赞了，能分辨真假，说得出好坏和由来，其实很简单，因为我见的真货实在太多了。陈二球热情洋溢邀我入伙："何公子，你家大业大，估计瞧不上我这点钱，就当是帮帮老哥，顺便玩一玩，将来打通门道，捐个小官做做如何？"

真看不出陈二球还有这等雅兴，我笑："当官的说错一句话，就可能脑袋搬家，哪有你做买卖稳妥？"

我帮了陈二球，他不再把我当外人，好一通推心置腹："官商官商，历朝历代混得如鱼得水的商人，哪个没有官家背景？我风里来雨里去的，我认命，但总得为家里那三个半大小子想想吧，不能世世辈辈都劳碌吧？"

人总是奔着更好的生活去的，有吃有穿了，就想弄点好吃好穿；有三间大瓦房了，就想再添两个下人；有良田千顷了，就想黄金万两了……欲望无止无境，那么，老三呢？

陈二球见我沉默，连忙说了几句宽心话："何公子，你放心好了，我也就请你帮我掌眼断代，犯法的事是不会让你干的。"说着呵呵笑了，"话说回来，这年头，发财的，通通是不怕犯法的。我不比你，一穷二白没个家底儿，不靠胆识发家，靠什么呢？"

我口中苦涩，不，陈老哥，不是这样的。我的弟弟玄晟，他想靠胆识发家，却死于一根银筷子。

我回到住处，想起这一路的遇见，土地庙里的庄稼汉、姚胖子、陈二球，以及豆包。南厢房很敞亮，月光从窗棂淡淡洒落，那黑斗篷少年，有一张皎洁的脸，也像月光。

我在迷迷糊糊中睡去。清晨时，姚胖子的婆娘在院子里喂鸡，跟晨练的姚胖子闲话："又要变天了，你帮我把春上打好的那床被子给何公子拿去，他瞧着像不经冻的。"

咳，被人看扁了，可心里是说不出的暖和。这姚胖子和他婆娘是老夫少妻，他有五十出头了，婆娘最多三十岁，身段苗条又结实，人也勤快，连下人都不请，杀鸡宰羊手起刀落，利利索索。最意外的是两人感情很好，晚上她做好饭了，在厅堂里火炉边支起桌子，一边烫酒，一边听我和姚胖子闲扯，不时搭上几句话，又或是自斟自饮，喜气洋洋的脸庞。

我看着他们，很是羡慕。皇帝老爹偶尔来看看我娘，庭院总跪了一地的人，我娘铆足劲儿打扮，酒不敢多喝，菜吃两口就说饱了，我隔得老远，都知道她一颗心跳得比爆竹还响，笑容还能再维持三个时辰以上。

一顿饭吃下来，我娘累瘫了，宫女们也累瘫了。早两年我不懂事，老笑话我娘："父皇来看你，你却如临大敌。"

我娘背转身不理我，大约是哭了。这会儿见着姚胖子和他婆娘，我才明白有的事是不同的，我娘只是我爹的妾，还是不怎么得宠的一个，而这两人之间，才是真正夫妻的感觉，举手投足，一颦一笑，俱是温热的人间烟火。

我想要的，也是这么个家常的亲切的女人，知冷知热的，一直在身边。我有很多话可以和她说，她也有很多话可以和我说，哪怕不说话，各做各的，也自在安适。

好像也不容易实现呢。皇帝老爹贵为九五之尊，他身旁并没有这样的人。但可能他也不在意，帝王有帝王的命，万寿无疆，称孤道寡。

再见着豆包，是六天后。又是雪天，路不好走，陈二球托人捎信，说明日才回来。我惦记着豆包又该来交货了，到古玩行一看，小伙计拢着袖子说，她来晃了一圈，就到镇东头的洗马河抓鱼去了。

天寒地冻，河面结了冰。我赶到时，河边正热闹，豆包穿了一袭墨蓝色棉袍，手中接二连三掷出石子儿，随即轻盈盈双足一点，如一只飞鸟，停在河中央。

单从背影来看，豆包是倜傥的后生哥儿，身量很高，身手很俊。稚龄小童叽叽喳喳地在岸边坐了一排，瞻仰好汉豆包雄赳赳的身姿。

石子儿一经发力，在河面砸出拳头大的小洞，豆包蹲下来，手执一根苇草，往洞中一探一刺，冰层破开，她望向我，语气很不耐烦："起网！快！"

那小妞儿说："少废话！"真够凶，我喜欢。

风静水冷，人声喧嚣，远处哪户人家的烟岚悠悠升起，冰面眨着晶莹的光亮，我接过孩童递来的渔网，走向秀美的少年。

是的，太在意，是会怯的。当那个人到来，我娘如临大敌，我如履薄冰。

是谁说，心动的滋味，如同"砰"的一声，在春天里开满了花？不，分明是"砰"的一声，鱼儿试图四下逃散，终究落了网。

你蹁跹而来，有人束手就擒。

那天喝上了鲜美的鱼汤。

豆包在水面上似闲庭信步，随手甩过一条鱼。我瞅着它，心内愁肠百结，唉，它真像我。

孩童们兴高采烈，抓着鱼飞跑回家，我和豆包一人拎了几条，送给姚胖子的婆娘烧菜。沿路豆包不多话，步伐很快，我问起，她转头看我："总在赶路，习惯了。"

陈二球是生意人，只管赚钱，不问货品来源。可豆包呢，她走南闯北，颠沛流离，过了些很艰苦的日子吧？我问她，她垂下眼睛，不太乐意地回答："我最远到过塞外，所以以后就都还好。"

那一定是很不愉快的回忆，我闭了嘴。

回到姚家，石锅里盛了水，豆包将剖好的鱼丢进锅里煮，不一会儿就香气扑鼻。她手法纯熟，大刀阔斧，潇洒至极。她打发我去拿碗筷。

我再过来时，姚胖子的婆娘在和豆包说话："我男人说那位何公子是贵人，我看啊，是大贵人……他都没见过人做饭呢。"

大白菜洗净了，丢进鱼汤烫一下，略微加了点盐，豆包给我舀了一碗，简单的一个字，命令的口气，但很悦耳："喝。"

汤白如奶，清甜可口。我一气喝完："真好喝，你也喝。"

她往鱼汤里加了胡椒末儿，热乎乎地喝得一头汗，像个丰收后的老农，对着金黄的麦浪，踌躇满志地把碗底最后一点粥喝完。她手里进进出出的俱是价值不菲的珍宝，但一碗鱼汤就让她心满意足，多可爱。

豆包赶了长路，入夜就在客房睡下了。姚胖子和婆娘在厅房筛豆子，快过年了，置办年货的人多了起来，他们得在这几天把儿百斤干货都炒熟。别的我不会，装袋子倒还行，一边打着下手，一边听姚胖子讲《七侠五义》，他婆娘很爱听传奇故事。

若不当小老板，姚胖子准会是出色的说书人，我由衷夸他："姚伯，我小时候要是由你来当先生，功课就不会不好了。"

幼年时，皇帝老爹为太子瑶光请了太傅，我和老三也跟着一起学，可那位老夫子古板乏味，讲什么我们都不爱听。我娘请人为我开小灶，我兴趣不大，至今对尧舜之道孔孟之书生疏得紧。

姚胖子和婆娘相视一笑："我年轻时，也古板得很，极其不讨人喜欢。"

婆娘抢白道："又往脸上贴金，我看哪，是人人喊打。"

姚胖子捋了捋稀疏的胡须，笑得慈眉善目："错，他们骂不过我，敢怒不敢言。"

我想象不出弥勒佛似的人也会有那样的往事："所以，是做上买卖了，才磨了性子，学着和气生财吗？"

姚胖子和婆娘再度相视一笑，却不答话了。我们都喝了些药酒，到了半夜，干货弄得井井有条。婆娘打着呵欠睡觉去了。姚胖子将豆包新带来的物什拿出来细看，比上次多，也比上次值钱。我们分头帮陈二球记录着，拿不定的就相互讨论一二。

青铜小马车、紫檀佛珠、斗彩耳瓶……件件让人爱不释手，陈二球要都吃下来，得破费不少，但转手翻上三五倍也不难。我正笑骂这老哥要发大财，突然看见了一枚璧玉，姚胖子拿在手中反复端详，露出惊艳之色。

我接过一看，心头一咯噔。这枚玉我是见过的，不但见过，还很熟。它是祭祀之物，温润透光，工艺也精湛，前年冬天，皇帝老爹赐给礼部尚书保管的礼盒里便有它。在我印象中，它有且仅有一件。

姚胖子问："何公子也喜欢它？"

我笑笑："这种璧玉不常见，我可得再看看。"

陈二球和姚胖子都说，豆包背后有个盗墓团伙，但这些物品，来自今人的府邸居多，绝非古墓。

究竟是谁想要掩盖什么？

天明时，我才想清楚这里面的利害关系。

他们人前人后都号称是盗墓，故弄玄虚，实则是在明哲保身，这么多官员阔客家中失窃，居然无知无觉，这绝无可能，无非是权衡之下，选择不声张罢了。

比方说，知县府上丢了几件倾城之宝，等待他的，不会是完璧归赵，而是革职查办。这帮人狡猾着呢，引火上身的事是不干的，留得乌纱在，不怕没钱花。因此也就给了豆包幕后势力一次又一次的可乘之机，贪官污吏们虽然恨得牙痒痒，却拿江湖中人没什么好办法。

但他们就真的是江湖中人而已吗？积攒这么多钱财，意欲何为？我披衣起床，豆包在院子里练武，拿一根鸡毛掸子当成武器，舞得虎虎生风，我默默地看了一会儿。她一个跑腿之人功夫就挺好，更厉害的人在暗处吧，想想看，绝顶高手，惊人财力……这太像老三先前的行径了。

　　颠覆皇权，少不了这两样。清冷空气中，豆包忽一侧转，手一扬，鸡毛掸子稳稳插在几十余步开外的小竹篓里，而我俨然看见了某个庞大而周密的组织正张开血盆大口，不禁打了个寒噤。

　　我得搞明白这件事，安我父皇之大宝。

　　豆包收了剑势，弯起笑眼问："染风寒了？得喝姜汤呢。"

　　一夜未睡，精力很不济，晨风又凉，鼻腔里是不大舒适，豆包在练剑时，我吸了几下鼻子，没想到细微动作也让她捕捉到了。我怔住，说不出话来。

　　清美的冬月，白雪积得深，那人微微一笑，万事都值得了。而阴谋和凶险，好像都不记得了。纵然豆包真的别有居心，我也舍不得怪罪，她就是个小喽啰，能有什么大罪过？

　　真有事了，我也要把她摘出来。

　　但是，姚胖子和陈二球在其中扮演怎样的角色？

　　吃过早饭，陈二球赶回来了，在姚胖子的书房里和豆包结清了款项，我注意到，他们交易的物品里，没有那枚璧玉。豆包见我神色一凝，主动道："姚伯说，你喜欢这枚玉，对吧？是赝品呢，不值几个钱的，我拿回去哄哄小侄儿。"

　　她掏出璧玉一晃，飞快藏进袖套里，陈二球不当回事，低头看账本。我看着豆包，豆包也看着我，她不会说谎，耳根都红了，我不忍心再看，拿过一个橘子剥着，笑道："我就说嘛，汉代祭祀用的玉，哪是我等寻常人能瞧见的？"

　　哪怕是外行，看到了那枚璧玉上的沁色，都不会认为它是赝品。宫中的玉雕匠人说过，它色如翡翠，称为鹦哥绿，当年随铜器一同下葬，铜器在土壤中产生铜绿，深入到璧玉里，历经千年，出土复原后，色泽越发动人。它是赝品？笑话。

豆包走后，我去干货店给姚胖子帮忙，他正指挥着伙计将几篓年货打包，说是要捎到云岭去。我留神看他，却瞧不出破绽，但想必是我看那枚璧玉的神情让他意识到了不妥，这才出言警告豆包了吧？

年货很重，我掂了掂："此去云岭，少说也得走上十几天，可要包得结实些。"

姚胖子少见地目露怅惘，叹着气走开了。伙计跟我相熟，低声说："一到年关，老板心情就不大好，我们要小心说话。"

我才得知，姚胖子和婆娘膝下无所出，前妻生的两个儿子都在云岭做字画生意，和他断绝父子关系快十年了，他每年都盼着能和儿子们团聚，但年年落空。我问："因何事而起？"

伙计摊手："东家的事，我们做下人的哪会知道得详细？"

姚胖子能言善道，人又可亲，必是慈父，错处准是那两个小子的，我想找个机会问问看。父子失和是很残忍的事，老三死后，我爹憔悴很多，他是皇帝，但也是父亲，他也难受的。结党谋逆是死罪，动静闹得太大，不能不办，但他仍留了老三的命，可叹老三玄晟领会不了他的苦心。

姚胖子写得一手好字，离年关近了，时时有人登门求春联，我打趣让他在街市支个字画摊算了，他眼一瞪："卖字画，雅趣是有了，但是……不会看起来混得有点惨吗？"

我拍拍他圆鼓鼓的肚子："此等规模，断不至于使人瞧扁了。"

左邻右舍都来求字，姚胖子写到半夜，婆娘为他磨墨，烧一壶铁观音。这姚胖子吃穿用度都寻常，茶叶子也不讲究，喝到嘴里涩涩的，但他用的笔墨纸砚均是好东西，尤其是墨，产自徽州甄涵轩，文人赞它"烟香自有龙麝气"，早在百余年前就被前朝的官吏选作贡品，市面上千金难求。

我吸了些寒气，咳了半下午，姚胖子的婆娘给我熬了姜汤，很暖，我捧着喝了两碗。姚胖子端坐案前挥毫写字，婆娘手持墨块，缓慢研磨，软语轻笑。都说只羡鸳鸯不羡仙，大约也就是这光景，无拘无束的，一块儿说话喝酒都带劲儿。我在沉郁的墨香里，不禁想念豆包，今生若得她相伴，便是舍了王位削了爵，只隐于这边城小镇，做点小买卖，也是愿意的。

初见原本也平常，但一看到她，也不知怎地，就忍不住想拾着。小野马一样生机勃勃的少年，不断在我心头跑过，日行千里，夜奔八百，让我不得安生。我渴望再见到她，她是盗贼，是反贼，我都不管了。

下次见着了，要说点什么才好。可是，说什么呢？我想得头痛欲裂，走到书架前，想寻一卷诗集，挑几句美丽的情话，却冷不防发现了一锭仙人像锦墨。

锦墨约七寸高，被装在一只典雅的墨漆盒中，看形象，是八仙过海中的蓝采和，面容俊秀，手提花篮，居于万顷波涛之上。我拿起来看，锦墨底座是楷书阳识"嘉远御制"。

我在极度震惊之中，向姚胖子望去。

姚和志，字谦之，嘉远十四年殿试夺魁，授官翰林院修撰，从六品；嘉远二十一年升至都御使，从一品，是皇帝老爹最倚重的柱国重臣之一。

御使是什么职位呢，通俗地说，是言官领袖，专司弹劾，逮谁咬谁。难怪姚胖子有自知之明，坦言年轻时极其不讨人喜欢。

何止是不讨人喜欢，简直是叫人闻风丧胆。穷人子弟姚谦之姚大人刚直不阿，口才卓绝，直逼得贪官污吏坐立不安，人称"天朝第一号悍臣"。

威震朝野，树敌无数，然圣眷优隆，谁都不怀疑姚谦之下一步即是官拜相国。然而，他在嘉远二十三年以丁忧之名辞官，盛年退隐，一晃已十多年了。他守孝满三年后，我爹特意派人去请他，却被告知，孝期一满，姚大人即携少妻江湖飘零，久无音讯矣。

我手中这一锭锦墨，是皇帝老爹赏给姚胖子的。一套是八锭，以姚胖子这锭蓝采和最精美，当时我尚是牙牙学语的孩童，后来在二舅家做客，二舅指着架上的张果老，很嫉妒地说："论镂工，谁比得上姚老儿手上的蓝采和？"

姚胖子为人清高，我爹赏赐的真金白银都被他派专员弄回老家修路了，搞得当地县令面上无光，也使他在原籍威望甚高。丁忧三年，老百姓自发送来的特产堆满了门，他浑身发毛，多一天也待不住。我爹晓得他的怪脾气，平素几乎不对他封赏，那次兴起，把蓝采和赠予他，把他吓得腿软，但委实喜爱，竟珍藏了这么多年。

蓝采和是我爹的爱物，他瞧出文人姚谦之也艳羡，执意相赠，还称："谦之得此佳墨，犹如名将之有良马。"现在一看，姚胖子着实珍爱，我笑问，"想拉你下水的人都说你油盐不进，是用错了饵吧？"

姚胖子嘿笑："收了它，心理负担太重，足足吃了大半年的素，苦啊！"

我没有将身份如实告知，只说坊间有此传闻，蓝采和是姚御使的藏品。他也不瞒我，就着一盏清茶三两碟点心，将前尘往事细说分明。他辞官却也不完全因为厌弃朝堂险恶，而是在那一年初夏，在街巷救起了拦轿喊冤的王姑娘。

王姑娘无父无母，在勾栏门前卖些胭脂水粉，目睹了一桩凶杀案。死者是个十四岁的小倌儿，被奉天府府尹刘至诚家的外甥强行破了身，又唤来三五同道肆意凌辱，小倌儿被失手推下了酒楼，当场毙命。

那倌儿唇红齿白，嘴巴甜，路过时总会唤王姑娘一声姐姐。王姑娘承了这句姐姐的情，冒死拦下姚清官的轿子，还了倌儿一个公道。

后来姚胖子问她："刘至诚可不是善茬，为萍水相逢的人出头，哪来的勇气？"

王姑娘笑着说："他们说，天越高越黑，我想看看是不是真的。"

姚胖子没有回答，过了三天，他说："我想你可能愿意听一听，这些年来我是怎么过来的。"

从前他任性妄为，不知天高地厚；那之后他惜命如金。十多年后，姚胖子跟我说："我的原配是父母之命，挺习惯她。情情爱爱的，先头我是不晓得的，又总觉志不在此，但碰到我婆娘了，才咂摸出，哦，竟是这样……"

一颗心跳得激越澎湃，如我思念豆包。

遇见王姑娘时，姚胖子的发妻已亡故四年有余，他没想过续弦。两个儿子都是读书人，视他为道德楷模，一心追随，谁料老爹竟晚节不保，四十岁时，竟要娶来路不明的年轻女子。这无疑是一记响亮的耳光，凶残地甩在儿子们脸上。

父亲是朝廷清流，家族典范，怎可犯下如此错误？私德从不是小节，在文人看来，它比性命珍贵。姚胖子于大节有亏，于亡妻有愧，儿子们为父亲荒唐的行径痛心疾首，几经争执，跟姚胖子断绝往来，避走云岭。

姚胖子也自觉挺没面子，本是斩妖降魔的老道，却被朴实的农家姑娘煮出的饭菜香拽住了脚步，想一想，悲摧啊。但仔细一回味，似乎乐在其中。

旧有的坚持一夕坍塌，类似于破功。破功后，修行一溃千里，遂自暴自弃了，但自暴自弃的甘美滋味，却妙不可言，那就，尝下去吧。居庙堂之高，心太累，是该借机歇下来了。入睡前，姚胖子说："有些人想不通，只会跟自己较劲，我想通了，得到的全是好处。何公子，别难为豆包，也别追究了吧。"

他说，凡事都看淡一些，随波逐流，比逆流而上要自在，这是年轻时他决不认可的观点，但他五十来岁了，已知天命。

他说，听我一句劝。

我听了，却彻夜难眠，而他显然一宿好梦。我于是咳得更厉害了。

天黑时，姚胖子的婆娘又在给我熬药汁了，柴火在灶间烧得啪啪响，他们说着话："放心，这几回派了新手，没忍住，下次会规矩些。二品以上的大员尽量不碰，他们面圣机会多，难保会获得御赐的宝物，一失手可能就捅破天了，危险。"

姚胖子是细致人，警告豆包他们别偷得太过贵重，时光倒流二十年，二品大员正是他的重点监察对象，一二三四五，谁也逃不脱。我在想，再过二十年，我会在哪里，陪着我的，会是谁？会是豆包吗？世间有千条路，我该走哪一条，才能带走她？

头又痛起来，我喝完了参汤，剥小银杏吃，姚胖子又在写春联。他在散花镇一住多年，早混成本地人了，街坊们谁都不会知道，这皮光水滑的胖子也曾红袍夸官，春风得意，写的字是一本本奏章，只给皇帝过目。

姚胖子比我娘赵贵妃和太子瑶光都过得舒坦，心态也好，晃到散花镇，拿出仅有的积蓄盘了个干货店，有一搭无一搭地开着门。老天挺帮他，经营得风调雨顺的，把老夫少妻以及六个伙计养得挺不错。到了第二年他就发胖了，一胖不可收拾，渐渐不再被人记得本名姚和志，走到哪儿都被喊成胖子。

在皇帝老爹的记忆里，姚谦之"形貌俊雅，天质自然"，想来，他会以这八个字留在史书中，被后世人记住。可我在这一年冬天，认识了一个乐呵呵的胖子。他开了家很受欢迎的干货店，说当初也没多想，卖不掉一时半会儿也坏不了，可以慢慢吃；如今才体会到这行是选对了，因为吃干货的人都是快活的人，谁嗑瓜子砸核桃时不笑嘻嘻啊。

这倒是真的，我的兄长瑶光就说过，世上最开心的事就是砸核桃，堪比杀人不犯法。想到瑶光，我笑了起来："姚青天就靠点俸禄吃饭，不贪赃不枉法，怎会对古玩如数家珍？"

姚胖子狡黠笑："丁相穿了件貂裘四处走，在老夫看来，是一万只雪山小貂满城跑呢，再一看，是一万两银子在国库里睡觉呢，再一看，是千万石谷子哪，折合五万灾民三年的口粮呢。不识货，骂人就欠了力道，托他们的福，老夫颇开了些眼界。"

姚胖子的生活看起来什么都不缺，唯一的遗憾是儿子们还和他置气。但他挺想得开，他们还年轻嘛，书是读了不少，但没读透，迂腐着呢，容不得道德瑕疵，要再过些年，才会意识到，父亲是普通的老父亲，而不是皇家寺院里的金身菩萨。

人是会老的，老了，看问题大概就不狭隘了，一通透了，他们就会回来看他。我故意道："啧，一辈子都稀里糊涂的也大有人在。"姚胖子蘸着墨，轻描淡写道："虎父无犬子，何公子认为呢？"

吃人嘴软，我点头称是，愁眉苦脸地盯着桌上的药汁。它太苦了，苦得泪汪汪，我吞不下去，呛得满脸通红，抬起袖子抹抹脸，然后，豆包来了。

暮色苍茫，豆包一阵风似的凑近，捏住我下巴，两指用力一压，"咔嚓"一声，下巴错位了。我只觉一痛，还未回过神，她已端起药碗，似笑非笑地将药汁往我嘴里一倒。

苦味充盈了口腔，随即一枚小果子滑了进来，甜腻腻的味道拯救了我，我用舌尖卷起它，喔，是蜜枣。豆包把药碗放回桌面，两指又是一压，我的下巴恢复原位，我咬一咬，又咬一咬，好了。

姚胖子的婆娘看得直笑，出手狠厉的豆包女侠淡然道："我在窗前看他磨蹭了一炷香时长，药还剩大半碗，实在看不下去了。"

她说在窗边看了我一炷香时长。

她看我……

一炷香。

我是该窃喜，还是该赧然呢？一个男人，被一个小姑娘用暴力喂药，被传出去……好吧，丢脸的是书生何朗路，鄙人尊严犹在。

可是，豆包识得的，是这个我。她一甩披风，飒然坐下，对姚胖子的婆娘说："你越哄他越来劲，对付娇气的，就得靠武力镇压。"

如此说来，她是听见姚胖子的婆娘一遍遍说："何公子，都热了三

256

遍了，一横心一咬牙，不就喝下去了吗？"

"喝吧，都喝了，病才会好得快些。"

"一口气喝掉，苦就那一下子，一小口一小口是不行的，一整晚都发苦。"

这般不堪入目的一幕都被豆包瞧了去，本王颜面无存。哪个妙龄少女不渴慕英雄？该做点什么挽回颓势？我心情黯然，陷入沉思。

豆包和姚胖子聊着天："年前很有收获，姑姑说，闽南和江淮空出了数处肥缺，估摸需求甚大，看来得多跑几趟。"

这我有数，远的不说，单说江南织造局就是要害部门，虽是我爹特派的亲信担纲负责人，但所设下级职位，无一不从当地商人中录用。他们负责官家赏赐、礼仪、祭祀所需的督织解送，地位很重要，利润也惊人。但凡是有点头脑的商户都想从中分一杯羹，正如陈二球所言，有官家背景的商人才好赚大钱。

陈二球这人脑子活，做事又有分寸，又当了多年掮客，路子野，人脉也广，是很合适的人选。织造局主事的韩公公是看着我长大的，塞个熟人进去，小意思。

逢年过节是走动的好时机，豆包等人无疑是想趁那帮人买官跑官之际，狠狠捞上一笔。有资质入织造局的商户颇多，谁能如愿以偿，很难说礼品没起作用，我爹对这类事也心知肚明，但人至察则无徒，不离谱便也罢了。

连清流姚胖子听了也只笑笑："你又该受累了。"

豆包说："有事做是好的。"语气老气横秋，眉间仍是小姑娘的稚气，但念及她风卷残云就把我下巴给卸了，我不吭声。

宫人都夸我是武学奇才，我师傅楼老爷子每每笑而不语，我只当是在默认，原来是另有深意。人们太虚伪了，只有前禁军教头楼老爷子性如烈火，说不来违心话，我回宫要敬他几杯酒。

陈二球闻风而动，匆匆来了。豆包解开包袱，将宝物们一股脑儿地堆出来，我坐过去，重整河山只待此时。论武我是不好使，鉴宝嘛，我是行家，豆包见多了武夫，说不定就好吃一口新鲜又别致的。

我抖擞精神，一举活了过来。

在豆包带来的新品中，我认出了上古神剑纯钩，它是靖国公江之淮的佩剑，在数年前一场恶战中不知所终。当时，江之淮用它斩落敌寇之首，自己却身负重伤，纯钩从马上滑落，事后他命人翻遍战场，也没能找到。

三年前，江之淮携子江红叶回宫赴宴，说起它还割舍不下。江红叶发愿说要一年一年找下去，言犹在耳，他却为保护太子瑶光而命丧黄泉。此时目睹江红叶的遗恨，我百感交集。姚胖子是文人，瞧不出它的好坏，见我惊异，问："我晓得是好东西，但有多好？"

豆包插嘴道："姑姑说，能不卖就不卖，她想留下来。"

拔剑出鞘，剑芒深邃如星宿，剑刃像断崖峭拔，江红叶至死都念念难忘的神物，就在我掌中，我哑着嗓子道："纯钩，它是纯钩。"

举座皆惊，姚胖子惊道："纯钩？"

纯钩剑由天人共铸而成，相传铸剑之时，雷公打铁，雨娘淋水，蛟龙捧炉，天帝装炭，被越王勾践当作私人珍藏。有巨贾愿以千匹骏马、三处富乡和两座大城来交换它，勾践拒绝。世人皆道是传说，但它其实是真实存在的，任谁都不舍得拱手让人吧。

豆包说她的姑姑想留下这把剑，我心头又咯噔一下。纯钩虽然是神器，但它嗜血，只该用于安邦定国。若流落民间，搞不好会酿出惊天祸事，我得制止豆包。

但已然来不及了，习武之人，谁不清楚纯钩的贵重？豆包笑容满面："姑姑知道了，定然很欢喜，我明日就带它回去。"

我说："女人家不好用太肃杀的物什吧，卖给我如何？"

豆包抚摸着纯钩，爱不释手："江湖儿女，不拘一格，姑姑才不介意呢。"她看我一眼，大咧咧笑道，"你武功平常，被你拿去，也太明珠暗投了吧？"

我觍着脸："正因为平常，才需要神物防身啊。"

豆包拧着眉头看我："花十两银子买把剑你就能壮胆，用纯钩只会害了你。"她转向姚胖子问，"那句话怎么说，匹夫无罪，怀璧其罪？像我们外行都看得出它不是俗物，你揣着它，会死得更快。"

即使平易近人如我，也只能生气了："这位姑娘，我们很熟？"

豆包嘴角一弯，放软了语气："那个……哎，何……何少侠，我说错话了，你揍我一顿，我保证不还手，行吗？"

我不说话，他们都在看我，但没一个是我知己。你们不明白的，真的，被暗慕的小姑娘看成大草包，你说我还有什么指望。我一句话都不想再说了，豆包偏偏还在说，还在不住地说："哎，何英雄，这是姑姑交代的，我得带回去，我不是存心想欺负你……"

这句话耳熟，本王在勾栏里调戏新来的姐儿也常说，本王更绝望了。

风寒还没好，风一吹，咳得急了些，我欲离席。一想做人礼节不能丢，弯腰把碎了一地的面子捡起来，直往脸上摁，挤个笑脸道："各位，我头晕，钻回被子发汗，明早就该好了。"

那可恶的披风少年咬了咬唇，摸摸头，很憨厚地拱手赔礼："何英雄，你别生气了，我明早换个方式给你喂药，我保证！"

仿佛有浪笑兜头扑来："小心肝，别生气了，本王下回动作轻柔些，啊？"豆包长睫扑闪，凝视着我，我打了个哆嗦，回了卧房。

照例是失眠夜，挫败感排山倒海，席卷了我。路朗和自诩风流多金，满以为到哪儿都吃得开，却在一个小姑娘面前接连吃瘪，瘪得蹦跶不起来，何英雄泪满襟。

更要命的是，让我吃瘪的小姑娘同时是让我心猿意马且志在必得的人。我痛定思痛，想了一整晚，决定跟踪她。

跟踪她，潜入她的组织，隐姓埋名，拜她姑姑为师 —— 她言必称姑姑，那肯定是她爱戴的人。别的我没有，但闲散王爷最不值钱的是时间，我耗得起。先培养同门情谊，再升华为并肩作战的交情，再然后，把她堵到感情里，逼她乖乖就范。

朝夕相处，循序渐进，层层铺垫，水滴石穿，嘿嘿，嘿嘿嘿嘿。姚胖子的婆娘又熬好了药。我挂着大黑眼圈跳下床，喝了一大碗白粥，换了一身新衣裳，把头发精心梳理得当，揣测她会用怎样温柔舒适的方式对待我。

真是，既满心期待，又浮想联翩呢……

豆包大侠在半炷香之后如约前来，我务求使自己看起来轻衫贵气，以符合大众对俊美皇子的想象，笑道："小姐昨夜睡得可还好？"

豆包抖落披风上的寒气，眸色很亮："有纯钧相伴，自然是不坏的。"

我打个哈哈，刚想调戏两句，她倏然飞掠，落在我身侧，纤指对准我咚咚咚三下，我即刻就动不了了，可笑地张大嘴巴，一碗药汁又被迫进了肚。

快狠准，这位女豪杰，你点穴的手法，直追我朝第一神医薛太医啊……

豆包塞一颗蜜枣到我嘴里后解开我的穴道，回眸瞧我，负手问："何公子感觉如何？"

何公子很沉痛："小姐一双玉手让小生……好生销魂……"

技不如人，我认栽，但言语上讨几分便宜，本王是不会客气的。豆包再装腔作势要帅斗狠，也只是小姑娘，脸一红，跺脚恼道："哎，浑蛋！"

小姑娘，浑蛋就跟冤家一样，不可随便喊的，一喊，听的人麻酥酥的啊。

为防止被姚胖子识破，我一大早就向他和他婆娘辞行，谎称要到附近村落转转，可能过几天再回来。姚胖子的婆娘很担忧："你这身子骨，大冬天的就别乱跑了吧？"

"不碍事，我去去就回。"

若进展顺利，我成功拜在豆包的姑姑门下，再捎信给姚胖子也不迟。我把盘缠绑在腰上，赶在豆包之前出了姚家，在她必经的路口猫着，等了没一会儿，她就背着银两踏上了归途。

豆包每次来都是步行，大本营必在不远处。可我没料到，竟就在镇上，七弯八拐了几条巷子就到，门前挂着红灯笼的绸缎庄，大姑娘小媳妇人来人往。

豆包悠然行路，没发觉我跟在后边，事情也太顺了，我偷笑不已，眼见她跨进绸缎庄，我忙跟上去，说时迟，那时快，一记掌风从耳畔呼啸而过，我后颈一疼，昏了过去。

清醒时我已躺在一张松软大床上，我试着动了动，既未被五花大绑，也未被封住穴道，但手脚皆软，使不上气力，只得躺着。门外有女声在对话，问话的女人很威严，语锋冷然："你可瞧清楚了？"

答话的女人很恭谨："不会看错的，我随先夫进宫赴过几次宴，和二殿下打过照面。"

二殿下？在说我。这声音听来不陌生，是谁？我下意识地摸了摸腰间，银票都在，令牌却不见了。

前因后果拼凑成章，也不复杂：暗算我的人搜出了令牌，深觉此人身份非同小可，遂找人来辨认。女声又开口了："这令牌是御赐之物，二十九年时，先夫赴西南征兵，也得过一块。"

我费力地思索五年前，皇帝老爹派谁去了西南。根据女声提供的信息来分析，这人少说是三品以上的官员……武将……征兵……近几年身故……电光石火，答案呼之欲出：龙虎将军岳荣昌。

岳荣昌手握二十万重兵，是老三举事的心腹爱将，再加上榆王爷的兵力，若非皇帝老爹早有部署，他们逼宫亦非难事。事败后，岳荣昌被处以极刑，岳府成年男丁悉数斩首于市，未满十四的男子和女眷一律流放边荒，贬入奴籍。

这女声必是岳荣昌的夫人池秀娥了，她爹是沅京有名的裁缝，她未出阁前，和我娘赵贵妃要好，情同姐妹。那会儿我娘还未进宫，常去池家做衣裳，我娘入宫为妃后，两人就走动得少了。但池秀娥次次随岳荣昌进宫，都会给我娘送点好料子，客套一二，她见过我也很正常。

但问题是，按本朝律法，她不该在散花镇，而该身在边疆。是被豆包一行偶遇，见之不忍，救了下来吗？这可不妙，私藏犯官家眷是大罪，我得去提醒豆包。

正念着豆包呢，她就来了，进门就急问："姑姑，确定了吗？"

冷酷女声是她所说的姑姑，应该是点了点头，豆包又急了："那……姑姑的意思是……"

闷，沉闷，气氛像绷得太紧的弦，一弹就会断。姑姑说："你不想以皇族之血祭奠你母亲和姐姐吗？我看这一屋子人，都等着呢。"

池秀娥哭出声："我的婉儿才十一岁啊……"

窗外很亮白，哦，下雪了。我挣扎着起身，想问个明明白白，门吱嘎一响，进来一个少年，穿很朴素的衣袍，头发扎起，斯斯文文。他走路很轻，举止也沉稳，该是练家子，他将食盒放到床边小凳上，沉声道："吃点东西吧。"

我抬头看他，他从头到脚都透出沉静，十六七岁吧，眉目很清秀，头发梳得很齐整，像翰林院里的侍读学士，清清静静的读书人。我朝他笑笑，却坐不起来，他扶我一把，我道谢，他唇边的笑很微薄："豆包说你连日来都睡不好，屋里用了沉香安神，这一觉睡得还安适？"

安适是安适，但被人盘算着杀来祭天……我苦笑着问："你们是何人？要对我怎样？"

少年避而不答："你先吃东西，姑姑会来找你。"

饭菜挺丰盛，我吃不下。若池秀娥想杀我悼念亡夫和亲人，我认了，但姑姑那句"你不想以皇族之血祭奠你母亲和姐姐吗"，却是问豆包的，莫非她的亲人也犯了事？

这绸缎庄隐在闹市，敛财无数，目的何在？

灯花噼啪地响，窗纸隐见夜色，门被推开，我见着了传说中的姑姑。豆包和那素袍少年跟在她身后，我望过去，豆包忧切地注视着我，一言不发。

姑姑身穿宝蓝锦衣，华光灿烂，不像江湖人士，倒像官府小姐，气度很好，面容也秀丽，只是眉宇沧桑，她蹙眉道："云来说你不吃东西……殿下是想和我等谈条件？"

素袍少年名唤云来，好名儿。他垂着手站在窗边，很安静，我收回目光，低笑道："人为刀俎，本王哪能妄想谈条件？"

没想到散花镇竟是葬身地，但死得不明不白，我不太情愿，总得问个水落石出吧："杀我，是为了给岳荣昌一脉报仇？"

妇人摇头，珠翠轻晃，缓缓撩起衣袖，呈给我看："殿下可认识这个？"

玉腕洁白，却攀爬着一块狰狞丑陋的刺青，我霎时明了她的身份，她和池秀娥一样，也是犯臣的血亲，身上被刺下了奴隶的印记。她拉过豆包，豆包的手腕也有一处疤痕，据宫人说，是用烧红的烙铁盖上去的，岁数太小的孩童可能承受不住，在流放途中，因伤口溃烂化脓，又得不到救治，死状甚惨。

妇人停顿了一下，淡淡道："我在塞外捡到她的时候，她才三岁多，发热脱水，连药汁都喂不进去。"

那天，豆包说她最远到过塞外……我不敢看她，不能想象幼年的她是如何颠沛流离受尽耻辱，心弦猛然被绷疼，我攥住拳头，把脸侧向一边。

妇人又说："云来被母亲扮成女儿，侥幸逃过一劫，我从教坊司弄出了他和他妹妹。"

洁净的男孩子，洁白的女孩子，从养尊处优到污浊下贱，只消皇族一句话。男人们一念之差造的孽，却让无辜的他们来偿还，怪不得姚胖子说，辞官也不惋惜，入仕多年，看够了抄家灭族，生死浮沉，转瞬即逝，眷念太深是不智的。

被人当众揭开伤疤，豆包和云来都白着脸，我听不下去了："能给我纸笔吗？我修书一封，恳请我父皇下诏，今后免除对无辜家眷的罚责。"

妇人笑了，但笑得极冷："殿下是想让我皇大施仁政了？但殿下身份贵重，又如何会懂得，耻辱不是一纸诏书就能消除得了的。"

以名门之后沦为低贱，下场比穷苦人家的子女更悲惨，我懂。霓裳向我哭诉过，她的姐妹得罪了纨绔子弟，被扔到教坊司，几天就被凌辱至死，这血泪苦痛，我耳闻，而今，我目睹。

耳闻目睹了，就不能再袖手旁观了。哪怕将死在此间，我也想劝皇帝老爹，能不能尽可能地让他的子民都不丧失尊严地活着？清贫无妨，却能像姚胖子的婆娘晾在阳光下的衣衫，旧也旧得整洁，散发着清香。

"殿下这算是人之将死，其言也善？"妇人掸了掸衣袖，像掸去了一只讨厌的苍蝇，露出很愉快的笑容，"殿下跟过来，是想摸我们的底，查查我们是否也想揭竿起义吧？呵呵，殿下是贵人，未经人间悲苦，想得太高远了，三皇子都做不到的事，我们是不想的，只想能多救些可怜人。"

我叹息，的确是我想太多，他们想谋求的，是一份踏实而微末的生活，而绝不是那些云里天上的东西。我喉咙一痒，扶着床，剧烈地咳。豆包抿口不言，一双又黑又亮的眼睛直视着我，流露出焦灼，我便好受了些。

妇人居高临下地看我，"老实说，这不法勾当是干了不少，银两也攒了些，但救助家眷不亚于虎口夺食，打点和安置，花销不小呢。绸缎庄到了我这一代，还盼着能再壮大些，哪有余裕再为别的事分心？"说完转身离去。

妇人走在前头，云来帮她拉开门，随后牵起豆包的手。她安然让他牵着，侧过脸，很轻很轻地笑了。

此情此景，我尽收眼底，咳得不能止。

最悲哀莫过于，你遇上了心爱，却发现，有人早已是她的心爱。

豆包看云来的眼神，明白无误的，是爱恋。他们有相似的遭遇，又有晨昏共度的深情，多顺理成章。何况他素淡温和，和她一静一动，最是相宜。

我的意中人，她已有心上人。

求生意志随时光的流逝已逐寸淡薄了，再一思及豆包，心灰意冷，只盼他们能早点动手，能允我写遗言即可。

我想念我爹娘，想念我王府的人，想念勾栏的霓裳，还有姚胖子夫妇和陈二球，甚至包括我哥瑶光——虽然我们一向相处平平。早知死亡来得仓促，相对的每一刹那都不应当浪掷，我很痛悔。

雪下得盛，我喝了水，昏沉沉的，睡不着。豆包和妇人在外厅似有争执："姑姑，他人很好，这几次的物品都是他帮着看的，陈老板也没压价。"

妇人默然，豆包又说："姑姑，你说女人不该是争权夺利的牺牲品，我们是被迁怒了。如果要了他的命，不也在迁怒吗？下圣旨的不是他。"

妇人问："你忘得了你的亲人吗？他们忘得了吗？"

豆包的声音很低，也很模糊："忘不了，但爹爹确实侵犯了皇家的利益……我也依稀记着我娘和姐姐的相貌，但祖师奶奶说，仇恨不是我们活着的动力，幸福才是。"

妇人冷笑："被打入贱籍，连嫁个正当人都难，有何幸福可言？"

豆包语塞，良久后——当我以为她们已离开时，云来接口了："若幸福是妄念，至少还可追求平静。"

这绸缎庄最早是逃出生天的贱籍女子开设的吗？她救护了一个个同病相怜的人，给他们栖身之地，在温饱之余，以铤而走险的手段一步步将其壮大，代代传承……若换了我，逮着了一个自投罗网的皇族，大约也不想放过，这些年来的血海深仇，总归要找个出口吧。

血祭亡灵，身心解脱。

厅外"扑通"一声，像是有人跪下，接着又是一声，云来说："姑姑，太多人都咽不下一口气，但让自己过得好了，就不再介意了。"

"姑姑……"豆包哭了，喑哑而哀伤，"您收回成命啊，姑姑……"

妇人的声音陡然严厉，拂袖而去："那你们就跪着吧！"

我乏力极了，爬不起来，索性滚下床，挪到窗边，往外一望，豆包和云来齐齐跪在雪地里，为我哀恳求告。

风雪好大，豆包的斗篷歪在一旁，落满了雪，云来掌了一盏灯，笔挺地跪在她旁边。我跌坐在墙边，眼泪无声淌落，很想很想对她说，你快起来，你不要哭，路朗和得红颜若此，已能含笑九泉，你不要哭。

这短短一生，有幸相识，我的少年，我无憾了。你快起来，往后的岁月里，不要为任何人侵蚀了容颜，磨损了风骨，你快起来，你们快起来，你不要哭啊姑娘。

漫野飞雪，灯火在眼中迷离而过，黑了下去，像永恒地黑了下去。真抱歉啊，连相依为命，都不是我和你。

不晓得昏迷了多久，我被豆包拍醒了。她裹在厚重的棉袄里，经年不改的男子装扮，脸苍白得殊无血色，急匆匆跑来，没有铺陈也没有称呼："姑姑答应让你走得不痛苦，也会留你全尸。对不起，我……"

她掩起袖子，连打几个喷嚏，吸溜着鼻涕。雪太大，寒气都袭入心肺了吧。我心酸，大力抱她入怀，想将这仅有的、最后的热度都传递给她，好让她别太难过："没见过比你更傻的人，死都死了，魂魄早跑开了，管它被剁成几大块呢。"

豆包难得没反驳我，轻声说："是很傻，跪到天大亮了，才想到能找姚伯说情。他和姑姑的父亲是故交，他发话，姑姑是听的。"

抱着她，像抱着一根刺，那么瘦，那么那么瘦。我鼻子很酸，死死忍住泪意，忐忑伸过手指，抚过梦中思量了多少回的脸。

豆包就在我掌心，面容是温暖的，像我从不会与她分离的样子。她没躲我，眉毛微蹙着，小脸绷着，双眼血丝密布，满是歉意："这件事怪我，你跟来，我一早就发觉了，却以为你是想找姑姑买纯钧剑的，就没管了。哪知云来误会你想偷袭我，结果……"

结果搜出了要命的令牌，你曾经说，匹夫无罪，怀璧其罪，你是对的。什么时候你都是对的。漫天霜雪侵上我心头，豆包才想到是被我抱着的，红了眼睛，红了脸，红了耳朵，从我怀中挣脱，捞起地上一个小酒坛子，搁在床头柜上，别开脸，很小声说："是鸩酒，你是皇子殿下，要走得体面些，要不然上天会怪罪。对了，做了鬼，别来找我们索命，该忘记的就别记得了，我够意思啦。"

说完，她不再看我，大步跑出门外，"砰"地摔上了门，肩膀一抖一抖的，还捂住了嘴，是在为我哭吗？你不要哭了，你一哭，我就又只想抱着你，没种去死了。

她尽力了，我知道；她很愧疚，我也知道。我拎起酒坛，很轻，晃一晃，有水声，鸩酒是剧毒，一丁点就够了，发作也极快，算是很仁慈的极刑。它是豆包和云来对我的恩情，我领情。

她对我有情有义，她对他有情有意，一字之差，谬以千里。我抱着酒坛，想哭，却笑了。

这就要和老三做伴了呢，还有我们的表兄江红叶，走得快些，或许还能和那白马银枪的少年将军叙叙旧，我很仰慕他的。霓裳说过，勾栏不少姐儿都藏有江红叶的画像，连他都做了鬼，我个不成器的王爷死得也不冤。

可是，一个只活了十六年，精于吃喝玩乐，毫无建树的短命王爷，哎哟喂，出现在史书里不好看啊，爹爹。你能让史官通融通融，给我写点好话吗？我想要六个字，不多，就六个——

美姿容，善骑射。

天已黑透，无星无月，我拔开酒塞，一饮而尽。豆包于我永不可得，这人世于我是永夜，要不要，活不活，无所谓的。

无所谓了。

鸩酒的口感出乎意料甘甜，且有异香，紧接着我眼前一黑，沉入死寂。

但是——

竟然没死。悠悠醒转时，我看到自己正躺在破庙里，枕着骡子的肚皮，右边的醉鬼碰碰我，递来烧刀子："小兄弟，醒啦？哎，再过三两日，天就该放晴了，往西走上二十里，到散花镇置办些特产，回去好过年喽！"

依然是一座破庙，依然是一只骡子，依然是臭烘烘的庄稼汉。天已黄昏，四壁透风，关于散花镇的一切，仿佛只是一场大梦。

然而，在大梦里，有谁拾起空掉的酒坛子蹲下来看我，笑得肩膀一抖一抖的，暖暖气息直喷到脸上来："哎，笨蛋，真好骗。"像初相见时，语声里含着笑，江南春雨般软绵绵。

做了鬼，该忘记的就别记得了。我摸到谁人绑在我腰间的纯钩剑，坐起身，慢慢地听到这世上落起雪来。

二〇一二年十一月

福王朗和，武宗第二子也，喜击剑，风骨清美，宽仁明恕。嘉远三十六年七月，益州蛮乱，和请赴，从靖国公江之淮往讨，大破之，郡界平。是冬，征拜德安太守，广开水田，募贫民佃之，平徭赋，创学舍，刑政清明，家家丰足。

熙元二年，召为大司农，去郡，小民罢市，遮道焚香送之。后任岭南节度使，授两广总督，出为信武将军，监吴郡，所至皆生为立祠。五年二月，苦战东藩，生擒敌首，然箭伤难愈，薨于南甸关，时年二十九。王无嗣，归葬珉山，上震悼，辍朝三日，吏民哭者百里不绝。

——《宁朝通史·熙元朝·诸王·朗和》

八·艳色

天夜，有少年至，着乌衣，洁白如玉。

探花郎最近有点烦。

他殿试高中，被皇帝亲点为探花，次日进宫面圣，琼林宴上，公主看上他了。

公主彩虹酷爱吃甜食，是个眯眯眼的小胖子。不仅胖，还刁蛮，一盏冰糖燕窝不可口，都会对宫女施仗刑，她的长春宫隔三岔五哀号阵阵，令人发指。

当晚，探花郎云在天醉倒在书房，向书童小顺发出撼人心魄的疑问："我家日子还能过吧？"

这人又在说笑了，自三年前他从国寺还俗，就这副……死鬼样子。小顺给云在天再斟一杯酒，云家先祖辅佐本朝太祖开国，被封为洛阳王，王爵世代承袭，他家的日子岂止是还能过而已。

越是这样，越替他惋惜呢。换了一般人，蒙金枝玉叶垂青，自然求之不得，但王侯世家的贵公子，根本无须攀龙附凤，云在天没有娶公主的理由。如果非要有理由不可，那就是，圣谕不可违也。

第三杯糯米酒下肚，云在天面颊灼然，倒头睡去。小顺把他扶进卧房，帮他躺平，嘟哝道："一杯上脸两杯上头三杯倒，充什么酒风浩荡。"

世人皆知你不情愿，但陛下赐婚，谁敢不从呢。小顺给云在天掖了掖被子，掩门离开。皇帝为公主和贵族子弟指婚是平常事，本朝历史上，只有一个人抗过旨，那是一百七十多年前的事了，武宗想将五公主许给靖国公世子江红叶，江红叶公然拒绝，理由只七个字："微臣心里有人了。"

江红叶是战功煊赫的镇国少将军，他年少从戎，十四岁领兵，大破敌军，归来朝拜天子时，百官惊艳。史官对他评价极高，夸他银枪跃马，风华绝代，在本朝历史上，几成传奇。

五公主聪慧过人，请父皇招之为婿，江红叶谢却。云在天说过，羡慕江红叶的勇气，但武宗年间，江家手握百万雄兵，圣眷优隆，云家贵则贵矣，仍难以比肩。

每年初冬，沅京都很热闹，尤以十月初七为最。新科状元在这一天夸官，身披大红袍，帽插宫花，在御街骑马行过，接受万民拜贺。

钟鼓齐鸣，长街挤满女子，大半是来看探花郎的。这显而易见：状元公三十来岁，留小胡子，高而瘦削，四平八稳的中年读书人；榜眼一手好文章，惜乎其貌不扬，酷似杀猪汉；而探花郎云在天端坐在马背上，白衣黑发，是难得的美少年。

宫人说，公主的母亲万贵妃已召见探花郎之母入宫商议儿女婚事，所以，这正是探花郎面无表情的缘由吗？

分明是春风得意的时刻，可他看起来，真孤单呢……

甜酒吮着糖画，扭头问花梨："在想什么？"

"哦，探花郎花容月貌惹人想犯罪，想必口感是大师兄的七倍，不如捉来陪我睡一睡。"

甜酒扑哧一乐，笑声大了些，两步开外的云在天眉一扬，朝这边看过来，目光落在花梨身上。

然后，探花郎就笑了笑，笑得很灿烂，像王孙公子本该有的面貌，又明朗，又风光。小顺后来问他："那天在街上，看到什么啦？"

云在天喝着酒，不说话。很难说出那一刻的感觉呢，街市人声鼎沸，穿青衫的俊秀少年和女伴在看他的热闹，一人举一个糖画，津津有味地舔，发觉云在天在看他，遂满不在乎地做了个很邪恶的举动——他咔嚓咬掉孔雀糖画的头，冲他挑衅一笑。

少年的糖画，是张牙舞爪的孔雀，很巨大的一个，是代指公主彩虹吗？这真像某种微妙的暗示，于是云在天笑了。

两天后，皇帝宣云在天入宫，为公主和他赐婚。

父亲的叹息和母亲的眼泪，都交织在心底，可云在天跪在殿堂，很坚定地说："恳请陛下收回成命。"

皇帝皱着眉："原因呢？"

需要吗？我不高兴娶你的女儿，能说吗？云在天又说："恳请陛下收回成命。"

皇帝想了想，问："你可是心里有人？"

深爱一个人，如何自证？皇帝惜才，并未大发雷霆："朕只有彩虹这么个女儿，她被宠坏了，是任性些，但再过一两年，兴许就懂事了。"

一代帝王把话说到这地步，云在天告退："微臣明白。"

彩虹在宫门口截住云在天，劈头就问："你不想娶我？"

十四岁的彩虹是帝国唯一的公主，太子一母同胞的妹妹，备受荣宠。云在天不答，彩虹咧出满口烂牙，幸灾乐祸地笑："这个世上根本不存在我得不到的东西，包括你。"

云在天不想多言，但恶从胆边生，反问："包括心？"

彩虹脱口问："你心里有人？"

阳光下，探花郎淡淡道："没有人，只有一只妖怪，它有两个头，眼睛亮闪闪，很爱笑。说出来，公主信吗？"

彩虹鼓起脸，瞪他："荒唐！"

云在天眼似湖光，无比温和道："微臣当了多年和尚，很无趣，也很不体贴，公主不妨再想想？"

云在天幼年生了很重的病，他父亲洛阳王请尽天下名医，无人可治。洛阳王妃前往国寺兰泽寺求祷，一步一个等身长头，半个月后，云在天奇迹般痊愈。当年冬天，年仅四岁的他被送往寺院出家还愿。岂料世事难测，之后的十年间，云在天的两位兄长先后离世，身为洛阳王仅存的儿子，他被迫还俗。

万贵妃找到彩虹的时候，她正在御花园鞭打宫女，甩一鞭子，骂一声："叫你装疯卖傻！叫你不说人话！"

小宫女被打得遍体鳞伤，痛号不止，万贵妃嫌吵，喝令彩虹住了手："怎么回事？"

彩虹余怒未消，叉着腰道："云在天说话我一句也听不懂，他准是在嘲笑我没文化！"

云在天到金思阁吃饭。那是素菜馆子，环境雅致，冬笋和菌菇尤其爽口。

议论时政的食客大有人在，云在天声名鹊起，理所当然是热门话题。他留神听了听，观点都很老套："探花郎两位哥哥都去得早，云家露败象了。洛阳王苦撑，不过是苟延残喘，若家族尚有可用之材，何至于让探花郎收拾残局？"

"是啊，云家金玉其外，败絮其中喽。依我看，探花郎何苦再扭捏。公主和太子一母同胞，亲近无间，娶了公主，等同于攀上了未来国君，要是我，做梦都笑出声来！"

云在天唇角浮起一抹笑，跟名利相比，自己的心意随时都能牺牲掉，你听，他们都附和呢。然而，一个清亮的声音响起："这位兄台，娶个悍妇，你也笑得出来吗？"

是谁这般大胆，敢于当众挖苦公主？先前说话的男人约莫惊呆了，谨慎道："小哥，你的看法和我分歧太大了，不用谈下去了吧？"

清亮的声音带了几分笑："人人都逼迫他以色事人，想来他难过得紧。偏偏有些吃不着这口饭的人，恨不得都扒拉到自己碗里，嚯，嚯嚯，有趣，真有趣。"

云在天探头向外望去，但只瞧见那人的背影。他携着女伴的手，正款步跨出店外，像有察觉，忽然回过头来，冲云在天拱手为礼，笑窝一闪，顷刻就消失在人群中。

恰是那促狭的糖画少年，云在天只来得及望见他一身青色长袍，外罩黑色大披风，洒脱不羁，像江湖中人。他不由懊恼，若非身在包厢，能和他说上话吧？在一边倒的言论下，这少年令他心头一暖。

踱回洛阳王府的路上，云在天犹在回想那口无遮拦的少年。他飞扬地立在喧闹的街边，送给他很大很明亮的笑容，真想还能遇上他。下一次，一定不要错过，一定不能。

隔了一天，探花郎云在天授官翰林院侍讲学士，赐婚的圣旨一同下达。他磕头谢恩，心平气和，倒把王府上下都吓着了。

他们宁可他闹上一闹，可他没有。洛阳王云离尘歪在病床老泪纵横："小天啊，爹爹难为你了，云家老小都难为你了啊……"

前首辅大人比谁都懂，挽救岌岌可危的家族，不是依靠才学，而是美色，这对他心高气傲的小儿子来说，非常难堪。但比起学识，人脉才是第一位，入仕之人都有数。攀上太子的嫡亲妹妹彩虹，可能是最直接也最快速的方法，事到如今，只能硬着头皮走下去了。

要说云离尘横霸朝纲十九年，满朝门生故吏，势力深植朝野，本不可小觑，怎奈后继乏人，窘态毕露。云在天的大哥二哥俱是一方封疆大员，谁知十年前，大哥在进京述职的路上，遭水匪杀害，英年早逝；四年前，交河水难，瘟疫暴发，二哥奉皇命亲往赈灾，不幸染疾不治。

当时，云在天最大的侄儿才十二岁，天资有限，不堪大用；大姐早几年嫁去了皇宫，封为淑妃，却不得宠，膝下无所出；妹妹本和刑部尚书家的四公子从小就订了婚约，云在天的二哥一死，对方忙不迭退了婚。云家百年望族，遭此奇耻大辱，云离尘气得吐血三升，第二年初春就一病不起。

民间有俗语云，富不过三代，云氏却一旺数十代，当中也有国君谋朝成功，但云姓高官一如既往屹立朝堂，是为奇谈。然盛极而衰，到了云在天这代，终是颓损了，只剩他和一姐一妹，姐姐在皇帝的后宫备受冷落，妹妹前年嫁去了南边，夫婿是四品官，对娘家使不上力。

小顺在院子里唉声叹气，他不敢对任何人说，探花郎可能已经疯了。大前年冬天，云在天染了风寒，小顺听到他昏昏沉沉说胡话："七年了，你没回来。妖怪，我假装世间大旱了七年。"这三年来，小顺偷偷观察，云在天掩饰得很好，但张公公来王府宣诏，他又露出了马脚，把圣旨看了好几遍，颠三倒四地念叨："你不来救我吗，妖怪？"

一个修行的僧人，为何口口声声地念着妖怪，而不是佛陀？小顺怀疑探花郎疯掉了，抖着手帮他穿上朝服。

云离尘还没醒，他又瘦了些，如剪影般清癯。云在天悄然握握父亲的手，转身去上朝。三年前，云离尘累倒在书房，云在天还了俗，私心里，他有太多话想和父亲说，却不知如何开头，久了，便习惯了和父亲默然相对。

为什么连血脉相连的父子，心都远隔千里？马车在官道飞驰，云在天疲惫地闭上眼，爹爹，连我的妻子也将是和我无话可说的人吗？

下早朝后，云在天在御书房门前长跪不起。上次他也跪过，但皇帝对赐婚一事铁石心肠，这回却准许了他的请求，一年后再为他和彩虹完婚。云在天渴望做出一番成绩，当成退婚的筹码，皇帝笑："你还真执着啊，是不甘心吧？也罢，朕就允你一年。"

万贵妃心神不宁："虹儿对他志在必得，陛下不担心夜长梦多？"

"问问你自己，虹儿若不是朕的女儿，算得上良配？年轻人嘛，难免意难平，但他吃了苦，就会懂得，他一己之力，挣脱不易。"

洛阳王府重又门庭若市，官员商贾闻风而动，纷纷登门，看望沉疴染身的云离尘，也有重臣差人送来贺礼，做壁上观。汤南岳冷眼相看，飘来诛心之论："堂堂洛阳王竟沦落到卖子求荣，可悲可叹！"

这汤南岳是云离尘昔日最大的政敌，云离尘赋闲在家，内阁首辅的位子就让他坐了。官场关系交横连纵，牵一发而动全身，云在天的两位兄长故去后，云氏一党土崩瓦解，先后倒向江周秦赵四大世家。汤南岳明目张胆地讥讽云在天，无非是看死了他孤立无援，贵为太子的嫡亲妹夫，也难有像样的作为。

云在天也知刻薄话是实情，不细心经营若干年，云家起不来。他听了嘲讽，唇际带了些笑，官服煌煌地去翰林院。皇帝是他的岳丈，亦是姐夫，他自觉都可笑，由不得被人看笑话。

结束一天的公务，又去金思阁晚餐。书童小顺已在大堂等候，思及糖画少年，云在天换到靠窗位置，若他还会来，一上楼就能看见他。云在天期待和糖画少年重逢，就像每个下雨的日子，他都错觉能召唤出那只妖怪。但这么多年过去了，它再也没来过。

小顺搓着手喊冷，云在天遂要了一小坛店家自酿的黑糯米酒。酒方很简单，是他教给老板的，很受女客和老者欢迎。

遥想第一次见到妖怪，也是这样的天气，云在天冷得要死，头发上都结了冰。那时他七岁，出家三年，大哥被杀害的噩耗传来，他不啻雷击，眼泪夺眶而出。住持对他讲一千遍"离苦得乐"都没用，他敲一晚木鱼也没用，偷跑出寺院放声大哭。

一生一世最大的一场雨中，小和尚坐在落叶丛中声嘶力竭地哭。大哥遍体鲜血的惨状在脑中翻搅，驱散不开，雷声响彻天地，那只妖怪踏着雨水来了，犹如一幕幻梦。

他泪如雨下地抬头，目瞪口呆看它。它是他生命中的光，陪他玩耍，分享食物，会讲很多好听的故事，温暖了他七岁时的冬天。

许多许多年后，也是冬天，他在不经意间，幸会了一个少年。少年玉面朱唇，身段风流，在一大帮吵吵嚷嚷的食客身后，走进店堂。

少年没带女伴，独自前来，收了伞搁在墙角的木桶里，掀起罩在头上的风帽，静静地看云在天。

云在天顿时就笑了。

小顺惊愕，看看云在天，又看看花梨，他没想到探花郎居然有朋友。三年前，云在天刚还俗，权贵公子哥儿来找他玩，骑马狩猎，强掳娇娘，他从不去，久而久之没朋友。

云在天过得太封闭，他母亲洛阳王妃担心不已，他轻笑："已然很喧闹了，般若菩提方是大清净。"

洛阳王妃忧虑地走开，小顺说："他们都说，王妃背地里悄悄哭。"

云在天把手放在史书上，长久不动，此后在府中绝口不提兰泽寺。

花梨径直走向云在天，抓过盘子里的糖果剥开，咯吱咯吱嚼着，落落大方，毫不拘礼："金思阁最好吃的就是甜品。"

云在天垂下眼睫，淡声道："你这种吃法，当心伤了牙。"

"哦？想到公主了？"花梨解开斗篷最上面的风扣，以很松垮的姿势陷在椅子里，笑吟吟说，"你得相信，天生丽质的人是存在的，比如我们两个。"

小顺哈哈哈笑，云在天也笑，如春水映梨花："你说话总是这么……直白？"

花梨眼带桃花，言笑晏晏："世道这样乱，我大言不惭，只为给自己壮壮胆。"探身又抓一颗糖果塞进嘴巴，含混道，"你更得壮胆吧，天下会有比驸马更惨的男人吗？"

知心人啊！小顺猛拍大腿，别人都艳羡探花郎当上皇亲国戚了，但这才是大实话啊！怪不得探花郎拿他当朋友。云在天点点头："没有比驸马更惨的男人了，我既没法纳妾，也不方便偷吃。"

小顺撇撇嘴："我就不信你会想偷吃。"哪个王孙公子不去勾栏混？云在天不，规矩得很乏味，还俗多时，还保持僧人作风，吃素，房间里点檀香，睡前会看一会儿经书，小顺给他当书童，了无生趣。

云在天放下茶杯，长叹："你不知道我，我也是普通男人，心里还是有点想法的。"

花梨吃糖速度很快，三下两下嚼完，一颗接一颗。云在天蓦然一呆，细细打量他，仿佛听到妖怪快乐的笑声在头顶炸开，它一手剥花生，一手端着桂花酒酿，晃了晃脑袋说：我有两个头，所以我有四排牙齿，咔嚓咔嚓，再来三个小和尚也能吃个精光。

那年那月，天真烂漫，欢声笑语如春风般掠过心头。云在天回过神，竭力抑住凌乱思绪，给花梨倒了一大杯酒："黑糯米酿的酒，加了阿胶、枸杞和蜜糖，你尝尝？"

米酒刚烫过，花梨将它咕咚咕咚地喝下去，通身都暖洋洋。花梨眼珠子润了水似的，很亮很亮："冬天最适合大块吃肉大口喝酒了，最好是外面落着大雪，屋中央生着火，烤鹿肉，烤兔肉，烤麂子肉，可棒了。"

云在天盯花梨看半天，缓缓开口："我小时候认识一只妖怪，它圆圆脸，只爱吃喝玩乐。冬天没野果子吃，但它很擅长挖陷阱，手上拎着小灰兔的长耳朵，要么是火红的狐狸，得意扬扬。"

小和尚求妖怪放生，妖怪笑道："可我不是你，我想吃肉呀。"小和尚想了想，看向自己的胳膊，一咬牙伸给它。妖怪笑得好大声说："你吃素，总共二两皮三两肉，有什么吃头？我还是去杀只老虎吧，油多肉厚，烤着吱吱响，虎骨头熬汤，虎皮扒了做袄子，我们两个都得穿。"

小和尚说："阿弥陀佛，罪过罪过，小僧不穿。"妖怪很鄙视他，"孙大圣不也穿虎皮裙嘛，你真没劲！"

小和尚无从反驳，妖怪气愤地跺脚，一溜烟地跑了，转天又若无其事地冒出头，塞一把蚕豆子给他："香死了，快吃！"

探花郎这一次疯得太彻底了，小顺颓了。但花梨却收起了笑，很专注地聆听，云在天惆怅道："这酒是妖怪推荐给我的，我拒绝了。它小心眼，再也不来了，只和我相处了那一个冬天。但我还俗后，每年冬天都会喝它。"

曾经那样粗暴拒绝妖怪的好意，一次又一次，再一次，推开它，推开它。要到多年以后才明白，他把妖怪推出生命，却也因此把自己的心推到清冷孤绝，万径人踪灭，可当时哪里会知道。

探花郎说疯话也挺有条理，看来不会有事，他疯一阵，又兀自好了，还是才高八斗的探花郎。小顺放下心来，大吃桃酥。若没人理探花郎，他好得会更快，可花梨竟都听进去了，略舒眉峰，问："不当和尚了，就喝上酒啦，肉呢？"

云在天眼睛很湿润："妖怪不曾把肉端给我吃，那我就不用吃。但是，如果它再来，我什么都愿意听它的。"

所谓体面，是言行举止符合自己的心智年龄，云在天知道。可是很丢人，在初识的花梨面前他没能做到，说起一只两个头的妖怪……真怪异，也不怪被书童当疯子看待。花梨看出云在天的赧然，薄唇勾起谑笑，转了话题："如果我能让公主退婚，你愿意什么都听我的吗？"

话音未落，身体已略一前倾，云在天还没反应过来，花梨已以迅雷不及掩耳之势揽住他，额头紧贴他鬓边蹭了蹭，视线转向小顺，玩味地笑："我一介凡俗，想必不如妖怪能耐大，但吵得人心烦，不懂事的小女孩子，好对付。"

如果忽略这可恶的笑，少年郎长得真不错呀，黑袍宽袖，明眸皓齿，英气俊俏。可他是男的！男的！小顺急得脸都红了，嚷道："快放开我家小王爷！"再一看，云在天长身玉立，不躲也不避，很认真地看着近在咫尺的花梨，然后展了眉，"兄台此话当真？"

花梨舔了舔唇，意犹未尽地放开他，拿过桌上火石，一次次击出轻响，忽望望小顺："我和你家小王爷同病相怜，也算有缘，帮一帮无妨。"

烛火跳动，陌路少年乌黑瞳仁好耀眼，云在天把灯芯拨得更亮，问："兄台也面临困境？"

花梨又剥糖吃，眉梢流露笑意："嗯，我家人说，你不小啦，别成天上蹿下跳啦，也该有个家，正儿八经过日子啦。老说老说，我烦，又不喜欢，就连夜逃啦。"

"啊！"小顺叫出声，"也不合你心意？"

花梨姿态慵懒，一改浪荡作风，落寞道："嗯，我喜欢一个人，但是……是禁忌，不容于礼教，我怯于挑明，灰溜溜躲了，躲得老远老远。可我没能忘掉他，又控制不了自己，每年都混在一大堆人里，悄无声息地看他。因为我很想知道，他会有怎样的一生。"

噢，他是断袖之人啊！小顺恍然大悟，对探花郎动手动脚是发乎本能啊，可惜口头说得忠贞，占便宜可半点都不含糊，跟贪官污吏也没两样。

只一瞬，花梨就恢复了常态，全无伤怀，望了望云在天，展齿一笑："我佛慈悲，你不会看不起我吧？"

云在天一哂："以前参不破，后来悟到了，佛法无边，众生平等，有的人和他养的狗过了大半辈子，有的人想和一只妖怪过一辈子，谁能看不起谁？"

花梨做感动状，抹一把莫须有的泪水，伸过拳，和云在天碰了碰，大咧咧道："有你这话，我一定助你成功脱逃，天高海阔，不知多快活。"

的确是思量过，硬起心肠，不管不顾，一走了之。皇命家族，不管了，统统见鬼去。可普天之下，莫非王土，能逃到哪儿去呢？云在天苦笑："跑得了和尚跑不了庙，我逃了，我爹娘，还有府里的歪脖子树们怎么办？"

小顺对花梨充满疑虑："你和我家小王爷才刚认识，凭什么要帮他？搞不好命都没了，好处也拿不着。"

花梨盯住云在天，双目亮得如同燃烧一般，话却是对小顺说的："探花郎吧，有时很矫情，有时很动人，有时矫情得很动人。但总的来说，是美人。我不忍见美人落难，纵然做鬼也风流。"

小顺端起茶却不喝，少见的严肃："我家小王爷是糊涂人，抱着死马当成活马医的想法，我不怪他，但我得替他把把关。你这人轻佻，说对他怜香惜玉，想拉他一把，我信；但跟皇族过不去是要掉脑袋的呀，绝对无私是一种欺诈行为，我不信。我是在王府长大的，熙熙攘攘，皆为利来，我看多了。"

花梨捶云在天一下："你的书童见识不错。"

云在天嘴角一牵，悻悻道："你是说'小王爷是糊涂人'那句吗？绝对是对我最恰如其分的评价。"

花梨唇畔带笑："好处我是会要的，放心，你给得起；我的命也是要的，放心，我要得到。其实事情也没你们想的那么难，对付天家硬拼不成，得智取。法子我想好了，先不说，免得走漏风声。"

初见花梨，人群中轻衫华贵，懒慢带疏狂，不想，与他相谈也如沐春风。前路艰难，百废待兴，却因这个人玩世不恭的随意，好像变得不太阴霾，云在天深深看他："阁下是何许人也？"

"生意人花梨，做点杂七杂八的买卖。"花梨悠闲饮酒，从兜里抓出一本账目，扔给他，"我讨厌为蠢人操心，这玩意儿你给查查漏洞，你值得了，我才会出手。"

"这人说话也太气人了！"小顺听不入耳，云在天却宽宏大量，不予计较："急吗？"

花梨仰脖饮尽杯中酒，霍然起身，脸上闪过微不可察的笑："急，给你五天。"存心要坏驸马的名声似的，在众目睽睽的店堂里，飞快捞云在天入怀，在他耳畔掠过一吻，广袖一拂，"布局去了，告辞。"

小顺惊惶地东张西望，果然有食客注意到这一幕，交头接耳，满目惊诧。云在天慢品清茶，眉目安详，小顺气结："你被人调戏了啊！你不知道吗？！"

云在天轻描淡写："皮囊罢了。"

小顺气死了："小王爷，你真……懦弱！是男人就会一巴掌扇过去！"

云在天诚挚反问："我有损失吗？"

"士可杀不可辱！你忍辱偷生，失了名节！"

"吃软饭的驸马，有名节可言？"

小顺闭嘴，悲伤地夹一筷子清炒芦笋吃。太多世家子弟都玩得开，倌儿姐儿，兴之所至，不稀奇。可一贯正经的探花郎，有天竟也会和一个浪荡少年搭上了……而且，花梨生得好生贵气，决不是倌儿，这下完了。

云在天喝完茶，夹起一个椰蓉糯米团吃："事实是，我很高兴。"

小顺简直要仰天长啸："高兴？你还高兴？！"

云在天问："有何不可？"

小顺气急败坏："他是男的！男的！"

云在天答非所问："我很喜欢雨天，我总以为妖怪会从雨水里钻出来，再来找我玩，带我去它的妖界，不回来了。"

小顺彻底闭嘴了。但仔细一想，探花郎说的也不无道理，不费一兵一卒，不花一两银子，花梨就拍胸脯说要救他于水深火热。照这么看，探花郎才是老辣哪！啊哈，账是这么算的吗？

并且，素来温温淡淡的探花郎，话也变多了，也爱笑了，一如大多数十七岁的公子哥儿。啊哈，是……友情的力量吗？

一时，小顺陷入苦恼，下唇咬出一排齿印。

云在天活了十七年，没和账册打过交道，但花梨快人快语，他咬牙接了。花梨说话做事皆不按常理，让他相当好奇，想知道他在玩点什么花样。

反正局面都这样了，云在天很有兴趣往下看。直觉中，花梨的招数会让他意想不到，如同那只神出鬼没的妖怪，有时候它挂在树梢折枝梅花扔给他，有时候又从几尺深的陷阱"噔噔噔"走上来，如履平地。

一别十年，妖怪只来梦中与他相会。他是多么、多么、多么想念它，想念得太深，常常惊疑它是幻觉，可它好像来了呢，变作一个清朗少年，来看看他，陪他说说话。

妖怪，你走后，我冒着雨雪一站好多年，总算结识了一个人。他来路不明，但让我感觉熟稔，他有一双乌溜溜的大眼睛，很像你。我很乐意和他说话，也不抗拒被他逗一逗，他是你变的吗？

花梨的账本很繁复，涉及市面上种种物资，云在天头大如斗，向母亲洛阳王妃求教。洛阳王妃是当家主母，府中开支用度都经她手，她接过账本，秀眉拧起："翰林院连民间的商户都要过问？"

云在天随口扯了个谎："陛下指派给我的。"

孩儿出息了，洛阳王妃很开怀，埋头看账本，隔半晌才道："这买卖做得不俗，但水分不少。"从柜子里取下几本账册，"府中这两个季度的总账和明细账都在这里了，你对照着看。"

母亲的账册流畅清晰，通透如水，云在天来回盘查三遍，黯然悲凉。虽说世代富贵，积累甚丰，可也经不起坐吃山空，云家确实大不如前了。

云离尘病倒后，洛阳王妃未雨绸缪，将王府的下人遣散了大半，仅留下体弱的忠厚老仆们，以及像小顺这种尚未成年的男孩子。一大家子人要吃饭，为云离尘吊命的几味药材亦不能省，花销少说也有几十项，进账却几乎没有，长此以往很堪忧。

三年前，洛阳王妃在兰泽寺以泪洗面，憔悴悲伤："你的哥哥们都不在了，侄儿们又还小，你父亲撑得太苦……"

回忆中，母亲是很开朗的妇人，云在天把自己锁在僧房里，三天后，他换下袈裟，跟她返家，在供奉列祖列宗牌位的祠堂跪了一夜，接过父亲肩上的重担。但他念了十年佛经，资质亦不如兄长们，哪会应付科举考试？总在懈怠时，忆起母亲，便又强打精神，日夜温书，足足准备了三年，逼得自己跌跌撞撞地中了个探花。

云在天合上账本，去集市勘察实际行情，一一比对。花梨交给他的差事，比想象中有难度，但也很有趣，身在翰林院时他还琢磨不休。

翰林院公事轻松，但人事复杂，云在天待着不称心。忙完公务，他揉揉眉端的倦意，跛跛的公主彩虹却提着皮鞭不请自来，恨恨喝道："你不和我好，我就让父皇赐你全家死！"

一屋子冷寂，榜眼擦擦汗，又擦擦汗。云在天眨了眨眼，不疾不徐道："圣上礼贤下士，爱民如子，公主殿下却不这么看？"

彩虹的脸涨得通红，暴风骤雨一鞭子甩来，两眼几欲喷出火："我可没说父皇残暴！但你要不听话，他会向着我的！"

云在天沉默了。彩虹得意："驸马怕了吗？"

云在天半垂着脸，不胜唏嘘："殿下英明，微臣怕，怕得直发抖，说……说不出话来了。"

彩虹被噎住，死死瞪住云在天。一室同僚都噤声，榜眼缩头缩脑，想笑，艰难忍着。彩虹咬着唇，怒冲冲走了。

榜眼话多，生性爱玩闹，出外打探了一圈，收集了一些消息，云在天才得知彩虹是为着泄愤。头天下午，一对衣着很光鲜的少年男女在路边摊买风车，一伙大汉横冲直撞，喝问那少年是否出言犯上，侮辱公主凶悍，少年不慌不忙道："算不上侮辱吧？陈述事实罢了。"

来者当中最高大的黑衣人一听，袖里竟飞出银镖射向少年。银镖极快，但少年更快，间不容发之际，他拉过少女旋身飞腾，轻巧避开险招，长袖微拂，银镖叮当作响，扑扑坠地，最后三枚被他劲力一送，竟反扑回去打在黑衣大汉的膝上，使他扑通软倒在地。

大汉膝上鲜血喷涌，动弹不得，额上豆大的汗珠直冒，要靠几人搀扶才勉强维持不倒，其余众人告饶。少年揽住少女，拢一拢黑衣轻裘，向他们放话："大内侍卫就这身手？回去告诉你家主子，她男人不喜欢她，够丢人啦，再仗势欺人就更显蠢啦，比她漂亮可爱的男女大把大把的，她杀得过来？"

大内侍卫们拾起武器狼狈撤离，那少年负手站在汹涌人潮中，傲慢一笑："还有一句话，也一定要带到——四海之内，最与探花郎般配的人，是我。"

榜眼对云在天同情得很，这探花郎丰神秀骨，有玉树之姿，一辈子和公主绑一块儿，委实凄凉啊。云在天也觉凄凉，公主手下的人武功都不弱，好在花梨果然有两下子，换个没功夫的，就得横尸街头了，他该多内疚。

念及此，云在天愈发坐不住了，又想往金思阁跑。他常和小顺到那里闲话闲坐，其实也只因王府让他感到逼仄，不想回家，寻个地方躲一躲。但出了翰林院才意识到，半下午的，金思阁不开门。他在街市上茫然地转着，熬到了傍晚，拐去吃了几块点心，叫了酒来喝。

又下起了雨，电闪雷鸣，倾盆而至，和记忆最深处那个傍晚很像，黑而冷，像玄铁。妖怪捧着黑糯米酒，热情洋溢地推荐："你怕冷，它补血养肝驱寒，可好了，可好了！"

小和尚又感动又无奈："你总忘记我是出家人，我得遵守三皈五戒呀。"

妖怪蹙眉看他，沉默了许久——真的是有点久，久到小和尚心发慌。妖怪忽低头，语气萧然："你不喝我酿的酒，不许我杀生，也不穿虎皮袄子……小和尚，我杀老虎很容易吗？我太贪玩了，法力不高，被它喷了一脸血，就快现出原形了！"

若是往常，小和尚会说，快，现个原形吓我！可妖怪被他惹毛了，他笨嘴笨舌地解释："你别不高兴了，我是出家人，我不能够啊。"

雨夜很凉，妖怪连打几个喷嚏，脸色苍白，声音也嘶哑："你不用老强调你是和尚了，我有两个头四只眼睛，会看不见你光秃秃的脑袋？脑袋空空，腹中也空空，连句哄人高兴的话都不会说。"

小和尚木讷地站着，涩然道："我是想哄你，可出家人不打诳语呀。"

妖怪手中火折忽明忽暗，面上表情也模模糊糊，忽然呵了口气，轻声说道："白白香香、文文静静的小和尚多招人疼啊，可他真不好玩儿，我生病去了，再见。"

七岁以后的云在天反复想过，早知道是最后一次见面，他会喝妖怪的酒。然而，错过的，又何尝只是糯米酒呢。

他不好玩，妖怪不要他了，是这样吗？可是，妖怪弄错了，他不是不好玩，是太笨了。这十年来，他努力学做嘴甜有趣的人，但最后失败了，把人生搞成了一团乱麻，好容易结交了花梨，却险些把人家给坑了。

彩虹咄咄逼人，谁知道会不会纠集更多人手，长箭短弩招呼花梨呢？花梨功夫再好，也难敌箭雨如林啊。退婚计划，收手吧。花梨，大家都活着吧，哪怕活不到一处。

我和我的妖怪，亦是两处茫茫。别的什么，就都可以认了，真的。

殚精竭虑，夙夜不眠，第四天晚上，云在天顺利完成花梨交代的任务，次日傍晚，直奔金思阁和花梨会合。

山雨欲来，天比往常黑得早，花梨偕女伴甜酒如约而至，披一件重黑披风，步履翩翩，欠身相询："探花郎可是特意为我盛装相迎？"

云在天裹着白狐裘，墨发半垂肩侧，素净清雅。甜酒捂住嘴，咯咯娇笑。小顺盯她看，少女十三四岁左右，裙裾飘摇，娇俏如花，美。

云在天谈笑自若："花少能体会到小可的心意，小可心坎很甜。"

哎哟，讨好得哟，不堪入耳哦。小顺别开脸，只和甜酒搭话："小姐是喝茶，或酸梅汁？"

花梨坐下，往椅背一靠："账目一事，可有进展？"

云在天递还厚厚的账本："是你家的生意？很惊人。"

花梨接过，像很感兴趣："是吗？说来听听。"

云在天坐直了身体："你家业甚庞大，涉及酒、盐、茶、丝绸、饮食等。结合单价和数量分析，盐矿好几座，茶园几千亩，利润最大头是海上贸易，其次是京城的七家商行、四家茶楼酒馆。"

花梨背光而坐，不笑时眼中也犹带三分笑，端详着云在天："探花郎从区区一本账目就能看出这么多道道来？"从口袋摸出一颗糖果，咬得吱吱作响，很赞许，"问题是，你都说对了。"

小顺撑起臂，愣愣地看花梨："那你家也太有钱了啊！"

花梨专心看账本上云在天标出的问题，略一思索，把账本交给甜酒，吩咐道："拿去给老七，我晚点和你们会合。"

甜酒领命，盈盈而去。小顺怪留恋的，觍着脸叹："哎哎，她好看得跟画儿似的！"

笑意自花梨眼中盈起："美是美，嘴巴讨厌。鄙人家风严谨，调戏驸马爷，听起来不甚光彩，小妮子又守不住话，得打发走，以免连累我将来继承家业。"

云在天眼里盛满笑，赞同道："你家富甲一方，万不可为了在下影响大计。"

花梨笑眼弯得更深了些，轻拍云在天的手背："拿出部分银两招兵买马，跟彩虹玩一玩抢亲如何？"

天哪，这人是反贼吗？这主意还真够馊的。小顺白了脸，直想捂住他的嘴。云在天的心却狠狠一跳，花梨竟说出了他最隐秘的恶念，若有兵权，反了这天和地，但百无一用是书生，他两手空空。

小顺愁眉苦脸，生怕探花郎被这少年商人唆使得揭竿起义了。花梨鬼笑，戳戳他额头："好歹是王府长大的，也见过些世面，别经不起一吓嘛。我啊，向来只爱兵不血刃。"

小顺讷然："听……听不懂。"

云在天看定花梨，声音低沉，却温存柔和："罢手吧，花少。我经历的荒谬多了，不多这一件，别意气用事。"

花梨一双水波潋滟的眼睛微抬，屈起食指，自上而下抚着云在天的鬓角，语声轻得很蛊惑："若我要定你了呢？"

小顺急得要命："你，你到底想干吗？"

"我待探花郎之心如此露骨，你还不解？"花梨挑眉，手停在云在天嘴唇上，手指沿着纹路缓慢地画着圈儿，斜小顺一眼，笑嘻嘻，"如今，你可明白了？"

云在天忽觉呼吸困难，渺然地看花梨，目光虚散得像穿过了他，落在极幽茫的所在。

少年披风华美，行走间衣袂风翻，女伴又明艳，方才进金思阁就颇引人注目，这会儿举止失控，对驸马爷轻佻亵玩，已有食客察觉到了，面面相觑，窃窃私语。

一个标致少年在大庭广众下勾起探花郎的下颔，而探花郎迎上少年火辣的眼神，似是乐在其中。肉麻！嚣张！用不着左顾右盼，小顺也晓得，驸马爷好男色的流言已传遍了金思阁，正传向大街小巷，并马上会被皇帝和公主知晓。

这个人言行狂妄自大，还不顾场合地调情，探花郎却像碰着克星了，装聋作哑，惧于反抗。小顺手心攥成拳，事关王府尊严，岂可坐视不理，怒道："这位公子，请放开我家小王爷！"

花梨眨眨眼，揶揄小顺："可你家小王爷享受得很哪。"

云在天呆滞地凝视花梨，像被摄去了心神，小顺不寒而栗，推了他一把："小王爷，你推开他啊，你为什么不推开他？！"

云在天恍惚一下，元神归位，花梨松手，坐回原位："给你们讲一讲我的发家史吧。像我这样运气好的人，是有菩萨护佑的，挖公主的墙脚手到擒来。"

花梨的父母昔年是一对江洋大盗，打家盗户劫镖银。某年深冬，九死一生地劫到一趟重镖，镖师求饶时称，是朝廷军机处拨给苏州织造局的经费，劫不得。

根据事先探听到的消息，这趟镖是徽州巨贾造船出海的资金，花梨父亲认定镖师有诈，到手却傻眼了，几十只大箱子，满满当当黄金白银，确实是官家之物。

眼见捅了大娄子，花梨父母连夜将金银分散处理，藏于深山数个洞穴中，刻下标记，潜回京城，大隐于市。

福威镖局失了镖银，总镖头遣散镖众，一力承担，但全部身家都赔上仍不够，在牢狱中自尽谢罪。镖头夫人将一子一女托付给忠仆后，殉节相随。

福威镖局毁于一旦，但官家不放弃追查。花梨父母遂隐姓埋名，匿于深山，砍柴制炭为生。从明面来看，花家整日大门紧闭，炉火纷飞，是在制炭，但暗地里，他们把官银分批取出，经过熔化，炼出新的银锭，即为可在市面上流通的碎银。

隐居深山第三年，花梨出生，母亲却因失血过多辞世。六年后，父亲也油尽灯枯，他自知罪孽深重，放弃了诊治，在临终半个月前修书一封，恳请旧友秦念收留自己唯一的孩子。秦念是长风山庄庄主，回信答应即刻动身，将花梨接回山庄。

父亲临终前向花梨吐露了财富秘密，并告知已打听到总镖头遗孤的下落，万望他善待两个孩子和抚养他们长大的忠仆，花梨垂泪应承。

父亲过世后，花梨孤身一人在深山生活，秦念因大雪封路，耽误了行程，接到花梨，已是一个半月后了。他们离开深山当天，雨雪交加，花梨折了一小截树枝带走了，那是父亲给他的名字，花梨，名贵木材，有香味的木头。

花梨每年都会重返深山，为父母扫墓，而镖头的两个遗孤如今都过上了平静的生活，把花梨送的茶园和盐矿经营得有声有色。花梨试着向兄妹俩说起陈年旧事，哥哥说，父辈们的仇，花梨已还清了；妹妹则说，十几二十年过去了，父母一定已去往了下一世，既然他们都走远了，我们小辈就把这一生过踏实吧。

花梨心中，这对兄妹和秦氏夫妇都是亲人。亲人秦夫人给他张罗了婚事，他好言好语对养父养母说得口干舌燥，他们却听不进去，真实想法讲不出口，狠话又撂不出口，索性逃之夭夭。

这样灵动趣致的人，却有那样冰冷的身世。云在天久久无话，小顺问："你躲得了多久？养父母对你恩重如山，你忍心再不相见吗？"

花梨探身取了酒喝，半靠椅背笑望云在天："探花郎惊才绝艳又知情识趣，我往山庄一带，我养父养母笑开了花，哪会再管别的？"

小顺嗤笑："此举更有可能是，你的武林高手养父养母把你俩双双打断腿。"

云在天凝视花梨的面孔，莞尔："你不是说心里有人吗？"

花梨懒懒散散坐着，懒懒散散道："心里有人，但身边无人，也太凄惨了吧！我总得为下半生找个伴儿。"

小顺脸垮下来，恨声道："小王爷，听我一句劝，王爷年事已高，你可别再气着他。"

花梨回眸瞧小顺："这个嘛，我再想办法。先把探花郎从公主魔爪下解救出来如何？他不愿意当驸马爷，有的是人想当！"

小顺一凛，头发竖起："啊，狸猫换太子！换谁？"

花梨狞笑道："鄙人的大师兄对驸马之位馋得紧，我正好欠他人情，把探花郎挪开，推他上去，两全其美。"

小顺打击他："公主喜欢的是才貌双全的男子，你大师兄够格吗？"

花梨斜睨小顺："你是要个有才有貌但对你爱理不理的人，还是才貌中等，但对你爱不释手的人？"

小顺不假思索："我肯定选后者，但公主可就说不准了，她有权有势，对她爱理不理会掉脑袋啊。"

花梨朝云在天努努嘴："你家小王爷笑成傻瓜了，你快摸摸看，他脑袋还在不在。"

云在天笑得眼含热泪："我的终身大事，就有劳花少和贵师兄了。"

花梨转了转眼珠："哦，这事你得配合……装窝囊你会吗？"

云在天简洁道："会，平生绝学就是这个。"

三个脑袋瞬时凑到一起，花梨道出计划：按他估算，彩虹很快又会对云在天兴师问罪，云在天只管假意屈服，约公主到酒楼小酌赔罪，但保持平素对她不卑不亢的本色。

驸马爷冷冰冰，公主甚失望，正动怒，一帮蒙面大盗凭空冒出，既劫财又劫色。驸马爷抱住头直躲，瑟缩着求好汉饶命，公主心都碎了，夫婿竟这般无能！这般丧权辱国！她冷汗直流，但呼天天不应，无望地落下泪来……

眼看妙龄少女惨遭蹂躏，忽杀出一个精壮汉子英雄救美，他身手了得，翩若游龙，打得贼人抱头鼠窜。随后，他扶起吓傻了的公主，捧起她的脸，爱怜地为她拭去眼泪，紧接着，他突兀地把她推到墙上，阳刚的身躯覆上来，轻抚她（那乏善可陈）的圆脸，动作战栗却温柔："小姐身上……真香。"

十四岁的少女未经人事，既羞涩又慌乱，但被他抱得好紧，动弹不了，她想斥他大胆，他火热的男子气息一波波传来，她整个人都好酸软。突然间，他如遭雷击地一震，正人君子般向她致歉："请恕在下唐突，实在是情难自已……我是在哪儿见过小姐？是前世，还是梦中？在下走遍天涯，阅尽女子，为何偏偏是你，让我感觉这般熟悉？"

……接下来会怎样，不言而喻。

小顺笑得捶桌，嗷嗷直叫："哎哟哎哟我快抽筋了，太肉麻了，她会上当吗？这能行吗？"

云在天笑出一脸的明月清光："这个计划的难点在于，贵师兄英俊狂野否？孔武有力否？"

"嗯，他还唱作俱佳。"花梨瞥他，"这个计划的难点在于，你豁得出去吗？"

云在天低咳两声："我是当过十年和尚的人，到灵堂为老者做法事超度，这活儿我熟，看惯了声泪俱下，照猫画虎便是。"

久远的往事中，我也号啕大哭过，被一只路过的妖怪当成破娃娃捡到了，它给我食物和水，给我陪伴和交谈，给我欢笑和安宁，而当它给我拥抱时，我害怕地推开了。

在小顺看来，花梨的计划纯属胡言乱语、疯疯癫癫，只能当玩笑听。云在天却很慎重，沉思片刻："不如让贵师兄暗中观察了公主，再做盘算？她被宠上天了，寻常男子吃不消。"

花梨笑："我大师兄可不是寻常男子，他的志向是天子的谋臣。娶了彩虹，有机会面圣，也能和太子对上话吧？当门客不难，但哪及自家亲戚好说话？"

小顺奇道："你师兄见过公主吗？日后会不会埋怨那不是明路，而是火坑？"

花梨明眸一转："他野心大，心思不在女人身上，要的是平步青云。"

小顺挠挠头："他冷落公主，是会很危险的。"

花梨单手抚着下巴，眼瞳泛起笑："你多虑啦，我大师兄有本事同时和一百个女人来往，并让她们每一个人都认为自己是他唯一的真爱，他与别的人都是逢场作戏，或有不得已的苦衷。放心，他拿得住彩虹。再加上我是他杰出的军师，对付女子嘛，我是很有心得的。"

小顺被逗笑，诚恳地向花梨进言："鉴于你要帮我家小王爷，我不说你坏话了，但是我有个建议，你自吹自擂的毛病改一改，会可爱点。"

花梨的笑容多出几许自负："不，木秀于林，风必摧之，我总得保留一点人味。"

下了一局棋，喝了很烫很烫的黑糯米酒，浑身热乎乎，也该道别了。花梨忽半倾身体，搂住云在天，胡乱地亲了亲。云在天安然而立，照例波澜不起，像一尊沉静的佛，历经凡世烟尘扑面，但从未背转身去。

花梨跨过大门槛，忽返身攫住云在天的肩头，将他带向身前，贴近他耳边，云在天一僵，怔忡间，竭力压制喘息："哎？"

小顺毛骨悚然，天哪，圣上会赐死这两只惊世骇俗的野鸳鸯吗？！

花梨双臂将云在天箍得更紧，附耳轻言，几近呢喃："好好地过，开心地活，其余的一切交给佛。哦，我是说，交给我。"随即手腕一松，放开云在天，飒然跃上停在檐下的乌木马车，在雨幕中远去。

那少年掌心烫人，双唇柔软，云在天吸一口气，抑住体内燥热，视野之内，景物似已朦胧不清。

我的心里住着一只妖怪，你却说，你是我的佛。

佛祖心头坐。

雨哗啦下着，店堂鸦雀无声，死亡般静寂。那一双容色出众的公子耳鬓厮磨，旁若无人，他们情难自禁，以至于忘了礼教，忘了人伦，忘了场合，忘了皇权……若传到公主耳中，会把驸马爷和他的新欢架在火上炙烤吗？苍天啊。

雨急风寒，小顺耷拉着脸，缩在马车里很挣扎，要不要告知洛阳王妃呢……可，怎么开得了口！他斜眼瞟云在天，云在天微靠着小窗假寐，像在回味，小顺的心火腾地燃着了："你！廉耻呢！"

"还在啊。"云在天睁开眼，无辜地看他。

呜呼，这肤浅的人间！小顺从鼻腔间重重"哼"了一声："他给你出了个馊主意，你就迷信了？对你百般戏弄，你还任人揉捏！"

雨声哗然，路两旁的人家闪着星星点点的烛火，映得道路明明灭灭，像前世今生所有的回忆在发着光，也像那少年黑玉般的眼眸。云在天又把头靠在窗边想，花梨，不论结局是否如我所愿，也要谢谢你，像带我又回到了那胡作非为的童稚年代，自和妖怪分别，我已太久不曾畅快笑过。

不出花梨所料，第二天一早，云在天就被彩虹拦下了，彩虹问："你是断袖？"

云在天眸心一暗："依公主看呢？"

彩虹沉下脸，一鞭子甩来："我不准你是！"

云在天按住额角："殿下，微臣连勾栏都不去的。"

彩虹拿云在天没办法，手持鞭子，在晨曦中发着愣。云在天不失时机道："殿下要不要再来几鞭子？被圣上瞧见，也颇有情趣吧？"

顺理成章地把彩虹弄生气了，顺理成章地约到酒馆赔罪，大师兄顺理成章地从天而降了，冷峻的年轻人，两眼如鹰隼般有神，像非凡的英雄。一看到他，缩在桌下的云在天也如花梨般信心十足了，花梨说过："我是谁？我是算无遗策的花大少。公主十四岁，爱幻想的年纪，满脑子才子佳人英雄红颜，论样貌，我大师兄是没你出色，但他是英雄，还对她惊为天人，高下立判了吧？"

她是耀武扬威的公主，但也只是个小女孩子，渴慕被情人用暴虐而柔情的爱征服。四天后，花梨托甜酒向云在天报喜："连日来的相思如焚，有情人拥抱在一起啦！"

云在天笑，当他望见彩虹晕晕乎乎地被大师兄抱住，就预感她跑不出大师兄的手心。大师兄是情场老手不假，深谙拿捏之术，有时一刻都不离开彩虹，有时却又失踪好几日，如此这般一收，一放，一揉，一弹，彩虹芳心大乱，连榜眼都甚惊奇："公主殿下好几天都没来了。"

漫天的星子清明，云在天脚步轻盈地回王府，小顺见了他，目光很躲闪，洛阳王妃走出来，把他唤进书房，低眉道："小天，娘听到了一些……一些议论。"

小顺吃惊地发现，最近几次见面，花梨竟收敛了，对云在天规规矩矩，极有分寸。云在天夸他："他们渐入佳境了吧？你兵行奇招，果然好用。"

花梨一颗颗剥白果："你书读多了，脑子也傻，办事太迂腐，但兵者，诡道也。"

计划顺利，小顺也很欣喜，却怅然："早晓得公主殿下水性杨花，见一个爱一个，我们当时就不该烦恼。不是明年才完婚嘛，结果等不到明年她就变心了，还变得嗖嗖地快，可恶！"

云在天眉舒目展，笑得动人："不不，她变心是花少安排得当，大师兄又是个中高手，人选和策略都有针对性。"

花梨手捧茶杯，目中清澈："实际上，这个计划，从第一次和你喝酒时就启动了。"

小顺问："什么意思？"

花梨吃不停嘴："若探花郎和公主相亲相爱，大师兄得手不易。可探花郎对公主不冷不热，但这也不重要，公主不认为他能翻起什么水花来，日子还能混。然而，若探花郎传出是断袖的风声呢？我就做了几场戏，和探花郎堂而皇之地在茶楼酒肆卿卿我我。"

小顺耸眉，肃然起敬："啊，你牺牲了名节！我错怪你了！"

花梨坏笑，倒也坦白："我不高尚，对你家小王爷上下其手既是做给民众看，煽动舆论，也是……真情流露。"

本朝贵族子弟中，有断袖嗜好的明里暗里都有，但皇族会视为狎玩行为罢了，并不足以让公主退婚，但在她心里恶意地放进了一粒小小的种子。这时候，大师兄出现了，他为她神魂颠倒，借酒消愁，痛楚又深情地倾诉衷肠：你让我无可抵抗，无处可逃，你这磨人的小妖精，我该拿你怎么办？

有选择，就有了比较。气宇轩昂的男子乘虚而入，少女的痴迷被唤醒，小小的种子长大了，磨砺着她的心，使她彷徨和动摇，思索是否改立明主。下文就明摆着了，他跋涉千山万水，赴她前世之约，奈何她和别人有了婚约……

一对有情人就此情天恨海，黯然离别吗？

噢不，她的爹爹是皇帝啊，是一发话举国莫敢不听的皇帝啊！

小顺且笑且拍云在天："你和花少配合真默契啊，难怪我让你推开他，你都装听不见。"

云在天静了静，他不推开花梨，是因为他从没有和妖怪拥抱过。他很害怕它，它第一次抱他，他就推开它了，他低声道："我没抱过妖怪，心里很后悔，一直很后悔。"

花梨凝望云在天，若有所思，忽移开目光，落在果盘上："你在庙堂蹉跎时光，可会遗憾？"

云在天颔首："嗯，高估我自己了，光是翰林院就处处受限，能发挥的余地太少。"

花梨抱臂，悠悠道："重振云家，光耀门楣，有很多路可走，无须入阁拜相。"眉头一挑，狡黠笑道，"你的名字取得很好，云在青天水在瓶，一个萝卜一个坑。从商吧，于你更合适，账本是为考察你的，果不其然，经商天赋极高。"

云在天眉尖一动："你比我有钱，又替我搬掉了一座大山，我言出必行，听你的。"

探花郎被说服了？小顺心咯噔一沉，只觉草率，连声反对："这人心眼太够用了，当朋友还行，做生意悬啊！小王爷，三思啊！"

花梨剥了一桌白果壳，长袖一扬，精准地扔进十步外的纸篓里，猖狂万分："是，这从头到尾是一场算计，但欺负你的人，我算计定了！何况，当事人全是人生大赢家，大师兄求仁得仁，公主春梦成真，你心想事成，我觅得佳偶，可喜可贺啊！"

小顺泼冷水："佳偶？禁忌之恋，有出路？你能带我家小王爷回山庄，小王爷敢带你回王府？"

云在天向小顺笑："我和母亲谈过了，今晚就带花少回府见她。"

花梨陡然一静，面上现出罕见的疑色，云在天凑近他，拂开他垂落

296

的额发，小声道："小姐穿男装很漂亮。"顿一顿，补充道，"小姐有耳洞。"

小顺惊得快坐不稳，花梨闻言捏了捏耳垂，慢吞吞说："这个嘛，山庄满门男丁，我养母很馋女儿，我是被她当女儿养的，下回穿个花裙子给你瞧？"

云在天淡若清水："乐意之至。"

花梨败了，又捏捏耳垂，问："何时看出来的？我还易容了呢。"

"你第一次走过来，和我喝酒。"

花梨哑着声问："为何不说破？"

云在天望向花梨，温言道："我以为……总有一些时候，我们想假装自己是另一个人。"

花梨又拈起一枚白果吃着："装神弄鬼，不都为了你吗？"

白果仁像糯米，味道不坏，云在天为她剥着白果，壳拢到一堆，摆出一张狸猫脸，笑道："你的名字也取得好，花梨，其木纹如鬼面，亦如狸斑，因此又名花狸，也是个很慧黠的小妖怪呢，喜好恶作剧，吓唬人。"

有雨忽来，满室烛影摇晃，花梨沉声问："你的妖怪，又是怎样的？"

哦，它是这样的。

大哥的死讯传到国寺那天，冬雨刺骨，在云在天悲痛欲绝的哭声中，有个人一步一步向他走来，草鞋沾满泥浆。

他抬起头，是个衣衫朴素的小女孩，戴着斗笠，雨水顺着斗笠的边沿流下来，宛若天外客。她蹲下来安慰他，眼泪和着雨水滚落在他的光头上。

他感激她，但残存的意志使他推开她："女施主，小僧是出家人，不能近女色。"

"这样啊？"戴斗笠的小女孩似笑非笑地说，"可我不是人，是妖怪呢。"

云在天忘了哭，骇然睁大眼。小女孩拾起他哭得拿不住的黑伞，罩在他头顶，好淘气的笑容："小和尚，你看起来很好吃。"

小和尚面上血色尽褪，白着脸看她。小女孩抬起袖子，为他擦擦脸："你放心好了，我不吃你，我叫屏蓬，你知道屏蓬吗？"

小和尚"嗯"了一声，屏蓬是《山海经》里的异兽，生两个头，各在一端，意志处处相对，一个头想走那边，一个头想走这边，扯来扯去的后果是，陷在原地不动弹。小和尚望着妖怪，这是从他心里跑出来的妖怪啊，念了三年的佛经，他的一颗心仍在红尘俗世，仍会为亲人恸哭，他想我能往何处走呢？我当不好和尚，却也回不了家。妖怪，可我只能一心一意，一条路走到底啊。

妖怪常常带一兜小零嘴儿找小和尚玩闹，不过绝大多数都进了它自己肚子。小和尚笑它，它振振有词说："我是妖怪啊，我有两个头，所以我有四排牙齿，吃东西比你快。"

小和尚乐道："好啊，让我看看四排牙齿，两个头吧。"

妖怪翻了翻眼睛："你不怕我了？我有两个头，凄风苦雨的晚上，趴在你的窗前，咧嘴朝你一笑，怕吗？"

"不怕，只怕你不来。"

妖怪背起双手，志得意满："好说，下次变成彪形大汉给你瞧瞧，你认出来了，我就让你见识见识我的真身。"

他是怎样一而再，再而三地让妖怪灰心失望，终至不告而别？没有下次了，它走了。

许久后的一年元宵节，佛前跪了一个小小的身影，云在天用余光扫到，飞跑去看，不是妖怪。

佛在堂内俯视众生，众生念念有词，对佛有所求，只因求不得。小和尚念着阿弥陀佛，心如刀割。他以为必将古佛青灯过一生，可他有了心魔，挥之不去，放之不下。再敲三十年的钟，有没有用？

住持说，修行的过程漫长而煎熬，但痛苦过后必会新生。云在天很想相信，可一直做不到，为此，他有过很深的自我厌弃，焦灼于自己将一辈子都参不透生死，一辈子也放不下妖怪。

她说她是妖怪，他信了。他只能信。因为他不能承认，他喜欢了一个女孩子。

他是僧人，可他贪嗔痴恨未断，六根不净。他一遍遍地叨咕，它不是神女，它是有两个头四排牙齿四只眼睛的，妖怪。

一遍遍地叨咕，它有两个头，是妖怪。终于，他走火入魔地哄自己信了。

云在天凝注花梨："它说会让我看到真身，可它骗了我。它消失得彻彻底底，后来我二哥殉职，它没来；后来我还俗，它没来；后来我中探花……"

小和尚，你弄错了，它回去了。

父亲亡故后，花梨独居深山，迟迟未等到父亲的好友秦念来接她走，食物却所剩无几，出外想采点菌菇。走运的话，还能逮只兔子吃。山中物资匮乏，冬天时，她常和父亲去打猎，掌握了诸多狩猎技巧。

她是女孩子，父亲不愿她将来涉及江湖事，只教了她粗浅的功夫防身。但她对轻功很着迷，暗自刻苦地练，奋力掠上丈余大树不成问题。她靠这一手哄得小和尚相信她是妖怪，她说，我真是妖怪，我会飞，飞给你看。

花梨追逐一只麋鹿而误入深山南面，那一带是国寺，父亲生前不让她涉足。但那个冬天，她常去看望唇红齿白的小和尚，她也不晓得为什么，那么讨厌他说自己是和尚，就像她不喜欢说自己是妖怪一样。

后来，她就有一点点明白了，可是秦念要带她走了。临行前夕，她抱了一坛子酒去找小和尚，就当他为她饯行吧。可他连酒都不喝，她好多话都哽在喉咙，清楚地看到鸿沟，他是僧人，不是百无禁忌野生的她。

每一年，花梨都会回深山祭拜父母，远远地看云在天。他一年年长大，一年年美好，石阶清凉，他在黄昏的庭院扫着落叶，孤独得像梦里的一首诗。她提着风灯，在淡而薄的月光里下山，不和他相认。

情爱于他和她，是禁忌，何必吹皱一池春水。为了不想他，花梨对生意大包大揽，事必躬亲。她有好多事要学，好多事要做，她以为，一生就要这样下去了，就要这样过掉了。

可是，有一天，听闻云在天还俗了。她想去找他，喝完腰间这壶酒，星夜就动身，可临到出发，她怯了。她觉得自己枝丫乱蓬，还不够好。

她用了三年时间铺好了前路，把人生攥在了手心，也补足了见他的底气。养母秦夫人想将她许配给大师兄，说大师兄有将才，可她喜欢的不是野心家呢。不，她喜欢的，从来只有那唯一的人，穿玄色的僧袍，坐在很深很深的山谷里，山谷起了很深很深的雾，她在白茫茫的芦苇荡里撑船而行，一点一点地靠近了他。

命运如此慷慨，就连圣上为他和公主赐婚，她也不怕。

相识十年，我总算能够毫无顾虑地走向你，那么，我将毫无愧疚地带走你。

不，命运如此阴险，诸佛三千，如幻如电，睁眼闭眼，见你如面。

二〇一二年十二月

云地者，字在天，美姿容，耿介拔俗；父离尘，仕至内阁首辅。地幼疾困，母往国寺求祷，因以安，辞亲出家。及年十四，兄长继逝，父重病，以宗嗣为虑，还俗，举进士，拜为郎。

世宗独女彩虹好之，招为驸马都尉，赐金帛车马，不者，加戮。虹素以凶戾闻，地不喜，忧感积日，时人多哀惜。

天夜，风雨晦暝，有少年至，着乌衣，洁白如玉，挑挞狂狷，自称吴越人氏，名花梨，祖世货殖。沽酒款洽，曰："慕卿蕴藉诙谐，吾当相助。"明日，更来，谋议唱和，绸缪益欢，数数得见，色授魂与。

未几，上颁诏天下，以废驸马。地解印绶去，从梨游。三十余年，见于广平，赈灾布施，颜色皆如二十许人。后数十年，时出没于疠疫荒灾之地，以遗孤贱。一旦，忽向众言别，蹑风而行，终杳。世代所称，义不独安，美哉天人。

或云："国寺往北数里，荒烟错楚中，有一花斑野狸，金丹成矣，每大雪日暮化为人形，驰于旷野。"

——《宁异录·仙侠传·花狸》

九·狡童

他那轻浮而痴情的母亲沦为乞丐。

那消息传来，他正叼着狗尾草的茎，歪在稻场晒太阳。

田野长满蒲公英，白鹅在池塘里啄着浮萍，凉风送来土豆烧牛肉的焦香气味，一切舒适得恰到好处。

千里之外的沅京正落着滂沱大雨，是一年当中最漫长的雨季。有个美艳的女人在合欢树下发了疯，她拿着挖耳勺，在铜镜上剜来剜去，别人问她在做什么，她说，我的耳环掉进去了。

金总管为她买来各种耳环，她看也不看，仍一心一意盯着镜子。金总管背着双手，在风里叹气。人人都知道，他是讲究人，晦气的事是一律不沾的。当初他收留她，还特地纠集了所有下人听令，在他的可园，只许喊她夏美娘，不能有别的称呼，违者杖责五十。

人们依然只习惯称她为花寡妇，私下议论纷纷，都说花寡妇在可园怕是住不长了。果然，到了第三日黄昏，就再没人见过她。

那个漂亮得像镜花水月的女人，失踪了。

陈广泽从稻谷堆一跃而起，他要骑一匹好马回到京城，找回传说中的花寡妇。虽然，她既不姓花，名字里也没有花字，并且，从不戴花。

她甚至从未嫁过人。得此花名，不过是在众人眼里，像海棠花一样冶艳，像轻佻的寡妇一样讨男人喜欢。

这赞美像个恶毒的诅咒，陈广泽所知的她，是六年前傲慢的夏家二小姐，非常年轻，非常美丽，非常多裙下之臣。

初见是在夏天，京城的雨下得大，院子里掉落深红的花，她在荷花池畔饮酒，微微转头望陈广泽，像高贵的白狐狸，昂着尖俏下巴。

夏苇之为两人做介绍，他说："广泽，这是我妹妹绿时。"

绿时，花容月貌，出生在六月初夏的夏绿时。陈广泽远远地望了那一回，从此不能忘记。

古往今来，所谓最美的女人，无非是最出名的女人罢了。她们多半和达官贵人有关，艳名才得以流传。但十六岁时的夏绿时堪称绝色，这和她的家世全然不相干。后来，陈广泽行走过很多地方，那惊心动魄的美，却是不曾再遇了。

四年前，世间再无夏绿时，人称她花寡妇，在一个弯月亮的夜晚搬进金总管的可园，饮酒作乐，通宵达旦，直到她觉得自己弄丢了一对耳环。

正如夏绿时不是寡妇，金总管不姓金姓王，富贵闲人一个，不在任何地方挂职。人送雅号金总管，只因羡慕他的钱多得就像统管着全天下的黄金。

最有钱的男人，将最妩媚的女人迎进家门，岂非是帝都一大佳话？谁知，佳话经不起岁月拷打，富甲天下和貌美如花也不见得就有好收场。

这年五月，陈广泽花光所有银子，从过路商人手中买了马，星夜赶回沅京，寻找夏绿时。

这些年来，石沉大海，他原以为可以永不归来。

骏马疾驰在平原上，肩头停着小默，睁着圆溜溜的眼睛。陈广泽没把握能找着夏绿时，但他的小默或许会知道。

小默是一条葡萄树蛇，青碧色，细长，像软鞭子，平时总懒洋洋地趴着，一有动静就警觉地瞪起眼睛，连虎豹熊之类的猛兽，它都敢快如闪电地袭击，再慢条斯理回到陈广泽身边。

不仔细看，会以为小默是一根绿缎带，随随便便挂在肩上。江湖浪人如此装束不足为奇，只有极少数的人才知道，它是陈广泽相依为命的旅伴，亦是称手的暗器，剧毒，灵动，安静。六年前，陈广泽在山林里找到它，足足花了两年的时间才将它驯服。

陈广泽管自己养过的每条蛇都叫小默，沉默的小东西，贴着地面行进，山的律动，水的呼吸，心的荡漾，它全然知晓，却一言不发。

陈广泽四岁那年的春节，母亲回了家，进厨房给他烧年夜饭。柴火堆里钻出一条蛇，是无毒的乌梢蛇，母亲把它摘下来，它慢慢走了，还转了个头，看了他们一眼。

过完年，母亲就又走了。没多久，陈广泽在沙滩上拾到一枚白色的蛋，捧回家的路上，小蛇破壳而出，缠在他的手指上，乖乖睡着。那种软而湿滑的触感，让他毕生难忘，他疑心是那条蛇送了自己的孩子来陪它。

最初的小默，死于陈广泽十一岁时。十七岁那年的早春，他在大雪中的薄刀山遇见第二个小默。同时遇见的，还有烛照山庄的大少爷夏苇之。

那年冬天，雪落得格外早，陈广泽上薄刀山寻找丁香木，想趁着年前多刻几只面具。他手巧，从雕刻到彩绘均能独立完成，成品生动鲜艳，远近几大傩戏班子都爱找他预订。他砍了些合适的木材，正要下山，却发现了笨蛇小默，它本该冬眠，却冻僵在洞口。

陈广泽把它抓进竹篓里，就地生火，烧了一壶酒，把竹篓子放在火堆稍远处烤着。等到酒香四溢，小默醒了，蜷在竹篓里，从缝隙偷看他，吐出剧毒的信子。陈广泽笑一笑，喝着酒，望见一只玄狐在雪中仓皇奔跑，它身后，一支箭笔直射来，瞬息间，那小小野兽伏尸于野，前爪蹬起一小团雪雾。

山谷落满大雪，风声贯耳，有个人从密林深处走来。陈广泽和他离得尚远，只瞧见他一身深蓝劲装，戴一顶黑色斗笠，轮廓英挺。

那人注意到火光，目光在陈广泽脸上一停，然后一个指头一个指头地脱去皮手套，展眉一笑："山上有狼，你这样很危险。"

许久后，陈广泽还拿这句话嘲笑夏苇之，山上有狼，但不及你危险。夏苇之的收获颇丰，玄狐、猎豹和梅花鹿都是他的猎物，但他显然对陈广泽刻了一小半的傩戏面具更有兴趣，力邀他到家中做客，他的祖母爱看傩戏，每年寿辰和春节，都会请戏班子到山庄演出。

下山半途遭遇了暴风雪，陈广泽被迫回到夏苇之在山坳的一处小木屋过夜。每临冬季，夏苇之都会到山上一住多时，打猎为食，融雪为水，直至春暖花开。陈广泽刻着木头，夏苇之在一旁烤鹿肉，肉香浓郁，惹得竹篓里的小默蹿起了头，陈广泽用刻刀割了一小块鹿肉，开始了手法缭乱的驯服过程。

夏苇之倚在门边看热闹，一只鹞鹰在门外盘旋，突然一声长唳，落上他的左肩。鹞鹰左脚绑了小瓶子，夏苇之打开，抽出一张小纸条，略略看了，脸上的焦虑一闪而过，杯中酒喝得更急更凶。

在陈广泽看来，夏苇之实在是很英俊的年轻人，洒脱如烈火，却被一封家书扰乱了心绪。但他不说，陈广泽便不问，当夜陪他喝了许多酒。次日黄昏，他们在山脚握别，夏苇之重返烛照山庄，陈广泽则住在京郊的农家小院，刻完一只只木质面具。陈广泽母亲和她的同行每到过年都会有很多演出，对面具的需求量颇大。

母亲在除夕前病倒了，她不在意，以为烧点姜汤，热乎乎喝下肚就好了，谁知竟一病不起，整个春天都缠绵于病榻。陈广泽便足不出户，陪护在身旁。

母亲生病后，精神颇差，时时昏睡，稍微一清醒就喋喋不休地抱怨，若不是这一场大病，此刻她应当在排演《苍南树》。那是本朝第九代帝王路瑶光的往事，母亲饰演路瑶光的母亲，一个姿色平平但厨艺惊人的太后，跟她搭戏的武生眉眼略像刘千成，母亲为此格外勤快。

陈广泽幼年时甚为憎恨刘千成。他走街串巷唱傩戏，结识了陈广泽的母亲，究竟是谁引诱了谁，已不可考，年轻的母亲抛夫别子，挤上戏班子的那架大马车，唱着歌走掉。

母亲走后的第三年，父亲从村人的酒宴上回家，醉醺醺地一跤跌进池塘，一命呜呼，才三岁的陈广泽被丢给叔叔家抚养。第二年，母亲竟回来了，她未能嫁给刘千成，只在戏班子勉强容身，演些微不足道的配角。在婶婶的描述中，母亲爱笑，爱打扮，骨头轻，然而陈广泽所认识的母亲是阴郁暴躁的妇人，晨起潦草梳洗，就立即跑去厨房找酒喝，邋邋遢遢的，坐门槛上一喝就是一上午。

陈广泽饿得直晃母亲手臂，她才跌跌撞撞摸到灶间烧饭，要么盐放多了，要么米饭煳了，凑合一顿又一顿。

五岁时，陈广泽被母亲带去看傩戏《西游记》。她站在角落里，扮成一只尖嘴山猫精，总共六句唱词，但她很卖力。唱完了，就默默退到一旁，专注地望向她的玉面郎君刘千成，他演唐僧，道貌岸然，我佛慈悲。

陈广泽才五岁，却已明白，母亲抓不住这男人。哪怕是演和尚，他也藏不住拈花惹草的习性，光头锃亮，一双淫邪的桃花眼东张西望，台下的大姑娘小媳妇都被撩拨得春心荡漾。

母亲企图控制一切——命运和刘千成，但终究一无所获。所以她盯上了儿子陈广泽，她亲手把自己的未来搞砸了，但她还有儿子，她以为只要儿子的人生如她所愿，就能摆脱所有的失望、灰心和不甘。

自陈广泽五岁，母亲就命他学傩戏，扮武生。为练臂力，她让他半蹲着双手托板，上置碗碟，她慢吞吞地夹菜吃饭，汤水不许洒出一滴。一旦陈广泽顶不住，母亲就一棍子打过来，陈广泽痛得要命，还得担心不能摔破碗碟，不然母亲会罚他没饭吃。

叔叔婶婶都看不过去，齐齐相劝，母亲眼一瞪："他是我儿子，我比谁都心疼他，可我没什么可留给他的，他不成材，就只有死路一条，你们不懂。"

寡母熬儿，谁都说不得。陈广泽一年年长大，一年年憎恶唱戏，恨得心头渗出血珠子。一次趁母亲外出，在寒冬腊月跳进井水里，活生生冻得不成人形。理所当然，他发热不止，没日没夜地咳，一副好嗓子咳得沙哑，高不上去，低不下来，母亲赶回家，已是无可奈何。

　　母亲蹲在床头啜泣，陈广泽病恹恹地蜷着，侧过脸看她，又看看盘在窗棂的小默，迷迷糊糊地，想起了五岁时看过的《西游记》。那部戏里，孙悟空是非凡的英雄，可他独爱莲花哪吒，他剔骨割肉，从此在这世上来去如风，了无牵挂。

　　数年来，白云更加白云，苍狗更加苍狗，但陈广泽无比确定一生都会爱李家三公子哪吒，就如同无比确定必将死亡。

　　他以毁坏喉咙的代价，摆脱了母亲对他精神上的钳制。母亲心灰意冷，迁怒到小默，摸到菜刀，手起刀落，当着他的面斩杀了那无辜的蛇。

　　窗棂是陈广泽雕刻的，中间是一朵盛开的牡丹花，小默蜷在花蕊中命丧黄泉，鲜血一滴一滴落在窗台的积雪上。陈广泽浑身乏力，连救它都来不及，沉默着转过头去，面向墙壁，死死忍住哭泣。

　　病好后，陈广泽背起小包袱离开家，把小默葬在河滩的青石板下——他第一次见到它的地方。他把为戏班子刻面具的酬劳都留在母亲枕头边，这是他自学的手艺，自认比唱戏出色太多。他发誓恩情已还，此生此世，再不和母亲有任何瓜葛。

　　漂泊的岁月里，他不想念母亲。他认为他不想。

　　可是，他混饭吃必然要和傩戏班子打交道，傩戏班子虽多，但出名的也就那些个，家长里短总会传到他耳里来。

　　最新的一桩和刘千成有关。知府大人的小女儿近来新寡，刘千成混成了她的入幕之宾，一来二去的，两人竟要成婚了。虽说是二婚，但知府大人有头有脸，该操办的，还得操办。

　　风尘打滚的人能攀上高枝，可谓是善终，男人们都有几分羡慕。成年后的陈广泽已不介意刘千成，但随之而来的，是噩耗。他的母亲接受不了刘千成的喜讯，劈头盖脸连撕带咬闹了一番后，不能再在戏班子容身，流落街头。

刘千成不娶她，但他也没娶别人，她还能哄着自己把日子往下混，但刺骨的真相摊在眼前，她抱住头，发出长长的哀号，奔向夜色，奔向那黑漆漆的尽头一样的夜色。

陈广泽在暗夜里抱膝枯坐，天一寸一寸地亮了，他挂着认命的神情出了门，奔走于沅京街巷，一寸一寸地找寻母亲。

卯时，天光暗淡，披头散发的女人被陈广泽摇醒，她缩在墙角，满身泥垢，静静看他。

他那轻浮而痴情的母亲沦为乞丐。

陈广泽半跪在地，为母亲揩去脸上的泥垢，带她回了住处。

五年，他逃了五年，竟还是摆脱不了她。正如后来，那鬼魅般无处不在的烛照山庄。

六年后的沅京，和当年变化不大。陈广泽策马直奔金总管的可园，递了名帖，一会儿就可入得园中。

出乎意料，金总管很瘦，很高，根本不是想象中金光闪闪的胖总管形象。陈广泽见着他的时候，他正垂手立在荷塘前，背影说不出的萧索，谈及失踪的夏绿时，他语气哀伤，不像作伪。

"她疯了又如何，我能为她请来天下名医！名医不来，我就带她去找，一座山一座山翻过去，就当是游山玩水，我哪会，哪会……"

陈广泽环顾四周，景致和烛照山庄夏绿时的住处如出一辙，他心里就有了两分软弱，顺着话说："她连哭都不会，哪怕是疯了，也是安安静静地发疯，你是没理由赶她走。"

金总管沉默了很长时间，沉默得陈广泽进退两难时，他突然轻声说："我认识她的时候，她就已经疯了。"

陈广泽默默走开去。四年前，当夏家二小姐被人唤作花寡妇时，她就疯了吧。可金总管依然善待了她，成全她的心愿，买下烛照山庄，不许闲人踏入半步，还在可园为她修了一处一模一样的别院。

烛照山庄已荒芜，草木疯长，齐及腰身，荷花池凋敝了，一池肮脏的水。小默倏地窜入水下，叼起一只蛙吞入肚内，"唰唰唰"在草丛快活潜行。

一间一间厢房奔走，四壁空空。无人打理，墙壁上渗出霉印子，墙皮剥落，窗棂上积的灰尘用鸡毛掸子扫一扫，足够养几盆花。眼前的所有都在无言说明，烛照山庄最繁盛的时期彻底过去了，一如历经两百多年的大宁朝，即便有过"北辰盛世"和"明嘉仁穆"的风光，也露出衰败气象了。

仿佛只有躲进漆黑的酒窖，才能假装变故不存在。金总管言而有信，烛照山庄确实是被他保留下来了，连往日的好酒大多都在，看来，一别之后，夏苇之喝得还算节制。

那一年，陈广泽和夏苇之初识于冬日，再见面已是次年初夏了。母亲的病略有好转，她闲不住，又找了一家戏班子，还是跳唱微末角色。

夏苇之的祖母过七十大寿，烛照山庄请了好几个戏班子轮番上演传统剧目，其中有陈广泽最爱看的《西游记》。正巧，有班主送了他几坛从北疆捎回的石榴酒，他便雇了一辆马车，像赶着几只黑漆漆的穿山甲，奔波了上百里路，和夏苇之相会。

夏苇之亲自出城三十里相迎，半年未见，他仍是记忆中的模样，一身戎装，轻快打马，颇有些狂狷气。到得近旁，他飞身下马，两手背负身后，淡淡笑着看陈广泽。

六月庭院，野荷花开得盛，陈广泽随夏苇之穿行其间，识得夏家二小姐夏绿时。池水闪着光，她坐在岸边，白嫩嫩的一张脸孔，美得有香气，有珠光，令人心生艳羡，但不可侵犯。

清冽，绝美，冷若冰霜。这是陈广泽对夏绿时最初的印象，跟后来艳如桃李的花寡妇截然不同。她晃荡着手中猩红的酒，不时在旁边的画布上涂抹几笔，有宾客驻足观看，称赞她的才情名不虚传。但那实在是——违心的。

夏绿时并没继承到她父亲夏幼清在艺术上的天分。夏家做木材生意起家，夏幼清自小跟着家人伐木制木，十几岁时就已落成杰出的木匠，太师椅、八仙桌、屏风、花轿、折叠雕花床、亭台楼榭、会走路的木头人……只要是出自他手，必然精美耐用，连王公贵族都慕名而来。

久而久之，夏幼清靠一手绝活敛下惊人财富，还作为能工巧匠中的杰出代表被皇室嘉奖，为他封了爵，称为夏亭侯。

夏绿时很久不主动和人搭话，常将倾慕者晾在厅堂，一晾就是一整天，但陈广泽折服了她。她偶然看见他绘制的面具，忍不住说："这只面具精致，若你生在熙元年间，被皇帝见了，难保不会掉眼泪。"

陈广泽刻的是傩戏《苍南树》里的少年将军江红叶。傩戏源于远古时期，表演者多戴面具，以歌舞演志怪神灵们的故事，既娱神又娱人。起先在本朝不算兴盛，熙元年间，皇帝路瑶光每年清明都会上苍南山祭拜表兄江红叶，礼部尚书遂请了傩戏班子，为他编排了这出《苍南树》。

皇帝处理完政事，就会看上一段这种巫歌傩舞，神鬼将江红叶带回，和他在幻境相会。百姓感念于他们的深情，傩戏遂渐渐流传开来，到了今时，已发展出众多流派，百家争鸣，灿若星河。

夏绿时找陈广泽求一幅画：一只伶仃的鹤单足走过雪原，一天一地白茫茫，只那仙鹤嘴尖殷红的一点点。她想拿它当绣样子，做一袭睡袍。

幽寂萧瑟，是很中年或很文人的感受，不属于名门望族的千金小姐，也不该属于十七岁的少年陈广泽。但是很意外，他懂。当他十岁时，站在芦花中练嗓，天边没有月，地上没有人，浩荡荒原，天地之间只得他一人，他想，他明白。

夏绿时欣赏陈广泽的画作，每与他交谈，神情中有十二万分快意。她父亲夏幼清路过看到了，当晚就和陈广泽一席长谈，想把他留在烛光山庄，和夏家合作。一来，夏幼清苦心寻觅多年，难见陈广泽这样的好苗子，自己一身技艺正需要一个像样的衣钵传人；二来，也想给陈广泽

310

和夏绿时更多接触的机会。

再精明强干，总归也是谁人的父亲。夏幼清毫不掩饰对夏绿时的担忧，十四岁时，夏绿时和汝阳王家的小王爷订了婚，她母亲夏夫人舍不得女儿，硬要再留两年再为他们完婚。这一留，就留出问题了。第二年秋天，小王爷迷上了勾栏的胡姬，她艳媚入骨，会跳热辣的铃鼓舞，小王爷夜夜流连于她的香榻，许尽今生的誓言。

汝阳王试图棒打鸳鸯，怎奈小王爷和胡姬情比金坚，竟私奔逃去塞外，托人捎信回王府说，宁死不再踏入中原半步。

这件事在沅京传得满城风雨，夏家心高气傲的二小姐从此变成一个寡言少语的人，终日沉迷美酒和绘画，少有让她多看一眼，更别提高看一眼的人了，如此已有年余。所以当她常来看陈广泽绘制面具，并主动攀谈时，夏幼清很是惊喜。

夏家子息单薄，夏幼清膝下仅有一子三女，奈何都对制木不感兴趣，但陈广泽不同，夏幼清欣赏他，执意要收他为徒。若陈广泽和夏绿时有缘分，更是锦上添花。

陈广泽闲云野鹤惯了，按他的性子，理应拒绝，但那日在雨后的山庄，他望着夏幼清坦诚的面目，以及他微白的鬓角，到底点了点头。

夏幼清将陈广泽的母亲接到烛照山庄，命人收拾了宽敞的院子给她住。陈广泽安心地当起了学徒，每日用三个时辰绘制面具，再抽一个时辰听夏幼清讲解如何制作暗器机关，其余时间用于揣摩和实践，睡前去看看母亲，待到夜阑人静，陪夏苇之小坐。

夏苇之的房间很像他在薄刀山那幢小木屋，最多的是酒，他们经常一人一坛，长夜对饮，间或手谈。酒不够喝了，就下到酒窖去摸一坛来。

在烛照山庄住到第三天，陈广泽就把夏家的底摸得清楚，这缘于夏苇之有个活泼的妹妹夏舒忧。她是夏幼清二姨太的女儿，比夏绿时小了大半岁，穿一袭鹅黄的衫子向他跑来，劈头道："你是陈公子？帮我做个哪吒的面具吧？"

这话让陈广泽对夏舒忧另眼相看，不介意她的聒噪，毕竟她才十五岁。少女是被赋予某些特权的，比如娇气，比如蛮不讲理，比如烂漫，再比如，穿鹅黄粉蓝艳粉这样娇滴滴的颜色，再往上几岁，则统统沦为不合时宜。

夏舒忧跟惜言如金的夏绿时不同，她对陈广泽的作品相当有个人意见，搬只小板凳坐在他旁边，一点一点地描绘她想象中的哪吒：他虎目有泪，他常常笑，他不高兴时会踢小石子儿，他纤腰如蜂。她说这是很小的时候大哥讲给她的故事，大哥生辰快到了，她想混进戏班子，演给他看。

陈广泽发觉，夏舒忧才十五岁，就很懂得为她娘夏二姨抱不平了。夏二姨嫁来多年，只得夏舒忧一个女儿，母女衣食无忧，但夏幼清对她们冷落已久，往长远里看，不见得有好日子过。尤其是去年冬天，夏幼清累倒在书房里，还吐了血，那天之后，家中的郎中不断，个个都表示夏幼清太过操劳，身体大不如前，最好是静养一段时日。

这就意味着夏幼清要逐渐放权，把家业移给后辈。但他根本无人可用，所出一子四女，长子夏苇之闲散放纵，长女夏飞云早逝，次女夏绿时淡漠疏离，三女夏舒忧不堪大用，幼女夏静雅才七岁，而夏幼清的叔伯兄弟经他一手提携，已自立门户，有自己的营生要忙。不得已，他把隐于山野的夏苇之急召回家，悉心教授。

夏苇之虽然散漫，一看老父独力苦撑的疲态，大为不忍，逼迫自己上手，尽长子责任。但连新相识的陈广泽也看得出来，夏苇之明显不适应，他瘦了一大圈，连走路都会左脚绊右脚，像个被酒色掏空的浪荡子。

当然，夏苇之是不依红偎翠的，白天强打精神学着介入家族买卖，入夜就陪祖母和母亲夏夫人吃饭看戏，夜深抱着酒坛子昏睡到天明。

只有带夏舒忧和陈广泽溜出去狩猎时，夏苇之才依然是陈广泽最初遇见的那个人，搭弓怒射，奇伟如天神。回程的路上，夏舒忧和陈广泽并辔而行，她歪头说话时，脖颈莹白如雪："嗳，我大哥只适合鲜衣怒马，而不是婆婆妈妈，对不对？"

从神采飞扬到意兴阑珊，是山野和家园的距离。陈广泽扭头看这匹"胭脂马"，她不如夏绿时美，但娇俏灵动，不怪仰慕者踏破门槛。其中有个男孩子张雁南来得勤，却只敢在山庄外徘徊，白净面皮被太阳晒得通红也不走，只盼能见着佳人一面。陈广泽见到了好几次，笑话夏舒忧："也是干干净净的读书人，对你又一往情深，你却不理不睬。"

张雁南的父亲官拜京兆尹，若他托人来提亲，夏幼清磨不开颜面，极有可能会答应。夏舒忧心知肚明，却快快不乐："他太呆了，我喜欢会玩的，我大哥这种。"

夏苇之走近，笑："你大哥会玩，不会当家。"

"嘿，你最吸引人的就是这点。"夏舒忧满不在乎地挥挥手，瞧瞧小默，又瞧瞧陈广泽手上的面具，"如果把你的小默塞进一管笛子养着，会怎样？"

"它会咬舌自尽，把自己毒死。"陈广泽笑笑说。

"嗯，我家就是一管笛子，把大哥养得很瘦很瘦，可人们都对他说，这形状多优美呀，声音也好听，大家都喜闻乐见。"

大眼睛的小姑娘夏舒忧在灵秀可爱的外表下，竟有双利眼。陈广泽吹了声呼哨，小默睁开眼，见他是逗自己，遂又睡去，皱巴巴团成一团。没片刻，又换了个姿势睡，歪七扭八地摆成一颗被啃了一口的蟠桃，夏舒忧看得咯咯笑。

所有人都指望夏苇之，这是他身为夏家独子的本分，他从来都知道。但从来也知道，自己不是这块料。

早些年，夏幼清对夏苇之放任自流，仗着自己年富力强，也不太逼他，连他不学制木，也由着他。同宗兄弟劝，夏幼清还笑言："木匠的儿子不用是木匠，会看账簿就行了。"

谁知事与愿违，连娶两房姨太，却只生了几个女儿，身体又陡然出现病变，最不利的局面全都张牙舞爪扑来，这才抓了瞎，临时抱佛脚把夏苇之弄回山庄。

夏苇之长于狩猎，对生意力不从心，夏幼清遂从账房里提拔了谢佑安带在身边，一五一十，和盘相授，想趁着还没老糊涂，为夏苇之培养好帮手。

那谢佑安才十五岁，聪明伶俐，逢人就笑，不仅打一手好算盘，还能言会道，很得夏幼清欢心。他是孤儿，八岁被夏幼清买来当学徒，短短七年工夫，在账务上就甚有一手，夏幼清很倚重他，还认了他当义子。夏夫人却嫌这少年来历不明，居心叵测，提醒夏幼清当心，别让谢佑安掌握太多，以免他觊觎家产。夏幼清默然离去。

夏绿时在窗外听到了母亲的话，再来找陈广泽时，就忍不住叹一叹，虽不多言，但陈广泽已然明白。

陈广泽见过谢佑安，他替母亲抓药，抄近路从西边走，迎面望到谢佑安。那少年刚洗好头，半靠在黄昏的躺椅里，闭目小憩，等头发吹干。

听见人来，谢佑安张开眼，昏茫茫的光线里，他跳起来，发丝湿漉漉的水珠四溅，脸颊也沾了水。他抹一把，双眼笑盈盈的，让陈广泽无端端忆起冬天时，夏苇之猎杀的那只狐。

少年谢佑安轻捷如幼兽，十四五岁的模样，穿一件素淡的薄衫，眼珠黑亮，笑时右颊上小酒窝一闪，周身洋溢着被宠爱滋养的光，根本不像锱铢必较的账房小先生，而像谁家得宠的小儿子，家境虽不富裕，但身上衣、口中食，都给他最好的一份，看上去顽皮又亲切。

陈广泽和谢佑安寒暄了几句，谢佑安言行自然，没有一般小厮的拘谨谦恭，但也绝不恃宠而骄，陈广泽心里咯噔一下。夏幼清确实太看重谢佑安了，工钱比同级的人高出一些不说，还给他一间单独的厢房，他又是做账务的……夏夫人警惕他绝非无理取闹，但夏幼清显然自有打算。

这也是没办法的事，他们本想从叔伯兄弟的儿子里挑一名过继到膝下，竟没有人愿意，理由是自家的日子也过得去，搬到烛照山庄，稍不留神，就会被众人认定别有用心，哪怕金山银山，也享用得不痛快。

夏幼清很理解，也明白儿子夏苇之志不在此，若非来日无多，他又何必强人所难。然而，家大业大，最怕坐吃山空，待他百年归世，这一家老小必定要托给夏苇之，可是……

会做事也会做人的谢佑安入了他的眼。夏幼清特意将一家老小聚在一起，称谢佑安幼年失怙，懂得知恩图报，只会把此地当成家，绝不会图谋不轨。但夏夫人仍很发愁，她料定那少年来者不善，夏幼清此举纯属自掘坟墓，因此警告夏苇之，他再不锐意进取，夏家家业必将不保。

夏苇之听了烦，来找陈广泽喝酒。早在他三四岁时，夏幼清娶回姨娘，母亲夏夫人就如坐针毡，她怕别的女人会生下儿子，夺了家产，敲着戒尺训斥夏苇之，要他抢得先机，成为夏幼清最得力的助手，他们母子和夏绿时才会在家里立得稳当。

随着夏舒忧和夏静雅的出世，夏夫人更焦灼了，夏苇之念书稍不勤力，就会被夏夫人拿戒尺打。夏幼清常年在外，夏夫人的话就成了家法，连老夫人都无能为力。

有一年春天，夏三姨有身孕了，大夫诊脉说是儿子。偏偏此时夏苇之在书桌前睡着了，夏夫人急眼了，抓过手边的剪刀就砸来，只偏出夏苇之的右眼不到半寸。

两个月后，夏三姨小产，孩子没保住，夏夫人长吁口气，喊厨子做了一桌好菜。夏苇之冷眼相对，硬着颈子躲去玩，无意认识一个猎户，学会了捕猎。

这些事都是夏舒忧讲给陈广泽听的，她大哥夏苇之毕生渴望的，是当个好猎手，自给自足，快意平生，但他的母亲要抓他回囚笼。为尽男丁之责，他得自投罗网，连抱怨都会显矫情，他不说，他什么都不说。

陈广泽递给夏苇之一只面具，是夏舒忧央他制成的哪吒三太子。这是一只半脸面具，夏舒忧说哪吒的面容生得柔和了些，要把大哥坚毅的下巴颏儿露出来，会更威武魅惑。果不其然，戴上面具的夏苇之风姿翩然，陈广泽失笑："北齐的兰陵王，大概就这般面目。"

夏苇之很珍爱哪吒面具，连喝酒都戴着它，叹息母亲和祖母在看傩戏《西游记》时，只瞧个热闹，看不出那美战神且战且退的本意。

夏绿时观看陈广泽绘制面具时，极偶尔会提及她和夏苇之共同的母亲夏夫人，她用词似乎很客观，平铺直叙不带观点，但语气里仍藏不住的不以为然，乃至……鄙薄。

六年后，当陈广泽将从前住过的厢房收拾出来，和衣卧于木板时，夏绿时评价母亲"什么都想要，什么也不给"的那席话，似窗外的炸雷，响在耳畔。时至今日，他才敢承认，确实，他为夏绿时言语里未必自知的这点鄙薄而有些心动。对圣人、官家、父母和佛，一定要保持敬畏吗？夏绿时不。

睡到后半夜，风雨大作，陈广泽醒来，呆坐窗边，模糊中看到斜对面的厅堂闪着一星微光。他揉揉眼睛，跳了起来。

他以为是夏绿时，不，不是。满目萧条里坐着一个人，金总管。他说梦见夏绿时回了烛照山庄，一切都太清晰，便赶了马车来看她。当年，这间厅堂里，总有男子枯坐，要么等夏二小姐绿时，要么等夏三小姐舒忧，连他也乔装来过。之所以要乔装，是怕被人认出——那些年的夏绿时从来不喜欢引人注目。

多年后，不喜欢引人注目的夏绿时发了疯，轰动沅京。金总管坦言，出事后，夏绿时要走，他气急败坏地打她，从前思慕她至辗转反侧，好像都忘却了，中邪般打她，打得她小腿歪瘸，最好哪儿都去不了，最好谁都不要她，乖乖的只属于他一个人。

夏绿时不还手，也不呼号，而且丝毫不护住容颜——她不爱惜它，从她答应跟金总管，她就心不在焉，胭脂涂到一半，就去吃栗子，一手的红色粉末，直往嘴里送，起身时，裙子上的食物渣子噗噗直落。

夏绿时激发了金总管内心深处所有的暴戾和挫败，像一枚玉玺，花再多钱财都未必弄得到。金总管对皇位无动于衷，但那稀世宝玉，越是永不可得，越让人念念不忘。

金总管打完夏绿时的第三日，夏绿时就拖着瘸腿不告而别，像早有预谋，在他的酒里下了迷药，再对可园的仆人说："他不要我了。"

她谋划已久。金总管将一颗心完完整整尽付于她，她却一榔头敲碎，一去不回。风雨夜，一盏暗灯，金总管苦涩难言，那女子差一点就当了王妃，她端庄娴雅，可公子哥儿向来喜爱追逐活泼艳丽的女子。夏家败落后，她跟了他，只提了一个请求——赎回烛照山庄，对他本人却无欲无求。换个说法是，她不爱他。

不爱，方能逆来顺受。金总管同陈广泽说："我不算差，但她宁可赤手空拳地逃跑，也不和我在一起，她必是爱着别人，我却不知道。"

她爱着别人……是谁？会是谁？陈广泽有所惊动，然绝口不提。当年，还住在烛照山庄那会儿，母亲的身体不大好了，他往返于烛照山庄和药铺，对身边的人和事都无暇顾及太多，碰着夏绿时，也只说上一两句话。但确然是有些什么不同了，夏绿时说是来看陈广泽作画，却对着一盏清茶笑着，恍恍惚惚地笑，心里有人地笑。

陈广泽是客，遂按下疑虑，不闻不问。夏绿时看了片刻，兀自起身，陪祖母去看傩戏。陈广泽于是搁住笔墨，出外寻马车。母亲好不了了，请再多的名医也束手无策，医生都劝他该为母亲准备后事了。

幼年时他总悄悄想，若母亲不在了，就能尽情地依照心愿，养一条秀气的蛇，他吹着口哨，它在手指上跳舞，扭啊扭，沿路卖艺过一生。纵使活得像个废人，也毫不内疚。

可当母亲的死亡横亘在前方，陈广泽不好过。

母亲返回故乡第五天就去世了，临终前已说不出话，黑沉沉的眼睛黯淡下去，藏住这寂寥一生的秘密。

也许，没有秘密，她对刘千成的心思路人皆知。今生今世，她都爱他；今生今世，他都不爱她，仅此而已。陈广泽为她整理遗物时，翻出了冬天时买的那件貂裘，他心知母亲会怪他乱花钱，推说是夏天在当铺

317

里买的旧货，掌柜怕生虫，便宜出了手。

只是，母亲终是没穿上啊。陈广泽捧住貂裘，想到在初秋就抱着手炉、椅子里铺着羊毛垫子——苍白尊贵的夏夫人，他头一次为母亲掉了眼泪。母亲没穿过好衣裳，没吃过像样的东西，一生就这样过去了。

旧日过往迷离掠过，陈广泽才惊觉，没能对母亲说一句体谅话。他早不怪她了，不是吗？母亲对他凶戾，因她从未被这世间温柔对待。

母亲把她的人生过塌了，却奢望他能幸免于难，这多天真虚妄。我只是我自己，也只有我自己，甚至不能是我所爱的人的谁。娘，龙生龙，凤生凤，老鼠儿子会打洞，我只能成为我自己啊，和你殊途同归的我自己啊。

陈广泽十分难过，他用尽力气，使自己和母亲看起来像两类人，因此暗自窃喜，但其实哪有什么两样。

给母亲做完头七，陈广泽在村里又歇息半个月，才重归烛照山庄。谁道才一个月有余，夏绿时就变了，她不穿白了，改穿红，红得极凄厉，又常饮醉，直叫人想起前人的一句"血色罗裙翻酒污"，一个美丽的、不快乐的女子，在喝着失意且失态的酒。

夏舒忧忧虑地说，美人倾国，却照样在情场历经坎坷。夏老太太礼佛，戏园子烟香浮动，叫人渴睡，夏绿时陪祖看傩戏，在影影绰绰的烟雾中，远看台上戏衣缤纷，神神鬼鬼，驱邪纳福，而那演二郎神的男子，将捞油锅、吞火吐火、踩刀梯等绝技一一信手演来，看得她芳心大乱。

夏绿时尤爱二郎神施展神通之前的唱词："那昏君无能，奸相弄权，义士殉节，布衣震怒，一段段传奇演义，最好都和我们无关啊，只盼那家宅安宁，桃源乐享啊……"散了场，夏绿时去找二郎神，却见他靠在树荫吃饭，简陋的饭菜，他有一口无一口地吃，不和人攀谈，明显不合群。

一个无所不能的神，在生活里却低如泥土。其他人在嬉笑，他静默至极，像在吃供奉，身上有随时要化风归去的渺茫感。夏二小姐被二郎神的神秘和悲苦打动，继而泥足深陷。

二郎神有一副好皮囊，修眉长目，孔武有力。夏绿时和他私订终身，但预计夏幼清会嫌有辱门风而棒打鸳鸯，遂想和他远走高飞。哪知当晚，二郎神竟独自逃了。

夏幼清称二郎神卷走了山庄女眷的首饰，被他拦截下来，为夏绿时颜面着想，就不报官了，这点金银都送与他，只愿永不再扰，二郎神应承了。

夏绿时丢了一对耳环，但她不接受这说法，和夏幼清闹个不休。她认准父亲不愿女儿嫁与戏子，这才捏造了谎言。夏幼清震怒，把她关进柴房，夏舒忧偷偷探望，夏绿时哀恳她帮忙找二郎神，她要跟他走，往后吃尽苦头，过穷日子也心甘情愿。

夏舒忧想方设法打听，众人像被夏幼清封了口，二郎神乡关何处，家中几人，都一概推说不知。夏绿时恨透父亲夏幼清，以绝食相逼，夏夫人流着泪相劝，夏幼清无奈，只好承认是自己用银两逼走了二郎神。

自古淑女爱浪子，但夏幼清决不容许女儿从养尊处优跌落尘埃，和那戏子在破瓦寒窑栖身，做一对蓬头垢面的夫妻，即使她会恨他，他也要拦住她。

那人青衫黑发，不爱说话。陈广泽所知唯有这么多，但他不打算告诉金总管。夏幼清于他有恩，恩人不希望散布的事情，他会兜住。

金总管不吭声，天快亮时，雨停了，他对陈广泽说："明明笙歌满园，我看着她，觉得她很孤独。我问她，何为孤独，她说，桃花。"

"桃花开得闹腾腾，也杀气腾腾，有兵戈之气，我在夜里看过它，它不怀好意，不知附了多少想寻仇的一缕缕香魂。"这是夏绿时对金总管说过的最长的一句话，那时，夏姓望族已没落，夏绿时已是名满沅京的花寡妇，风情流转，热衷冶游。

夏二小姐时期的她，虽则也美，但像冰雕美人，缺乏让人神魂颠倒的诱惑滋味。而花寡妇眼波迷蒙，红唇涂得凄艳，总像要啜饮着什么，勾人欺身相吻。夏幼清尽过最大的努力，想保全她的锦衣玉食，却算不到她有天会自甘堕落，醉卧风尘。

金总管问陈广泽，孤独是什么，陈广泽想了又想，说："哦，家里只剩菠萝。"

菠萝吃起来很麻烦，你还没法枕着它睡觉，想不出拿它如何是好。金总管哈哈大笑着踱出门，他说照这样看，夏绿时是他的菠萝，扎了他的手，歉意地走了，他尊重她，不找了。

他不找她了，山长水阔，就此别过，且饮且歌，无话可说。

陈广泽出去吃早饭，回来时，在山庄门前立了片刻。楠木大门红漆剥落，门环锈迹斑斑，五年前，门上定然贴有封条，警人却步。

身后有人来，静若秋澜的声音："陈公子，我就知道你会来。"

很眼熟的公子哥儿，穿软缎衣袍，气度清华，可陈广泽记不起他是谁。公子哥儿笑了一声，自我介绍说名叫张雁南，见陈广泽还在思索，便说他父亲是京兆尹，去年秋天升至内阁首辅。

张雁南是夏舒忧追求者中最瞩目的一个，他相貌文弱，性情也温和，夏幼清很属意于他。但夏舒忧却说他是死读书的木头，乏味。夏苇之就笑，说最能撩拨女人心弦的，通常是玩世不恭的浪子，他们眉目如画，他们忧郁落寞，他们让你百爪挠心，他们让你万箭穿心。

夏舒忧对张雁南甚冷淡，陪他喝过几杯茶，听了几出戏，说了三两句客套话，却使他念念难忘。张雁南认认真真地对陈广泽说，夏绿时不见了，夏舒忧肯定会来烛照山庄找她，他只消守在此处，必会再见她。

是了，他贪图她的美色，清脆的红衣少女，抚慰他读书的种种辛苦，连她不爱他，他都不记恨。夏舒忧银铃般的笑声，已是给予他的最大回报，所以当汝阳王起事兵败，和他有金钱往来的夏家受到牵连时，张雁南哀求父亲斡旋，竭力保住了夏舒忧和她的手足同胞。

当然，这也得益于熙元帝路瑶光颁布的仁政之一，罪臣当诛，但未参与叛乱的家眷可免除处罚。据说，皇帝的二弟路朗和少年时在民间游历，目睹罪臣家眷流离失所，惨痛难言，回宫就向他父亲嘉远帝上疏，请求废除株连重刑。

　　嘉远帝不批，路朗和遂年年上疏，等兄长路瑶光继位，才得偿所愿。这位王爷只活了短短二十九年，但功绩傲人，百来年后，百姓仍怀念他，逢年过节都到他的祠堂祭拜。

　　世事奇诡，若夏绿时当初顺利嫁入汝阳王府，小王爷难逃一死，她确乎会是寡妇，但纵然不嫁，她也仍历经苦难。

　　当年，陈广泽在夏幼清行刑前就离开了烛照山庄，夏苇之夏舒忧都没找他，但他并不太担心他们。百足之虫，死而不僵，夏幼清应该早有安排。

　　五年间，陈广泽在辗转中看到过夏绿时的画，笔墨枯寒，形销骨立，正是她往日所苦苦追索的。可是，当一个人懂得何为幽寂，生活必然不如意，就像神话里的蛟龙，最该止于想象。

　　入夜，陈广泽又做梦，梦到寺院、稻田和佻达的花寡妇。她含着笑，眼底有春意，爱惜地梳她的黑发，而夏舒忧长发飞扬，搂住她大哥夏苇之纵声大笑，一口好晶莹的小米牙。

　　乱梦三千里，竟有谢佑安的身影。他着朴素蓝衫，清新如微风，招待夏苇之和他饮茶，殷殷道："快试试夏爷买来的碧螺春，我喝着好。"

　　谢佑安始终管夏幼清叫夏爷。陈广泽端起茶刚要喝，却听见夏绿时在喊他。他诧异，奔出门外，只见她一身缟素，踏着血海，如踏过一地落花，转头笑望着他。

　　陈广泽一惊，陡然醒来，脑中发蒙，在木板上瘫坐了一会儿，疑心是夏绿时前来告别。但他竟找不到她，一大早又到集市打听，终无所获。踏回山庄时，他隐约听见语声，奔至近旁，是张雁南和夏舒忧。

　　夏舒忧裙裾叮当，黑发如瀑，多少年了，依旧不变。小默在荒草疾行，她和张雁南紧跟着它，一瞥间，她停住了脚步，直戳戳地看陈广泽，不说话。

　　华美前世，灰飞烟灭。明艳的少女如今像个颇有家底的农妇，圆圆脸，很和气，像烧了两大碗红烧肉，拍拍手让孩子们洗手吃饭那种。陈广泽喉头一哽，他真喜欢她，不论是往年还是此时，不论她变成何种模样，他都喜欢夏舒忧，像喜欢大朵的鲜花和大朵的白云，这简直清清楚楚，不容置疑。

小默带路，他们在九重井底找到了夏绿时，她身体冰凉，容颜倒栩栩如生，死去不太久。让陈广泽吃惊的是，她已非传闻中的艳色天下重，酒和甜食使她发胖且萎靡，美貌荡然无存。

金总管丝毫没提到这一点，他说她有着月亮般的声音，他爱她，不因他是有钱人而比别的人少。他梦呓般怀念她有一件睡袍，绣了鹤和雪原："你想不到有多像她本人，又仙气又缥缈，我很怕它会活过来，她驾鹤仙游，无影无踪。"

陈广泽笑，他想得到，是他画过的，哪里料到竟是谶语。

夏舒忧的目光停在夏绿时的耳环上，轻轻摘下了它们："这是被那个人偷去的耳环……可见他们见过面了。"

有张雁南在，就不难通过耳环查出二郎神的下落了：夏绿时在古玩店愕然看到遗失的耳环，遂重金相酬，一层层打探到他的所在。

二郎神逃离烛照山庄第二天，就将耳环等珠宝首饰拿去变卖——他对夏绿时竟连半分眷念都没有。掌柜疑他是偷窃得来，留了他的住址，是很偏远的村落。夏绿时找去时，二郎神已做了父亲，大女儿五岁，小儿子三岁半。

二郎神不认得夏绿时了，夏绿时不信，但这竟是真的，连他偷了她和家人的财物，也是真的，父亲没骗她。父亲后来改口，真的是在顺着她。

二郎神与夏绿时交好，本意是想弄点钱，给青梅竹马的女孩子治病，夏绿时却当了真。二郎神傻眼了，慌不择路地逃了。

天上大片大片云，堆得像城堡，不食人间烟火般的夏二小姐也会说胡话："干脆我们到天上去住。"六年后她找来，他说出了那时吞回肚子里的话，"你在白云里飞，我在白云里只能走，生怕踏空，跌得粉身碎骨。二小姐，我……我怕。"

夏绿时是尤物，也是蛊毒，但二郎神不爱妖娆。他牵住他庸常的妻，明明白白地说："她没你好看，但是跟她一起，我待得自在。"

万事不过"自在"二字，夏家亲戚不肯过继为子，陈广泽少小离家，夏苇之匿于山林，皆然。夏舒忧和陈广泽互视一眼，无言以对。

二郎神只想捞点钱，对夏绿时不存在好意，更别提对她的爱意。夏绿时用六年时间找出了真相，松了口气，顺理成章地不活了。夏幼清有一回说，绿时哪是目中无人？她是目下无尘。他是对的。

夏绿时死在九重井里。六年前，她上天入地无法找到二郎神，千百次地思量，想扑通一声跳入深井；六年后，井已枯涸，但她圆了梦，唇边带了一抹浅笑。

夏绿时被葬进夏家祖坟，入棺木时，夏舒忧拍一下她的脸："伤心人很多，但又不是非死不可。可你不在了，我又觉得没什么不该的。"

随后她回过头来，看定陈广泽："你还是一个人。"

夏家被抄家后，张雁南向夏舒忧提亲。他是恩人，她不忍当面驳他，笑而不答，转头闷声不响地嫁了某人。夏家盛时屡开筵席，来送海鲜的渔家少年腼腆爱笑，一咧嘴，亮闪闪的白牙，像温顺的鲸。

夏舒忧随夫婿到海边居住，木屋外种满凤凰花，孩子们很吵，但很快乐。当她不想说话时，就倨傲地推说方言不通，她的夫婿很迁就她。有时夕阳西下，她头痛欲裂想打猎，于是划船捕鱼去，五年来，出落成身手很俊的渔娘。

张雁南挺好，但夏舒忧不喜欢他，不乐意如众人料定般，成为张家少夫人。一旦如此，往日对张雁南的拒绝将是多么无谓，夏舒忧怎么肯。

陈广泽没问夏舒忧是否钟情于夫婿，他喜欢的红衣少女已经出海，懒理楼外春秋，这就够了，别的，都不必追问。

夏幼清死后，夏夫人和夏舒忧的母亲夏二姨为他殉了节，三姨太带着幼女投奔了亲戚。夏家人死的死，走的走，散的散，夏舒忧再也不用对任何人有所交代了，有大把时间闲逛，养小动物，把手指头翘起来，细细地涂蔻丹："海边暖洋洋，懒洋洋，我很满意。"

陈广泽不由去抱夏舒忧，夏舒忧把头靠上他胸膛，笑道："有天清晨醒来，我突然莫名其妙想到你，觉得你是我一个人的诗人，乐了半天。它不是事实，你也不作诗，但还是和你说一声吧，这可真难为情。"

她脸上其实没有难为情的神色，落落大方。距离第一面，六年过去了。六年来，陈广泽偶遇和夏舒忧同龄的人，总会多看几眼，会想，哦，我喜欢的那个女孩子，也正在世上某地老去，我原本是有机会和她偕老的。

夏舒忧临行前说："大前年腊月初八，大哥不在了。"陈广泽不想听，但夏舒忧非要找人分担似的，一径诉说，夏苇之在薄刀山狩猎，葬身于群狼爪下，尸骨无存，如他一贯的作风，心知肚明，废话少说。

像将军战死疆场，夏苇之死了。陈广泽吃力地回忆，估摸着夏苇之死的那一日，北国大雪纷飞，他身在松花江上的冰屋里，捧只小酒坛，捞出醉蟹一只只剥壳吃掉。他吃得很慢很爱惜，因为酒是十八年的状元红，蟹喝得很饱。

时时念着他，他却早已死去。陈广泽的心顿时空荡荡，他想他是恨的，夏苇之竟然不在了吗？可他还将在尘世若无其事涎着脸活，游手好闲，度日如年。

恨意太重，压得陈广泽深觉无力，要靠着墙才能站稳。夏舒忧虚扶他一把，贴一贴他的脸，飞掠上马，依稀旧时明媚少女，她说："你得不到他，我得不到你，你看，都还活着。"

长久以来，陈广泽千辛万苦，把被夏苇之震散的魂魄从千山万水收拢回来，一点点，拼凑成完整的自我，内里是不是四分五裂，外人看不出来。除却他自身，旁人俱是外人，包括他那已远在彼端的亡母。

但这女子却洞悉了他。他喜爱她，如妹妹；他怜惜夏绿时，如母亲；但千真万确，他心仪的，是夏苇之。初初相见，他黑衣如铁，一个指头一个指头摘掉手套，动作缓慢，散发出窒息的诱惑，陈广泽听到雪静风冷，连同笃定的心动。

一别经年，陈广泽持续地梦回沅京怒雪中的永别，在漫天苍茫中，走向那个人，亲吻他冰冷的嘴唇。就好似最后那晚，他醉在烛照山庄的酒窖，滚落在酒坛后，醉眼蒙眬看到夏苇之和谢佑安走来，他想说话，却乏得连嘴都张不开。

他们没看到陈广泽，一坛坛喝酒，商议着死。谢佑安坦然说着，夏家得有后代和夏幼清一同抵罪，他和夏家生意牵扯颇深，他去。夏苇之说，纨绔子弟如他，何必还活着，他帮不上父亲的忙，但能陪父亲下地府，而谢佑安是家族女眷们的靠山，他得活。谢佑安就笑了，他说哥，你真不知道我是谁吗。

谢佑安的母亲倾心于夏幼清，设计和他有几夜情缘，怀上身孕后消失于他的生活之中。母亲去世前命他卖掉烛照山庄，辅助夏幼清，但无须相认。她说："他撑得难，你帮帮他。"

许是父子连心，血缘难断，夏幼清将谢佑安视如己出，认作义子。谢佑安对夏苇之说："哥，我找张雁南打听过，他说夏家后代无人参与生意是瞒不过去的，我是你弟弟，我去吧。"

夏苇之说："迟了。"顿一顿，复又喃喃说，"早迟了。"

他抓过那只哪吒面具，细致地为谢佑安戴好，端详一下，颤抖着靠近，在谢佑安唇上印上一吻。

他说，迟了。真正使他心力交瘁的，不仅是家族的背负，更是那个十五岁的少年，身体如蜜糖，眼睛像宝石。

是的，夏苇之抱过谢佑安，在这有商有量谈及死亡的晚上。谢佑安轻声说："所以我没和父亲相认。"

没头没脑的半句话，像寂夜霜冻，逼陈广泽清醒，也杀掉了他的眼睛。夏苇之还活着，但不爱他，陈广泽必将在没有他的世间摸索着，跌跄前行，他为自己悲哀。

急景凋年，莲花哪吒不来渡他，那就自去吧。次日，陈广泽作别夏家，永远在浪荡，永远很混账。

在陈广泽离去的秋天，谢佑安身为夏幼清的私生子，和他双双服罪，血溅法场。夏夫人总说那孩子狼子野心，可他却甘心陪父亲去死，一声不吭。坊间为此讥讽夏苇之懦弱，他缄口不言，不做任何辩解。

哀毁过甚，四个月后，夏苇之从容去死。谁能说不是殉情呢？

夏舒忧冲陈广泽挑衅地笑："说起来，若你不在了，我还能活得更自在点。"

你不在了，我就不用担心你爱上一个个别人，偏偏不能是我；你不在了，我就不用担心自己有朝一日不再爱你。只有你死了，我才百无禁忌呢，陈广泽。

多遗憾，她不是他。活着，他不是那个人的心上人，死去，也不是他的未亡人，夏苇之是死是活，像与陈广泽无关。那么，随时能去死，碧落黄泉去找夏苇之；也能随时苟活着，如影随形地想着他，这才是陈广泽要的百无禁忌。

山高有好水，无处不销魂，元烨九年夏，陈广泽在夏绿时坟前静坐半日，再一次告别沅京。他想要的，无非是和一个人日夜相对，五年前，他就知道，永远也不会有了。

但是，相逢时，互换姓名，你说，任你广阔水泽，我一苇杭之。

那，是一句情话吧？是吧。

二〇一三年二月

夏侯幼清，财雄一方，有女字舒忧，媚曼疏狂。求聘者云来，夏侯欲以忧论婚于世家，忧不欲，对曰："侯门清寂，寒士而可。"

元烨四年，时逆党叛，夏侯与之相交好，坐结党被收。邑官奉严令，援例籍家，将置之法。忧鬻家产，上下营求，长兄得不死。

殡后家贫如洗，忧旷达不以为意，后嫁渔人孙某甲，蹈海滨而隐。

后有贾客至海上，月色微茫，忽飘一轻舟来，有丽人端坐其上，拔钗掷水，旋见鱼出水面，大可盈抱。丽人叉鱼，跃登如飞鸟去，雾鬟人渺。

赞曰：人间化鹤三千岁，海上看羊十九年。

——《全宁文·远村闲话·夏侯女》

十·银河

你什么都好，就是挑女孩子的眼光差了些。

他们都说，沈天北应该死于一柄镶满了宝石的长剑之下，这样才比较符合他暴发户儿子的身份。

诅咒听了多年，小侯爷沈天北依然好好活着，前年还被皇帝御赐封号"竹猗"，夸他"绿竹猗猗，如圭如璧"。

沈天北二十有一，仍未成家立业，父母相继过世后，他越发纨绔，依红偎翠，豪赌烂醉，在沅京一干衙内，得了个诨号"银枪十一郎"，和"竹猗公子"的美誉相映成趣。更让人发指的是，他姐姐沈天南嫁给御史陈大人家的三公子多年，诞下一子一女，本是其乐融融，当今圣上长治帝偶然得见沈天南，竟动了心，在沈侯爷的大力支持下，沈天南被抬进了深宫。

皇帝夺臣子之妻说出去不体面，不能明着要，皇帝很发愁。沈天北出了个主意，皇帝连拍大腿赞好，趁陈三公子生辰，送了两名艳姬跳舞陪酒。

艳姬们肤白胜雪，身段旖旎，又深谙取悦男子之道，陈三公子感觉自己的侍妾里没有这等尤物，不禁色心大起。沈天北饮酒旁观，待到两位佳人均已被陈三逗弄得娇喘微微，花鬟凌乱时，再淡淡告知，她们皆是皇上的妃嫔。

陈三吓出一头大汗，沈天北不失时机怂恿他，皇上看上你夫人了，换不换？陈三怕死，岂有不换之理，再说，两个换一个，这买卖也合情合理，而且额外还多了些赏赐，可谓意外之喜。他把小舅子沈天北引为知己，将皇帝的赏赐分了三分之一给他，沈天北也不客气，乐呵呵地收下了，转天就让老仆阿忠拿去变卖，换了些金叶子囤着。

两位妃嫔从禁宫搬到陈府，深感人生焕发第二春，遂共同做东，请沈天北到春风楼连吃几顿，抓着他的手道谢："树挪死人挪活，起先我二人都不愿意，还是侯爷睿智啊！"

沈天北笑着再饮一杯酒。先前，他费尽了口舌，她们还将信将疑，他说既然久不得圣宠，又无所出，不如换到陈府享些女人该享的福。她们曾经是皇帝的女人，念在皇帝的情面上，陈三不敢对她们不好，而且还能经常到集市走动，做点漂亮的衣裳穿，打点时新的首饰戴，还不用后宫争宠，毫无性命之忧，岂不美哉。

二妃是伺候过皇帝的人，伺候起陈三自是得心应手，陈三容光焕发，虽明知会被人戳脊梁骨，也学着沈天北一样不在意："他们也只能在道德上显得比我们高出一等，由他们去吧。"

沈天北笑吟吟和前姐夫陈三碰碰杯："据我所知，民间的叔嫂通奸、公公儿媳扒灰，也是有的。"

七年前，沈老侯爷沈卓成去世，民间对他的骂名都转向他儿子沈天北。沈天北不负众望，声名狼藉，他却满不在乎，于是又有非议频出，说沈侯爷对千夫所指都无动于衷，平静得像一朵白莲花，要么鲜廉寡耻，要么麻木不仁，要么城府极深。沈天北听得哈哈笑，说众人少说了一样，他其实只是——胸襟宽广。

"数金叶子是我的乐趣，骂有钱人是他们的乐趣，可以理解。"

老仆阿忠很愤然："侯爷，你哪天赏他们几片金叶子，他们一定会为你说好话，说你也有不得已的苦衷；如果你放话说想娶亲，骂你的人里，有不少人都会抢着托门路，把女儿往府里送。"

哪有那么多苦衷，贪慕荣华富贵罢了。沈天北一袭锦袍，躺在黄昏里，漫不经心地拈一颗红樱桃吃了："穷人是理解不了有钱人的，但他们特别能理解皇家，不过是做点分内事，就山呼万岁歌功颂德。"

元宵夜，皇帝登上城楼赏月，思及浮云变幻，感喟地引用了前人的诗"万方多难此登临"，立刻让他在民间的口碑扳回一城。

不少百姓感动得奔走相告，叹息皇帝实非昏君，也想有所作为，然积重难返，无力回天。大宁朝在显宗手上时就已败兆毕露，如今也该到头了。比起皇帝，他们更恨的是沈天北之流，一群啃食路姓江山的蛀虫。

老仆阿忠看着沈天北的背影啧啧叹息，他觉得自己受小侯爷影响至深。确实啊，人有钱了，房子住得大些，心胸似乎也会比以前敞亮些，污言秽语的，都懒于计较，只管吃好穿好。并且，心胸一开阔，运势就更好，皇帝对沈天南百般宠爱，爱屋及乌，动不动就重赏沈天北，还将避暑行宫交给他全权负责兴建，这可是多少人想都想不来的肥差。

兴建行宫的经费都出自国库，而前方战事吃紧，军饷也快发不出来了，朝臣们一封封奏章呈上去，皇帝看都不看，只顾流连于沈贵妃的摘星殿。老百姓和朝臣无不对沈氏姐弟咬牙切齿，暗中称他们是祸国妖孽，只叹三百余年的大宁朝要亡于荒淫君王和无耻侯爷之手。

风言风语不绝于耳，无耻侯爷一笑了之："出身富贵而知民间疾苦，那是我佛如来的境界，我一介俗夫，只配歌颂我佛慈悲。"

沈家子息单薄，沈卓成膝下只得沈天北和沈天南一子一女，可沈天北居然卖姐求荣，朝廷清流和市井百姓很是不齿。

先前，舆论很同情沈天南，谁知这沈贵妃风骚浪媚，很快就宠冠六宫。皇帝尤爱她出浴时的风情，嫌皇宫温泉不尽兴，遂特令沈天北在京郊圈地建行宫，好供他和沈贵妃嬉乐。

众人这才知道，原来沈家姐弟是一丘之貉。沈天北对骂自己的话一概不做回应，但那日在酒楼小酌，有江湖草莽不怕死，议论起宠妃沈天南，说正所谓一女不事二夫，她理应不畏强权，慨然殉节，必能获得众人尊重。沈天北反问那帮人："是殉那侍妾成群的夫婿陈三，还是殉背后的飞短流长？你们这帮尊重我姐的人，不如凑钱给她立个贞烈祠堂，三叩九拜，怎么样？"

对方仗着有功夫在身，一言不合，拔刀相向，岂料这沈天北也不是绣花草包，跟着禁军教头学了几招狠的，竟颇能抵挡一阵子，然后，他的援军便都到了。

江湖草莽见势不妙，道声"得罪"，收刀走人。沈家侍卫不依不饶，沈天北阻止，慢悠悠地吐出一句："各位好汉都担负着天下大义，让他们忙去吧。"

沈家小儿，口放狂言，举止嚣张，十分可恨，偏偏他有个正得宠的姐姐，奈何他不得。宫里有妃子讽刺沈天南，正巧被沈天南的宫女听见了，传给她听，她置若罔闻，翘起十指蔻丹，在阳光下眯眼瞧着，喜滋滋："哎，你比我府里的那几个丫头涂得好多了。"

沈天南连自己当过陈府的少夫人都不避讳，何况别的言论？妃子们一拳头打在棉花上，嫉恨得发了疯。七夕皇宫夜宴，有战报突来，皇帝匆匆走了，沈天南慢慢享用一盏燕窝，张淑妃笑着和别人聊起唐人的旧诗，"天阶夜色凉如水，坐看牵牛织女星。"话里话外都针对沈天南，咒她盛极而衰，离失意不远矣。

沈天南放下调羹，声音是懒洋洋的媚："纵然有天圣上拿三尺白绫赐死我，十八年后我又是娇滴滴的大姑娘，倒好过在后宫冷冷清清大半生了。"

趁得势时穷凶极恶，享尽漫天繁华，待失意时，左右也就碗口大个疤，这便是沈氏姐弟的处事原则。沈天北将避暑行宫当成自家府邸来修建，一草一木，一砖一瓦都亲自过问，不出一年半，行宫就将近落成。

与此同时，江南旱蝗并灾，盗匪与流民群起，各地民变不断爆发，西疆郑虎王又接连骚扰入侵，朝野上下一片哀号，私下大叹国之将亡。

军费开支惊人，国库早已入不敷出，缺饷很普遍，已有边陲小镇的守将带着兵士集体倒向郑虎王。皇帝解决不了困境，索性也懒得解决，终日躲进摘星殿，和沈贵妃醉生梦死，除了每天都会问问行宫情况，不再理会世事。

沈天北在行宫收拾了一间厢房，吃住都在此处，只等碑亭建成，再请些花卉乔木进来，皇帝和沈天南就能搬来住了。宁朝大厦将倾，他却对此地愈发用心，匠人里有个大眼睛的小姑娘叫蔓儿，好奇问他："侯爷，我听说，郑虎王很得民心，已有十七座城池在握，可能不多久就会攻进沅京，我们的行宫未必保得住……即使保住，也可能是前人种树，后人乘凉，你为什么还一丝不苟，连植物的品种都认真看过？"

沈天北答非所问："我姐姐喜欢郁金香。"说着指给蔓儿看，"那是她最爱的品种，狂人诗。"

蔓儿自幼跟父母住在深山里，无师自通地听得懂鸟语，飞禽走兽都和她亲近。父母去世后，她带着一只盲眼猴子、一只跛脚松鼠和三只鹦鹉投奔了远房叔叔，哪知叔叔见她能驯鸟兽，竟将她卖给了一位道人当徒弟，沿路卖卖艺，装神弄鬼骗钱财。

那道人心术不正，用迷香将蔓儿熏到，欲图谋不轨，被跛脚松鼠发现，抓花他的脸。蔓儿惊醒，逃之夭夭，和小动物们在集市玩些杂耍，赚点小钱。但这两年多地闹荒灾，肯给钱的路人不多了，看场热闹拍拍屁股走人。蔓儿便换到茶肆酒楼，喝得起闲茶淡酒的人，当然不在乎一两个铜板，她收入尚可，可惜大多数要上贡给店家，每个月交了房钱，手头落不下多少。

在春风楼，蔓儿听说沈侯爷正寻找养鸟人，便按图索骥摸到行宫。那天，沈天北不在，是老仆阿忠接待她的，蔓儿嘴甜爱笑，把阿忠哄得满脸笑，还认她当孙女。

阿忠引荐，蔓儿带着她的小伙伴给沈天北表演一番，沈天北看得开心，把她留下来驯鸟。沈天南喜欢听着鸟语闻着花香睡觉，他想等她住进来，时有鸟儿啾啾欢唱。

沈天北银子给得痛快，蔓儿花得也痛快，上山捉了些羽翼漂亮的鸟儿，还买回几只仙鹤和孔雀，并用半个月时间训练鹩哥学会喊："侯爷，草民遵命！"

沈天北的手伸入笼子，摸摸鹩哥的脑袋，逗它："以后皇上来了，记得要说草民拜见陛下。"

鹩哥喳喳叫，蔓儿在一旁笑："它说他当不了多久陛下了。"

这自然是她讲给鹩哥听的，她说把这些生灵当朋友看待了，它们才会听她的话。孔雀会开屏，夜莺会唱悦耳的小曲，仙鹤单足屹立，像不可一世的王族。

大宁朝面临灭顶之灾，已到了世人皆知的程度了，大家都想着"盛世古董乱世金"，沈天北花很少的金叶子，就能弄上许多精致的小玩意儿，在灯下细细赏玩。蔓儿收工，要回匠人的驻地去了，带着鹩哥过来和沈天北打招呼，笑道："坐拥金山银山，果然是传说中的暴发户。"

沈天北斜她一眼："暴发户是我爹，我一出生就很有钱了。"

蔓儿生性活泼，并不因沈天北的坏名声而对他敬而远之，也敢于和他开玩笑，这和别的女孩子都不同。沈天北最喜欢的正是这点，待她比常人都亲近些，当即扔一串珠花给她："给你玩。"

蔓儿跳起来抓住，揣进兜里，笑嘻嘻地走了："你比金子还可爱。"

转天再见她，却耷拉着眉眼，仔细一看，眼圈发青，分明是被人打过。沈天北问："怎么了？"

蔓儿很难过："贱命一条，连一天富家小姐都当不成。"

珠花太好看，高兴得未走出行宫就戴上，街头行人眼馋，扑上来就抢。争夺中，对方狠狠一拳头，蔓儿眼珠子差点儿被打掉了，珠花仍没保住。

那串珠花不算值钱，红艳艳，俏生生，沈天北随手捞过，可有可无地扔给她，却连累她被人欺负，而且是被几个军爷……

蔓儿说，约莫他们是饿惨了。沈天北在台阶上站了片刻，世道当真坏到这种地步了，而那帮所谓的朝廷清流正一边忙着中饱私囊，一边撺掇皇帝跟郑虎王议和。

郑虎王原是朝廷难得的大将，镇守西疆多年，蛮狄来犯，他带着将士苦苦应战，伤亡惨重，却力保城池不失。可叹饷银供给不力，又赶上饥荒，军队内部偷窃窃成风，还跟驻地百姓争抢食物，发生骚乱哗变。郑虎将斩杀带头闹事者三人，以定军心，此事却被别有用心者层层告到皇帝处，皇帝听信谗言，下令要严惩郑虎将。

郑虎将接到圣旨，仰天长啸，将它撕得一干二净："请求拨给军饷的奏本递上去，从未有过反馈，告发我的奏本即刻生效，这就是我等浴血奋战的皇朝？忠于它还有何益？"

郑虎将欲杀身成仁，他的娘子却在关键时刻拦下那把刀，死死握住，一双手被割裂致残，再也拿不起绣花针。郑虎将跪地搂住娘子，缓缓想起新婚时，他曾经许她一世安宁，遂在那晚下定决心，自立为王。

世间再无郑虎将，他拉起大旗，自封虎王。皇帝冷了他的心，他不接受议和，厉兵秣马，长驱直入，直指沅京。

阿忠看到蔓儿眼睛的瘀伤，心疼极了，拿过一块毛巾为她冷敷，絮絮叨叨："世道太乱了，女孩子走几步夜路都会被人欺负。"

蔓儿小声说："要是小灰跟着我就好很多。"

小灰是她养的松鼠，她晚上回匠人驻地睡觉，它们就待在行宫里，由阿忠喂养。沈天北看着蔓儿说："我教你几招防身吧。"

沈天北教的都是粗浅的功夫，蔓儿学得很快。她生于山野，身手很灵动，嫌头发碍事，都挽起来盘成髻，塞进帽子里，乍一看，像清秀的少年。

但哪个少年会像她这样腼腆？她折一枝柳条当武器，沈天北过来纠正她的动作，不期然握住她的手，分明听到她砰砰砰的心跳声。他见不得蔓儿窘迫，走开去，远远看她在花树下认真练武，恍恍惚惚的，想起记忆深处的一个人。

那时沈天北还小，母亲早逝，他和沈天南住在沅京，每年九月便被人护送着去岭南，探望在那里为官的父亲沈卓成，一起过年。

岭南地区依山靠海，出产奇珍异宝，但有瘴气，人易患疾病，肯去当官的人不多，沈卓成主动请缨革除五岭以南之弊，一待就是十几年，修盐池，开水田，平匪乱，深受皇帝信赖，百姓也多有爱戴。

沈家祖上多是文人墨客，不事生产，顶着世袭一等侯的头衔，还不如民间一些大户过得富足。到沈卓成手上，才打了翻身仗，好事要做，钱财也要捞，南海有贩运之利，各国船舶驶至，利钱多半没收，除上供、进献及供奉外，剩余的都姓了沈。

沈家自己也做起了生意，每天发遣十余艘小艇，装载犀角、象牙、珍珠、海贝，称是商货出境，循而往返，京师权贵多因沈卓成的财货而富。沈家阔绰了，百姓逐渐就不那么感恩了，怨声载道。沈卓成过世时，他们全然不记恩惠，飘来诛心之论："贪得无厌，报应啊！"

镇守南海的，无不捆装船载财物还京，但沈卓成病死在那里。当时，沈天北十四岁，沈天南十八岁，已嫁入陈府。但沈天北总记得，过去的年月里，他和姐姐乘船去岭南，常有冰镇的荔枝吃，白嫩嫩，甜丝丝，像那个名叫阿阮的女孩子。

阿阮的父亲是沈卓成的副手，一直和父母生活在岭南。她圆圆脸，笑起来梨涡浅浅，和沈天南很要好。沈家姐弟的母亲过得早，每次去，都在阿阮家吃饭，她养了一只唤作小豹的猫咪，抱它在腿上吃饭，她吃一块鱼，它也吃一块，一顿饭要磨磨蹭蹭吃好久。

沈天北取笑阿阮，阿阮模仿猫咪的口吻说话："哥哥笑话姐姐，姐姐不做饭给他吃了。"又娇又嗲的语调，尾音拖得长长，向上扬，还有轻微的鼻音，很像一只刚睡醒的花猫。

阿阮比沈天北大一岁，死时仅十三岁。她的远亲卷入起兵生事，她父亲受到牵连，尽管沈卓成百般斡旋，阮父仍被斩杀。她母亲随后在粥里掺了毒，和她一人一碗地喝下肚，双双毙命。

沈天北那年尚是小少年，还没机会对她说，阿阮，你不要死，我想娶你。也没机会安慰阮母说，姨，有我在，你和阿阮都能好好活下去。

所有的话，都堵在心底，没机会说。沈天北站在台阶上看蔓儿，她不像阿阮，可是这么多年来，别的女孩子不是对他曲意承欢，就是对他退避三舍，只有她，像阿阮那样，和他很亲昵，如一家人，能自自在在地吃一桌好饭，谁帮谁添碗饭，都不必说个谢字。

沈天北坐回椅子，按了按额角。有黑影一蹿而过，跳上手旁的木桌，是蔓儿养的小松鼠，黑漆漆湿漉漉的豆豆眼，毛茸茸的长尾巴，让他无端想起阿阮养的猫咪，不由伸出食指逗它玩了起来。

小松鼠不怕沈天北，他喂它吃桃酥，它连渣儿都不放过，慢条斯理舔个没完，手指酥麻酥麻的，沈天北像一跤跌回了岭南，黄角兰、素馨花、凤凰花繁盛地开着，阿阮围着花围裙，把带鱼段煎得两面金黄，喂她胖乎乎的猫咪。

可是，阿阮去世九年了，往事已像暮鼓晨钟里的花香，寻不见踪迹，今生她在哪户人家，再不可考了。

蔓儿练了大半个时辰，累得收住动作，擦擦汗向这边走来，突然像被点了穴，愣住了。她眼前无疑是一幅无限风华的画面：沈天北白衣墨发，正侧身坐在夕阳里，光线给他的轮廓镶上了金边，小松鼠停在他左肩上，捧着半块桃酥吃，他斜伸出右手，用掌心帮它接住残渣。

换了常来行宫拜访沈天北的商人和朝臣，准会啧啧称奇："这小东西也懂得侯爷是天大的贵人呢！"但蔓儿瞠目结舌，傻呆呆道，"它从不和外人玩的……"

沈天北笑道："我又不是外人，我是它主人的主人。"

蔓儿抹着汗坐过来，抓过蒲扇舒舒服服地扇着："忠爷爷说，本来行宫选址是在农庄的，你挪得远了些，移到这儿了，免得农人家园不存，流离失所。皇上嫌远，把你臭骂一通，你搬出国师当说客，才说服了他。"

沈天北听了直笑："哎，忠爷就会往我脸上贴金，但我早就虱子多了不痒。说实话吧，是为了少赔偿点，多往自己兜里揣点。"

蔓儿不信，沈天北又说："皇上住进来了，你当他会容许方圆十里地住了农人？农人无家可归，哭天喊地，被皇上听见了，我能有好日子过？"

沈侯爷金冠束发，容颜恬淡，蔓儿心神一恍："这倒是，但郑虎王打进来，老百姓也无家可归。"跺一跺脚，很气愤，"这么一大笔钱，发到兵士手中多好，大宁可能也不会亡……"

"亡不亡，是皇帝的事。不管谁当皇帝，小民也都是吃吃小菜、瞧瞧热闹。"沈天北把头往椅背一靠，抱住小松鼠，闭上眼。

蔓儿把小松鼠从他怀中夺过，一阵风似的，蹲到树下生气："不管谁当皇帝，你的钱都吃不完，何必还把着它不放。"

晚风送来那人可恶的声音："谁嫌钱多啊，我是俗人，哪会例外。"

蔓儿恼火，这人就是嘴硬，当坏人很有面子吗？其实他背地里的善行，她都尽收眼中，行宫是花架子，材质用得并不好，因为大部分银两他都给匠人当了工钱，连附近村落来做点杂活的农人都拿得丰足。

亡国在即，手头藏点真金白银，心头就会少些慌乱。农人领了钱，却不领情，没人肯念沈天北的好。这么心软的人，却逃不开被骂成奸佞的命运了，蔓儿想想就又要哭了，她为沈天北抱不平，跟人吵过好些架，吵得她心虚地意识到，自己心疼他，是——钟情于他。

可是对他用情，是多么不应该的事。

蔓儿是小女孩脾气，狠狠和沈天北闹别扭，两天都不来找他。沈天北心知她绷不住，故意冷眼相待，不理不睬。到了第三日，蔓儿就求和了，捧一碗玫瑰冰粉来，用力往桌上一蹾："还你珠花人情，两不相欠！"

晶莹剔透的冰粉，盛在白瓷碗里，红糖水沿碗沿倒一圈，拌点玫瑰酱，撒些干桂花和白芝麻，哧溜一碗喝下肚，凉凉的，滑滑的，再清爽也不过了。沈天北一气喝完，说："最少还要几十碗，我锱铢必较。"

蔓儿瞪他半天，扑哧笑了："越有钱越小里小气。"

"错，越有钱越大慈大悲，它们流浪了太多人手，很累，我要金屋藏娇，给它们好归宿。"

蔓儿问："经验之谈？"

"对的，你珍惜它，尊重它，它们才会交头接耳，互相介绍投奔我门下。"沈天北意犹未尽地补充，"鸟和鸟之间是有语言的，你懂；钱和钱之间也有语言，我懂。"

喝了几十碗冰粉，沈天北督建的避暑行宫也终于落成，能把皇帝和沈天南迎进来了。当天阵仗很大，侍卫宫女宦官跟了一溜，马是千里神骏，马车是上好的檀木，踏过官道，遗下清香久久不绝。灾民饥民都很愤怒：天降大祸，国之将破，达官贵人不顾天下黎民死活，照样夜夜笙歌，若有哪位义士跳出来手刃了这帮人才好！

行宫建得宏伟，花木繁丽，兔翻雉飞，殿内名瓷古玩琳琅满目。皇帝和沈天南都尤爱云岫轩，它坐落于湖心小岛，四望皆成画景。

沈天北陪同皇帝和沈天南登岛，岛上绿草如茵，湖中莲花千朵，皇帝大赞："云无心以出岫，鸟倦飞而知还，此地美不胜收啊！"

风送荷香，沁人心脾，沈天南也很兴奋："待到入夜，就可登上画

338

舫赏荷观鱼了……阿北，像不像以前在岭南，一到夏夜，阿阮就带我们去捕鱼虾？"

是像岭南啊，晚霞映水，那个女孩子身手矫健，背一篓鱼虾蟹在沙滩上跑着，洒下一路欢笑，到家就是一桌清淡好菜，忘不了，永远永远忘不了。

禁军威武，落成庆典盛大热闹，杂耍艺人的表演精妙绝伦，皇帝欣赏至极："隆庆皇帝的行宫历时七年，还不如此处曼妙，你却只用了区区两载不到，竹猗，辛苦你了！"

沈天北含笑："皇上谬赞了，有钱何止能使鬼推磨，有钱能使磨推鬼。"

说话间，轮到蔓儿和她的三只鹦鹉一只鹩哥上台演出，她和它们配合无间，妙趣横生，皇帝和沈天南被逗得前仰后合。蔓儿说过，深山间多是伶俐的小生灵，她和它们相处得友爱，连山歌也能教它们荒腔走板地唱来：

　　天上的银河什么人开
　　地上的合欢什么人栽
　　什么人一去不回来
　　什么人魂灵归大海

鹦鹉们和鹩哥一问一答，热闹纷呈：

　　天上的银河王母娘娘开
　　地上的合欢有情人栽
　　良人一去不回来
　　精卫鸟魂灵归大海

回环往复，余音绕梁，沈天南朝蔓儿招招手："小女孩儿，你来。"

沈天北冲蔓儿挤挤眼，暗示她会得到不菲的赏金，她开心跑上前，扑通一跪："草民见过陛下、娘娘！"

停在蔓儿肩上的鹩哥跟着喊："臣拜见金主大人！"

蔓儿脸一红，拍了鹩哥一下。这是她教它在沈天北面前说的："小的拜谢金主大人！"它却活学活用，敲起了皇帝的竹杠。

鹩哥把话说到这份儿上了，皇帝笑坏了，让宦官捧过金银珠宝，蔓儿欠身去接，随即以迅雷不及掩耳之势，从鹩哥翅膀下摸出一把薄如柳叶的短刀，飞身向皇帝扑去——

寒光闪烁间，沈天北腾空掠起，用血肉之躯，替皇帝挡下那惊天一刀。血花飞溅，世间因震惊而失声，只听见金属刺入血肉的声响，皇帝惊吓跌倒，侍卫一拥而上，将蔓儿制伏。

蔓儿面色煞白，挣扎着去看沈天北，刀已没柄，血喷涌而出，染红了沈天北的衣袍，他嘴角溢出黑血，转向沈天南："刀上有……有剧毒……保……保护皇上！"

沈天南的泪流了出来，颤抖地下令："来人，快来人！"

蔓儿被侍卫架着，双腿一软，跪倒在地，剧痛像是无数鼓槌，要将她心房敲碎，她没能杀掉皇帝，却让沈天北……

沈天北被沈天南紧紧抱着，头靠在她怀里，像冷得要命，直发着抖，侧过脸望了蔓儿一眼，恨声道："这……这人……留给我……我杀。"

锦衣华服，蹬一双鹿皮靴，总是飞扬跋扈的侯爷沈天北昏过去了，沈天南抱着他号啕大哭。

天牢，蔓儿心急如焚，赔尽笑脸向狱卒打听沈天北的消息，狱卒恨她无能，冷哼一声，都不搭理她。

无论是把皇帝或沈天北杀掉，蔓儿都是女英雄，干了一件大快人心的好事。结果皇帝受了惊吓，进补了几只上好的人参，赖在行宫不走了。无耻侯爷也还没死，睁眼第一句话就是："她辜负我的信任，我要杀了她！"

沈天南担心弟弟，发了疯地请遍名医，都说刀尖淬了剧毒，无药可解，最后好容易碰到一位西域巫医作法，让他还能再活几天。

狱卒们对蔓儿很失望，她太不像刺客了，抓进来就在哭哭啼啼，哪像评书里舍生取义的侠女？他们都懒得和蔓儿说话，可她太烦了，铁锁敲得哗哗响，连声问："侯爷还活着吧？"

"喂，你头发像鸡窝，还挂着稻草，卖俏给谁看。"狱卒瞪她，"别冲我笑了，省点力气再活几天。"

珠花珍藏在最贴身的口袋，蔓儿拿出来，悄悄戴在手腕，用体温暖热它，似乎就没那么害怕了。

两天后，沈天南来了，裙裾飘摇，盛妆凌人，蔓儿一骨碌爬起来，跑到铁栅栏前，着急问："他好了吗，好了吗？"

沈天南双眼黯淡："托你的福，还有三天的命。"

蔓儿下唇咬出一排血印，急得大哭："你被皇帝抢走了，他为什么还帮皇帝挡刀啊笨蛋！"

沈天南不答反问："无论是谁，出入行宫都要搜身，你的柳叶刀是贴在鹩哥羽毛下带进来的吧，平时藏在何地？"

"花下面。"

沈天南笑笑："是郁金香吧？踏浪亭第二排第七株下。"

蔓儿震惊："你知道？"

"阿北告诉我的。那株郁金香的品种名为橙色帝王，你的同党想图个好彩头？"

蔓儿惊惧地后退两步："侯爷都知道？"

"知道，所以让我赶来羞辱你，证明他机智过人。"沈天南的视线停在蔓儿腕间，石榴石珠花光华流转，戴在白皙的手腕上，煞是动人，她问，"是阿北送你的？"

蔓儿哀痛到极点："他们说，我会被你们收买，硬要抢去，我不给，就被教训了一顿，我只好跟侯爷说，被抢走了。"

沈天南沉睫一笑："这就对了，一群真流氓，满口假仁义。阿北让我带句遗言给你，任何一个人或一伙势力，如果劝别人舍生取义，自己却不身先士卒，无一例外，统统是混账。"

"遗言"两字一出，蔓儿哭了起来，沈天南悠然拆穿她编造的身世，蔓儿原本是孤儿，饿得气息奄奄，被杂耍班子的驯兽师拿半张大饼救下，后来，班子被某个人连窝端，训练成死士。

沈天北为人狡如狐，只有单纯的小姑娘才可能接近他。蔓儿年纪轻，又能说会道，被安排和老仆阿忠套上近乎，成功混入行宫，身负刺杀重任，但失了手，还错杀了沈天北。虽然，按大众观点，沈天北该死。

可他从未薄待过她啊……蔓儿恨自己恨得嘴唇滴血，沈天南轻声说："只要你供出同党，本宫就去找皇上，饶你一命。"

主子再不仁不义，也是救命恩人，给了她食物和住所，从此再不会缩在窄窄屋檐，雨点雪花直往衣领里钻，寒得沁人。蔓儿死命摇头，不，她不说。

沈天南无奈，命随从从手中食盒里端出一碗冰粉，从铁栅栏缝隙塞进去，搁在她脚边："给你三天时间，三天里，你想通了，还能活命；没想通，就喝了它上路吧。"

蔓儿沉默，沈天南让人拿出几页账目，轻飘飘地扔在地上："草头百姓都骂贪官遍地，但阿北兴建行宫，摸门路向他进贡，想弄点活计捞点油水的人，大多是平民百姓。"

蔓儿一怔，沈天南语声里有些讽意："嗳，你没杀过人吧，为何选你？"

沈天南和她弟弟一样，实在很乐于羞辱人啊，蔓儿好恨："我师从扶桑浪人，修习了六年忍术，还会缩骨功，并且，我意志力惊人，只要事成，被格杀当场也不怨不悔。"

"假如意志力管用，全天下的黄金和美人都会在半空飘，各人用意志力争来夺去。"沈天南说罢，不再看蔓儿，转身向外面走去，若有似无的一声低叹。

他对我很好，可是被我杀了。蔓儿用力眨眨眼，摸了摸手腕的珠花，有它相陪，黄泉路上，就不会太害怕了吧。她摇摇晃晃走向冰粉，眼泪吧嗒吧嗒地砸进碗里。

终于能够将你身受的痛苦逐一品尝，死就死。三天后，奈何桥上，我来接你。蔓儿捧起冰粉，沈天南蓦然回过头来，似笑非笑："慢着。"

莫说三天，蔓儿一刻都不等，性子真急啊，想必一定自豪于自己蛮勇的血气吧，真令人叹息。

沈天南说："我告诉她，撂出指使她的人，就能把你们葬在一起，她果然就肯招了。"

密室一灯如豆，沈天北长久地坐在暗影里："连她都敢用，裕王他们是真没人了。"他面有霜雪之色，"那株橙色帝王旁边，是另一个品种，白日梦。她早该知道的。"

沈天南犹豫了一下："皇上后天亲自监斩，我想……"

"不必了。"沈天北遥遥望着窗外，面色平静，沈天南忍不住叹息："你什么都好，就是运气不好，这么多年都碰不着一个像样点的女孩子。"

沈天北失笑："我什么都好？也就是我姐才会这么认为。"

三天后，沈天北毒发不治，暴毙于侯爷府。长治帝亲下圣旨为他治丧，追封桓王，极尽哀荣。当天，蔓儿在云泽寺落发出家。这是沈天南为她争取到的，她怕沈天北有朝一日会后悔，所以她不能眼睁睁看着蔓儿去死。将来他想回头了，蔓儿还是他的。

蔓儿被废去了武功，皇帝认为她贱命一条，不足以给沈天北抵命，倒不如让她活着，余生都用来替沈天北祈福，为他求一个光明富足的来生。

在云泽寺，蔓儿吃斋念佛，寡言少语，看起来逆来顺受。她还不到十六岁，本来会有另外的人生，住持私底下很为她惋惜，可她笑了："此后一生都只和他相关，这对我来说，是善终。"

住持把这话传回行宫，沈天南默然，拿起案头的几枝蜡梅，将它们慢慢地插进陶罐中，端详了许久。那天在密室里，她说："我倒宁可你喜欢她，那样我会对你放心得多。"

相识的时日太短了，那点喜欢并不能够回天转地，即使蔓儿站到面前，也不行了。沈天北笑一声："没法怪她，但是也没法再喜欢她了，已经败了兴，算了。"

别的人都只念在他是侯爷，出手又大方的份儿上，才虚与委蛇。蔓儿不一样，她像是真心喜欢他这个人，待他亲昵，而且她和鸟类说话，把猴子和松鼠管得服服帖帖，的确有几分可爱，让沈天北忍不住多看几眼，逗一逗她，却让她动了心。

沈天北承认，是自己耽误了蔓儿，但若说愧疚，倒也还好。人生无非这样，多半时候求不得，他和她都不例外，他哪有什么好意，要去成全别人的心意。

沈天南拍拍沈天北的手，良久才道："以后一定还能遇见可爱的女孩子。"

沈天北笑了笑，如今想起阿阮，已经像水中的一轮月亮那么遥远了。但是，一辈子没有爱，也不见得是件多糟糕的事吧。

又三天后，蔓儿自戕于云泽寺。月光皎皎，她血流披面，微笑着闭上眼睛。生死相隔，生死相随就是了，明天就是你的头七了，一把菜刀，就能渡我去见你，真好。这条命，赔了你，便也陪了你。

消息传来，沈天南皱眉："难怪我第一眼看到就不喜欢她，我不喜欢天真蠢笨的女孩子。"

沈天北摇摇头，蔓儿总是这样，对人有着愚蠢的义气，并沾沾自喜。她终究不是阿阮，她的死，没什么意思，他没有更多感触。

"喔，傻姑娘。"最后他说。

傻姑娘自己去死，而愉快坦荡的坏人金蝉脱壳，远走高飞。沈天北对这样的结局很满意。

皇陵夜风冰凉，沈天北从密道里走出来，漫天星斗下，沈天南为他准备的马车将送他去往岭南。

用西域的奇药假死，再换个新身份，从头来过，前尘往事，再不相干。这一套置之死地而后生的把戏，从古到今，都有人玩过。当初，沈天北既已发现蔓儿行刺的刀，岂会不偷梁换柱？花一点点的银两，请人打造另一把很容易，决不叫她识破。连他以教她习武为由，试探她的武功功底，她都中计了，极力装笨拙，但一招一式破绽连连，他只好笑了。

四野极静，偶有飞鸟掠过，月光映照下，沈天南道："皇上那边我来应付，你的伤口还没好利索，路上别太赶。"

沈天北弹了弹衣襟，难掩得意之色："放心吧，有钱的好处之一，是能买件厚实点的防身衣穿穿。"

国覆城倾之际，必是新君屠杀前朝旧部之时。而借一个盛大的时机择日而亡，是沈天北能想到的最好办法，蔓儿弑君，他顺势而为，提前全身而退。今生今世，沈侯爷已死，在遥远州府，他将改名换姓，低调而淡定地做一个富豪，前生姓甚名谁，无人得知。

沈天南低声道："其实不用这方法，你也能跑路。"

沈天北又笑："逃命太狼狈了。姐，我在岭南等你们。"

沈天南回望皇陵，徘徊不已。

那年，皇帝想找个由头赐死陈三，再把她弄进宫，沈天北为了保全那一双孩儿，才想了个歪点子。

粉雕玉琢的一对外甥，漂亮得像年画上的仙童，沈天北笑："姐，你还记得吗？小时候，我们在岭南住，阿阮把渔网晒在沙滩上，一个又一个破洞，如何把它补成好网呢，不能够了。大宁朝是破破烂烂的渔网，不补了，坐看有经验的渔人对付它，我过我的好日子去了。"

发得出饷银的将领才会应者云集。这几年来，沈天北趁沈天南得宠，从刻意和他结交的朝臣处敲了些竹杠，都暗中送给了郑虎王，只愿京城陷落时，能让他派人接走沈天南。他于郑虎王是雪中送炭，郑虎王自是愿意成人之美，爽快达成共识。

沈天南抱抱沈天北："希望我们重逢的时候，你不再是一个人。"

沈天北看了看高天上快速流动的云，点了点头。

阿阮之后，他要再花多久，才能喜欢上其他女孩子？

他不知道。事到如今，已经懒得再努力了。碰不到，找不着，也这样过了一生，反正很多人都找不着。

沈天北飞身上马，衣袂纷飞，他在夜色中远去。

孤独终老，令人胆寒。但愿，可以早一点习惯。

二〇一二年十二月

锦阳侯天北，美须眉，容止可观，多智善佞，长治二年获御赐封号竹猗，宠倾一时。北性好内乐酒，因权势横于都下，吏民愁怨，莫不疾之。

北有姊小字天南，有国色，长治元年入宫，册封皇贵妃。北以姊而骄，积赀数千万，同年秋奉旨兴建行宫，取内帑如囊中物。

至行宫成，室宇宏丽，冠绝当时。有义烈俳优献笑取悦，拔刀而起，戕之，谥曰桓王，帝厚赠赐之，然天下为之大悦。

——《新宁书·佞幸传·沈天北》

十一·悍刀

细雨袈裟老僧泪。

柳青青是个绣娘，别人绣的是衣裳，她手里缝缝补补的，是遗体。再支离破碎，她都有办法缝合得齐整，不留破绽。

全须全尾上路，不仅事关一个人最后的尊严，按照本朝民间的说法，任由残躯堕入阴间，是大不祥，转世之后，即使身无残疾，亦会追问，为何我这一生，永远若有所失。

柳青青有多年的织绣经验，认真专注，从不多话，找她的人很多，日渐闻名于沅京。换句话说，她赚了点钱，名声也好。但菩萨是用来敬的，不是用来娶的，男人们说，摸过死人的手，为我做饭洗衣，这太可怕了，更别提吹灯后的良宵。

媒婆劝柳青青："你不缺钱了，放弃晦气营生吧，女人总归要有个归宿，不然独居太难熬。"柳青青反问，"跟一大家子人住，就不难熬？"

媒婆答不上来，翻翻眼睛，走了。柳青青坐在檐下缝补的时候啊，突然想起了一个人，想起一个人啊，细细密密的针脚里，就漏了一道。漏了一道啊，长桌上的女尸眼皮就耷拉了，风一吹，她像诡谲地笑了一下，柳青青的手就顿住了。

该怎么办呢，再过十年八年，老到眼皮耷拉，也还记着谢轻舟吧，故乡风雪中，那个漂亮的红袍少年。

时值初春，谢轻舟回祖父隐居的散花镇探亲。他在头一年的乡试中拿了第一，喜讯传遍街头巷尾，人们都在猜测，谢氏一门很快会出第三个状元郎。

小镇的习俗，未满二十的人元气不足，除夕夜必须穿红色。谢轻舟的祖母早早就为他定制了一身，他刚抵达小镇，就和祖母到裁缝店取新衣裳。

大雪积了三尺之深，映照得窗纸亮堂堂的，掌柜和谢家祖孙寒暄着，柳青青在窗下绣一朵梅花，梅是母亲的名字，她给母亲做的棉鞋就快完工了。

谢轻舟是苏州知府家的三公子，刚满十六岁，银鞍白马的好年纪，名字也取得讲究，名轻舟，字余生。他父亲谢知府说，自出生之日，每一天都是余生，历经轮回大劫，应当怀有谢意。在初相遇的十四岁，柳青青无从反驳这句话的荒谬之处。她只是在那少年和他的祖母离开时，从鞋帮上的梅花移开目光，不经意看了一眼。

谢轻舟有一种世家子弟的清贵气质，跟柳青青认知里的年轻人都不同。在他跨过大门的刹那，柳青青喊住了他。

她向他奔跑，蹲下来剪去他袍角的细小线头，在雪地里笑了笑。她想这少年就该和他给予她的感受一样，十全十美，毫无瑕疵。

谢轻舟俯身，虚扶了她一把，她站起身，抬头望他。四目相对，谢轻舟眼中并无惊异之色，微微笑着说："多谢小姐。"

腊月二十七的傍晚，爆竹声次第传来，柳青青扶住门扉，望着谢轻舟搀扶着祖母走在雪中。为迁就祖母的身高，他把黑伞撑得很低，身姿因此不显挺拔，但格外谦和有礼。就像他看向她的时候，眼睛里明明白白的笑意。

这来自他良好的教养，也来自他一贯的温文，仅此而已。但这在柳青青十四年的生命里绝无仅有，她被温柔对待，而对方是个高不可攀的贵公子，他的笑容如春风一般，让她那样被照亮。

她一直惦着他，即使在之后的许多年里，从未对任何人提起。

柳青青为遗体做修复是半路出家，才三年就赚得盆满钵满。不过，生意越好，她越觉得人生没多大意思，做尽不体面之事，似乎只为了死的时候体面一点。

如此意兴阑珊，对嫁人生子自然更不放在心上，媒婆嫌柳青青怪异，渐渐不来了。反而是赵千刀，上门提亲三次皆不成，索性把柳青青当朋友看待，有事无事晃来小坐片刻。但他说话不惹人厌，又懂得捎些蔬果和酒，柳青青也就由他待着。

赵千刀本名叫赵九，是世袭的刽子手，官方的头衔是行刑官。太多人羡慕他，想想看，杀人不犯法，还有优厚的俸禄可拿，油水也足，实在是优差啊。

长治元年，天灾不断，饥民四窜，前朝名将郑虎王已攻陷二十座城池，在幽州称帝。皇帝试图震慑民众，抄家抄斩，非常频繁，从太宗时代就废除的凌迟再度被纳入刑律。但越镇压越反抗，各地流寇群起，几十号人马就敢自立为王，互称陛下相爷大将军带刀侍卫。

大宁朝即将崩塌，文人们普遍感到悲痛，写檄文控诉暴君当政，酷吏横行，赵千刀屡被提名，在酷吏当中名声很响。但也有文人笔锋一转，夸他斩首时快如闪电，凌迟时技法细腻，总而言之一句话——赵千刀杀人，美如诗行。每逢他行刑，长街都人头攒动。

擅长把人千刀万剐的赵九，被人称成杀千刀的，逐渐取代了他的本名。他笑骂由人，张口闭口"我赵千刀"。自从和柳青青相识，赵千刀就盯上她了，他说普天之下，你我是天造地设的一对，我杀人，你修补，杀人时我会玩点花样，让你省点力，我人是粗鲁了些，但一向说话算话，你嫁了我，我决不亏待你。

一桩好姻缘，一家夫妻店，赚几座金山银山，福泽子孙三代。赵千刀为柳青青勾勒了一幅蓝图，柳青青点点头说："着实诱人。"

仅此一句，再无下文。赵千刀一而再，再而三，彻底死心。他也明白，别说是柳青青，再走投无路的女人都会犹豫要不要嫁给他。有个女孩子，人很乖，长得也清秀，赵千刀问："你宁可嫁给麻子，也不嫁我？"

　　女孩子说："他是麻子，但我和他的孩子未必是麻子。可你杀人太多，我怕会报应到孩子身上。"

　　赵千刀百思不得其解，人是当官的让杀的，他就是一个打手一把刀，随便糊个口，为何会被说成行凶作恶，杀生太多？明明跟磨墨的书童没两样啊："砚不是我制的，字也不是我写的，难道这些墨死后齐刷刷跟阎王爷哭，说都怪我把它们淹死在砚台里？"

　　柳青青笑笑，继续把长桌上那具尸首的手指细心缝合。

　　也有女孩子看在钱的份儿上，对赵千刀豁得出去，但赵千刀不乐意。他的原配和第二任妻子都刚过门没两年就死了，可能确实是克妻命。他一晃四十出了头，哪好意思讲什么情情爱爱，最多娶个女人相依为命，是不能挑剔。

　　"但是——"赵千刀说，"她们都想两眼一闭心一横嫁了算了，但我晓得她们对我没有相依为命的义气。我要的，就是这点义气，平时有口热饭吃，谁先走，另一个肯为他张罗后事，送个终。"

　　柳青青为人疏离，话很少，但赵千刀坚信她冷面热心，是搭伴养老的好人选，娶不到手，就心生一计，想把她塞给他最要好的朋友丁岩。肥水不流外人田，一旦柳青青和丁岩成了，赵千刀就能心安理得去蹭饭，喝喝小酒，吹吹牛，亲亲热热地走动。

　　丁岩是沅京小有名气的鞋匠，他制作的靴子千金难求，连皇亲国戚都得乖乖排队等。赵千刀把丁岩夸得天花乱坠，柳青青不为所动："不用了，我嫁过人，知道那是怎么回事。"

　　赵千刀无奈，只得换种方式，说丁岩那边来了一批好牛皮，他为柳青青订了一双冬天穿的小靴子，想带她去挑样式。柳青青看着赵千刀不说话，赵千刀叹气："就算你习惯独自扛生活，也不要总是拒绝别人的好意。"

柳青青抱了一坛醉蟹出了门。蟹酿了一阵子了，墙角摆了几排，被赵千刀吃光了好几坛。他这人好本事，半个时辰之前才把谁割成百来块，照样吃得了肉，通常还能喝掉半斤酒，顺便欣赏柳青青如何飞针走线，将零零碎碎的血肉拼成人形。

丁岩住在京郊薄刀山脚，大宅占地十多亩，院子里挂满兽皮，血腥气很浓郁。为避免兽皮被暴晒，他做了巨大的棚顶阻隔日光，黑压压如阴霾天。

赵千刀携柳青青推门而入时，丁岩正站在水池边喝酒。光线昏暗，他穿一件黑袍，身形挺拔，手指勾着酒坛沿子，懒洋洋喝酒的样子，像巫师在梦占鸟卜，恪守着许多无法言说的天机。

见赵千刀带了人来，丁岩冲他们扬一扬酒坛："坐。"

赵千刀把醉蟹的坛子给他拎去，转脸笑看柳青青："哎，丁岩，她是青蛙，我跟你说过的。"

丁岩略略点头，赵千刀补充："哦，大家都叫她青蛙，我跟着喊惯了，她大名柳青青。"

丁岩又点头，唇角掠过一抹很浅的笑，唤她："阿柳。"

眼前人很冷峻，跟优美轻盈的谢轻舟相去甚远，却还是让柳青青一瞬恍惚，谢轻舟，永远的谢轻舟，出身于江南的锦绣大族，谪仙一般的公子，他始终在她心底最深处。

然而她已不是十四岁的女孩子，只因别人不歧视她脸颊一大片绿色胎记，就铭刻在心。多年后，她把这些看成是见怪不怪，或漠不关心。

甚至不必跟风度和礼仪有关。长治二年，大宁子民在亡国边缘摇摇欲坠，练就强悍的心，连命都快没了，根本懒得在意别人是否缺胳膊少腿，只有孩童们才会大笑着跑开说，哎，她的胎记像个青蛙哎！

赵千刀看看丁岩，又看看柳青青，笑了："阿柳……好名字！哎，你比我会讨女人欢心。"挠挠头，"你说奇怪吧，大家都喊她青蛙，她也不生气。"

生气有什么用？若我样子美些，生气是撒娇，亲眷伴侣都来哄劝，既非如此，不如让表情正常些吧。柳青青对赵千刀笑了笑，不接话。丁岩看看她，从旁边的水池捞起一只青蛙，用银针三下两下剥了它的皮，扬手丢进赵千刀手捧的瓷盘里。

瓷盘还剩几颗乌红桑葚没吃完，衬得那小小的尸身分外惊心。柳青青向丁岩投去复杂眼神，他是注意到被称为"青蛙"时，她眼底一闪而过的黯然吧，这才用剥了皮的青蛙来安慰她。

剥去丑陋的绿皮，竟是那般丰美肥白的身子。是，除了胎记，柳青青让人不能忽略的，还有黑缎般美丽的长发，细如白瓷的皮肤。

把青蛙剥了皮，这举动有狎昵的意味。丁岩大约意识到了，显出几分局促。柳青青看不得主人家难为情，遂走到桑树下，摇一摇树干，熟透的桑葚接二连三地掉落在她手心。桑葚酿成酒，有壮阳补肾的功效，故乡的男人们夏天常喝的，想到此，她便安静地笑了起来。

赵千刀被丁岩的举止吸引，哈哈笑着跳进水池抓青蛙，一只只剥皮，和丁岩比一比刀法。他幼年时，在父亲的训导下，用一块块豆腐训练刀功，切成发丝般细弱的银丝，下油锅仍连而不断，整整齐齐码盘，连名厨都赞不绝口，取个名头叫一线天，能卖十个铜板。

柳青青静静地看丁岩。他五官深邃，但给人俊美而阴郁之感，冷然一笑时，很像神话里某种刚幻化成人的兽类。可她心里的人，是明亮的谢轻舟啊，从来没能容下别人。

民间说"桑"同"丧"音，不宜在庭前屋后种植桑树，但赵千刀酷爱吃桑葚，丁岩不在意，便种了好几棵，最后只活下一棵，也满心欢喜，吃个没完。

柳青青摘了一篮子桑葚，自顾自地摸到丁岩的后院，摘了些蔬菜做饭。她把饭菜端出来时，男人们的刀功比试已近尾声，盘子里是白花花一片，蛙尸堆得老高。她打发两个男人去洗手，麻利地将小木桌收拾出来，摆好碗筷，返身回厨房拿酒碗。

院落点起几盏风灯，赵千刀和丁岩用饭碗喝酒，等柳青青落座才一起动筷吃饭。他们都没料到，她去拿酒碗的一会儿工夫里，就把那盘青蛙做成了菜，小火慢蒸，佐以猩红辣椒和烈酒，出锅时再撒上细碎葱花，好一盘赤滑肉身莹白如玉。

赵千刀一筷子接一筷子，吃得啧啧叹。丁岩也夸柳青青厨艺出色，连寻常的丝瓜毛豆都做得可口，问她愿不愿意在闲时帮他和赵千刀做饭。柳青青本能想拒绝，转念一想，答应下来。

灯火跳动，柳青青站在一侧凝望丁岩的侧脸，她贪恋他一声声地唤她阿柳。父母亲人都按她在族人的排行喊她四姐，别的人一概叫她青蛙，小有恶意，但无伤大雅。这三年做遗体修复，家属们都喊她柳姐，比她年长的人也不例外，是尊称吧，但比不上阿柳来得亲近。

回家的路上，赵千刀一反常态，不大吭声，把柳青青送到家门口才犹豫着问："你……你对他动了心思吧？"

柳青青问："是吗？"

柳青青似乎对什么都淡淡的，独门独院，孤身一人，打交道最多的是死人，极少出门，菜农每天清晨过来一趟，把菜放在她门口，半个月结一次钱。赵千刀简短地说："你肯经常出门了。"

柳青青说："对我来说，被人认同很难得。"

赵千刀看进柳青青的眼睛里，她很悲伤，他想。但他懂得她的意思，为遗体做修复是谋生手段，别人对她的赞美出于有所求，她不看重。而丁岩和他，都对她作为人，或者说作为女人的那部分给予了褒扬，她很感动，也很高兴。

"有人信赖我，是好事。"柳青青说完，轻轻走进小院，立即在廊角点了一盏大灯。赵千刀在紧闭的大门前站了站才走，他觉得难受，有的女人也不美，但旁人对她再好，她也视为理所当然，柳青青不同。可见在她过去的二十五年里，不曾得到过像样的对待。

可她真的不知道自己的好啊。赵千刀叹口气，大步走在风里。那女人瘦瘦小小，他一只手就能拎起来，她模样虽平淡，但垂下眼睫时，也算楚楚动人，还暗暗透着骚劲儿——让他很想把她骨子里的骚压榨出来，单是想想那肤白肉软……他就舍不得把柳青青推给别人。

丁岩是例外，他们是生死之交。可丁岩说若想娶妻生子，不会蹉跎到如今，生逢乱世，日子过一天算一天，他只想保有随时走开的余地。赵千刀承认丁岩是对的，本不想和柳青青说起，但没忍住。他一开口，柳青青慢悠悠地说："他不想，我也不想。"

但她必须承认，阿柳两个字打动了她。她以为这么多年已修炼成宠辱不惊，结果别人有口无心的一点点善意，仍能让她受宠若惊，真没用。

柳青青慢慢走向干活的房间，有两具女尸在等她，一具是中书侍郎的夫人，被她尊重地摆在长桌上；另一具是国舅爷的小女儿张兰芳，躺在用杉木临时做成的床榻上，已被修复完毕，明日就会被国舅夫人领走。

张兰芳和侍郎夫人生前水火不容，死后却要在同一个房间朝夕相处，挺有趣。柳青青眯起眼睛，将天蚕丝穿过银针。侍郎夫人有着好模样，冶艳如一朵红芍药，她和张兰芳的夫婿有染，被张兰芳捉奸。推搡中，张兰芳被负心汉失手推下台阶，脸被摔得稀巴烂。

那年在散花镇，谢轻舟住到暮春才走。绿树生烟的乡下，他踏青会友，走马观花，穿戴的衣饰都出自柳青青所在的老字号，但她的技艺还不够为他量体裁衣，又怯于被师父师娘看破心思，便悄悄去河边拾了一些贝壳，细细打磨得温润，缝在他的锦袍上，靠胸口的位置。

她想着，自己就是那颗小扣子，他千里的路，她陪了他一程，就感到很快乐。她哼着歌，在锦袍腰带上绣些清淡的花纹，比起红袍，她更爱谢轻舟穿白衣。镇上陈乡绅的女儿给他绣了一方手帕，下角是一行小小的字：陌上人如玉，公子世无双。柳青青做不来热烈的举动，但这句诗她也想重复一万遍。

谢轻舟是在一个傍晚离开散花镇的，柳青青爬上自家矮矮的屋顶看他，假装在晒棉花。陈乡绅的女儿一点都不介意被人当成笑话，跑去拦他的马车，谢轻舟就下来和她说了说话，说得陈家小姐破涕为笑，挥着没能送出去的手帕，在桃树下站了许久。

柳青青想办法和陈家小姐做了姐妹，终于问起："谢公子说了什么？"

陈家小姐哭哭笑笑："他说他会记得我。"

谢轻舟那样的人，陈小姐是不敢幻想与之相守的，但被记住，已是小镇少女的荣光。这影响了她的婚事，她很晚才嫁，夫婿是她家的家丁，陈夫人很不满意，恨女儿年轻时听不进劝，落下了笑柄。但家丁对陈小姐百依百顺，他说："谢公子是小姐心里的星辰，小姐也是我眼里站在云端的人。"

分别后，柳青青常常想起陈小姐，谢轻舟在某一时刻的一恍神，真的会记起她吗？但自己不勇敢，必不会成为他回忆里的一个微小瞬间，于是她一下子就烦闷了，把国舅女儿张兰芳拽到地上，走过来走过去地踢上几脚，怒火才消。她以为自己心如止水，但张兰芳依然激起了她内心所有的暴戾。这贱人不比自己好看，可她投了个好胎，让人只想狞笑着对她举起刀。

柳青青举起了刀。

国舅夫人来接张兰芳，快要哭出声："这就是沅京入殓圣手的杰作？难看，真难看！"

金主不满意，让柳青青返工，柳青青淡淡道："天太热了，再拖，该放不住了。"

国舅夫人痛失爱女，哪经得起外人像形容一块腐肉的语气？袖子一挽，要对柳青青动手，柳青青拿过剪刀，像把玩一枚玉，煞是爱不释手，眼睛却瞟向长桌上的国舅之女，用意一望即知：嫌她不好看？那就再在脸上戳三个窟窿吧，也好跟她的瘊子交相辉映。

柳青青不是善茬，但国舅夫人更不好惹。眼看要把她揪去报官，赵千刀来了，为柳青青出头："张夫人，这年头，世道不好，得饶人处且饶人吧。"

这话不太好听，但以赵千刀的身份，国舅夫人也不得不掂量掂量。连皇帝都当不长呢，皇亲国戚说倒就倒，若落到刽子手手上，少挨一刀是一刀，立刻缓和了语气，跟赵千刀说："我这当娘的，心里一难受，就……"

明眼人私下为柳青青抱不平："她活着，我可瞧不顺眼！死了被柳姐一美化，倒不算丑鬼。"

柳青青含笑不语，把头扬起来，对着瓦蓝瓦蓝的天，深深地吐出一口气，借机掩饰夺眶而出的眼泪。九年了，她总算为谢轻舟出了口恶气。

九年过去了。

国舅夫人和随从等人走后，赵千刀坐过来问："哎，比张兰芳还糟糕的尸首我也见过……以往哪有家属挑你刺？"

"张夫人多骂我两句我也听得下去。"柳青青笑着说，"她要知道我把她女儿的脚筋挑了，舌根也剪了，会怎么对我？"

来世你总不会还有权势倾天的爹吧，若我会遭报应，过不了好日子，你也休想。

赵千刀呆住："你和张兰芳有仇，还是和国舅家有仇？"

"我就是看不惯她好命。"柳青青拍拍手，接过赵千刀递来的酒囊，将竹叶青喝光，跟他到丁岩家做客。

你对不住谢轻舟，便与我为敌。柳青青报复了张兰芳，心情空前愉悦，夏末秋初的傍晚很宜人，她买了熟食和河鲜，都让赵千刀扛着："今天算我请客。"

赵千刀又问："张兰芳得罪你了？"

"是啊。"柳青青说，"我起码有半张脸还能看，她整张脸都没法看，凭什么想嫁谁就嫁谁？"

赵千刀恍然大悟："原来你喜欢何志定那种男人！他娶张兰芳的确挺亏。"顿一顿，摇摇头，"话说回来，他要不是国舅爷的女婿，也当不上校尉。"

柳青青任由赵千刀误会，她不想对人讲起谢轻舟。

熟食是现成的，河鲜弄熟也方便，随意摘些菜蔬，两炷香时间，柳青青就张罗了一桌好菜，还折了一枝丫茉莉花给男人们泡茶喝，一小朵一小朵的，很清香。

丁岩偏好用新鲜带血的兽皮做靴子。柳青青每回去丁家，都不忘带些种子种在院落里，等到繁花盛开，就能压一压院落久久不散的血腥气了。

微风吹来，茉莉、栀子和白兰香得醉人。有一晚落了雨，赵千刀和丁岩都不在。柳青青在后院锄草，雨停了到前院一望，丁岩回来了。他黑色劲装，短靴，懒懒地斜靠着长躺椅，独自待着。

廊下的风灯暗淡地亮着，丁岩的侧脸掩映在花树里，像个倦鸟知返的浪子，柳青青把头靠在花墙上，用手背揩了揩眼泪。

雨歇微凉，十一年前梦一场。那年那月，江南谢家的三公子披着长衣坐于庭前写字，柳青青躲在不远处的草垛，用青草编一只带露水的小蚱蜢，等待他窗边的长灯灭了，溜到大门外，放一盆清香的花。

是夜，茉莉亭亭开放。

她永不能忘记，谢轻舟打着伞立在雪中看她的眼神。她为此迷恋他，交付出十四岁和往后所有岁月的热情，不管他是叫谢轻舟，或者丁岩。

到底要经历怎样的痛，才会让那个鲜衣怒马的贵公子变得孤寂苍茫。柳青青转回厨房做饭，双手在砧板上狠狠剁肉，寻思要彻底扳倒国舅爷，还得再用些手段。

长治四年，烽火连天。

民众渐不恐慌，因为亡国即在眼前，未来清晰得再无悬念。该做盘算的，早就铺好后路，剩下的都是些没什么可盘算的人，米仓无米，钱袋无钱，有一口吃的，就吃一吃，没吃的了，就去死一死，反正十八年后还能再世为人。

亡国是皇帝的事，穷人逃到哪里都是穷人，干脆不逃了，席地而坐，就地一躺，搞点吃的，再看点热闹。

最精彩莫过于杀人，有人场场不落，绘声绘色跟人讲起"说时迟那时快，寒光一闪，刀起头落"。若是打听到某人将被凌迟，日子就更有盼头了，呼朋引伴拖儿带女，早早跑来占据好位置。

行刑官赵千刀一技傍身，攒下万金，俨然也是有钱人了，每天光是钱响都听不过来，但还惦记来看柳青青，捎些时令果蔬，捞过一坛醉蟹连剥带吮，兴致勃勃地观看柳青青的修复技法。等她忙完，就一起去丁岩家。

夜凉的院子里，小雨飘零，空气里隐隐荷香。男人们温酒谈话，经常是赵千刀说，丁岩手上做着活，附和一两句。柳青青在旁边浇花，暗暗地深深地注视着心上的那个人。

十四岁在纷纷扬扬的春雪中相识，第一眼她就明白，终此一生，她都不可能忘记谢轻舟。之后历经千山万水的许多年，完全验证了她对自己最深切的认知和纵容，改不了，也不打算改。她不认为要改。但她很难过，那年她所遇见的，是顾盼神飞的少年郎；如今，他判若两人，孤单地坐在萧索中，地暗天昏，仿若世间只这一盏油灯。

十年前，谢三公子打马进京，备考殿试。柳青青听说不少大胆的女子赶去官道送他，掷以香囊和羞答答的信。她怯于露面，但那轻衫华美客，的确如理想般迷人。她心知追不上，只能仰头看，像看月亮。

可惜，皎皎者易污。谢轻舟低调入京，在僻静小院温书，偶然外出会友时，被国舅爷的小女儿张兰芳看上了。看上了，便要定了，让父亲屈尊向谢家提亲。谢知府以"犬子和他表妹已有婚约"为由婉拒。谢轻舟再心高气傲，也心知父亲为难，正伤神，张兰芳告知："你文章做得再好，中了状元又如何呢？最多七品县令，但国舅爷家的女婿会是什么待遇？自己想想。"

谢轻舟温和道："我的性子不适合入仕，备考只为以文会友，但听小姐一席话，越发觉得，连科考倒像也能省了。"

谢轻舟得罪了张兰芳，绝无可能金榜题名，没去应考。国舅爷为成全女儿，再向谢家施加压力："老夫的门生多有青年才俊，莫非配不上表妹？"

征远将军向皇帝请求赐婚，指名道姓要娶谢家表妹。谢轻舟和表妹不忍连累族人，相约殉情，然而，谢轻舟命大，被救活了。张兰芳遭到谢轻舟宁死不娶的羞辱，在沅京传为笑谈，寻了几回死。国舅爷为使女儿消气，称谢知府和郑虎王暗通款曲，以谋反治罪，押送进京，满门抄斩。

当官的，有几个干净的呢，要查，总能查出一点事的。谢家玉堂金马，曾有过闪闪发亮的日子，一夕之间被摧毁。消息传到散花镇，柳青青站在野地里，所有未能说出口的话，被迎面而来浩浩荡荡的大风碾得粉碎。她一生中，从未那样号啕大哭过，幼时被人嘲笑是青蛙，也不曾哭得肺腑都像要呕出来。

但她万万没想到，有生之年能够再见到谢轻舟。谢氏灭族后，谢知府的门生上下打点，将他们葬在谢家祖坟，还雇了一个半聋的老头子看守墓园。每逢初一十五，柳青青就会雇些孩童到墓园给谢轻舟烧纸钱，在墓碑前放上熟食和酒。张罗这些事的时候，她总感到凄凉的满足，仿佛自己是他的未亡人，尽管她当时的身份其实只是曾家老爷的下堂妾。

十五岁那年的秋天，四两银子的聘礼使柳青青成为曾家的五姨太。她不介意给谁当妾，一大家子说她坏话，她向来是听不见的，男人来不来看她都行，她好静，只要把日子过到头，不管活了三十七，还是八十四，都没问题。

曾家买柳青青是为给病重的老爷冲喜，但曾老爷去得急，柳青青没拿到什么钱财。大房办完老爷的丧事，带儿女回乡下养老，把一处破旧小屋的房契塞到柳青青手里，了断她和曾家的瓜葛，这正合柳青青心意。她住下了，重操织绣的旧业，计划要赚点钱，把谢家墓园修葺得气派些，以符合谢轻舟在她心中超然的地位。

富贵繁华，过眼烟云。清明时节落了小雨，柳青青戴一顶斗笠，去给谢轻舟上坟，却远远望见有人比她到得更早。她便警觉地退到一旁，向那边张望，穿黑衣的男子垂头望墓碑，顺手掐去坟上干枯的野草，柳青青怔怔凝视，不觉落下泪来。

烟雨一襄嚣尘满面，谢家三公子竟然还活着。柳青青穿过纸钱纷飞的墓园，跟踪他到客栈，在门前等了半日，他即雇马车去往京城。

那她也去京城。

晚饭时间到了，赵千刀把手中志怪小说一丢，帮柳青青把饭菜都摆上桌。栀子花开得好，丁岩摘了一篮子，走来递给她。

柳青青手足无措地接过，逃也似的去厨房忙碌，很快端出一盘新菜，赵千刀夹了一筷子，诧笑："好香! 是什么? "

"栀子花啊。"新鲜的栀子花用滚水一汆，下热猪油爆炒，起锅时撒点胡椒面，是很出色的下酒菜，柳青青对赵千刀殷殷相劝，"在家我吃甜的，蘸些蜜糖，好当饭后甜点了。"

赵千刀看着她，丁岩也看着她，柳青青不明所以，赵千刀说："丁岩见你喜欢，想让你带回家养在清水里，早晨醒来还是香的。"

那女人蹲在暗影里，爱惜地闻着花香，丁岩没来由地想为她做点什么，见她被赵千刀说得窘迫，便解围说："是好吃啊，还有一种吃法，裹一层薄薄的面粉，油煎得金黄，也不错。"

柳青青一晚上都很低落，丁岩看出她无所适从的羞愧，问："你会做冰糖昙花吗? "

"会的! "柳青青很雀跃，丁岩说，"家母说，冰糖昙花止咳平喘，我小时候常吃。"

赵千刀很好奇："口感如何? "

"滑溜溜的，比银耳好。"昙花娇贵，柳青青只在曾老爷府上吃过一回，一家子入夜就搬了桌椅板凳，又是泡茶又是甜点，比中秋赏月还隆重，大眼瞪小眼地看完昙花开败的全过程，少爷小姐通常还会赋诗几首。老妈子喜滋滋地揪下大朵的花，细火慢炖，熬成冰糖昙花，用井水和冰块镇上，每一房送一盏。

那是柳青青第一次意识到，有钱人家中有诸多讲究，哪像她，园子里田野里的花，在她眼里无不是菜。是菜，就拍拍土，清水洗几遍下了锅。她自小受的是这种教育，而且天分不够，没长出玲珑心肝，也养不出一身诗意。此时听到丁岩说起家中旧事，料想比曾府的阵仗还大，不免失落。

出身太低，培养不出能跟贵公子唱和的诗情，柳青青自惭形秽。她把本名柳春枝改成柳青青，大概是这一生唯一的诗意之举，还固执地只穿青色衣衫加以强调。但事与愿违，人们见多了她披绿着青，习惯地喊她——青蛙。

柳春枝听上去是句废话，柳仿佛只跟春天有关，就像佳人才和才子有关，这不公平。柳春枝在十四岁以后，管自己叫柳青青，盼望有朝一日，遇见的男子温存，有雅骨，喊她青青。

青青，卿卿。没有，从来没有过，连她自己，也没喊过。

但这，也不算什么。

赵千刀在送她回去的路上说："你这么贤惠，我不信以前没人喜欢你。"

贤惠没用的，男人喜欢仙女和妖精，毫无疑问，她们都有一张美丽面孔。别的女子脸上若有大片胎记，颜色又深，多半会披散头发遮一遮，但柳青青不，头发盘成简单的髻，利落是利落，清爽也还清爽，但胎记却无处遁形，触目惊心。赵千刀问，就不能把头发放下来吗。柳青青指指长桌上的遗体说，会挡住眼睛，麻烦。

赵千刀"啧"了一声，柳青青又说："遮着，也不能让别人觉得我是美人。"

赵千刀顿了顿，才道："你喜欢过谁吗？"

"有，但他看不上我，我配不上他。"

柳青青神情坦荡，语气也平缓，赵千刀说不出话，双手插兜，松松垮垮地回家去。柳青青不善言辞，长得不好看，并且总皱着眉头，偶尔也假装嘻嘻哈哈，但说真的，她一点儿都不擅长。可是打动赵千刀的，恰是这份生涩感，她的笑从不抵达眼睛，他渴望知道她究竟有过怎样的经历，遇过怎样的人。

但没关系的，我们三个，可以如此和和气气过一生吧，赵千刀想。

柳青青和丁岩相识的第三个月，就发觉鞋匠只是他的掩护身份，用来训练刀法和探路而已，他实则是个杀手。每当他外出次日，京城总会传出某人暴毙的消息，仵作验尸表明，作案者是同一个人，狠准快，一击得手，不留影踪。

柳青青装傻充愣，不吐露半个字。虽然她很好奇，凭丁岩师从赵千刀的身手，杀国舅爷绝非难事，但他却任由国舅爷活着，似乎不打算为谢家一百多条人命复仇。

丁岩不动手也没关系，这件事她早在做了。

苦心经营四年后，国舅爷落到了赵千刀手上。赵千刀杀人无数，但做这一行十来年，国舅爷是他刀下最大的人物，他兴致颇高，让丁岩和柳青青一定要给他捧场。丁岩喝着柳青青酿的石榴酒，看不出表情："如果他还是一头狮子就去，眼下他最多是一条鱼。"朝柳青青努努嘴，"相信我，阿柳刀功不比你差。"

柳青青说："我去。"

高官落马，百姓喜闻乐见，午时三刻才行刑，但巳时刚过，就已人山人海。柳青青搬了只小板凳，拎了一兜金黄的橘子，抢到前排边剥边看，顺便和隔壁的小老头换一把糖炒栗子。

国舅爷被揪出了谋逆证据，被处以九十七刀的极刑。他当然大呼冤枉，但到这时候了，皇帝看谁都觉得不怀好意，宁可错杀千人，也要震慑万人。

秋老虎很猛，到了第十二刀，赵千刀接过助手递上的白毛巾擦擦汗，顺便去小个便，既让疼痛不堪的国舅爷缓一缓，同时也给他的家人留点私下相授的余地。他一贯知道控制节奏，再说黄昏也不热了，凉风习习，最是杀人好天气。

昔日威风八面的国舅爷疼得涕泪交加，但赵千刀就是有能耐让他还活着，承受着一刀又一刀。老百姓谈笑自若，分享着小食，闲扯些家长里短。柳青青愉快地伸长了腿，慢吞吞剥着栗子吃，隔壁小老头和右手边的妇人一见如故，谈得很投机，打算结成儿女亲家，等下一起吃晚饭，找个媒人来说亲。

国舅夫人两眼泪汪汪，丝帕掩嘴，在鼎沸的人声中侧过脸去。她简直不能相信这个血肉模糊的胖子，是三十多年前，洞房花烛夜那个掀起她红盖头时，满脸慎重的郎君。她恨这男人，所以她来了，但该花的钱财还得花，无论如何，在世人口中，妻妾成群的负心汉是国舅张大人，情深义重的贤妻是她张夫人。

众人评头论足："天天大鱼大肉，才养得出这般气派的肚子吧！"

"嘻，没见识，少说也是山珍海味！"

只剩最后几刀了，赵千刀停了手，拉过椅子坐下来。按照常例，要犯们的遗言将被记录在案，国舅爷面对翰林苑学士，倨傲一笑："告诉我小舅子，我享了五十来年的福，穿金戴银，吃香喝辣，就算凌迟我三天，我也只受过这三天的苦。"

年轻的侍郎面带尴尬："可是……可是很多人至少能……能落个……全尸。"

国舅爷疼得满头汗，仍嘲弄地笑："小子，你要靠比较，才可获得优越感吗？你若不这么想，一辈子都爬不到高位。"说罢，他朝赵千刀看了一眼，"动手吧。"

赵千刀吃着柳青青扔上来的橘子，摆摆手："吃完再说。"

国舅爷无言，柳青青起身走向他，对赵千刀道："我有话跟张大人说。"

国舅爷蹙起眉，快速地想了一遍，确信自己和柳青青素不相识。柳青青俯身，在国舅爷耳畔说了句话，随即向赵千刀挥了挥手。

在赵千刀华丽的刀法下，国舅爷断了气。他至死都难忘柳青青那无限恶毒，又无限云淡风轻的语气："你还记得苏州谢家吗？"

苏州谢家，国舅爷脑袋轰然一炸，在女人志得意满的笑容中死不瞑目。

柳青青被团团围住，所有人都问："柳姐，你和国舅爷说了什么？"

柳青青笑笑："哦，我就问他，真的没人告诉过尊夫人，令爱没长成仙女吗？"

众人哄笑："仙女倒是仙女，可惜投胎时落进了猪圈。"

赵千刀收好刀，过来拍柳青青的肩："还恨张夫人找过你麻烦？睚眦必报，我以后可不能得罪你。"

柳青青在暗下去的天色里站了一会儿，然后说："走吧。"

是，她睚眦必报，但已隐忍数年。以国舅爷的身份，想扳倒他，唯有谋逆大罪。她把所有的积蓄都用于豢养死士，在京郊云舟山打造兵器，造出国舅爷拥兵自重的假象，一纸罪状，由他的宠妾呈递给皇帝。

这宠妾是柳青青资助的孤女，她花重金栽培，吹拉弹唱，我见犹怜，顺利入了国舅爷的眼，终报大仇。

国舅爷能栽赃苏州谢家，她柳青青为何不能？死士们众口一词，咬定听命于国舅爷，成功地冤死了他。

如今，张兰芳和她父亲都已死去，柳青青为心中皎如天上月的人报了仇。但她突觉前所未有的空茫，事情比她想象中顺利，接下来该做些什么呢？对于人生，她竟远不如赵千刀活得有滋味。

赵千刀狠狠敲了国舅夫人一记竹杠，拎了酒菜去附近的宗祠答谢路朗和，柳青青一个人去了丁岩家。深仇得报，她不想独处，很想找谁一起喝一杯，随便喝点什么都好。

路朗和是大宁朝最贤明的王爷，他只活了短短二十九年，但留下了

365

诸多仁政，就连连坐罪也是因他一再上疏才得以废除的，哪怕是谋反，也只对参与者处以极刑，而不是满门抄斩，对老幼妇孺一律网开一面。当然，从另一个角度来说，作恶的代价太小，降低了谋反者的风险，对皇族不利，百姓对此也多有争议。

不过，赵千刀身为行刑官，自是受益无穷了。某门某氏当家的被砍头，做父母的，做妻小的，谁不心疼？他们奔走打点，白花花的银两就都进了他的腰包。

砍头或凌迟，快一刀，慢一刀，深一刀，浅一刀，讲究多着呢。到这地步，活是活不成了，速死即是少受罪，家属们认为花再多钱财也值当。赵千刀饮水思源，总记得祭拜路朗和，连柳青青也不免感叹，大宁朝有过明君圣主，贤相良将，竟也终将要覆灭了。

丁岩独坐在院落，一碗接一碗地喝着柳青青酿的葡萄酒。今年的雨水少，瓜果分外甜，柳青青用石榴、桑葚、青梅和葡萄各酿几坛，到了秋天很是醇香。见她回了，丁岩扬一扬酒碗，轻声说："我很喜欢。"

柳青青笑，丁岩无疑是个叫人心头一凛的男人，他说着喜欢，但一双眼睛烈如刀锋，里面没有笑意。柳青青并不吃惊，她自己何尝不是。

这些年来，抽在心里的鞭子，长成了眼里的冷意，根本藏不住。柳青青炒了几道小菜，和丁岩细斟慢饮，像平常的夫妻，在花树下纳凉，说些闲话。

但他们可交谈的很少，丁岩不是主动攀谈的人，柳青青也不说话，一杯接一杯地喝着，随后，洁净的衣袖里伸出一只镇定的手，夺过她的酒杯："你喝得太多了，你不能这么喝下去。"

柳青青抬头看对坐的人，他也喝了很多，眼睛水汪汪的，像有一千颗星子在闪烁。那一刹，她差点儿脱口而出："谢公子！"

很多年前，他叫谢轻舟。漫天飞雪，红袍白马的谢家三公子，名轻舟，小字余生——他改名为丁岩，他会感谢这余生吗？

从十四岁初见的第一眼，柳青青用了十一年，才得以和梦中人举杯共饮。她带着醉意摇摇晃晃地站起身："我酒量不差，你看我走得稳当吗？丁岩，我还能骑马。"

赵千刀到来时，柳青青和丁岩在用蜜渍青柠下酒，他忍不了这两者搭配在一块儿，但丁岩喜欢。有一回，柳青青买了些柠檬，说用来泡茶很好，丁岩无意说，在故乡，人们习惯将它用蜜糖腌制，再用井水冰镇，两天后就能当可口的零食吃。赵千刀听了，很着意地看了看他，柳青青顿时就有数了，赵千刀是在用眼神提醒丁岩，今生今世，江南谢三公子已死。

赵千刀的眼神让柳青青蓦然醒悟，谢轻舟能在满门抄斩中存活，必是他做了手脚。一个愿娶她为妻的人，会把她当外人防范，这使她永远无法真正亲近赵千刀。

柳青青特地尝试了两次，才做出成功的蜜渍青柠。赵千刀尝了几口就说酸，丁岩却一片片地吃着，柳青青悄然走开，赵千刀追上去说："你心疼他。"

"你要有特别想吃的，我照样学着做。"

赵千刀摸摸下巴，自嘲道："我若长得像他，不开口就有人看不得，巴巴地送到面前。"

谢家三公子嗜酸，书桌上总少不了一碟蜜渍青柠。对贵公子而言，小嗜好只会让他在坊间的形象更可亲，而本身就爱吃蜜渍青柠的少女沾沾自喜，与有荣焉。

在谢轻舟赶考的路上，时有大胆的少女想拦下他的马车，送出"奴家亲手秘制的小食"。那一罐罐酸中带甜的心意，他都收下了吗？那勇敢的少女，后来都嫁给谁了呢？乌衣巷内王谢风流，他曾经是多少女子的春闺梦里人。十多年后，柳青青摇晃着杯中酒，微闭双眼，嘴角漾开一缕若有若无的笑。

赵千刀第一次发现，柳青青偶尔也能很美，尽管一眼望去仍是那块胎记，但情态当真勾人。他登时很茫然，想不起自己原本想跟她说什么，手胡乱抓到丁岩喝了一半的水，混沌地喝下去，真酸，他没放手，一口口喝完。

放下杯子时，赵千刀看着丁岩："你穿了红。"

丁岩说："该穿一次了。"

赵千刀不再说话，喝起了酒。柳青青心知肚明，国舅爷的死，对自己很重要，对丁岩更重要，他穿红，是在告慰恍如前世的自己吧。她在微醺中靠着树干闭目小睡，梦见十七岁的谢轻舟红衣烈马，摘星为箭，射向月光，宛如天神。

这不是第一次梦见他，但无缘终归无缘，连做梦都梦不到和他亲昵牵手。柳青青醒来，发觉已在丁岩的客房，身上搭着薄毯，衣衫整整齐齐，连鞋子都未脱去。她把脸埋在枕头里，清苦的决明子气味。是谁扶她，或背她进屋的？赵千刀吧。

又是谁为她翻出簇新的床褥呢？是丁岩吧？是他吧。他独居此地，赵千刀为他雇了几名伙计接订单和送货。他没有留宿客人的习惯，柳青青为自己是第一位女客而振奋。

从这年秋天，与你新相识。所有连想都只敢暗暗想、连梦都偷偷梦的场景，都将一一实现。

长治五年冬，郑虎王的新政权已建立，扬言四个月后直取沅京。今上路盛景的帝王之威几成笑柄，无非还能杀点人，先去阴间为他探探路。

越朝不保夕，越穷凶极恶，皇帝每揪出一个反贼，赵千刀都会乐好些天。忙是忙，但油水多啊，他通常要等当官的吐出第三处秘密小金库，才肯为难地表示会尽力。

当官的心在滴血，两眼冒火，同时满脸堆笑，口吐莲花，表情复杂、有层次、富有感染力，难度相当之高，赵千刀百看不厌，收工回来给柳青青和丁岩学一通。柳青青笑笑，吃菜喝汤；丁岩笑笑，吃菜喝酒；赵千刀被两盆温水浇下来，烦闷得仰天长啸。

同僚们半斤八两，也捞得手软，但不能说破。天下之大，能放心吹牛的只这两个人，偏生他们都不拿自己当人物看，赵千刀悻悻然，埋头猛吃："知音难寻，内心苦闷，我要写诗。"

这句似乎比哪句都好笑，柳青青笑出声："那我得赶紧学识字。"

赵千刀摇头："那我宁可不写了。"想一想，补充道，"最怕读了一点书，但没读通的人了，脑子混乱，成天自作不自受。"

柳青青愣了，母亲临终前说过："人太娇气就活不下去。"她本来没怎么懂，但赵千刀无疑使她明白，一个人只要不认为自己有罪，就能活得敞亮粗放。

赵千刀没有道德困境，活得百无禁忌，舒坦自在。但她柳青青，心里住了一个人，终日活得捉襟见肘，寸步难行。

从前，她无数次诅咒过，谢轻舟青梅竹马的表妹横死，他再无婚约在身，无牵无绊等着她。不，还不够，最好有天谢家失势，仅剩他一人，落魄潦倒，醉倒街头，她如观音菩萨般带他回家，日夜相守，清清净净过一辈子。若他身已残疾，那就更好了，所有人都不要他，唯有她待他如初，至死不渝。

诅咒应验了，但她没料到，谢轻舟也死去了。柳青青埋葬幻梦，嫁为人妇，郁郁寡欢地痛恨自己，她愿意折寿十年，只求他还活着，让她远远地看着就好。而对于谢家的灾祸，她很抱歉，抱歉到不杀国舅爷誓不为人的地步。

多年后，柳青青完美地兑现了誓言。国舅爷已死，谢轻舟和她在一张桌前吃饭。世上遍布她这种平庸并且没好命的女人，但她柳青青有着千金小姐都难以企及的好运气。

知足的日子，柳青青安心地过，直到杀手丁岩被官府诱捕，失了手，将被处以极刑。赵千刀状如困兽，揪着头发反复问她："为什么？为什么会这样？"

柳青青不答，默然地酿着酒，赵千刀抚着刀叹气。这把刀叫太行刀，传到他手上已是第七代了，七世的冤魂依附其上，他有时一觉醒来，会盯着它发呆："区区一把刀，睡得下那么多鬼魂？"

想许久，想不明白，倒头又睡去。跟别人猜想的不同，赵千刀每晚都睡得好，被问起来哈哈一笑："哪有那么多现世报？要现世报也不会第一个就轮到我，你在菜园子锄草不是杀生？你怎么知道它上辈子不是人？你怎么知道它下辈子修不成仙？"

丁岩出事后，赵千刀翻来覆去睡不着，一遍遍问柳青青："我造的孽，为什么要报应在他头上？他杀的，都是该杀的人啊。"

丁岩问斩在即，是该劫大狱，或劫法场？柳青青递一碗酒："喝吧。现在你可以告诉我，谢家那时到底发生了什么。"

赵千刀说出他和丁岩的渊源。某一年春节，赵父回乡祭祖，遭到追杀，对方的伯父在几年前死在他的刀下。过路的谢知府命侍卫们救下赵父，并告诫凶手们："他只在执行，绝非宣判者。"

赵父承了谢知府的人情，当谢家蒙难，他尊重了谢父的遗愿，在行刑时做了手脚，留住谢轻舟的性命，并交给儿子赵千刀藏匿照顾。

在谢知府看来，幼子谢轻舟的诗文歌赋，是能在青史留名的。他将不朽。他不能死，最少，不能在尚未一展平生绝学之前就死去。

谢轻舟昏迷一天一夜，发觉自己还活着，如遭雷击。父亲终究不懂他，自谢家遭国舅爷报复后，他已万念俱灰。留名青史？不，史书里不会记载他不小心将一客点心摔烂时，表妹甜蜜的抱怨；也不会记载母亲在绿树庭院，随口哼唱的摇篮曲……如今他所能回想的，仅剩这些。

再无诗兴飞扬，再无壮志豪情，他将以何种面目不朽呢？人们说起他，最多是一个不肯以色事人，从而坑了全族的倒霉男人，这很可笑。父亲高估了他，他既不出色，更不伟大，最多有些模棱两可的才情，却承载了崩毁过甚的往事，无法将之提炼成几个好句子。

谢轻舟身中的那一刀虽不致命，但也算重创，赵千刀奉父亲之命看管他，十分发愁。谢家三公子终日意懒心灰，混沌度日，他要如何劝他振作？他甚至会质疑谢知府的决定，让谢轻舟怀着对全族人的负罪感，孤零零地在世上独活，这对十八岁的年轻人太残忍。

父亲的苦心，将儿子置于尴尬之地。他若自尽，就太辜负父亲；但活着，他必将辜负自己，他无法感谢这注定心苦的余生。赵千刀喟然：
"他死不成，也活不好，你明白有多难吗？"

身后纵有万古名，不如生前一杯快意酒。柳青青给赵千刀倒酒：
"明白的。"

丁岩这个名字是赵千刀取的，丁是谢轻舟的母姓，而岩……赵千刀
说，谢轻舟枯坐如石，而且是头顶了一座山的岩石，他想不出比岩更合
适的字。

丁岩在深山住了小半年才养好伤，他原可终生生活在赵家的小木屋
里，但在被赵千刀强行喊出去打猎的途中，偶然碰到了恶人欲掳走砍柴
的少女，他的余生由此改变。

从文字的角度，豆蔻少女是赏心的意象，从审美的角度，是悦目的
景象，但诗意往往会引发恶意。赵千刀路见不平，和恶人一行打斗，丁
岩趁乱救下少女，恶人的家丁从背后偷袭，他抓住镰刀，失手捅进对方
的心口。

这之后，丁岩向赵千刀讨教刀法，体会贴墙疾走的江湖快意。谢家
是名门望族，都被国舅爷轻易扳倒，可见小民在乱世存活更不易，他要
为他们做点事，就当是替从前的自己，杀掉那些心怀大恶的男人。

从意气风发的少年，变成冷酷的杀手，谢轻舟只用了一个黄昏。在
倾斜的淋漓的鲜血里，他走向作为丁岩的余生。柳青青陪赵千刀喝光整
坛酒，她心心念念的，竟无所谓真相，只有一个男人对另一个男人重如
万金的知恩图报，以及他们儿子之间的肝胆相照。

长治六年深冬，赵千刀被剥夺为丁岩行刑的资格，眼睁睁看着同
僚手握刀柄，一刀捅进丁岩胸膛。这已是他为丁岩争取到的最体面的方
式，并按丁岩的意愿，将他的尸骨焚烧，装在瓷瓶子里，返回阔别已久
的江南。

柳青青将骨灰、泥土和柳树枝条放入瓷瓶中，前往江南的路途中，
植物缓慢生根，抵达谢家祖坟时，正好移植到地下，当年那块墓碑，真

正派上用场了。

赵千刀笑："真希望我将来能用上牡丹花的种子。"

远处有风，吹掠树枝的声音轻而柔和，柳青青恍惚中看见谢家三公子披一身雨气行来，她把伞抬高，想看得仔细些，他的面容却模糊起来，她徒劳地伸出手，赵千刀的声音响起："走吧。"

丁岩行刑前，柳青青赶着去看他，为他披一件棉袄，他笑，跟她说谢谢，又说："不必，冷就冷吧。"

赵千刀一拳砸在树干上，泪不可抑。柳青青默默看丁岩，她不懂老天为何不肯成全她，在一马平川之际，给予最致命一刀。这正如大宁朝本身，黄金盛世历历在目，却终是呼啦啦大厦将倾。

白雪漫天的初春，红袍公子笑如春风，喊她一声"小姐"。十多年了，还忘不了。他才是更触目惊心的胎记吧，仿佛命有多长，就跟了她多久。但终于结束了。

埋葬丁岩后，柳青青梦回十九岁时经过的故乡池塘。荒年大旱，河床干涸龟裂，齐齐躺着一排溺亡的女尸，她被牵了魂般走近，拨开女尸的长发，骇然看到每一个自己，十四岁，十六岁，二十七岁……死在未来好多时刻的自己。她冷汗涔涔地醒转，将丁岩剥过的青蛙皮一针一线地缝成风筝。那日她拿回来晒在窗台，本想制成药膏，为尸首们缓解烧伤，最终却放上了天，落雨则当成小斗笠，他们都说，她疯了。

确实是疯了，摧枯拉朽地就那么疯了，唯独赵千刀说："你比谁都明白。"

柳青青不作声，给他摊几张槐花饼，一屋子都香。树上刚摘下的槐花，配上红烧肉，赵千刀风卷残云连吃五张，心满意足地摇起了蒲扇。

大应朝的天盛三年，赵千刀在新皇朝的刑部谋了个闲职，给新晋的行刑官讲授刀法。他有年头没杀人了，太行刀传到他这一代，已经完结。黄昏时，他会抱着刀在桑树下坐一坐，思念一个莫须有的女人，她以绿牡丹黥面，妖气灼灼。

柳青青时时和赵千刀见面，酿酒烹茶，但不言嫁娶。这些年来，每到槐花开落时，他们就一同去往江南，给丁岩上坟，一来一回，通常要花上半年时光。

下一趟江南，看一位故人，温一壶老酒，吃一顿好肉，如此十年。赵千刀说："我很满意。"他话一向多，这晚更是出奇多，连第一次吃柳青青做的槐花饼还记得。柳青青背转身去，她没法说，初次被赵千刀带去丁岩家，她是怎样……怎样的难过。那天到家后，她抱住院子里的那棵槐树放声大哭，哭得树枝直发抖，花瓣凋落一地。她拾起花瓣洗净，烙了一晚上的饼，一大早就喊赵千刀来吃。

她总算接近梦中人，却无从抵达。谢轻舟于她，永远是蜃景般的人。她的难过在于，看清了心的隔膜，再过一万年，她也不知道他在想什么，同样，他给她的亦不过是礼节的微笑，跟他无话不谈的人是赵千刀。她的绝望感，没能消除过。

她不懂丁岩的处境，也不懂他的心境，和他相处小心翼翼，所以，算了吧，她暗自说了上百次，还是放不下。这痛苦难以名状，赵千刀道："不相爱有不相爱的好处，你我之间想说啥说啥。可你跟他，总没话说。好听的，不好意思说；心里的，不方便说。你们不熟，也熟不起来，藏着掖着的，这辈子就过去了。"

柳青青愣住："你知道？"

赵千刀点着头："我都知道。"

这女人一见着丁岩就绷如惊弓之鸟，丝毫不能游刃有余，赵千刀不傻，若非大限已至，他决不想拆穿。柳青青瞪他："你这个人！有些事，根本不该说得太透。"

一灯如豆，赵千刀把脸侧向一边："人和人来往，也就图点意兴，你不该那样对他的。"

那样是哪样？柳青青想追问，赵千刀却闭上了眼，头一歪，溘然长逝。她只来得及听他咕哝了一句："我对他，不见得比你少。"

大宁末代行刑官赵千刀死后，柳青青为他整理遗物时，才晓得这个人在过去的很多年里，一直在羞怯地、笨拙地写着诗。他模仿谢公子的笔调，哀民生之艰，描绘细雨袈裟老僧泪，以及入阁封疆的妄想。至于诗句中那些个"灯下画眉，浣纱溪边"的你是谁，恐怕连他本人都记不得了。

几百首诗摊开，柳青青找到关于自己的，赵千刀写在长治六年冬，很潦草的字迹，大意是说，这人生，的确不舍得让自己人再挨，但你何必告发他？他所杀的统统是欺男霸女的恶棍，可你只会记恨他不爱你。

丁岩临死前，微笑着对柳青青说谢谢，事到如今，柳青青才明白，他不是在说谢谢你对我的情意——那点爱不能捂热他，对他没用。

长治六年秋，丁岩为尚书之女缝制了一双打猎所穿的麂皮靴，获赠了一坛好酒，红封纸上秀丽的小楷写着"公子，来饮"。柳青青瞥见他唇边掠过浅笑，依稀十七岁时的谢家三公子。他有多久不曾这样笑过了？

你为他耗尽一生，可能不及别人温言好语的四个字；你孑然一身，我才心安理得，不吝付出；你不爱我，没问题，但你别爱上别人。柳青青在树影下凝望丁岩，杀意四起，她一分一毫都不可忍耐，有朝一日他爱上哪个女人。

她要杜绝这种可能性，于是干脆利落告发了丁岩，对方布下天罗地网，擒获了他。柳青青逐字逐句阅读着赵千刀的诗，所有的前尘往事在刹那间洞悉，丁岩感谢的是她的告发，让他得以顺理成章地死，不用再对父亲有所亏欠。

满手罪孽血腥，为何老天还不来收我？谢家三公子身名俱灭，勉为其难地过活，每回杀人，他都故意露了破绽。这个让他早就想走的世间。

千金小姐贵妇人络绎不绝，自发来送鞋匠丁岩最后一程，柳青青立在稍远处，冷冷一笑。

她很……

她想了好久，找到一个词：高兴。

这世上再没有任何可以杀死她的东西了，再也没有了。

从十四岁起，柳青青总想着，能够和谢轻舟在一个落雪的傍晚重逢，刚刚亮起灯的时分，他们走进闹市的酒馆，对坐共饮，不发一言。

门外的雪落得像那年故乡的春节，她欠身向他告别，一身风雪。

然而，再遇见是在刑场上。京兆尹家的小公子犯了事，他纨绔风流，一掷千金，一双似笑非笑桃花眼，容貌颇值一观。柳青青挤在人群里，用力捂住嘴巴，忍住哭泣。小公子让她想到了初相识的谢轻舟，十七岁，那一年他亦是十七岁。

丁岩在不远处等赵千刀，面无表情地看。人群散场时，他抱起脚边一小坛酒，在大雪纷飞的长街边走边喝，颌骨到颈部大片繁复刺青，像异族的大祭司般，提灯走向荒野。

柳青青暗想，我要先结识赵千刀，再接近他，显得自然些。她走上前，跟行刑官赵千刀说："我有办法把死者缝好。"

丁岩死后，每到暮春，沅京的人们会看到柳青青骑一匹黑马，拽着一只绿色的大风筝在原野上飘摇而过，混迹孩童中间嬉戏。

从远处看，风筝是蝴蝶形状，近看却触目惊心，竟是由一块块青蛙皮缝成，经特殊的药水炮制，多年不腐，皱皱巴巴的，很像她脸上的胎记。到了暮色四沉，她扯着风筝，一步步往回走，赵千刀在家等她做饭。

当赵千刀也不在了，坟前牡丹长到三尺高，柳青青的头发仍然漆黑如绸缎。她总在花香四溢的季节去看他，摘一朵大花别在鬓边，脚步轻快地走远。夕阳金黄如蜜，落在她的长发上，杀人者从此夜夜好眠，在梦里露出微笑。

二〇一三年九月

鹿鸣，字在野，京兆尹鹿扬之幼子，长治二年初夏，手书一首七律贺好友生辰。

鹿小公子此时尚不知，好友已贵为大历皇朝的开国元勋，在半个月前被封为异姓王，并任户部尚书，王爵世袭。

四天后，大历皇朝亡国，该政权存于世间八十九天，从皇帝到子民，共计四百余人，悉数剐于市。小公子的诗被挂在户部尚书府的墙上，谋逆大罪铁证如山。京兆尹举家泣血跪求长治帝路盛景网开一面，无果。

路盛景一纸手令，钦点太行刀第七代传人赵九为行刑官，一时，万人空巷，结伴观赏。有个小男孩骑在父亲脖子上看热闹，滴滴答答地吃荔枝，汁水流到父亲的头发和衣服上，父亲专心地数着割到第几刀，没空责怪他。

荔枝香气甜蜜，小公子被割到第十六刀时，跟这位父亲说："你的荔枝很讨厌，五两银子。"

中年男人一愣，递过那兜荔枝，想想又拿回来："你没有手了，我剥给你吃，二十两银子。"

小公子点点头："好呀，我二哥来了，穿紫衫那个，你去找他要，赵千刀作证，不会赖账。"

小公子就着中年男人的手一口口吃荔枝，汁液和着鲜血落到地上，他吃得很慢很慢，在一刀一刀的痛刑中，渐渐丧失张嘴的力气，转头对赵千刀笑了一下："荔枝还是蘸酱油最好吃。"

一斤濒临腐烂的荔枝，价值二十两银子，小公子气绝时还没吃完。长治年间，三两银子就能在沅京买进四个十五岁的女孩子当小妾，中年人眉飞色舞地盘算着，有钱人横行霸道，死有余辜，不诳他们诳谁？

民众发现了一条生财之道，意犹未尽地散了，叨咕着下次要早些到，挤到第一排，捧一锅香辣田螺，一只一只用力吮得吱吱响，不信被杀者不馋。

按规定，行刑之前会割断犯人咽喉，防止他们痛苦乱喊。小公子拒绝了，他说："保证不喊，喊字怎生书？口中咸。我方才喝了一大碗水，不渴。来吧。"

　　旧居的榆钱树下，他埋了几坛好酒，待到秋天味道就刚刚好了。要是不被人发现就好了，他想，十八年后，它们会是我的状元红。

　　可是为什么，随意的一眼，竟看到人群中一个脸上有绿色胎记的女人泪流满面？她跟婶娘差不多年纪吧，不再是动不动就伤感的少女，而是全然的陌生人。小公子陡然有一丝后悔，如果还有时间……

　　泪水涌出小公子的眼眶。

　　　　　　　　　　——《宁人佚著·艺文志·太行刀》

残

卷

琥珀

我依然一再梦见你，没有任何办法。

一开始，我是一条鱼。

那年冬天很冷，冰封镜花湖，魔王海东青和长空观的几个道人在冰层上打架，我和同伴们挤在冰洞下看热闹。道人暗算海东青，海东青受了点小伤，几滴鲜血飞溅到我一张一合的嘴巴里，我沾了光，从此拥有了一点灵力，跃出水面，总比同伴们高出很多。

很快我就被人盯上了，渔民们在湖边做起了买卖，小舟，乌篷船，画舫，应有尽有，再雇几个妖媚小妇人揽客，一边荡舟湖心，享用船菜，一边观赏传说中的鲤鱼跳龙门，成为本地达官贵人的一大消遣。

太阳好的时候，我常常蹦到水上，在半空中玩几个翻腾的花样，我挺喜欢听那喝彩声。

一个初冬的午后，天很蓝，云朵胖胖低低，让我错觉有望尝一尝它的味道，于是忘乎所以，跃得非常高，跌落时，啪嗒摔在冰层上，立刻被人围住了。挣扎中，我听到有几个人在商议捕获我，进献给北辰皇帝，他即将册立太子，大赦天下。

我离冰洞很远，逃脱不得，正闭目等死，海东青飞掠而来，拎起我

381

就走，转眼已至百米之外，他以掌融冰，我躺在冰水里缓过劲儿，弓起脊背，摇头摆尾，想拜谢海东青的救命之恩，他淡淡道："拜什么拜，我今天想喝鱼汤。"

我白着脸，尾鳍战战，海东青问："还有什么想说的？"

大多数鱼都会沦为别人的口中食，我心一横："其实也好，早死早超生，我只求来世能变成飞鸟。"

海东青似有些意外："哦？"

我如人类一样向往飞翔，他们制出了纸鸢，替他们在天空飞一会儿。更有人不惜花费二十年时光，练就轻功，体会飞檐走壁的快意。

飞是不少种族与生俱来的本领，苍鹰天鹅，苍蝇蚊子，还有各种鸟雀蝴蝶，但我偏偏只是一条鱼。海东青沉默了一下，突然说："跟我走。"

这之后，我拥有了自己的名字：寒冰傲。寒冷的冬天冰天雪地，一条鱼骄傲地在冰层上蹦跶，这场面太可笑，但可能正是这份可笑，触动了我师父海东青吧。可这无疑是个残忍的名字，提醒着我糗，何况没有谁这么喊我。我师父门下有十来名弟子，我是唯一的鱼类，它们都喊我：鱼。

简单明了。

多数时候，我缩在一汪池水里修炼，入夜后，才探出水面，听师兄师姐们围坐着谈天。

我师父海东青是一棵银杏树，确切地说，是连理枝，他和近旁的那棵一雄一雌，枝干合生，根须相缠，人皆称奇，善男信女更是将他们视为姻缘树，顶礼膜拜，终年香火不断。

两棵树修炼千年，终可变幻成人形，在这世间来去如风。但这远远不够，我师父海东青志存高远，不屑当妖，一心想成为天庭仙树，而另一棵树花未明野心勃勃，她妄图控制人界，以求让所有妖自在行事。他们本是连理枝，相生相依，却又相厌相憎，视对方为束缚，算是一对怨偶，可叹慕名来求姻缘的男男女女，无人得知。

天上的星子大而静，我蜷在水草里，遥看夜空。我师父当日所言，想喝一锅鲜美的鱼汤，是在逗我。海东青是关外的一种大鹰，一棵银杏以猛禽为自己命名，他亦向往翱翔吧。

比起我，植物更难于实现这梦想，他千百年伫立，再大的雨再狂的风，也只能硬扛着，寸步难行，更妄论飞。我师父海东青能修炼到被修仙之人视为魔王，布下天罗地网诛杀的地步，可知吃尽了苦头。但如今的他君子如玉，哪有半分魔王的狰狞面目？

师门上下，都尊师父为青帝。想想看，一棵树却自封青帝，狂妄！道人们如何不想除之而后快？所幸我师父所创的魔功日益精进，天下第一门派长空观众弟子合力都不是他的对手，所以这几十年间，双方相安无事。

我师父原本指派花豹点点教我入门招数，点点耐着性子教了我两天，求饶不已："它是鱼，我属猫科，太煎熬了！"

我师父挥挥手："等小翠回来，让她带你。"

师兄师姐们不怀好意地笑开了，我问蛾子螟蛉："小翠是谁？"

螟蛉撇撇嘴："啊，小翠是个恶婆娘。"

我认识她的时候，她还叫作小翠。

妖王花未明在西南一带作乱，小翠奉师命前去观战，早春时节才回。那日我正和螟蛉闲谈，蚱蜢绿衣指给我看："喏，那就是小翠。"

小翠在树下喝水，几个师兄师姐围住她，问起外出见闻。她被众人挡住了，蚱蜢绿衣大声道："小翠，你站起来一下，让鱼看看。"

她站起来，向我张望。她穿黑衣，小脸纤身，皎如白玉，身上水汽弥漫，有一种青涩的英气。她谨遵师命，变回翠鸟，教我凌空之术，细雨蒙蒙，我认出她。

我见过她。去年夏天，我浮出水面闲逛，风声破空，一只翠鸟从水面划过，停在一根颤巍巍的芦苇上，低头啄水。那时雨将下未下，天光暗淡，她的尾羽闪着幽蓝的光，我看了一会儿，觉出了她的孤单。

后来我听说，翠鸟的确生性孤独，时常独栖在水边的树枝或岩石上，不喜结群。我只见过她那一回，直到今日，她以人形出现。

小翠年纪很轻，但在师门里资历算老的，蛾子蟥蛉修为不如她，对她没什么好话。不过我不觉她凶恶，许是我们尚且生疏的缘故。

我跟小翠学法术，姿态甚笨拙，她也不多言，一遍遍示范着。我们晨昏共度，十八年弹指而过，有天小翠说："算到今天，你已跟我学了十八年，再过七七四十九日，你就该过童子关了。"

听得我心一抖，修炼路上，童子关是第一关，也是最关键的一关。在上苍看来，孩童非但不是纯真无辜的，而是最残忍最接近动物性的，过了这一关，才能逐步修成完整的人。蚱蜢绿衣跟我说过，她过童子关时，丢了半条命，别的不说，单是直立行走，就不是件容易的事，她花了很大力气，才逼得自己不再蹦跳前行。兔子阿白也说，他也是千辛万苦才熬过来，我甩了甩尾巴，问小翠："过不了，会死吗？"

小翠反问："你怕死吗？"

"还好。"

"那就是不怕。"小翠笑笑，"不会死，只不过是继续当鱼。"

她为人淡漠，但是笑起来的时候，眼睛像两只弯弯的小月亮。那时候我并不知道，当我过童子关，她要面对的是天雷劫。若渡劫失败，必死无疑。

我为过童子关而努力着，首先是行走，尾鳍分开，化为两腿，在撕裂般的疼痛中，我想到了我师父。千年古树根须错综杂乱，当初的他，是不是也同样剧痛过？

那些时日很艰难，起先我要扶着墙，一步步往前蹭，慢慢能够走出几丈远了，小翠递过一双虎头鞋："穿上。"

鞋子很精致，一圈清脆的虎头铃铛，她特地到集市买给我的。我换上，走了几步，她在身后说："这样就不会再把脚掌磨得起泡了。"

我回头望她，她也看着我，四目相对，我从她眼里看到一个扎着小鬏鬏的孩童，肚子很圆，短胖的腿，脚趾连在一起，像鸭蹼，走路晃荡，别提多可笑。那一瞬我沮丧至极，我师父为我赐名寒冰傲，听起来是个苍白俊美的剑客，可在小翠和众人眼里，我和年画娃娃没两样吧。

一条受尽同门耻笑的鱼，那晚难过得食不下咽，抓心挠肝想念镜花湖，想要拿出三千越甲可吞吴的气势，一口气吃掉一网白虾。

修行以来，我再未吃过虾，整日茹素，吃点寡淡的水草。我师父说，修行是苦行，要克制欲望，因为你的欲望只能是最终极的那个。花豹点点问过小翠："你面对这条鱼，是怎么忍下来的？"

小翠淡然道："女人窈窕些好。"

当她是翠鸟时，鱼虾是它的食物，但现在的她看我的目光很平静。我变回鱼形沉进池塘，小虾和贝类就在我周围，我深吸一口气，自暴自弃张开嘴巴——

岸上传来喧闹声："青帝回来啦！"

我一哆嗦，变成孩童，从水中爬起，迎向我师父。为增强修为，妖王花未明使出非常手段，屡屡制造杀伐之事，这次，她落入长空观陷阱，遭到围剿，我师父不得不赶去救她，最终，花未明惨遭封印，作为连理枝的海东青被连累，魔功受到重创，惊险脱身。

我师父和花未明在修行了一千年之际，如愿挣脱彼此，得以分头行动。然而毕竟同命相连，一方受难，一方即感同身受，一损俱损，必须同仇敌忾，合力退敌，至今仍不能摆脱对方。

花未明急功近利，屡生事端，我师父海东青很厌烦。但眼下花未明被封印，他大概是兔死狐悲，默然坐了片刻，将师门事务托付给大师兄狐狸糯米和大师姐蚱蜢绿衣："我要出仕为官了。"

狐狸糯米跃跃欲试："青帝打算上战场吗？我想跟随您去！"

战场向来是修罗场，杀戮噬血是提升魔功最有效的手段，我师父却摇头："刑部张老儿近来病重，我借他躯壳一用。"

我师父就此离开，而刑部张老儿死过翻身，神采奕奕之余，性情大变。回归朝堂后，他以雷霆之势，一举查获几桩重大悬案。皇帝龙颜大悦，群臣们却坐立难安，上奏称张老儿发明诸多酷刑，行事过分狠辣，皇帝一笑置之。

人心险恶，我们都很担心，推举大师兄狐狸糯米去拜访师父。师父坐在庭院里，和狐狸糯米饮茶："皇帝需要好用的寒刀，怎会罚我？他的江山，还未到完全平顺的地步哪。"

今上顺宁皇帝原先是藩王，鸿和皇帝遇刺后，他手持失落的传国玉玺，从封地回京继位。但鸿和皇帝的亲眷余党如何肯轻易臣服？顺宁皇帝治乱世，用重典，自然也会重用张老儿。狐狸糯米回来说："青帝英明啊！带兵打仗太累了，兵书又枯燥，断案多简单，施点小法术，一通吓唬，在神鬼面前，凡人什么都撂了。"

小翠轻轻道："悬案要案积累的怨气深重，经年不灭，对青帝的修行更有裨益。"

说话间她看我："后天就是七月半了。"

我的难关迫在眉睫，连滚带爬去修炼。蚱蜢绿衣怪声怪气："小翠，你挺关心鱼嘛！"

我站定了，竖起耳朵听，但是没等到小翠的回答。她平素不太爱说话，总是自顾自待着，蜜獾阿蒙笑道："小翠，你先操心操心自己吧。"

小翠依然没有说话，我听见她起身离开，脚步轻盈，青草在她脚下发出沙沙声。她穿蓝衣，很好看。

我在晚风里站了一阵，仰头看天。纤细白净的少女，我想背她去看星。

七月十五，风似鬼哭，熬到黄昏，天黑如磐。

明明还在仲夏，我浑身冷透，蜷在背风的山坡，艰难抵挡着几乎被拆骨扒皮的痛，想找小翠说说话，很想，很想。但是我一整天都找不着她，不光是她，蜜獾阿蒙他们也都不见踪影，谁都不愿意在这样的日子现身于荒野，折损了修为。

可我必须要过这一关，过了，就能脱胎换骨，变幻成少年，可能不英俊，但是能大步走向她，带她去看海棠和芦花。

一道闪电呼啸着劈下来，我不能躲，硬扛了一下。蚀骨的寒凉中，我闻见焦香的气味，这味道我很熟。当我是镜花湖的一条鲤鱼时，一再目睹同伴落入渔网，被叉起来，在铁架子上炙烤，游人的欢笑和它们的呼号交织，我知道，那是作为一条鱼的宿命。

电闪雷鸣接二连三，准确寻找着我。我咬紧牙关，低下头，望见我穿的青布褂子洞眼密布，右腿处的焦煳气味分外浓郁，我闻了闻，鳍梗骨和脊鳍约莫都碎了，再这么下去，我将呜呼哀哉。

狂风大作，我已呈焦黄色的手颤抖不停——它是我已经半熟的腹鳍，我扶着岩壁，脱去小翠送我的虎头鞋，忍痛走了好几步，想在地上刨个坑，把它藏好，谁知似有人来，我来不及多想，飞快变回鱼，扑通跳进旁边的池塘。

来人是个小哥儿，拎着一坛酒，往池塘倒酒，祈求老龙王晚点下雨。他的酒太香，我张开口，悄然喝了个痛快，瞧着剩下的大半坛想入非非，若就着它，我能吃掉半篓虾。

小哥儿拾起我遗落的虎头鞋，脸色一变，蹲在草丛里察看着，而我在又一道闪电来临时，醉过去了。

我醒来的时候，已是第二日清晨。小哥在池岸边熟睡，我遍体鳞伤，试着活动筋骨，惊讶地发觉动作如常，遂窜出去，摇身一变，池水倒映出模糊的影子，是我期待的少年身姿。

暴雨滂沱，我猛然意识到，已熬过了童子关，惊喜交加地折了几片荷叶，化为青衫穿上，想了想，将一片巨大的荷叶盖在小哥儿身上，他的酒为我镇痛，就此逃过了一劫。我想报答他，便用我那点微不足道的灵力，看了看他的将来，想留几句话，为他指点前路，结果他体内的

神力　闪，我用手挡住眼睛，那道光灼伤我的右手背，留下一块白色的印痕。

这平凡的农家少年，竟是天神之子下凡历劫。我不敢再看，也不敢搜他的身拿回虎头鞋，便抱起他放在岸边的酒，回师门和小翠分享。

蚱蜢绿衣她们看到我，都很意外，蜜獾阿蒙拉着我的手，左看右看："哟，渡劫成功啦？"

我劈头问："她呢？"

蜜獾阿蒙朝里屋努努嘴，我见她神色哀伤，奔进房间。一室的血腥气里，小翠坐于床边，将兔子阿白的手紧紧攥在手心。兔子阿白在床上昏睡，已现出了原形，是只灰兔，毛色斑驳，血迹斑斑。我哑着声音问："他……他怎么了？"

小翠不看我，亦不说话，专心握住兔子阿白的前爪。我坐到她身边，才发现她也受了伤，一张脸煞白，双眉紧锁，脖颈处淤着黑血。我暗惊："怎么了？"

自始至终，小翠都没看我，也没理会我，尽管我是如此辛苦才蜕变成少年。我黯然走到窗边，拿起铜镜照了照，塌鼻子扁脸，皮肤黑，果不其然，像个农人。

我抱着酒坛，去找蜜獾阿蒙喝酒。师父走后，师门陷入内斗，蛾子螟蛉等人攻击小翠，兔子阿白劝架说："你们何必心急，反正她天雷劫快到了，肯定熬不过去。"

我竟一直不知道，小翠的天雷劫和我的童子关是同一天，就在惊雷向她袭来时，兔子阿白飞身扑上，为她挡了致命一击。

我问蜜獾阿蒙："二师姐，兔子会死吗？"

蜜獾阿蒙眼眶一红："小翠将灵力输给他了，阿白死不了，但是往后……往后怕就是这样了。"

我透过窗棂看他们，那只灰不溜秋的兔子丢了大半条命，换得她朝夕陪伴，是求仁得仁吧。我问蜜獾阿蒙："还要修多久，才能变个好看点的皮囊？"

蜜獾阿蒙笑说："你忍住不偷吃虾，再过一百年，眼睛能变大一点。"

我眨眨眼睛很苦闷："修成师父那样呢？"

"青帝可是千年难遇的美男子。"蜜獾阿蒙说，"鱼，你的野心太大了，这不好。"

美男子的千年道行被怨偶拖累，此时正缩在一个鹤发鸡皮的老头躯壳里。我垂下头，揪着青草发着呆，一百年，好的，那先熬一百年。

大宁朝的嘉远二十六年春，小翠到幽灵洞来找我："我想去惊云山庄，跟你道个别。"

当年，我过完童子关就躲到幽灵洞独自修行了，因为小翠守在兔子阿白身边，我见不得。她对任何人好，我都见不得，也听不得。但七十多年后，她依旧找来了，一贯的清凉眼神，她说："小寒，珍重。"

山间起了晨雾，我木着脸看小翠的背影。分别以来，我常常梦到她，在梦里我能够像她一样，在冰面上飞翔，俯瞰凡尘。我看了她许久，然后我喊住她："你有同伙吗？"

惊云山庄庄主叶景天是公认的当世武林第一人，威望极高。五年前，大理寺卿洪文顺，也就是我师父海东青，查出一起惊天要案。在薄刀山南麓的一处小村落，有个邪剑师专捉孕妇，以不见天日的胎儿之血铸剑，官兵捉拿时，邪剑师逃之夭夭。此乃罪大恶极，嘉远帝震怒，勒令我师父务必追索此人归案，我师父不太上心，邪剑师的铸剑场怨灵密布，早就被他侵吞，增强了法力，他公务忙，邪剑师是死是活，无甚打紧。

以叶景天为首的武林正派人士上天入地查访，终于在边境的深山里抓获邪剑师，打斗中，邪剑师失足跌进铸剑炉横死。叶景天在炉中拾获一把剑，断定是邪剑师亡灵铸成，极为邪恶，当着众江湖好手的面，将它埋入地下。但众人均看出这把剑不像凡物，不约而同夜半行盗，但它竟不翼而飞。

这帮江湖人互相猜忌，各自暗中寻找邪剑，始终未果。直到半年前，西域一众高手入中原找人比武，力克江湖七大门派，叶景天身为武林盟主，自然坐不住了，只身一人剑挑对方，一举挽回了中原武林的颜面。但这为他带来了麻烦，江湖都传闻，他的武功已臻化境，必是那把邪剑的功劳，它一定被藏于惊云山庄，为他所用。

我知道小翠听信了流言，想趁叶景天的幼子叶隐成婚之时，潜入惊云山庄盗剑。兔子阿白重新修炼到要过童子关了，但他元气仍不足，若无法力护体，等待他的，将是魂飞魄散。

"你想拿到那把邪剑，救兔子的命。"我对小翠说，"倘若邪剑不在叶家，怎么办？你把你的命还给他吗？"

小翠咬着下唇："如果阿白活不了，我会求青帝帮我收集他一缕亡魂，等他一千年后重回世上。"

兔子阿白救她，是不想她死，所以她会努力活下去，等着他。我咬咬牙，问："你爱阿白？"

她不回答，违心的话她说不出口。我高兴了："你或许需要好用的贺礼。"

小翠独闯惊云山庄，是做好失手准备的，一旦失手，她将变回翠鸟，五百年的修炼全部消散，这就是她来道别的原因。我给她沏了茶，自己也捧了一盏，跟她推敲盗剑的计划。

自从那年小翠将大半灵力输给兔子阿白续命，如今的她每日只有一个时辰能变成人形，但惊云山庄守卫森严，她要在这区区一个时辰里出入自如，顺利带走邪剑，难度太大。我主动请缨："我来配合你。"

小翠内心一向疏远，但这回她没拒绝我，因为我说："叶景天纵横武林二十多年，好兵器少不了，你可别和我抢。"

武林第一人，他的剑尖凝聚了多少英豪的血气，我若得到，修为必将突飞猛进。我笑道："邪剑归你，我也不傻。"

小翠点头而去："两天后，我来接你。"

"我去找你。"

四月的午后，在师门的古宅前，她背靠一根鲜红的立柱等我，那般寂寥地立着，那般不可亲近不可亵的清淡着。

我远远望她，思绪翻涌，想起许许多多年前，那一日芦花如雪，她蹁跹飞来，羽翼划破湖心，让我从此拥有了飞翔的渴望。

小翠用了两天时间，和昆仑派掌门爱女慕容霜套上了近乎。慕容霜将嫁入惊云山庄，初一早晨去国寺祈愿，一只翠鸟叼走了她头上的白玉簪。

白玉簪是叶家的聘礼之一，慕容霜花容失色，一个女孩子急吁吁跑来，将白玉簪还给她："是你的吗？"

女孩子一张俏丽小脸，说翠鸟是受纨绔子弟指使，恰好被她撞见，路见不平，完璧归赵。慕容霜和女孩子崔蓝一见如故，邀请她出席自己的婚礼，崔蓝笑言会送她特别的礼物。

四月初七，惊云山庄大宴四方，客似云来。小翠抱着一只锦盒，将新娘亲手送她的请柬递给大管家，大管家笑容可掬，请求她打开锦盒，让他先过目。武林盟主叶景天被太多人盯着，山庄不得不防，小翠欣然从命。

锦盒打开，里面是琉璃方盏，一尾锦鲤在碧水中嬉戏。众宾客啧啧叹："莫不是绯秋翠？名品啊！我只在宁王府见过。"

大管家肃然起敬："大手笔啊！"

小翠躬身一礼："阿霜说，她和七公子的园子里，有一面湖泊，劳烦大管家派人将它安置了吧。"

大管家差了两个小厮带路，小翠捧着我，到了长海园。长海园不算大，但清净幽雅，茶花正开，湖泊对着一座很高的阁楼，我在水中畅游，暗想若是夏日傍晚，在阁楼饮酒听雨，实乃赏心乐事。

小翠见我安顿下来，放了心，假意入席后，找了借口离开，化为飞鸟，躲匿于山庄西侧的留园。前些时日，她潜入山庄，一路窥视叶景天，分析若邪剑的确在他手中，要么藏于留园，要么藏于长海园，但留园的可能性更大。她叮嘱我："我们有整个夜晚来寻找，不过无论得手与否，天亮之前必须脱身。"

花香漫漫，我静候夜晚来临。黄昏时分，满湖灯火，阁楼里缓缓走出一个人，只见他穿大红喜服，我就明白了他的身份，叶家七公子叶隐。

在我学习当人的这些年里，也看过几部书，蜜獾阿蒙说，男子穿月白色的衣衫很动人，但我总认为，姿容绝佳的男子更适合红色，"朱衣皓带，入侍帷幄，出拥华盖"，才最迷人。蜜獾阿蒙就笑："你当人人都是我们师父啊？"

叶隐抱了一坛酒，缓步而行，风姿有如天人。苍茫天色中，我探头仔细看他，他以乌木束发，面容明澈，闲闲折起裤腿，走动时，露出短靴里一截清如白瓷的脚踝，看得我很烦闷，我的名字寒冰傲，其实是用来衬这样的男子的。

叶隐在湖边的茶花树下席地而坐，极安静。我游到他脚边，今日是他的婚期，但他脸上不见一丝喜气，眼神像海一样深远，实在是我心中自己的理想形象——苍白俊美的剑客。我心酸难忍，长成这张脸，不知要修几千年？

他如有感应，弯腰看我，我紧张得吐出几个泡泡，他拿过手边酒坛，往水里倒了些酒，低声道："鱼兄，来喝。"

烈酒入喉，醇厚甘美，让我陡然想起七十多年前，那位请我喝酒的小哥。他和爱人在宕山隐居了许多年，十年前，他的爱人仙逝，他办完后事，在一个落雨的清晨服下足够的药物——足够让他和已逝的爱人团聚。他安详瞑目，重返天庭，但我想，他一定会再回人间。

叶隐并未喝酒，将一坛迷津酒缓慢地尽倾湖中，随后在夜色中远去，行走间衣袂拂动，如烈火燎原，令我没来由地兀自心惊。

多年来，我的酒量和修为俱长，这坛酒已不在话下，我跃到岸上，变成少年人，在长海园找寻邪剑。

　　远处的筵席已开，园中留人不多，我找了又找，一无所获。叶隐床头横挂了一把剑，我掂了掂，剑是好剑，但未曾噬血，更像是辟邪之用。看来，江湖传言武林盟主的幼子叶隐自小体弱，只长于书画，于剑术所知甚少，竟是真的。

　　我悻然汲取了剑中微薄的灵力，踱到园外，摘了一大枝茶花，扛在肩上去找小翠。

　　叶七公子在新婚之夜遭受惨变，新娘慕容霜趁敬酒时，和父兄等人联手挟持了惊云山庄庄主叶景天，逼迫他打开留园的密室。岂料，一把邪剑瞬间飞出，洞穿了慕容霜的胸膛。

　　慕容霜横死，近旁几人都被剑气煞到，本能屏住呼吸，以手挡眼。一刹那，邪剑被人在黑暗中以冰玉制成的飞索勾走，倏然不见。慕容无言和叶景天等人立时坐下，封住周身几大要穴，运气调息，接连咳出几口黑血，阻止了煞气攻心。

　　昆仑派掌门慕容无言联合江湖七大门派大开杀戒，为女报仇。叶隐的兄长姊妹战死，惊云山庄几近灭门，叶景天大恸如狂，力战群雄，丹田破，内功尽失，崆峒派掌门欲以毒镖杀之，慕容无言笑称得饶人处且饶人。

　　让你无能为力地活着，是最大的羞辱。慕容无言舍弃了一个女儿，赢来了武林盟主之位，纵声大笑。我在纷乱的人潮中，想分辨暗处的黑手是谁，终不可寻。究竟是何人，竟能黄雀在后，不动声色达成目的？

　　慕容无言火烧惊云山庄，众宾客惊惶逃开。我吹了一声呼哨，提醒小翠撤退，她回应了。但在我们约定的地点，我等了又等，仍不见她，只好冒险回山庄接应。

　　浓烟汹涌，我以袖掩口往里冲，酒意姗姗来迟，我在恍惚的酩酊里，忆及叶隐。朱衣公子赠我以酒，我拿什么还？巨变时，他为煞气所伤，仍镇定自若，端坐不动，他还活着吗？

月明星稀，一场大雨从天而降。我错愕，领悟到是小翠在施展法术。这等逆天之举，是极其损耗修为的，她是疯了吗？

一夜之间，惊云山庄满目凋敝。留园的静湖边，叶景天虚弱地躺着，叶隐未换喜服，湿漉漉地坐在他父亲身旁。我扒开地上那枝茶花，拾起奄奄一息的小翠。

雨丝纷飞，烈火渐灭。我抚了抚翠鸟凌乱的羽毛，为她注入灵力。她蜷在我手心，温热，纤小，柔软，这奇异的触感让我永生难忘。她看我，黑亮黑亮的眼珠，尖尖的喙低啄我的手心，以示感激。乖巧的样子，让我的心软成一摊泥："阿白能做到的，我也能。"

我点了小翠的穴道，让她睡去。叶隐专心地盯住湖面，我坐到他身旁，他没看我，哑声道："留园有几处石屋，应该未被大火损毁，兄台去那边歇一歇吧。"

他肩背笔挺，手搭在膝盖上，指节发白，显是在忍痛。我忍不住伸出手，探探他的腕间，硬玉般寒凉，生机很弱。我骤然一惊，不禁劝道："报仇有很多方法，未必要硬碰硬。"

我想激励叶隐报仇，唤醒他的生机，他一双眼看住我，温和说："报仇，是我父亲的事。"

我去看叶景天，他仍在昏迷中。我对叶隐谎称自己是他五哥的好友，问出那把邪剑的来历。叶隐感念我对他故去兄长的情谊，如实相告——或许只是出于对真相的尊重，他说："它是纯钧。"

嘉远七年，纯钧剑作为御赐之物，交由靖国公的幼子江之淮赴西南平乱，此后它一直跟随他南征北战。嘉远二十年，江之淮在战场上用它斩除敌寇首领，自己亦身负重伤，纯钧脱手，离奇失踪。

朝野上下从未放弃寻找纯钧，我心念电转："那位邪剑师蛰伏于江帅军营？"

叶隐点头。纯钧是定国安邦的神物，若被寻常人等得到，则会被反噬。邪剑师以冰玉匣藏之，躲在深山，提取婴儿之血为煞，注入纯钧，

394

一步步驯化，妄图将它转换成一把嗜杀邪剑。叶景天率众缉拿邪剑师，看破邪剑是纯钧，动了贪念。但五年来，叶景天想方设法，仍不能驯服此物，遂藏于密室。

可是，昆仑派掌门慕容无言等人当年是跟叶景天一起捉拿邪剑师的，岂会放下猜疑？终是借着双方联姻的机会，血洗了惊云山庄。

雨停了。我给重伤的叶景天渡了些灵力，将他背到石屋歇下了。叶隐想帮我捧着翠鸟，被我谢绝了，我不想让任何人亲近她。天知道我有多嫉妒阿白。天知道的。

我把翠鸟放在木床上，叶隐找来一床锦被，让她睡在上面，还在床边放了一碗清水。我莫名烦躁，催促他赶紧歇下，以恢复体力，他惨死的亲人们都得尽快入土为安。

叶隐谢过了我，睡下了。我悄然在留园四处走动，将惨死的冤魂怨气都尽数吸进体内，变回原形，心满意足睡进了水中。

等我醒来，小翠已在小湖边坐了良久。天还未大亮，她披着蓝衣，编了潦草的发辫，眉眼见了憔悴，我无名火起，噌地跃起，质问她："你不想活了吗？"

她为兔子阿白续命，已消耗了太多灵力，昨夜她降下的那场大雨，更会让她处于极度危险中，哪怕是个普通人，都能一剑杀了她。

我踏着浮萍上岸。她一张脸白到近似透明，连嘴唇都淡得殊无血色，裙摆上搁着我送她的那枝茶花。我顿时消了气，缓和语气："你为什么要这样？现在的你连我都不如了。"

她问："我不如你，很丢脸吗？"

我说不出话来，她也不再说话，我们两个坐在湖边，各想各的事。昨晚叶隐和慕容霜成婚，我去看了几眼。慕容霜生得美，修长明艳，头顶别了几朵茶花，正是我送小翠的这种。她偕叶隐向叶景天敬酒，杯沿落下口红印子，她若无其事用指腹揩去，嘴角一抹诡艳的笑，袖中飞出毒针。

叶景天反应极快，勉强躲过，慕容无言的剑转瞬架在他的脖子处。满座哗然，唯叶隐无动于衷，局外人一般，看着他的新娘和岳丈挟持了他的父亲。

人世每多荒谬，以致无话可说。打一照面起，我便觉出叶隐的厌离之心，我问小翠："他是不想活了吗？"

小翠不答，忽道："这种茶花，品种名叫暴徒。"

嘉远八年五月二十三日，白泽王亲手在禁宫栽下三株茶花，花繁叶茂，像美人云鬓。朝臣私下议论，酷吏种暴徒，相得益彰，语气多有不屑。然而，民众对白泽王的评价极高，赞颂他霹雳手段，菩萨心肠，惩奸佞之徒，解战局之危，尽管身陷阴诡，仍清正光明。

曾经伺候过白泽王的宫女年岁大了，出宫嫁人，折了几根枝条，种在自家小院，时常有阔客专程登门讨要。不光是沅京种茶花暴徒蔚然成风，就连这距离沅京四百里地的晋州，也多见它。

叶景天的声音蓦然响起："小姑娘好见识，山庄这些，正取自白泽王手植茶花的枝条，扦插而成。"

叶家父子长得不像，叶隐沉静如月光，叶景天则是个体态雄健的大胡子。他步伐仍虚浮，但眉目冷硬，向我伸过手："小兄弟，幸会。"

叶景天对我背他回屋休息有印象，我自称姓韩，刚想介绍小翠是我未过门的妻子，她打断了我："我是他的师姐崔蓝。"

从叶景天口中，我得知他和慕容无言是同门师兄弟，少年相识，交情甚笃。出师后，慕容无言江湖游历，娶了昆仑派掌门之女，十五年后，当上了新掌门。叶景天则因机缘巧合，走上经商之路，不出几年就挣出一份偌大家业，兴建了惊云山庄。

叶景天豪爽好客，仗义疏财，老盟主过世后，众多受过叶景天恩惠的江湖好汉，推举他当上了新的武林盟主。叶景天和慕容无言保持着热络来往，前年为儿女定下婚约，可谓是武林一段佳话。叶景天是孤儿，在他心中，慕容无言是手足兄弟，他没想过慕容无言竟会对他下手。

惊云山庄已成废墟，我看向一地余灰，问叶景天："说说纯钩吧。"

叶景天见我是明白人，遂不再隐瞒，只说它煞气深重，他花了五年时光仍未能驯服它，慕容无言武功不如他，同样也不能。国之重器纯钩剑，只属于王侯将相，落到江湖莽夫手中，形如废铁。叶景天说："他逼我交出剑，不过是想显得师出有名罢了，他真正属意的，是盟主之位。"

我一笑："叶庄主和晋州达官贵人可有私交？"

叶景天坦陈和晋州守将安北将军走动频繁，在安北将军的引荐下，叶景天攀上了藩王榆亲王。惊云山庄的茶花暴徒，便是榆亲王回京省亲那次，特地带给他的。

我和小翠相视一眼，小翠问："昨晚婚宴，安北将军和榆亲王来了吗？"

叶景天眼睛一亮。

叶景天贵为武林第一人，他都收服不了纯钩，慕容无言如何能例外？那么，慕容无言的亲信更无可能偷取纯钩。但安北将军和榆亲王就不同了，晋州地处本国海岸线中部，是南北海上贸易的要道，具有很重要的地位，此地的长官足以称得上"定国安邦"。他们若有备而来，纯钩的去向不言而喻。

叶景天拱拱手："叶某亦有此推断，韩兄弟年纪虽轻，看问题却颇老辣，叶某佩服。"

我客气回答："庄主过奖了。"唉，从我当鱼算起，我在这世上活了快两百年了。两百岁老人家说的话，你要听。

慕容无言重挫叶家，盟主之位和叶家财产想必都将一并笑纳。而榆亲王苦心经营至此，目的已明，他窃剑多半为着谋国。谋国少不了钱和人，钱和人，慕容无言都有的是，榆亲王必会和慕容无言结交，互通有无。叶景天要报仇，只消在暗处收集慕容无言和榆亲王勾结的罪证即可，依我看，不出十年，榆亲王就该举事了。

叶景天笑："不出十年？"

小翠说："我师弟推测得有理，意志力再强的人，也很难日复一日地隐忍。"

她说话时，叶隐来了，素衣散发，长立风中，整个人静如灰烬。小翠回头看他，眼波如水，我便明白了，她降下一场大雨，是在保全他。

她怕他活不了，怕到不在乎自己活不活得了。

狗屎。我飞起一脚，把一块早看不顺眼的石子儿踢进湖里。我昨晚就该杀了她的，这是许多年来，我一直想做的一件事。

昨晚是好机会，这只翠鸟躺在我手心，前所未有的脆弱，只要我两手合拢，再合拢……我拿过小翠裙摆上的茶花，已经有些残败了，我用指尖将它碾碎，丢到湖里，冲叶景天道："请庄主带我和师姐去武器阁。"

小翠意外："我也去？"

我挑衅看她："你忘了阿白吗？"

纯钧失手了，没关系的，叶景天的武器阁里，好物一定很多，有几把千人斩也未可知。当过武林盟主的人，他的武器上，依附了多少血性和不甘之气？

机关开启，武器阁琳琅满目，我眼睛扫了一圈，走到一把大刀跟前，敲了敲，十分满意："师姐，过来。"

叶景天爽然："韩兄弟眼光不同凡响，竟看上此物。"

这把刀为大云朝世袭行刑官所用，代代相传，已有两百余年的沉淀，刀下亡魂足有千人。小翠用眼睛无声问："我来？"

我友好地弹弹手指，没关系的，师姐，你汲取了它的法力，我照样能杀人。没什么，因为我心无旁骛，你不行。

我和小翠在武器阁看了又看，空手而出。叶景天颇为失意："韩兄弟和崔姑娘一件也看不上？"

我为他指点了迷津，他答应带我们到武器阁一观，肯定是想赠送一二的，眼下面子挂不住，将一柄短刀递来："韩兄弟再看看？这把是太祖当年攻打凤云的随身佩刀。"

是好东西，不过这武器阁所有武器蕴含的法力，都已被我和小翠汲取啦，这一趟打劫，收获甚丰。我装模作样端详着短刀，面目诚恳："庄主诚心相赠，小可却之不恭，多谢，多谢。"

叶景天松口气："叶某是真心和韩兄弟相交。"

我打个哈哈，把短刀揣进怀里。不得不说，叶某人，你杀的人，有点多啊。我一个妖怪都看不起你。

叶景天能发家，哪是经商天赋高？他出师五年内，连杀几十名富甲一方的大户，把生意都接过来做，且心思缜密，不留破绽，或者说，破绽都被他除掉了。

武林盟主是个绝世恶棍，人间真有意思。

我将太祖的佩刀献给了我师父海东青，祝他官运亨通。他在尘世中，修炼遁世之术，换着身份在大宁朝官场混，已历经三代帝王。这一代的嘉远帝很倚重我师父，几次要升他的官，但这位大理寺卿洪文顺洪大人拉长了脸："陛下，微臣只爱断案。"

嘉远帝说："刑部也能断案。"

洪大人摆摆手："树挪死，人挪活，陛下就当微臣是树吧。官越大，要应付的事越多，不容易专注了。"

嘉远帝颇有共鸣："也罢，依你。"

我揭发了叶景天犯下的罪行，冷笑道："一个凡人，练就了惊人的武功，不该干点符合宗师身份的事吗？"

我师父笑着问："你在人世历练这么久，就只学会了蔑视？生命怎么就不能丑陋可笑？"

人类诞生至今，创造了数不尽数的邪恶，但最美好的东西也就那几样，酒、艺术、烟草、美人。我默然，叉了桌上两只青团吃，晋州今年春天的雨水太多，造成涝灾，艾草损失惨重，很多人都没吃上青团，清明过得不是很开心。沅京风调雨顺，鱼米丰足，好地方啊。好地方可别被人攻陷了，我问我师父："榆亲王有谋反之意，您要告诉皇帝吗？"

我师父嗤道："等他反了再说，为师正乐得多吸收点法力。"

我犹豫再三，恳请我师父救救兔子阿白。小翠从惊云山庄汲取的法力都渡给阿白了，但不知为何，阿白仍恹恹的，无甚起色，我回师门看了几次，估摸他快活不成了。

我师父一哂："小翠来求我，你也来求我，我竟不知道，你和阿白很熟。"

不晓得为什么，我竟脱口而出："不熟，但我不想小翠死。"

我师父看着窗外："有空多看看阿白，为师尽力而为。"

谋天逆命的事，能不做就不做，毕竟你无法预料，将会在未来付出怎样的代价，所以我师父不肯向皇帝透露，榆亲王将谋反。但他终是应允了我和小翠，要为兔子阿白想点办法。

我说过自己心无旁骛，但回到晋州，日夜心神不宁，便拎了两坛酒，到已成废园的惊云山庄找叶隐叙旧。

叶家几被灭门一事，江湖上热议了月余后，被新鲜的事物取代。新盟主慕容无言意气风发，人人争相结交，没人再来拜访惊云山庄了。我长驱直入，穿过荒草，来到叶隐的长海园。

叶家父子无心修葺惊云山庄，一任它衰败。我在湖边看到了叶隐。他披了件旧披风，一手抵住心窝，合了目，就那么坐着，依然洁净自持的一个人。

那场大火把整个惊云山庄毁得厉害，叶隐收藏的书都不成样子了。草地上的这部也是，封皮破损得厉害，内页多半只剩下半页、小半页了，全是烧灼过后的痕迹。他眉心的忧倦那么重，我心口窒痛，缓慢走向他。

叶家被灭门那夜，我探叶隐生机时，惊觉他的脉象很古怪，遂留了心，背叶景天的时候，顺手也探了探。这一探，便探出问题所在了。我猜，小翠决定打劫叶家的邪剑，变回翠鸟在山庄里停留了大半个月，窥视叶景天的动向，同样是因为洞悉了叶家最晦暗的隐秘——

叶隐之母是叶景天最宠爱的女人，她诞下孪生儿叶令和叶隐后，死于咯血，叶令也在次日夭折。叶景天迁怒于幼子叶隐，对他很冷漠。叶隐静悄悄长大，与诗文歌赋为伴，直到他的父亲叶景天得到了已成邪剑的纯钧。

叶隐被叶景天当成容器，以血饲剑，用来置换纯钧的煞气。如此重耗，他饱受噬心之痛，几成废人。但他被反复植入剑气，求死不能，遂计划趁新婚夜盗剑弑父，玉石俱焚。谁曾想，被岳丈抢了先机，酿成家破人亡的惨剧。

我先前不懂小翠降雨的用意，但是当我看到她凝视叶隐时，一双眼睛水润润的，顿时洞察了她的心。她心疼他，一如我对我师父海东青高天孤月般的敬慕。

我恨心四起，但无可奈何。小翠藏了私，她没有把在惊云山庄获得的法力都输给兔子阿白，暗暗送了一部分给叶隐，使他活下去。阿白让小翠愧疚，但她顾不上了吧。

我走近了，叶隐睁开眼看我，嘴边浮现笑意。我递一坛酒给他，自己也抱了一坛，相对慢饮。

风来，残损的书页如黑蝴蝶似的纷纷扬扬，打着旋儿飞走。我眯起眼，学叶隐的架势，风翻到哪页，就读哪页。这部残书恰好是我钟爱的《水浒传》，但扫兴的是，这一页是林冲发配时给娘子写休书。我皱眉不看，喝起酒来。

叶隐眉头展开："你不喜欢他。"

我"嗯"了一声，不想谈论这人。叶隐也不多言，倦乏地倚回椅背，忽听得围墙外有动静，我循声望去，是小翠来了。她御风而行，浮光掠影间，人已至近旁，我们两两相望，未有交谈。

她带了糕团来看叶隐。叶隐跟我分享，我慢悠悠道："我从不吃糯米制品。"

小翠穿男装，英气如摘星少年，我懒得多看，接着喝酒。她埋头看书，林冲那页被叶隐压上了一块小石头，她很慢很慢地看完，撑住额，很激愤："他凭什么替她自作主张？"

凉风袭来，叶隐敛了眉："不然呢？"

小翠抢过我的酒，猛喝了一大口，重重蹾在地上："他这是不给她活路。"

我存心道："嘿，他不忍拖累她，明明是在给她活路。"

小翠哼道："你怎么知道林娘子怕被他拖累？他凭什么！男人，你们男人！"

我着意打量她几眼："你不想当男人吗？"

她语塞。我暗觉好笑，把酒坛推回给她。她又喝了一些，面颊酡红，凝望着叶隐："只想是晋文公重耳对季隗说，待我二十五年不来，乃嫁。"

许久后的一天，我对蜜獾阿蒙提及这句话，她不以为意："二十五年是个虚词，你不妨理解成，我要定你了，你只能是我的，生死都是我的人……诸如此类。有的人就是这样，只想跟心上人同生共死，最欢喜听到这个。"

我走开去："啊，听不懂。"

蜜獾阿蒙嘻嘻笑："谅你们男的也不懂，小翠嘛，平时不声不响的，心里头烈着呢。"

月光真好，洒落一地，恰如谁人丢了十万雪花银。我和叶隐相互碰碰酒坛，把二斤迷津酒喝到尽头。小翠酒量低微，醉卧草丛，我解下外衣，搭在她身上，不时观察着她，生怕她当着叶隐的面，变回一只翠鸟——若是那样，我就大惊失色，眼疾手快杀了她，免得引起叶隐对我的怀疑。

我一边饮酒，和叶隐闲话，一边警惕地看看小翠，杀她的念头时起时落，颇有韵律感，一时便忘了形，咿咿喀喀地哼了个小曲子给叶隐听。初入师门的夏夜，我师父海东青常于满楼明月中吹笛，我们一帮刚成精的怪物坐成一排，你一句我一句胡乱哼唱。

叶隐凝目望我："异族的情歌？"

我击掌："对，情歌。"

就像"待我二十五年不来，乃嫁"一样，是很直接很强横的情话。我们鱼啊鸟啊这些异族，做人不熟练，做事没分寸，兴头上来恨不得吃了你，对人界的那一套不是很懂。

酒喝光了，我以酒坛为枕，舒服地伸长了腿，仰头看明月。叶隐温言道："我有十年的梨花白。"

跟他交往，如沐春风，我很高兴："梨花白，好东西。"

叶隐一掀披风，翩然离去。父亲谋财害命，妻子身怀利刃，他的人生大江大海，眉间倦意苍茫，但和我交谈，时有愉悦之色。我幸灾乐祸地想，命运如斯沉重，叶家七公子更在乎的，是男儿间淡如水的相处吧，我的师姐，你可真有些不幸啊。

湖面浮着一天的星，夜风吹乱小翠的发丝，散发着清香，渗进灵窍。我爬起来，支起两条胳膊，望着熟睡的她。夜雾和花香相融，她在睡梦中拧了拧眉，我忽觉胸口炙热，烧得连喉咙都似着了火，不由自主凑上去，战栗地亲吻她的嘴唇。

叶隐掌灯，拎一坛梨花白而出，看到我和小翠，脚步蓦地一顿。我如芒刺在背，别开脸去。风吹过那部残破的《水浒传》，哗哗轻响，我低垂着眼，窘迫地没话找话："哎，梁山好汉，我独爱鲁达。"

月色秀雅，叶隐静了半刻，轻笑道："我也是。"

七月初，我回了师门。

我师父让我有空去看兔子阿白，我听话便是，但阿白用虚弱赖在小翠身边那么久，我讨厌他。

我找叶隐借了几部书，带给蜜獴阿蒙看。她不嫌残损，一晚上读完一部，牵着她养的狗来找我喝茶。

山脚下村落里有个老太太做寿，孝子贤孙想杀了狗炖肉吃，蜜獴阿蒙拿石子儿变了碎银子买下它。狗被蜜獴阿蒙养得粗糙，奋拉着尾巴，大得能骑。我嘿嘿笑："我们蜜獴修炼出了人情味。"

蜜獾阿蒙叹气："阿白快不行了，我想给他积点福。"

我挑挑眉，不置一词。蜜獾阿蒙理解道："你入师门晚，跟阿白交情浅。"

"也不是。"我说，"死不死的，我一向觉得，还好。"

蜜獾阿蒙摸摸狗的头，教它向我致敬："鱼个性疏狂，是我们师门最超脱的一个。"

我哈哈笑着往外走，忍着不去杀小翠，已耗光了我的力气，别的事，我都随意了。

七月十五，兔子阿白闯童子关失败，我师父海东青折了三成修为，保住了他的元神，使他来世仍能在世间轮回。众师兄师姐都垂头丧气，挨个去跟兔子阿白告别。但我不想和他说话，就在窗前站了一会儿。

小翠抱着弥留中的灰兔子，倾诉着歉疚："阿白，对不起，这条命是你救的，应当还给你，但是我认识了喜欢的人，还想再陪陪他。"

阿白没死透，尾巴动了动，但小翠没看到，眼泪一滴一滴落在他的长耳朵上："公子他太苦了，阿白，对不起。"

小翠对叶隐的心思连我都瞒不过，何况是蜜獾狐狸和蚱蜢。不过反对声越多，她越觉得众人对他不公，更要舍了命地护着。我冷笑着想，这女的心真狠，兔子就快死了，这么伤人的话，还何苦说出来。兔子何尝不知道，他何尝想知道？

三更天，灯笼微晃，阿白走完一生。师兄师姐们一哄而入，我跳进池塘里，变回铁石心肠的鱼，游得筋疲力尽。求不得，是比死亡更痛绝的事，我没有余力为阿白之死难过。

我师父葬了兔子阿白，小翠在坟前烧了一部诗书，诗歌很耐咂摸，阿白在泉下不寂寞。蜜獾阿蒙她们都哭了，我冷眼以对，有什么可伤心的，死也有死得好，死了，有些事就不会再知道了，也不用再看到了，多看一眼也不想。

我扯去兔子坟上一棵碍眼的鸢尾，风吹动着书，一句"爱他明月好，憔悴也相关"映入眼帘，小翠看得失了神。这是她对叶隐的心声吧，一定是。我顿生怒意，攥紧了拳，心里磨刀霍霍，刀锋雪亮。

我师父海东青的手在我肩头停了一停："阿白不会保留旧记忆。"

"好的。"我的杀机退散，跪拜了师父，离开师门来到宕山，远离了凡尘，再一次和旧识断绝了往来。这样，就不用听到任何有关于小翠的音讯了；这样，就可以安心地住回她授我法术的那段记忆里了。那些年月，我们之间只有彼此，没有别的人。

宕山半山腰有条小溪，我在它一侧搭了木屋住下。溪边长了些菖蒲，我不喜欢，移来几株芭蕉，长得不太好，也由它去了。溪水很浅，虾和螺蛳却很多，我犯馋瘾时就捞些看看，看完了丢回去，樵夫和药客经过，总叹服："大善人啊，又在放生了！"

总想着，有朝一日，我忍不下去，就去杀了小翠，但日子终究被我一天一天糊弄下去了。我的模样也随着修炼发生着变化，揽镜自照，比最初时柔和了些，但没什么用，不及那温雅貂裘美青年之万一。我想过，若我长成叶隐的模样，小翠会不会钟情于我，也不见得吧。叶七公子最诱人的，在于美得不祥，可我若面目俊美，铁定张狂飞扬。

宕山的清晨雾茫茫，叫人沉醉。多年后——那时候我和小翠分开了很久很久，无意间幸会了一只凤凰，她栖息在梧桐上，树叶的罅隙，她的尾羽隐现，一抹蓝色让我以为是小翠来了，赶着去看。凤凰转头看我，我只觉山谷雾时被照亮，心头凝滞，对她双手合十，拜了一拜，走了。

许是我穿行于宕山半空，朝拜凤凰的身影被人瞧见了，宕山有仙的名声传开了，每天都有各路人马来此安营扎寨修炼。我对着门前的芭蕉看了半天，种了这种鬼气森森的植物，居然也能被人当成仙？当然，雨打芭蕉颇有看头，我在屋檐下放了两个石墩子，一个坐，一个踏脚，长久地看雨聚集，滑落，度过许许多多宁静而无用的日子。

嘉远三十五年，天气很反常，冷得极早，我忙着收集荒野的雨水酿酒，几个小道人从旁经过，谈论着大事，皇三子玄晟联手榆亲王谋反兵败，双双伏法。武林盟主慕容无言暗中资助他们，也遭到株连，慕容家喊冤，但大量罪证都摆到了明面，告发者是前盟主叶景天，他不惜自毁容貌，自荐到榆亲王府当了个门客，蛰伏九年，钉死了一干仇家。

不出十年，叶景天大仇得报，夺回盟主之位，重建惊云山庄。我开了梨花白，在溪边喝着，此地梧桐正黄，她在别处老了，但是不要紧，梦境和酒，都能把她带回我身边。

天明时分，一个圆圆脸的锦衣少年找我问路，他身后跟了十来个人，穿得都平常，但都是一等一的好手，我一看便知。我将凤凰栖过的梧桐树指给他，他道了谢，让手下送了我一坛迷津酒，滋味很好，比在惊云山庄喝过的更醇。

锦衣少年走远，我已认出他是故人。那年七月十五，他赠饮烈酒，助我渡过童子关。这一世，他是嘉远帝的长子瑶光，三皇子密令死士诛杀他，镇国少将军江红叶为他挡了刀。江红叶驾鹤西去，瑶光来宕山寻仙，想求神灵赐他们来世相遇。

我笑着饮酒，笑完了又笑，总有一些事是天神也阻拦不了的。天神之子瑶光在天庭时，喜爱靠着水边一棵枫树看闲书，有一天，天神来考瑶光，瑶光答不上来，哗啦啦翻书，一片红叶飘落到答案那一页，提醒着他。红叶的小伎俩被天神看穿，要罚它变成奈何桥上的渡船，千万年被人踩在脚下走。

瑶光作法，一树红叶飘落，落在江边，如漫天繁星闪闪烁烁，天神再也寻不见那片坏事的红叶。瑶光被罚，贬下界历练，红叶也跟了去，天神问瑶光："你为何能认出它？"

瑶光笑，他认得，因为那片红叶爱笑，笑的时候会卷起一道边儿，他提笔给红叶画了一双眼睛，他看书的时候，红叶也陪着他看。

天神罚红叶守护瑶光七世，算到这次，是第三世，我期待在未来某一天，再和天神之子重逢。

在榆亲王的一处别院，我师父找到了冰玉匣中的纯钩，这把天赐神器终未能为榆亲王所用。我师父汲取了剑内的煞气，将它净化，埋入地下，数日后，盗贼们洗劫了别院，纯钩被翻了出来。

纯钩的灵力已被我师父暂时封存，凡俗不会为它所伤，但它认主，新的主人到来之前，它将光华内蕴。盗贼们不认识纯钩，但是，迟早会有人认出来的。我师父笑问："猜猜看，会是谁？"

我耸肩："一个名垂青史之人。"

喝完这顿酒，我师父就远行了。妖王花未明挣脱了封印，逃往西边的灵觉岛，扬言要报复人界，我师父和他的连理枝，注定将有一场惊心动魄的决裂。

师门一众要追随我师父上灵觉岛战斗，被他拒了。我们这点法力，只能自保，派不上大用场。大师兄狐狸糯米和二师姐蜜獾阿蒙找我商量："去吗？"

"去。"

大理寺卿洪文顺病逝，嘉远帝为他举行了国葬之礼。盛大的祭天仪式上，我见到了纯钩，它被福王路朗和抱在怀中，闪着安然的剑光。

路朗和是嘉远帝次子，似发觉我在看他，朝这边颔首，以谢自发送洪大人一程的民众。这条长街被他的目光一照，像铺满了黄金，让我只想蹲下来捡——有的人生来就有这种气派。

小王爷路朗和浪荡名声在外，可我见着的他，如同袈裟僧，眼中平和，言行端雅。我久久怅惘，再次去找叶隐。

叶家的旧宅子里，开着深红的花，春天的黄昏，叶隐在躺椅睡着，冷淡疏离。我细细看他，小翠把他照顾得极好，但她疏于修炼，法力有限，看叶隐的光景，命不久长了。

不过我也是，我师父海东青和妖王花未明必有一战，我在这世上的日子也不多了。所以我携酒来看叶隐，像我们年轻时，随意东西，不言离别。

暮霭，夜雨将至，一饮而尽的好辰光。我把椅子上那部《三国演义》收回房间，书很新，想来是小翠买来的，她在看温酒斩华雄，书页夹了她细小的碎发，这段我看过好几遍："操教酾热酒一杯，与关公饮了上马，关公曰，'酒且斟下，某去便来'。"而后出帐提刀，飞身上马，饶是我素不喜关云长，这一幕倒有令人神往之处。

十年前，也在这院落，小翠醉去了，我和叶隐痛饮梨花白，都说了些胡话。他说自小常看英雄传奇，向往沙场杀敌，守卫国土，我说："唉，我只想能飞。"

叶隐和我碰了碰酒坛："我也想。"

雨水如月光，笼罩万物，我和叶隐回了屋。窗下的茶花很香，花雨纷坠。小翠掠进来，稳稳落在我对面，声如珠玉："十年了。"

我给她倒了一杯酒："你的花种得不差。"

阔别十年，我照常跟小翠没话说。她见老了，平日修炼的法力都传给叶隐了吧，连体力都很差，略饮几杯，就回房间睡了。往常她每日有一个时辰能变人形，照目前看，她时时不在，都是以翠鸟之身躲在暗处，不让叶隐发现吧。

只可惜，叶隐早就察觉了。小翠走后，他说："你的容貌和初相识略有不同了，将来会是怎样？来世我若认不出你，你来找我。"

我一怔，叶隐叹口气，话摊开了说："叶家被灭门，我父亲内功尽失，我本该活不了，但还活着，之后就想，你和她，恐怕非我族类。"

历经生关死劫，早已看淡一切，叶隐含蓄地婉拒过小翠，用一块小石头压在《水浒传》上，让她看林冲的休书，想断了她的念想。但小翠一味装傻，总要尽力一试，试了，便也认了。叶隐就想，也好，若能让她心里痛快些，他这一生也并非全然地白活。

活着已是艰难，哪有余裕奢谈情爱？但他念了她的好意，忍受着缺血乏力的痛楚，成全着她，十年后，已油尽灯枯。小翠看出来了，叶隐自己也明白，但彼此都不说破，反而是小翠先向他辞行："我师父面临苦战，我得去帮他。"

风雨如晦，我和叶隐在大清早饮酒，小翠端来简单小菜，深深看叶隐，双眼灿亮，眼底带血。我指甲掐着掌心，其实什么都没有改变，我还是想杀了她。

叶隐是凡人，小翠亦不修长生了，而且要让自己死在他前头，像赴国难一样，慎重地向他告了别，烈烈红衣消失在雨幕中，清脆语声远远去了："再会。"

她一如既往的孤傲，硬气地承受着一切，我将一杯水酒倒在地上，和叶隐定了来世之约："我右手背有天神之子烙下的印痕，我给你留的在左手。"

半个月后，叶隐逝于深夜。我梦见小翠红衣黑发，端坐在海水之上，而我骑了一只鲸，飞跃大海去见叶隐。

可是当我醒来，仍枯守于东海。却说那一日，妖王花未明向人界宣战，长空观等众修仙门派设阵击杀，花未明拿到灵觉岛至宝琉璃脆，唤回长空观首徒天元子的记忆，天元子记起前世和花未明相恋，遂倒戈相向。

地裂天崩之际，天元子陪妖王花未明赴死，被封印万年。我和师兄师姐们本已战至力竭，侥幸捡回命。长空观观主太溟真人化解了我师父海东青的魔功，我师父终彻底摆脱妖王花未明，焕然新生。

我和小翠都没死成，她想跟叶隐在地府碰头的心愿落了空，木木地坐在海边。我挽起裤管，跳下大海摸了些贝壳和海虾，劫后余生，戒律清规都去他的，我足有五十年没吃过像样的了，热情招呼着蜜獾阿蒙和狐狸糯米："来一点？反正师父不在。"

蜜獾阿蒙迟疑着，吞了吞口水，狐狸糯米脸色一白，看着我身后。

不用说，师父来了，我被抓了个现行，只得老老实实受死——跟妖王花未明一战，我的法力所剩无几了。可是师父没舍得，把我点成了一块巨石，矗立于东海，吸收天地灵气。他拍拍我，很欣慰："好了，这下没法再贪吃，也没人想来杀一块石头，两千年后，为师入了仙籍，你也该有所成了。"

每次我师父跟我开玩笑的时候，都分外残忍，他说："寒冰傲该换个名字了，叫石观海如何？"

狐狸糯米连声称是："好名字！大气！"

他们说笑着渐行渐远，小翠走在最后面，忽然回头看了我一眼，黑眼睛清亮亮的，有水光闪动。

没能战死，她是失望的，可我们妖物自己是杀不了自己的。我比她脑子活，故意破了禁忌，若我师父晚来半炷香时辰，那些鱼虾贝类都进了肚，我残存的法力就化为乌有了，到集市滋事，一个杀猪汉子就能杀了我。

我离死只有一步之遥，差一点就成功了，真的，只差那么一点点了。我想小翠识破了我的意图，但她什么也没说。可能她不明白，为什么一条鱼都想着去死吧。

我在东海边一站就是千百年，大宁朝亡了，大兴朝兴起了；大兴朝亡了，大郑朝来了……世间潮起潮落，花开花落，如此而已。狐狸糯米和蜜獾阿蒙都来看过我，但他们不懂事，总提起小翠，我听了烦。

以往我能躲开，如今走不了，更别提飞了。我唯一有机会飞起来，是被人抓起，当成武器，在天空画过弧线，但是我师父好气魄，把我点化成一块高达十丈的巨石，就算大唐朝那个天生神力的李元霸再生，也奈何不了我。

有一年夏天特别炎热，来东海嬉水的人很多，一个好事者挑了块尖利的石头，在我身上刻了他情人的名字，众人便都效仿，拿起利器，东刻一句，西刻一句。蜜獾阿蒙每次来，都要绕着看，又笑又叹："惧内如虎是美德，啧啧。"

"隔岸故人如未死，清樽读曲是明朝，啧啧啧。"

"爱她如命，恨她入骨，啧啧啧啧。"

我烦了："去死吧，阿蒙。"

"死不了啊。"蜜獾阿蒙背靠着我，跟狐狸糯米说笑着，"鱼现在没有嘴巴，来，红豆团子给你，他以前一口气能吃五个。"

当蜜獾阿蒙修炼一千年满，她收养的狗也有了点修为，她带来了，训导狗以我为戒，要忍住馋瘾。我一言不发，狗有点慌，拼命蹭我，摇着尾巴示好，我痒得一颤，蜜獾阿蒙为我拈走我身上沾的狗毛，拈了半天，其中一缕怎么都扯不下来。她凑近看，这才认出那不是狗毛，而是一片羽毛，随着年深月久，已嵌在了我的心口，成了一道印迹。

蜜獾阿蒙欢呼："发财了发财了，鱼，你这叫化石！化石你懂吧？"

我不理她，她和狗谈论着，要将这块巨石圈起，编个飞鸟和鱼的故事，要缠绵悱恻，要肝肠寸断，要催人泪下，收取的门票钱用于寺院布施，或是捐去前线。

可是，哪有什么故事，只有些历久弥新的思念，深埋于心，从不淡去。遥想几百年前，那只飞鸟授我穿墙术，我学会穿越房屋、金库和墓地，却永远没能穿过记忆，哪怕那只是一段难堪。光阴逝去，我依然一再梦见她，没有任何办法。

我梦里的小翠，总还是最后一面时她的样子。她奔赴国难，白马银甲，手上一杆红缨枪，是个漂亮神气的女将："妇孺退回城中，儿郎们，跟我来！"

有时也梦见她身着大红袍，过万军如无人之境，直取敌首的黄金权杖，在大风里朗朗笑着，丢给伙夫当烧火棍。尽管我明知道，她已惯于化身为伟男子了。

我和叶隐的对话，原来小翠都听了去，以男儿之名征战四方，替他实现夙愿，守卫大好河山。蜜獾阿蒙说，小翠骁勇善战，历朝历代都立过功勋，大宁朝第十代帝王夸过崔大将军风采直追大汉朝的飞将军李广，这之后，小翠不论顶替何人的身份投身军营，她的旗帜上，总是个飞字。

"酒且斟下，某去便来。"那页书里，夹着小翠细小的碎发，我带走了它，经年后化为心口的疤痕，但她再也没来过。她有她的去向，余生不肯与我有半点相关了。

她是找过叶隐的吧。这一世找不着，就去下一世找，生生世世，总要找到他。我和叶隐约定过如何相认，她呢，以何为凭？

扬名天下，是最好的报平安方式，可是叶隐没有去找她。嘿，有点残酷啊，飞帅。

我在东海站到一千年的那一年，重新修成了人形，拥有了一张能看的脸。狐狸糯米送我钱财，蜜獾阿蒙为我置办了行头，我揣了几部书，云游四海。

人间景象已和大宁朝很不同了，我时感新鲜和陌生。好在寺院楼阁还眼熟，我一间间逛过去，碰到可心的楹联就停下来看看，就这样年复一年，漂泊天涯，不问春夏。

大赵朝庆丰七年，五月初十，我路过一座关帝庙，忆及是叶隐的生辰，就进去上了三炷香。一千多年过去了，他偶尔会想一想人间吗？

我仍不喜关云长，鲁智深才是真佛，更该立祠修庙祭拜。天色还早，我随便逛逛就出来了。门口人声嘈杂，有人念起庙宇的楹联："这两句不错，比他这个人好。亦知吾故主尚存乎？从今后走遍天涯；倘他日相逢歧路，定不忘杯酒绨袍。"

我抬起头，是个月光般的少年，洁白衣衫，正立在檐角下，扬着脸看我。我漫不经心走过去，他眼中一闪，望向我的右手背，微微一笑。

大宁朝嘉远二十六年，五月初十，小翠枕着星光睡去，我和叶隐饮酒。月白风清，水天共碧，地上的书页翻飞，叶隐欠身看摊开的那页，我也半倾身体去看。

是《水浒传》第九回，鲁智深千里护送林冲："俺自从和你买刀那日相别之后，洒家忧得你苦……你五更里出门时，洒家先投奔这林子里来。"

白纸黑字，多少年了，仍如白刃相加："洒家放你不下。"

犹忆当时明月在，映照叶隐的侧脸，他似有所感，回首看我。灯火摇动，我和他两相对望，同享一坛梨花白。

412

一别千年，你找过我吗？若是不曾，我来找你。

二〇一六年七月末

　　死神就住在隔壁，起风的夜晚，他总想晒晒太阳。对面楼的绯衣女子是他走失的妻，今生她只有十七，看到她就想起人间那句诗，自在娇莺恰恰啼。

　　　　——《宁人佚著·断章·故人问·绮梦》

大宁朝编年史		
庙 号	名 讳	年 号
太 祖	路得胜	天 策
太 宗	路正宽	世 安
神 宗	路长河	北 辰
裕 宗	路亦思	明 诚
代 宗	路恒昀	鸿 和
成 宗	路 飞	顺 宁
英 宗	路永宁	云 初
武 宗	路之北	嘉 远
仁 宗	路瑶光	熙 元
穆 宗	路玉珩	延 盛
文 宗	路苍茫	承 吉 锦 绣
睿 宗	路云天	昭 文
熹 宗	路人甲	宣 泰
宣 宗	路 游	晗 光
德 宗	路遇乐	万 和
宁 宗	路自如	上 元 启 佑
泰 宗	路纵横	吉 光
惠 宗	路易行	景 元
孝 宗	路浮生	隆 庆 加 运
世 宗	路 畅	洪 宇
怀 宗	路无尽	乾 清 祥 运
显 宗	路广川	元 烨 良 丰 固 始
献 宗	路远长	久 安
光 宗	路吉来	恒 昌 神 至
思 宗	路家兴	永 定
逊 帝	路盛景	长 治